KB012604

주인공의
여동생이다

주인공의 여동생이다 1

안경원숭이 장편소설

초판 1쇄 찍은 날 | 2020년 9월 22일
초판 1쇄 펴낸 날 | 2020년 9월 29일

지은이 | 안경원숭이
펴낸이 | 권태완 우천제

편집책임 | 박은정
편집 | 박가연 유안진 심성경 손혜진 장현아 이예린

펴낸곳 | (주)케이더블유북스
등록번호 | 제25100-2015-43호
등록일자 | 2015. 5. 4
WFN | 제3-063호

주소 | 서울특별시 구로구 디지털로31길 38-9 에이스테크노타워 1차 401호
전화 | 02-867-4626 팩스 | 02-866-4627
E-mail | cl_production@kwbooks.co.kr

ISBN 979-11-293-6236-0 04810
     979-11-293-6235-3 (set)

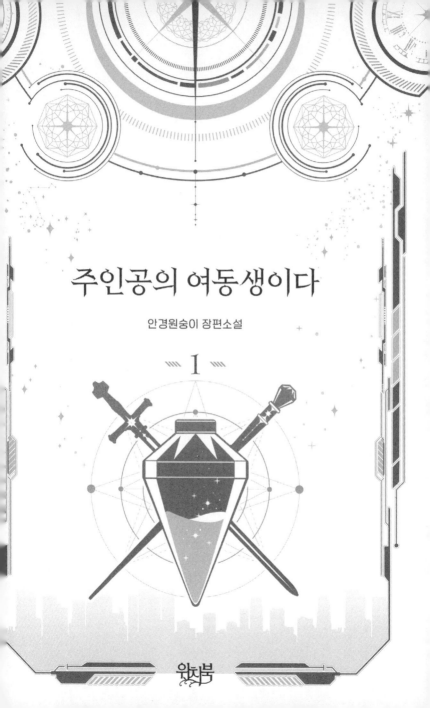

주인공의 여동생이다

안경원숭이 장편소설

1

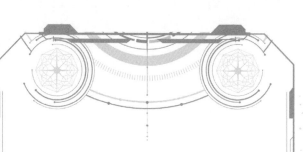

CONTENES

0. 프롤로그   7

1. 큰오빠가 돌아왔다   13

2. 작은오빠도 돌아왔다   68

3. 오빠들의 상태가?   125

4. 남매의 법칙   187

5. 각성   261

6. 오빠인가 아닌가, 그것이 문제로다   358

0. 프롤로그

큰오빠가 실종되었다. 식물인간이 되었어도, 악명 높은 범죄자가 되었더라도 돌아오기만 하면 좋겠다고 생각했다.

작은오빠가 균열의 짐꾼이 되었다. 위험천만한 균열에 들어가는 걸 보며 각성할 수 있기를 밤낮으로 빌었다.

막내 오빠는 오랫동안 눈을 뜨지 못했다. 눈을 떠주기만 한다면, 의식만 되찾아준다면 그간의 노고는 싹 잊히고 마냥 행복할 줄 알았다.

큰오빠는 돌아왔다. 작은오빠는 각성했다. 막내 오빠는 의식을 되찾았다. 불가능할 것 같던 소원들이 모두 이루어졌다. 이제 행복할 날만 남았다고 생각했는데.

이게 웬걸.

"아이고, 우리 집 가장 왔어? 막내야, 막내야, 나 이거 사고 싶은데 20만 원만."

보름 넘게 옷 한 번 갈아입지 않고 귀여운 척하는 저 남자. 저 새끼가 이보배가 그렇게 돌아오길 바랐던 큰오빠요.

"보배야, 오늘은 밥하기 귀찮으니 치킨 어떠니."

식탁과 싱크대에 설거짓거리를 한가득 쌓아놓고 뻔뻔하게 말하는 저 화상. 저 새끼가 몇 달 전 각성한 작은오빠요.

아직 끝이 아니다. 한 명이 남았다.

"막내 오빠는 어디 갔어?"

이보배는 천근만근 무거운 몸을 소파에 누였다. 그리고 하나 남은 식구의 안부를 물었다.

"알잖니, 자원봉사 갔다. 오늘은 동네 청소를 한다고 들었다."

"오, 청소."

이보배는 까칠한 눈으로 집 안을 둘러봤다. 집에서 놀고먹는 백수가 셋인데 집 안 꼴은 개판이다. 진짜 청소가 절실한 집은 버려두고 동네를 청소하러 간 양심에 털 난 새끼. 그 새끼가 이보배가 전 재산을 꼬라박아 살린 막내 오빠이니.

"아…… 인생……."

이보배는 화병으로 쓰러질 것 같아 소파에 얼굴을 박았다.

이보배의 나이 24세. 시대가 시대인지라 한 집안의 가장으로 어색한 나이는 아니다. 하지만 그녀는 이씨 집안의 막내다. 이보배의 위로 사지 멀쩡한 오빠가 셋이나 있단 말이다.

한데 집안의 가장이 그녀요, 집안을 대표하는 이도 그녀요, 오빠들 뒤치다꺼리도 그녀의 몫이었다.

'이건 정말 너무해. 너무해도 너무 너무해.'

어째서 이렇게 된 걸까?

소파를 내리치며 몸부림치는데 발랄한 목소리가 들렸다.

"막내야, 나 20만 원만. 11번 뽑기 10번만 지를게. 이번에 SR 확정 이벤트라서 11번 뽑기 돌리면 SR 하나 확정이야! 운이 좋으면 두 개!"

"보배야, 치킨 주문할게. 너도 먹을 거지? 일곱 마리 시키면 우리 네 식구 먹기 충분하겠지?"

퇴근하고 돌아온 동생이 소파에 쓰러졌다.

그런데 걱정은커녕 자기 하고 싶은 말만 하는 합계 나이 55세의 사람 새끼들.

이보배는 나잇값 못 하는 새끼들을 보고 깨달았다.

'어쩌다 이러긴. 이 새끼들 사지는 멀쩡한데 머리가 안 멀쩡했지.'

"과금해도 되지? 한다? 누른다? 누른다, 누른다, 누른다?"

"형, 허락보다 용서가 쉬워."

"아싸, 누른다! 나와라 SR!"

면전에서 이런 대화를 듣고도 폭발하지 않으면 그건 사람이 아니다. 이보배는 벌떡 일어나 외쳤다.

"둘 다 진짜 너무한 거 아니야? 용돈은 용돈대로 받고,

먹고 지르는 건 따로 받아 쓰고! 집안일은 계속 미루다 결국 내가 손대게 만들고! 동생 등골을 그렇게 뽑고 싶어?"

있는 힘껏 소리를 지르고서 숨을 헐떡이자 그제야 큰오빠와 작은오빠가 조용해졌다. 지은 죄는 알아서 소파 앞에 무릎 꿇고 앉았다.

"꿇으라는 얘기가 아니잖아."

그러자 둘이 동시에 입을 열었다.

"막내야, 미안. 하지만 카드 뽑기가 지르고 싶었엉. 10년만 놀고 다이아 길 걷게 해줄게."

"네 분노는 이해한다. 조금만 더 평화를 누리고 지금의 노고를 반드시 벌충하마."

처음 몇 번은 사탕발림에 넘어갔다. 하지만 아침에 대충 청소했는데 퇴근하니 개판 5분 전인 집 안 꼴이 저 말이 개구라임을 증명했다.

"오빠들. 돈은 벌어오지 않아도 돼. 내가 돈 때문에 이러는 게 아니잖아. 자기가 먹은 건 치우고, 빨래는 빨래 바구니에 넣어두고, 걸레질까진 바라지 않으니까 청소기라도 돌려주면 좋고."

아니, 집안일은 쌓아두고 미뤄두더라도 해치우긴 하니까 접어두자. 이보배는 더 중요한 안건을 꺼냈다.

"그래. 집안일은 몰아서 하니까 그렇다 쳐. 도대체 하루 종일 집에서 뭐 해? 밖에 좀 나가. 바람 좀 쐬고, 햇볕도 좀 쬐고. 집안일 안 해도 좋으니까 차라리 막내 오빠처럼 봉사를 나가든가 외출을 하란 말이야.”

그러자 큰오빠가 대놓고 불쌍한 표정을 지었다.

“이 오빠는 아직 안정과 휴식이 필요한 어린양인데. 밖에 나가 시비 걸리면? 오빠의 유리 멘탈에 흠이 나면 그날이 세상의 종말이거든.”

“암시장에서 시비 걸려도 오빠가 현질하는 게임 채팅방보다 친절할 거야.”

“커흑! 막내의 팩트 공격에 내 마음이! 여린 멘탈이 무너진다! 흑, 흑화한다, 흑화해 버렷. 내 안에 억누르고 있던 어둠이 깨어나……! 크윽, 파괴, 살육, 뿌셔뿌셔…… 되어버렷!”

듣기 싫은 잔소리를 들을 땐 늘 저렇게 머리를 부여잡는다. 헛소리를 늘어놓던 큰오빠는 방으로 도망쳤다.

‘그래, 내가 큰 새끼에게 뭘 바라.’

큰오빠는 오빠 셋 중 머리가 가장 안 멀쩡하다. 아무것도 바라선 안 된다.

이보배는 큰오빠를 포기하고 대신 작은오빠를 보았다.

작은오빠는 상태 안 좋은 오빠 셋 중에 그나마 제일 믿음직스러웠다. 가장 상식적이고, 똑똑하다. 미뤄둔 집안일을 해치우는 사람도 작은오빠뿐이니까.

무엇보다 이보배 곁을 내내 지켜주었다. 이보배는 그것만으로도 작은오빠에게 늘 미안하고 감사했다.

내심 기대에 찬 시선을 보내자 작은오빠는 슬그머니 고개를 돌렸다.

이 새끼가?

"그으…… 보배야. 너도 알다시피 내가 꽤 오랫동안 쉬지 못했단다. 알지? 나 정말 힘들게, 한시도 쉬지 않고 살았어. 전력 질주로 골이 보이지 않는 마라톤을 했다가 간신히 휴식을 허락받은 기분이야. 그러니까."

"그러니까?"

엄마 아빠가 사람으로 낳아주셨는데 왜 개소리를 할까. 이보배는 마지막까지 희망을 버리지 않았다. 그녀가 보내는 상냥한 미소에 힘이 생겼는지 작은오빠가 말했다.

"형이 10년만 논댔으니까 나도 10년만 놀게."

큰오빠는 6년 동안 실종되었다가 중2병을 얻어 귀환했다. 작은오빠는 느닷없이 미래에서 회귀했다고 주장한다.

봉사 활동 나간 막내 오빠는 생각만 해도 골치 아프니 넘어가자.

각자의 주장대로라면 귀환자와 회귀자. 지금 당장 어디 소설에서 주인공으로 활약해도 부족하지 않은 쟁쟁한 이력이다.

이에 이보배는 여동생이자 가장으로서 일갈했다.

"이 밥버러지 식충이들! 당장 나가서 일하지 못해!"

1. 큰오빠가 돌아왔다

이보배는 이름 그대로 집안의 보배였다. 3남 1녀. 연년생 아들만 줄줄이 낳은 부모는 딸을 얻기 위해 1년 동안 불공을 올렸다.

아들 많은 집안의 고명딸. 이보배의 인생은 안락 그 자체였다.

금전적으로 부족한 것 없는 집안, 그녀에게 쏟아지는 부모의 사랑과 관심, 적당히 서로를 까면서도 막내에게만은 한 수 접어주는 오빠들까지.

이보배는 행복한 아이였고, 행복한 소녀였고, 행복한 어른이 될 예정이었다.

하지만 이 세계에 사는 거의 모든 사람이 그렇듯, 어느 날을 기점으로 이보배의 인생은 가시밭길이 되어버렸다.

　균열의 날. 세계 각지에 동시다발적으로 균열이 벌어지고 몬스터가 튀어나왔다. 사람들은 균열에 휩쓸려 실종되고, 몬스터에게 살해당했다. 몬스터에겐 기존의 총화기가 제대로 통하지 않아 대항조차 불가능했다.

　전 세계에 벌어진 살육과 학살. 국가의 붕괴와 문명의 파괴.

　초유의 사태에 인류는 멸종의 길을 걷는 듯했으나 살아남았다.

　시스템이 등장한 것이다.

　시스템은 가장 먼저 세계 각지에 벌어진 균열을 닫았다. 균열에서 나온 몬스터도 균열 안으로 돌려보냈다.

　이것으로 더 큰 비극은 막았으나 모든 균열이 닫힌 건 아니었다. 모든 몬스터가 돌아간 것도 아니었다.

　시스템은 이를 해결하기 위해서라는 듯 불특정한 사람과 접촉했다. 시스템과 접촉한 사람은 격변한 세계와 몬스터에 대항할 수 있는 미지의 힘을 각성했다.

　게임 창을 닮은 시스템, 던전과 비슷한 균열, 그리고 각성한 사람들이 얻은 힘은 과거 유행하던 소설이나 영화, 게임 속 설정과 비슷했다.

　인류는 빠른 속도로 격변한 세계와 뒤집힌 상식에 적

응했다.

시스템과 접촉해 힘을 각성한 사람을 각성자라 부르기 시작했다. 또한 각성자 중 균열에 진입하고 몬스터를 퇴치하는 일을 직업 삼은 이들을 헌터라 불렀다. 헌터는 몬스터를 처치했고 실종자를 찾기 위해 균열로 들어갔다.

사회적 안정은 빠르게, 변화는 그보다 더 빠르게 진행되었다. 인류는 몬스터 사체와 균열에서 가져온 신소재에 열광했다. 동시에 겁먹었다.

미지의 세계, 미지의 존재, 미지의 힘. 공포는 행동의 원동력이 된다. 모르는 것을 알기 위한, 공포를 극복하기 위한 연구가 시작되었다.

바야흐로 균열의 시대가 열린 것이다.

균열의 날, 이보배는 부모를 잃었다. 막내 오빠는 그녀를 감싸다 식물인간이 되었다. 흔하다면 흔한 사연이었다.

이보배의 큰오빠 이귀한이 등장하는 순간, 이야기는 흔한 사연에서 약간 벗어난다.

이귀한은 시스템과 접촉한 각성자였다. 전투계로 각성한 그가 아니었다면 이보배는 막내 오빠를 끌어안은 채 몬스터에게 살해당했을 것이다.

부모님은 사망했고 집은 짐 몇 개 빼자마자 후 균열에 침식당했다.

은행 예금은 동결되고 물가는 치솟는 상황. 한국은 정부 기관과 치안이 유지된 몇 안 되는 국가였으나 그것이 사 남매를 구해주진 않았다. 가난은 나라님도 어쩔 수 없다지 않은가.

각성 초기, 이귀한은 다른 각성자와 힘을 모아 대피소 주위 및 병원 근처의 몬스터를 사냥했다. 그러다 사회가 안정되면서 균열로 눈을 돌렸다.

치솟은 물가와 병원비 때문에 유산은 금방 동날 게 분명했다. 전투계로 각성한 그가 이씨 남매의 유일한 버팀목이었다.

이보배의 큰오빠 이귀한은 20세의 나이에 큰 결단을 내렸다. 균열에 직접 들어가 사냥하는 헌터가 되기로 한 것이다. 남매의 생활비와 셋째의 병원비를 위해선 그것이 최선이었다. 이보배가 울며 반대했으나 이귀한의 의지는 강건했다.

이귀한은 균열을 드나들며 눈코 뜰 새 없이 바쁘게 일했다. 각성으로 건강해진 몸이 비명을 지를 정도로 혹사했다.

벌이는 괜찮았으나 집안에 돈 먹는 하마가 있으니 통장은 늘 빈곤했다. 목숨 걸고 일하는 그를 보다 못한 이보배의 작은오빠 이해기가 생활 전선에 뛰어들려 했다.

큰오빠는 작은오빠를 막았다.

"너는 머리가 좋잖아. 내년엔 수능 정상적으로 치른다

고 했으니까 수능 봐서 대학 가야지."

"요즘 같은 시대에 대학이 무슨 소용이야."

"네가 뭘 몰라서 그래, 짜샤. 이럴 때일수록 배움이 중요한 거야. 셋째 병원비랑 너희 학비는 내가 책임진다. 형만 믿어. 우리 막내, 돼지 공주님도 오빠만 믿어라!"

이귀한은 멋진 오빠고 멋진 형이었다. 제 몸 하나 건사하기도 힘들 때인데 동생들을 포기하지 않았다.

그래서 이보배는 큰오빠를 세상에서 제일 멋진 사람이라고 생각했다. 두 번째로 멋진 사람은 작은오빠에겐 미안하지만 자길 감싸준 막내 오빠였다.

이귀한은 장담한 대로 2년 동안 가족의 생계를 책임졌다. 집안의 가장을 그만두게 된 것도 그가 바란 바는 아니었을 것이다.

균열 속의 균열. 균열의 날 이후 보고된 적 없는 기현상에 이귀한이 휩쓸렸다. 그리고 돌아오지 못했다.

작은오빠 이해기는 대학을 그만뒀다. 마음 같아선 형을 찾아서 방방곡곡 떠돌고 싶었을 것이다.

하지만 바로 아래 동생은 식물인간이고 막내인 이보배는 보호가 필요한 미성년자였다. 장남이 사라졌으니 이젠 성인인 그가 집의 가장이었다.

애석하게도 이해기는 각성자가 아니었다.

남매의 생활비와 그의 학비, 셋째의 병원비까지. 초기

각성자인 이귀한이 물불 가리지 않고 벌어 간신히 감당한 액수였다. 특히 셋째의 병원비는 대학 중퇴의 학력으로 감당할 금액이 아니었다.

결국 이해기는 짐꾼이 되었다. 짐꾼은 헌터들이 사냥에 익숙해지면서 생긴 신규 직종이다. 균열에 들어가 헌터들이 사냥에 집중하는 동안 몬스터 사체를 도축해 필요한 부위만 챙기고 균열 내 소재를 채집하는 것이 짐꾼의 일이었다.

비각성자의 몸으로 균열에 들어갔다. 말 그대로 목숨을 걸었기에 수입 자체는 나쁘지 않았다. 하지만 반짝 벌이에 불과했다. 각성자가 버는 금액에 비하면 턱없이 적은 액수였다.

열심히 아끼고 허리띠를 졸라도 가장 큰 지출이 따로 있으니 살림살이는 팍팍했다. 결국 그나마 모아둔 저금을 탈탈 털었으나 가계부는 적자를 기록했다.

이대로 병원에서 쫓겨나 셋째가 죽는 걸 봐야 하는가. 남매가 전전긍긍하던 그때.

이보배가 각성했다.

"보배 씨, 오늘도 야근?"

"네, 퇴근하세요?"

"늘 늦게까지 고생이 많네요. 힘내요."

휴게실에 멍하니 앉아 있던 이보배는 퇴근하는 동료에게 간단히 묵례했다. 말로는 힘내라고 하지만 속내는 어떨까.

회식이나 친목 모임에 끼지 않고 마력과 정신력이 바닥 날 때까지 회사에 처박혀 포션이나 만드는 직장 동료.

적게 버는 것도 아니면서 커피나 밥 한 번 산 적 없는 선배. 긴급 사태가 아닐 땐 강요하지 않는 야근을 자발적으로 해 팀 내 분위기를 망치는 직원.

그래놓고 승진 못 해 5년째 일반 사원인 직원.

그것이 이보배다.

'나빴다, 진짜.'

이보배는 건조한 눈을 비비고 반쯤 마시다 만 커피를 원샷했다. 평범한 인사말을 의심해 버리는 자신이 싫었다.

'원래 이렇게 배배 꼬인 인간 아니었는데.'

삶이 팍팍하니 마음도 덩달아 황폐해진다. 회사를 그만두고 잠시 쉬고 싶었지만 그럴 순 없었다.

'막내 오빠⋯⋯.'

전 세계를 강타한 비극이 이보배의 집안도 공평하게 휩쓸고 지나간 지 8년, 큰오빠가 실종된 날로부터 6년이 지났다.

막내 오빠는 8년 동안 죽지 않고 살았다. 생명 유지 장치가 없으면 5분도 버티지 못하지만 이보배는 막내 오빠의 숨을 붙여놓는 데 성공했다.

모두 그녀가 각성한 덕분이다.

부모님은 돌아가셨다. 막내 오빠는 식물인간이 되었으며, 믿음직스럽던 큰오빠는 실종되었다.

그래도 아주 운이 없지는 않았는지 이보배는 6년 전 각성했다.

전투계가 아닌 생산계 능력자였다. 그녀의 직업은 연금술사. 유일무이하게 주어진 스킬은 '포션 메이커(C급)'였다.

지난 8년간 각양각색의 직업과 능력, 스킬이 튀어나왔다. 하지만 기이하게도 회복 스킬을 각성한 사람은 없었다.

회복 스킬이 전무한 건 아니다. 탱커의 자가 회복이나 재생이 있으니까. 하지만 타인을 회복시킬 수 있는 직업이나 스킬은 없었다. 그렇기 때문에 포션은 현재로서 유일한 긴급 회복 수단이었다.

줄 세우기 좋아하는 국민성은 각성자에게도 등급을 매겼다.

등급 산정이 복잡한 전투계와 달리 생산계는 등급 기준이 간단명료했다. 스킬 등급이 곧 능력자 등급이었고, 그 기준에 따라 이보배는 C등급 연금술사가 되었다.

C급이라고 낮잡아봐선 안 된다. 최초 각성자들이 성장하고 후발주자들이 맹렬히 레벨 업하는 현재에도 C급은 상위 각성자로 분류된다.

덕분에 이보배는 국내에서 한 손에 꼽히는 대형 길드인

사계절 길드에 정직원으로 입사할 수 있었다.

돈만 생각하면 더 나은 선택지가 있었을지도 모른다. 다만 사계절 길드엔 돈을 뛰어넘는 메리트가 있었으니.

업계 최고의 직원 복지다.

사계절 길드 입사 5년 차인 이보배의 월급과 추가 수당, 성과급을 모두 합쳐도 막내 오빠의 병원비는 감당할 수 없다. 건강보험 적용이 안 되기 때문이다.

그런데 사계절 길드는 직원 복지 차원에서 병원비의 7할을 지원한다. 제휴 병원에 연계시켜 병원비도 할인해 준다.

그렇게 할인받고 지원받아도 이보배가 버는 돈의 태반이 막내 오빠의 병원비로 빠져나갔다. 그래서 이보배는 오늘도 마력과 정신력을 쥐어짜고 있는 것이다.

여기서 이보배가 길드를 그만두면? 막내 오빠는 죽는다.

'그만 쉬자.'

이보배는 비틀거리면서 휴게실을 빠져나와 자신의 자리로 돌아갔다. 팀원은 모두 퇴근해 추가 근무를 위해 남은 사람은 그녀가 유일했다.

'당연한 거지.'

전투계에 비해 수입이 적을 뿐, 대부분의 각성자는 비각성자보다 많이 번다. 굳이 마력 고갈과 두통을 감수해 가며 추가 수당에 연연할 필요가 없었다.

할당량을 채웠다면 자기 계발에 힘쓰거나 사교활동, 가

족, 취미에 시간을 분배하는 게 낫다. 누구나 그렇게 생각할 것이다.

이보배처럼 자신을 등한시하고 식물인간이 된 가족에게 연연하는 건 멍청한 짓이다. 사회 전반적으로 그런 인식이 강해졌다.

'옛날엔 아니었는데.'

균열의 날 이전에는 수십 년간 식물인간을 보살핀 얘기도 간간이 들을 수 있었다. 하지만 이젠 아니다. 부족해진 자원과 전 세계를 덮친 비극은 가족을 포기하지 못하는 마음을 허튼 미련과 낭비로 몰아세웠다.

길드 입장에서도 이보배의 오빠에게 들어가는 돈이 아까울 것이다. 안 봐도 뻔하다. 아까워서 이보배를 언제 자를까 재고 있을 것이다.

그러니 이보배의 후배가 팀장을 달 때까지 승진도 안 시켜주는 게 아닐까.

처음엔 하나밖에 없었던 포션 팀이 둘이 되고, 셋이 되고, 넷으로 불어났다. 그녀보다 늦게 들어온 후배가 3팀과 4팀의 팀장이 되었다.

그럼에도 이보배는 여전히 사계절 길드 포션 1팀의 사원이었다.

'일하자, 일.'

잘리지 않으려면 남들보다 열심히 일해야 한다. 조금이

라도 저금해 미래를 대비하려면 할당량보다 많은 포션을
제작해 성과급을 받아야 한다.

"하아."

이보배는 한숨을 쉬며 상태창을 확인했다.

휴게실에서 커피를 마시며 잠깐 쉬어서 그런지 정신력과
마력이 쥐꼬리만큼 회복되었다. 이제 남은 정신력과 마력
을 닥닥 긁어모아 포션을 제작하면 된다.

이보배는 완성한 포션을 상자에 넣고 오늘 생산한 물량
을 헤아렸다. 누가 보면 수돗물 부어 부풀렸냐고 놀랄 만
한 양이었다.

'포션 만드는 기계구나.'

누가 시킨 것도 아닌데 8시에 출근해 11시에 퇴근하길
5년. 좋게 말해 포션 팀의 에이스지 실상은 기계다.

'너무 부정적으로 생각하지 말자. 이보배, 정신 차려.'

이보배는 고개를 젓고 뻐근한 어깨와 목덜미를 주물렀
다. 마력과 정신력이 바닥나 기분이 저조하고 속도 안 좋
았다. 뇌를 쥐어짜는 듯한 두통은 당연히 따라온다.

집과 직장, 병원만 왕복하며 주말도 없이 일했다. 몇 없
는 휴일에도 포션을 제작해 긴급 사태에 대비했다. 삶의
유일한 보람은 조금씩 늘어가는 통장 잔고뿐.

정말이지 꿈도 희망도 보람도 없는 삶이었다. 자조할 기

운이 있다면 한숨 쉬는 데 쓰겠다.

이보배는 자리를 정리하고 회사를 나왔다.

게이트에 카드를 찍고 나오니 회사 복지의 일환인 퇴근용 차량이 그녀를 기다렸다.

"오늘도 ○○ 병원으로 갑니까?"

"네, 병원으로 가주세요."

"병원 앞에서 기다리겠습니다."

"안 기다리셔도 되는데."

"회사 정책입니다."

결국 이보배는 쓴웃음을 짓고 말았다. 정말이지 복지는 좋았다.

"다 왔습니다."

"어, 어, 네."

잠깐 졸았다. 이보배는 흐린 눈을 비비고 차에서 내렸다.

병원 대부분이 야간 면회를 금지한다. 하지만 ○○ 병원은 헌터 전문 병원이기에 24시간 면회가 가능했다.

헌터와 면회 시간에 어떤 관계가 있는지 의문이지만 야근을 밥 먹듯 하는 그녀에겐 좋은 일이라 깊이 생각해 본 적은 없다.

피로가 극에 달해 시야가 흐릿했다. 이보배는 불편한 시야로도 능숙하게 병실로 걸어갔다. 아마 눈을 감고도 찾아갈 수 있을 것이다. 하루도 빠짐없이 드나든 길이니까.

이보배는 병실 문을 열고 침대로 걸어갔다.

지난 8년간 의학은 어떤 분야에선 눈부시게, 어떤 분야에선 미미하게 발전했다.

이보배의 막내 오빠가 속한 식물인간 분야는 후자였다.

막내 오빠의 상태는 달라진 게 없다. 8년간 꾸준히 서서히 죽어가고 있을 뿐이다.

공식 이름은 따로 있지만 모두가 슬라임이라 부르는 몬스터를 소재로 만든 욕창 방지 침대가 발명된 게 그나마 눈에 띄는 변화였다.

"막내 오빠, 나 왔어."

이보배는 8년 동안 눈을 뜨지 않은 막내 오빠를 불렀다. 손을 뻗어 조심스럽게 막내 오빠의 이마를 쓰다듬었다.

"나 오늘도 일만 하다 왔네. 사는 게 뭔지 참 모르겠다."

매일 찾지만 오래 머무르진 않는다. 몇 마디 신세 한탄하고 돌아서는 게 보통이었다.

오늘은 유독 피곤해서인지 한탄 끝에 투정이 붙었다.

"계속 누워만 있어도 되니까, 눈만 떠주면 안 돼?"

막내 오빠는 몬스터의 습격으로부터 그녀를 감싸다 식물인간이 되었다. 그렇게 8년이 지났다.

"계속 누워만 있어도 되니까, 일하느라 고생했다고 말해주면 안 될까?"

이보배는 눈가를 훔쳤다. 눈물이 흐르지 않은 눈가는 버석했다. 대신 콧물이 나와서 코를 훌쩍이다가 병실을 나왔다.

병원 앞에서 그녀를 기다리던 차에 타자, 기사는 바로 액셀을 밟았다. 하도 다녀서 길을 외운 운전기사는 웬일로 말을 걸었다. 보통은 이보배가 잘 수 있도록 내버려 두었는데 말이다.

"한 5년 됐나?"

졸린 와중에도 이보배는 기사가 말하는 5년이 무엇인지 바로 알아챘다.

"8년이에요."

"거, 슬슬 포기할 때 안 됐어요?"

이보배는 입을 다물었다. 이런 식의 참견엔 대꾸하느니 무시하고 기력을 아끼는 게 나았다.

"아까워서 그래, 아까워서. 이게 몇 년째야. 오빠도 이만하면 충분하다고 생각할걸. 다 자기만족이야. 묫자리랑 묘비, 유골함 같은 거라니까. 당사자 의견 없이 돈 쓰는 거. 심지어 본인 돈도 아니고 회사 자금 아닙니까. 뭐, 돈이 생명보다 귀하다는 건 아니고……."

꽤 오래전부터 하고 싶었던 말인지 기사는 막힘없이 말했다.

"한창나이에 꾸미지도 않고, 놀지도 않고. 집, 병원, 회사만 다니고, 그러다 덜컥 죽으면? 그럴 일 없다고 생각하면 안 돼요. 가끔 균열에 드나드는 헌터들 태워서 대화해 보면 내용이 무시무시해. 좋은 직장에, 얘기 들어보니까 스킬이랑 직업도 좋다는 것 같던데…….”

기사의 말을 자장가 삼아 이보배는 눈을 붙였다. 이미 아는 내용이라 들을 필요가 없었다. 나이도 한참 어린 게 건방지다고 생각해도 좋았다. 오빠 죽게 두라는 말을 하는데 쌍욕 안 하는 게 어딘가.

집에 도착하자 이보배는 감사 인사 없이 차에서 내렸다. 기사도 잘 들어가란 인사 없이 차를 몰고 갔다.

이걸로 그녀를 길드 자금 갉아먹는 기생충으로 생각할 사람이 하나 더 늘었다.

서울 외곽의 방 두 개짜리 반지하가 이보배의 집이다. 이보배는 도어록 비밀번호를 누르고 현관문을 열었다.

“어서 와. 피곤하지?”

낡은 소파에 앉아 TV를 보던 작은오빠 이해기가 그녀를 반겼다. 말을 꺼낸 이해기야말로 피곤한 기색이 역력했다.

“작은오빠야말로 왜 안 자고.”

“말만 한 여동생이 집에 안 들어왔는데 어떻게 자냐.”

이해기가 이보배의 부름에 대답해 주는 유일한 오빠가 된 지도 벌써 6년이 지났다. 그럼에도 불구하고 이보배는 여전히 이해기를 작은오빠라고 불렀다.

언젠가 큰오빠가 돌아올지도 모른다는 희망, 언젠가 막

내 오빠가 눈을 뜰지도 모른다는 소망을 담았다는 사실을 작은오빠는 알고 있을까?

아마 알고 있을 것이다. 그녀의 작은오빠는 머리가 좋으니까.

머리 좋은 작은오빠 이해기는 이보배가 각성한 후로도 계속 짐꾼과 채집꾼 일을 병행했다.

첫째로 벌이가 좋고, 둘째로 균열에 자주 들어가면 각성할 확률이 높다는 이유에서였다.

3남 1녀 중 첫째와 막내가 각성했다. 각성 기준은 아무도 모른다. 다만 마력을 받아들이기 쉬운 체질이란 것이 있다면 같은 핏줄인 자신도 가능성이 높다는 게 이해기의 주장이었다.

이보배는 각성 직후 작은오빠에게 대학에 돌아갈 것을 권했다. 그때마다 이해기는 거절했다.

장남에 이어 막내에게 가장의 짐을 씌우는 것도 모자라 그 돈으로 공부만 할 순 없다는 이유였다. 생활비라도 대지 않으면 수치스럽단다.

이해기는 고되고 힘든 짐꾼 일을 포기하지 않았다. 덕분에 이보배는 적은 금액이나마 적금을 들고 미래를 대비할수 있었다.

사실 이보배의 유일한 보람인 적금은 그녀 자신을 위한 것이 아니다. 언젠가 작은오빠가 각성하게 된다면 장비를 맞춰주고 싶었다.

헌터용 장비는 기초 장비라도 가격이 상당했다. 길드에서 직원 할인가로 구매한다 해도 적금을 들지 않으면 맞추기 힘들었다.

그래도 작은오빠가 각성만 한다면야. 이보배는 대출받을 의향도 있었다.

"얼른 씻고 자."

"작은오빠, 나 배고파. 치킨 시킬까? 다리는 다 내 건 거 알지?"

내내 무미건조하던 이보배지만 작은오빠 앞에선 약간의 투정을 부렸다. 세상에 기댈 혈육이 둘만 남다시피 한 덕분에 남매 사이는 이전보다 돈독했다.

이해기는 말없이 배달 어플을 켜 치킨을 주문해 동생의 투정을 받아줬다.

치킨이 오길 기다리며 남매는 TV를 봤다. 야심한 시간이라 볼만한 프로는 없었다. 결국 뉴스 채널에 고정하고 졸면서 뉴스를 들었다.

-귀환자 김혁 씨가 각성했다는 반가운 소식입니다. 김혁 씨는 우리나라의 10,004번째 귀환자로, 귀환자 중에선 38번째로 각성자가 되었습니다.

-계열과 등급은 밝혀졌나요?

-균열 각성자 관리국에선 전투계임을 밝혔을 뿐 등급은 불문에 부치고 있습니다. 하지만 우리나라를 대표하는 S급 헌터 '검성'을 시작으로 귀환자 출신 각성자는 대부분 고등급을 받은 게 사실입니다.

-또 다른 S급 헌터의 탄생을 기대해 볼 수도 있는 거군요.

-네, 그렇습니다.

균열의 날로부터 8년이 지났다. 실종되어 시체조차 찾을 수 없던 이들 중 몇이 갑작스레 돌아왔다. 그들은 균열에 휘말려 다른 세계에서 살다 왔다고 동일하게 증언했다.

평범한 이가 대부분이지만 개중엔 이세계에서 특이한 능력을 얻어 돌아온 사람도 있었다.

가장 대표적인 인물이 대한민국의 첫 번째 귀환자이자 최초의 S급 헌터인 검성이다.

검성은 소위 무림이라 불리는 세계에서 귀환했다. 국내 최초의 귀환자였기 때문에 모두의 관심을 한 몸에 받았다. 그는 귀환 직후 모두의 관심이 부담스러운 듯 인터뷰나 방송 출연 등을 사양했다.

하지만 그건 강자가 숨을 고르는 기간이었다. 검성은 압도적인 실력을 뽐내며 대한민국 최초의 S급 헌터이자 전세계에서도 인정받는 강자로 입지를 다졌다. 그리고 세계에서 한 손에 꼽히는 소수 정예 길드, 반야 길드를 세웠다.

독보적인 그의 행보는 앞길을 방해하는 모든 걸 치워 버리기에 무협지 속 천뭐시기와 닮았지만 감히 검성을 천뭐시기로 부르는 사람은 없다나 뭐라나.

이보배는 닭 다리를 뜯었다. 기름과 육즙이 입안에 들어오자 살 것 같았다.

뉴스에선 귀환자 출신 헌터가 나오면 으레 그러하듯 검성의 이력을 줄줄 읊었다. 그걸 본 이해기가 무덤덤하게 말했다.

"형도 돌아와서 S급 헌터 되면 좋겠다."

"응."

"검성처럼 가족들한테 돈지랄시켜 주고."

"으흐흐, 신나."

"검성은 암도 고쳤다는데 형도 그렇게 해주는 거지."

"막내 오빠 막 고쳐주고."

"너 부려먹는 사계절 길드에 갑질도 해주는 거야. 마! 내가 응? S급 헌터 여동생이다! 이래도 승진을 안 시켜줄 거냐!"

"크으, 나 팀장 되는 거야?"

"S급 헌터 동생인데 팀장이 뭐냐. 부장은 해먹어야지."

"우리 길드 부장은 무조건 전투계가 맡는데."

"그걸 가능하게 하니까 갑질인 거야. 불가능, 아무것도 아니다."

21살부터 27살이 될 때까지 짐꾼으로 일하며 온갖 갑질을 당한 작은오빠가 하는 말이다. 신뢰도가 높았다.

이보배는 고생하는 작은오빠가 마음 상할까 봐 정말 하고 싶은 말을 참았다.

'갑질 안 시켜줘도 되니까 큰오빠가 돌아왔으면 좋겠다.'

부모님 두 분을 합한 것처럼 굳건하던 큰오빠는 대체 어디에 있는 것일까.

영영 돌아오지 않아도 좋으니 살아만 있어줬으면 싶다가도 시체라도 좋으니 큰오빠를 보고 싶어질 때가 있었다.

이보배는 치킨과 함께 큰오빠 생각을 삼켜 버리고 현관 쪽에 있는 짐 가방에 눈을 돌렸다.

"작은오빠 내일도 균열 들어가?"

"그래, 국이랑 밑반찬 해놨으니까 아침은 꼭 챙겨 먹어. 이번 공략은 좀 길어질 것 같으니까 설거지랑 빨래는 네가 해야겠다."

"누가 들으면 나는 하나도 안 하고 다 작은오빠 시키는 줄 알겠네."

"네가 시간 없어서 못 하지, 시간 나면 집안일 하는 거 알지. 설거지하기 힘들다고 아침 굶지 말라고 하는 소리야."

큰오빠 생각이 치킨과 함께 넘어가다 중간에서 걸렸는지 목이 메었다. 이보배는 참지 못하고 말했다.

"짐꾼 그만두면 안 돼? 작은오빠까지 위험하게 일할 필요 없잖아. 우리 집이 진짜 적자인 것도 아니고 적금도 들고, 부수입 생기면 그것도 조금씩 모아. 승진은 안 시켜줘도 호봉은 챙겨주니까 월급도 계속 오를 거고. 작은오빠가 안 알려줘도 나도 듣는 게 있어. 요즘 헌터들이 짐꾼 사람 취급도 안 한다며? 정 짐꾼 하고 싶으면 차라리 우리 길드 쪽에 소개해 줄 테니까."

"바보야. 물가는 안 올라? 월급보다 물가가 더 오르는 데? 그리고 원래 헌터들은 균열에서 예민해져. 사람 목숨이 달렸잖아. 의사도 수술실 들어가면 예민해지는데 헌터들은 오죽하겠냐. 사계절 길드 쪽 일은 일부러 안 받는 거 알면서 그래?"

혹시라도 그가 실수하면 이보배에게 영향을 미칠지 모른다. 이해기는 일부러 사계절 길드 일은 피해서 받았다.

"뭣보다 너한테만 짐을 지울 순 없어. 너 이대로 평생 오빠들 뒤치다꺼리만 하며 살 거야? 남자도 만나고 결혼도 해야지. 형이."

이해기는 목이 메는지 침을 삼켰다.

"어떻게든 이씨 집안 고명딸은 공주처럼 호강시켜 주다 여왕으로 모셔줄 남자한테 시집보낼 거라고 떠드는 게 형 술주정이었어. 그래야 어머니 아버지 편히 눈감으신다고."

이해기는 눈물 대신 콜라를 삼켰다. 그가 걱정하지 말라는 듯 방긋 웃었다.

"너무 걱정하지 마."

"어떻게 걱정을 안 해."

"넌 균열 들어가 본 적도 없잖아. 네가 상상하는 것만큼 위험하진 않아. 요즘은 체계도 잘 잡혔고 헌터들도 숙달되었거든. 예전보다 균열에 대해 알고 있는 정보도 늘었어. 그리고 난 돈을 위해서만 균열에 들어가는 게 아니야. 꿈을 위해서야. 내 꿈은 헌터가 되는 거니까."

"뻥 치시네. 작은오빠 꿈은 소설가잖아."

"그건 중학생 때 얘기지."

이보배가 알기로 이해기의 꿈은 작가였다. 특히 판타지 소설을 좋아했다. 좋아하는 작품을 가족들에게 추천하고 다녔다.

큰오빠가 헌터라는 낯선 직종에 선뜻 몸담은 것도 이해기가 추천한 소설의 영향이 어느 정도 있었을 것이라고 이보배는 생각했다.

"어쩐지 이번엔 느낌이 좋아. 자신감 과잉인가 싶어서 말 안 하려고 했는데 이번에 각성할 것 같아."

"그걸 어떻게 알아."

"그냥 느낌이지. 어쨌든 컨디션 좋으니까 난 괜찮아."

이렇게까지 말하면 이보배로서도 어쩔 도리가 없었다. 이보배는 인벤토리에서 포션을 꺼냈다.

이전에도 그녀는 작은오빠에게 포션을 준 적이 있다. 대부분 불량품이라 빼둔 불량 포션이었지만 이번엔 달랐다.

얼마 안 되는 귀중한 휴일에 정신력과 마력을 몽땅 쏟아부어 만든 C급 회복 포션이었다.

C급이라고 우습게 보지 말지어다. C급 각성자가 고위 각성자 대우를 받듯이 C급 회복 포션도 가치가 높다.

A급 포션은 제작 성공했다는 사례가 없으며 균열 내 보물 상자에서 나오거나 공략 보상으로 주어지는 것뿐이다. 그러니 B급 포션이 최상위지만 이 또한 천상계 헌터들이 독점해 시중엔 풀리지 않았다.

즉, C급 회복 포션은 개인이 시장에서 구할 수 있는 가장 높은 등급의 포션이었다. 당연히 가격도 비쌌다.

하지만 이보배는 C급 회복 포션을 자주 만들지 못했다. 수중에 재료가 없으니 마력과 정신력만으로 만들어야 한다. 하지만 늘 스스로를 혹사하는 이보배에게 그럴 여력이 있을 리 없다.

이 C급 회복 포션은 이보배가 정말 드물게, 회사에서 강제로 준 휴가에 만든 비상금이었다. 생명력을 돈과 교환한 것이라 봐야 한다.

이보배가 건강을 포기하고 만든 C급 포션은 때깔부터 달랐다. 이해기의 눈이 휘둥그레졌다.

"난 느낌 같은 거 안 믿어. 큰오빠 실종된 날도 평소랑 똑같았는걸. 오히려 작은오빠가 느낌 좋다고 하니까 무서워. 그러니까 이거 가져가. 난 느낌이 안 좋고 작은오빠 느낌이 좋고. 이걸로 쌤쌤이야."

"넣어둬. 이런 게 있으면 네가 써야지."

"작은오빠야말로 넣어둬. 이건 진짜 딴 사람 주지 말고 작은오빠가 써야 해. 그동안 준 포션 다른 사람들에게 준 거 다 알고 있거든. 도대체, 동생이 포션 메이커인데 몸에 이 흉들은 뭐야."

이보배는 이해기의 몸에 자잘하게 남은 흉들을 가리켰다. 균열의 날 이전엔 없던 흉들이었다.

불량품이라도 포션은 포션이다. 자잘한 생채기는 낫는다. 이해기가 받은 포션을 자신을 돌보는 데 썼다면 흉이 저리 많지 않았을 것이다.

이보배의 머리 좋은 작은오빠는 쓸데없이 성격까지 좋았다. 옛날에는 괜찮았는데 요즘 같은 시대엔 가족 입장에서 보기 힘들었다.

이해기가 자상한 미소를 지었다.

"보배야……."

"많은 거 바라지 않아. 꼭 돌아와야 돼. 꼭이야."

이해기가 이보배의 앞이마를 쓸었다. 이보배는 진저리 치며 치킨 기름 가득한 작은오빠의 손을 떨쳤다.

배가 부르니 억지로 붙잡고 있던 눈꺼풀이 내려왔다.

"잘 자."

이보배는 방으로 비척비척 걸어갔다. 방문을 여는 그녀 뒤에서 이해기가 말했다.

"내일 새벽에 나가니까 아침밥 못 준다! 밑반찬은 꺼내
둘 테니까 아침 꼭 먹고 가!"

"응."

이보배는 건성으로 대답하고 이불에 누웠다. 베개에 머
리가 닿자마자 의식이 멀어졌다.

'⋯⋯뭐지.'

다디단 수면을 취하던 이보배의 신경이 무언가를 감지
했다. 거슬리는 느낌에 설핏 잠에서 깼다.

전투 계열은 아니지만 일단은 각성자다. 이보배의 감각
은 일반인보다 예민했다.

눈을 뜨니 신경에 거슬린 무언가를 바로 알아챘다. 작은
오빠가 방문을 열고 안을 들여다보고 있었다.

'나가기 전에 보는 건가⋯⋯.'

그런 것치곤 분위기가 이상했다. 동이 텄지만 반지하라
어두워 작은오빠의 얼굴은 보이지 않았다. 하지만 잠에서
덜 깬 눈에도 굳게 다문 입매가 유독 눈에 띄었다. 게다가
이해기를 감싼 분위기도 평소와 달랐다.

자세히 파악하고 싶었지만 만성피로에 시달리는 몸은
수면을 원했다. 기세가 남다르면 어떠랴. 작은오빠니 위험
하지 않을 텐데. 안전하다는 확신이 들자마자 다시 눈이
가물가물했다.

흐릿한 시야로 굳게 다문 입이 달싹이는 게 보였다.

"이번엔 반드시……."

'반드시……?'

목소리가 너무 작아 이보배는 뒤에 이어진 말을 듣지 못했다. 조용히 문을 닫는 작은오빠에게 이보배는 잠결에 인사했다.

"돌아와야 해."

"반드시 돌아오마."

이해기의 기척이 방에서 점점 멀어졌다. 현관으로 이동해 전날 챙겨둔 짐 가방을 들고 신발을 신고 현관문을 열고 나섰다.

현관 도어록이 닫히는 소리가 들렸다. 이보배는 베개에 얼굴을 묻었다. 오늘도 어제처럼 버텨야 하는 하루일 것이다. 버티기 위해선 자야 했다.

결국 이보배는 아침을 먹지 않고 출근했다. 늦잠을 자서나 설거지하기 귀찮아서는 아니다. 자기 전에 치킨을 먹은 게 잘못되었는지 속이 더부룩했다. 각성한 몸뚱이를 믿었지만 과로 끝에 기름진 튀김은 힘들었나 보다.

이보배는 출근하자마자 기재를 점검했다. 어차피 그녀

가 퇴근한 후 만질 사람은 없었겠지만 나름의 작업 전 의식이었다.

현재까지 밝혀진 포션 제작법은 크게 세 가지다.

첫 번째는 아무 재료 없이 마력과 정신력을 소비해 창조하는 방법이다.

이렇게 만들어진 포션은 스킬 등급을 뛰어넘지 못한다. 제작자도 최소 이틀에서 사흘은 휴식을 취해야 할 만큼 지친다. 마력과 정신력, 시간, 체력 모두 낭비인 방법이라 막 각성한 사람이 스킬 확인용으로만 시도해 보고 재시도하는 경우는 거의 없다. 휴일에 비상금 용도로 포션을 제작한 이보배가 특이 케이스였다.

두 번째는 레시피를 숙지한 후, 포션 제작에 필요한 기재를 놓고 스킬을 사용하는 방법이다.

이렇게 하면 첫 번째보다 정신력과 마력을 많이 아낄 수 있다.

두 번째 방법은 숙지한 레시피와 재료의 품질, 스킬을 사용하는 사람의 숙련도, 스킬 등급 등이 포션 등급에 영향을 준다. 그렇지만 첫 번째와 마찬가지로 스킬 등급보다 상위의 포션은 제작할 수 없다.

그래도 안정적인 품질의 포션을 다량으로 제작할 수 있기 때문에 가장 선호되는 방식이다.

마지막 세 번째는 선택받은 자들만 할 수 있는 소위 금수저 또는 재능 있는 능력자 방식이다.

기재를 갖고 포션을 제작할 수 있는 직업을 가진 각성자가 직접 포션을 제작한다. 약초를 삶으라면 삶고, 볶으라면 볶고, 스킬이 알려준 레시피나 사람들이 알아낸 레시피대로 포션을 제작하는 것이다.

세 번째 방식은 만드는 이에 따라 결과가 천차만별이다. 금수저가 재료만 믿고 대충 만들면 하품이 나오고 능력자가 하급 재료로 심혈을 기울여 만들면 중품이 나온다. 재능이 있다면 스킬 등급보다 높은 등급의 포션도 제작할 수 있었다.

이름난 연금술사는 누구나 개인 공방을 갖고 있다. 길드에 소속되어 있어도 능력을 인정받으면 수제 포션을 만드는 게 가능했다.

공산품보단 수제가, 양산품보단 주문 제작품이 있어 보이는 건 당연한 일이다. 포션의 주 소비층인 헌터들도 그 인식에서 벗어나지 못했다. 헌터라면 누구나 세 번째 방식의 포션을 선호했다. 비싸서 못 쓸 뿐이지.

이러니저러니 해도 결국 대다수의 헌터가 신세 질 포션은 두 번째 방식으로 제작한 양산형 포션이다.

사계절 길드는 대형 길드인 만큼 포션 수요가 많았다. 외부 공방에서 포션을 수급하는 한편, 길드 내에도 포션 팀을 두었다.

길드가 성장함에 따라 포션 1팀만으론 부족해 2팀, 3팀, 4팀까지 늘어났지만 길드 내 위상은 1팀이 가장 높았다. 그리고 이보배는 길드에서 소속 팀의 위상을 높이는 데 혁혁한 공을 세운 일등 공신이었다.

다른 말로 바람직한 노비라고도 한다.

포션 1팀의 바람직한 노예 이보배는 포션 제작에 집중했다. 작업 중엔 예민하게 반응하는 그녀를 건드리는 사람은 없었다. 초반에 몇 번 데이고 소문이 났기 때문이다.

"이보배 씨!"

오늘까지는.

"뭐예요."

이보배는 만성적으로 체력, 마력, 정신력 부족에 시달렸다. 작업에 몰두한 이보배의 눈빛과 심기는 아주 더럽고 날카로웠다.

이보배는 자신을 부른 사람을 노려봤다. 상사인 팀장이었지만 집중하고 있는 사람을 불렀으니 노려봐도 싸다 싶었다.

"이보배 씨, 저기."

외부에서 스카우트된 팀장은 이보배와 사이가 데면데면했다. 입사 초기엔 괜찮았다. 하지만 팀장이 사비로 저녁 회식 사겠다고 가자고 한 것을 이보배가 거절하면서 관계가 틀어졌다.

그 뒤로 이보배를 보는 눈초리가 곱지 않았던 팀장이다.

그런데 오늘은 그녀를 보는 표정이 부드러웠다.

"그러니까……."

아니. 부드러운 것이 아니다. 안쓰러워하는 것이다. 이보배는 뭔가 싶어 일을 중단하고 자리에서 일어났다.

"방금 인사팀에서 전화가 왔는데."

사계절 길드는 사내 보안을 이유로 핸드폰과 같은 전자기기의 반입을 금지한다. 때문에 직원에게 급히 연락할 일이 있으면 이런 식으로 전달되었다.

"가족분 일로 급히 연락이 왔대요."

순간 이보배는 다리에 힘이 풀려 쓰러질 뻔했다. 간신히 의자를 잡고 버티자 팀장의 안쓰럽다는 표정이 더 진해졌다.

이보배에게 가족은 셋밖에 없다. 그리고 이보배의 가족이 오빠 셋밖에 없다는 사실은 길드 내에서 유명하다. 그중한 오빠가 오늘내일한다는 사실은 아는 사람은 다 알았다.

이보배의 사례를 길드에서 업계 탑급인 직원 복지를 홍보할 때 자주 써먹었기 때문이다. 우리 복지가 이렇게 좋답니다. 모두 사계절로 오세요. 사계절 길드 짱짱짱.

큰오빠는 6년째 행방불명, 둘째 오빠는 짐꾼, 셋째 오빠는 식물인간. 그런 이보배에게 가족 일로 급하게 연락이 온다면 둘 중 하나였다.

둘째 오빠에게 무슨 일이 생겼거나, 셋째 오빠가 죽었거나.

"자세한 건 개인 정보라 못 들었는데 얼른 인사팀에 가

봐요. 핸드폰도 거기서 수령하면 될 거예요. 일단 반차 올려둘게요."

팀장이 부드럽게 그녀를 문 쪽으로 끌었다. 데면데면하게 굴던 팀장이 건네는 친절에 이보배는 세상이 늘 잔인하지 않았음을 간신히 떠올렸다.

그래. 세상은 그녀에게 마냥 잔인하진 않았다. 부모님을 잃었지만 큰오빠가 버팀목이 되어주었고, 큰오빠가 사라지자 그녀가 각성했다. 막내 오빠는 눈뜨지 못해도 작은오빠는 계속 그녀 곁에 있어주었다.

'침착하자.'

작은오빠가 각성했다는 소식일 수도 있다. 막내 오빠가 깨어났다는 소식일 수도 있다. 급한 연락이 늘 부고이진 않으니 작은오빠가 크게 다쳤다는 소식일 수도 있었다.

이보배는 인사팀으로 달려갔다. 그녀를 기다리고 있던 인사팀 직원이 핸드폰을 건넸다.

"이보배 씨, 균열 및 각성자 관리국에서 연락 왔습니다. 사유는 알려주지 않고 가족 일이라고만 하네요."

"네, 네에. 관리국이요?"

균열 각성자 관리국. 균열과 각성자 관련 전반을 관리하는 국가 기관이지만 다들 균열 관리국이나 헌터 관리국으로 불렀다.

균열 근처에도 갈 일 없는 이보배에겐 각성자 등록을 한

이후 연이 없는 곳이었다.

갑작스러운 연락의 주체가 헌터 관리국이니 막내 오빠에게 무슨 일이 생긴 건 아니었다.

'작은오빠!'

새벽에 나가는 걸 보면서 제대로 인사도 못 한 작은오빠 생각이 머리를 꽉 채웠다.

'무슨 일이지? 다쳤나? 많이 다친 걸까? 각성을 바라는 건 너무 욕심인가?'

요즘 같은 시기에 사망이나 그에 준하는 부상 정도로 관리국에서 가족을 급히 호출할 리 없었다. 그러니 평범하지 않은 사고가 발생한 게 틀림없었다.

'설마 작은오빠도 실종된 건, 아냐, 아닐 거야.'

이보배는 거듭 고개를 저어 머리를 잠식하는 부정적인 추측을 떨쳤다.

'A급이나 S급으로 각성했을 수도 있잖아. 시작부터 찬란하게. 그동안의 노고에 보답받는 거야.'

"이보배 씨 반차 신청 수리했습니다. 일이 끝나면 간략하게 보고 부탁드립니다. 아무래도 관리국 호출이니까 이해하시죠?"

이보배는 다소 무례한 인사팀 직원의 말을 한 귀로 흘렸다. 뛰듯이 회사를 나와 택시를 잡았다.

도착하기 전 대략적인 상황을 알고 싶어 연락 온 번호

로 전화했다. 하지만 몇 번을 걸어도 받지 않았다. 작은오빠의 핸드폰은 아예 전원이 꺼져 있었다.

이보배는 별수 없이 뉴스를 살폈다. 전날 작은오빠가 알려준 균열 이름과 지역으로 검색했지만 공략대 홍보 블로그에 올라온 공략 예정이라는 안내 글 외엔 검색되는 게 없었다.

각성자 전용 커뮤니티인 헌터닷컴이라면 자세한 정보가 있을지도 모르지만.

'연회비가 비싸서 가입하지 않았는데.'

각성자라면 한 번쯤 가입하는 회원제 사이트. 평생 필요할 일이 없을 거라고 생각해 가입하지 않은 게 이렇게 아쉬울 줄은 몰랐다.

이제 와 가입하기엔 늦었으니 택시가 얼른 도착하기만을 바랄 수밖에.

대신 이보배는 병원에 전화했다. 막내 오빠는 이상이 없고 이전과 똑같다는 답변이 돌아왔다. 그제야 불안한 마음이 조금 가셨다.

'생각하자, 보배야. 잘 생각해 봐. 균열에서 뭔 일이 났으면 작은 기사라도 떴을 거야. 신라 길드면 언론을 통제할 수도 있지만 그렇게 중요한 균열도 아니야.'

느낌이 좋다던 이해기의 웃는 얼굴. 이보배는 아랫입술을 쥐어뜯었다.

'막내 오빠 괜찮고 작은오빠도 느낌대로 괜찮다고 쳐. 그

럼 남은 건…….'

포기한 지 오래된 삭막한 마음에 바람이 불었다. 이보
배는 입술을 더 강하게 깨물었다.

'설마…… 설마 아니겠지.'

부정하고 또 부정해도 희망의 바람이 부는 걸 막지 못했
다. 6년 동안 희망을 놓지 못했고 그래서 절망이 더 아팠다.

'체념할 때 되었잖아. 포기할 때 되었는데.'

이보배는 눈을 꼭 감았다. 눈은 모래사막처럼 버석거리
고 심장은 불안하게 뛰었다.

이보배는 전원이 꺼져 있는 걸 알면서도 계속 작은오빠
에게 전화했다. 이렇게라도 하지 않으면 불안하고 떨려서
진정할 수 없을 것이다.

'제발, 오빠.'

오빠가 셋이나 있었는데 이젠 그 부름에 응답해 주는
이가 하나만 남았다. 그 하나마저 사라지면 이보배는 정말
견딜 수 없었다.

'제발 무사해 줘.'

이보배는 어느 때보다 간절하게 기원했다.

택시가 관리국 앞에 섰다. 이보배는 관리국 건물을 바

라보았다. 당장 뛰어들어 가도 모자라는데 발이 바닥에 달라붙어 떨어지지 않았다.

'무서워.'

불안하고 무섭다. 수백, 수천 개의 눈이 그녀를 지켜보고 있는 것처럼 눈앞이 어지러웠다. 이보배는 뺨을 찰싹 두드렸다.

'정신 차리자.'

관리국 건물 내의 사람들 모두 심기가 불편해 보였다. 실제 그럴 리 없으니 기분 탓이겠지만 이보배의 마음은 더욱 불안해졌다.

물어물어 찾아간 곳의 관리국 직원은 이보배에게 신분증 제시를 요구했다. 능력자 등록증을 제시하자 질문이 떨어졌다.

"이보배 씨 본인 맞으시고, 이귀한 씨와 관계가 어떻게 되십니까?"

맙소사.

이보배는 바로 대답하지 못하고 얼굴을 가렸다. 울음이든 비명이든 터져 나올 것 같아 간신히 억눌렀다.

"이귀한 동생 됩니다. 이귀한 생년월일은 이렇고 혈액형은 B형, 키는 183㎝, 오른쪽 위 송곳니가 부러져 치과 진료받았었고 각성했을 때 직업은 검사입니다. 그리고."

"그만하면 되었고요, 가족 확인이 필요해서요. 자세한

설명은 담당자에게 들으세요."

가족 확인이란 말에 심장이 거칠게 뛰었다. 뭐라도 더 듣고 싶은 이보배를 무시하고 직원은 다음 방문자를 불렀다.

이보배를 넘겨받은 직원은 그녀를 건물 지하로 인도했다. 질문을 퍼부으려던 이보배는 지하로 간다는 얘기를 듣고 꿀 먹은 벙어리가 되었다.

헌터 관리국에선 능력자 등록과 등급 갱신, 직업 알선, 균열 관리 등의 각성자와 관련된 전반적인 업무를 모두 맡는다. 각성자 입장에선 주민 센터보다 친숙한 곳이어야 한다.

하지만 이보배가 각성자로 등록할 때에만 관리국에 왔던 것에서 알 수 있듯 대다수의 각성자는 헌터 관리국을 멀리한다. 왜냐하면 헌터 관리국은 각성자와 관련된 전반적인 업무를 관장할뿐더러.

각성자 범죄도 전담하기 때문이다.

헌터 관리국 지하엔 전설이 전해진다. 남산에 있던 모 건물에 내려오던 전설과 내용이 비슷했다.

살면서 저지른 범죄라곤 폐기되는 불량 포션 몇 병 슬쩍한 게 전부인 이보배다.

그런데도 창 없는 엘리베이터를 타고 층수 불명인 지하로 내려가니 오금이 저렸다. 택시에서 내릴 때부터 이어진 낯선 느낌은 그녀의 감각을 교란했다.

"너무 겁먹지 마세요. 소문이 과장되었거든요."

직원이 친절히 말해도 소용없었다. 밖에선 친절하다가 취조실 문을 닫자마자 사람이 돌변하는 건 이런 기관의 불문율이니까.

엘리베이터에서 내리고 복도를 조금 지났다. 이보배는 여전히 겁먹고 불안한 상태였다. 당장에라도 누군가가 그녀를 붙잡을 것 같은 불안이 이어졌다.

"조금 이상하긴 하네요. 다른 분들도 기분이 별로였던 것 같고, 저도 컨디션이 안 좋은 것 같아요."

이보배 혼자 그렇게 생각하는 건 아닌 듯했다. 이보배는 상냥한 직원의 말에 대꾸하지 못했다. 따라 걷는 게 최선이었다.

직원이 쓴웃음을 짓고 문을 열었다. 내부는 이보배가 예상한 대로 취조실 비슷한 공간이었다. 정확하겐 취조실을 지켜보는 공간이었다.

한쪽 벽이 유리창이고 내부가 훤히 들여다보였다. 아마 반대편에선 이쪽이 보이지 않을 것이다.

유리창 반대편엔 상반신은 나체에 수면 바지만 입은 남자가 앉아 있었다.

낯익은 얼굴이었다. 아주 낯익었다.

동시에 이보배는 깨달았다. 관리국에 도착한 이후 내내 그녀를 불안하게 하던 알 수 없는 기운. 그 기운이 남자에게서 느껴졌다.

이보배는 저도 모르게 남자를 불렀다.

"큰오빠?"

유리 반대편의 남자는 6년 전 실종된 큰오빠 이귀한이었다. 이보배는 바로 반대편 방으로 가는 길을 찾으려다 신경 쓰이는 것을 발견했다.

'어려?'

이귀한은 실종 당시 22세였다. 6년이 지났으니 지금은 28세여야 한다. 그런데 남자의 외모는 실종 당시와 큰 차이가 없었다. 오히려 피로에 찌들지 않아서인지 더 어려 보이기까지 했다.

'아냐, 시간 흐름이 다른 세계였을 수 있어.'

이곳에서 6년이 흘렀다고 이귀한이 있던 세계에서도 6년이 지났을 거란 법은 없다. 이보배는 다른 귀환자들의 사례를 떠올리며 납득했다.

사실 외견상의 나이보다 더 거슬리는 것이 있었다. 바로 표정이다. 이보배가 들어오기 전부터 남자는 웃고 있었다.

웃는 것이야 개인의 자유이니 뭐라 할 말이 없지만 그 웃음이란 것이 참으로 기묘했다. 흡사 울기라도 하는 것처럼 얼굴을 일그러뜨리고 쉬지 않고 웃었다.

그것이 끝이 아니다. 더 기분이 묘하게도 이귀한의 시선이 이보배에게 곧게 향했다. 반대편 유리창에선 이쪽이 보이지 않을 텐데도 말이다.

"어라? 웃고 있네요?"

"20분 전부터 갑자기 웃기 시작했어. 기분 나빠."

유리 건너편의 남자에게 정신이 팔렸다. 그 바람에 이보배는 안에 있는 다른 사람의 존재를 직원이 말을 건 후에야 알아챘다.

그 사람을 보자마자 이보배는 입을 쩍 벌렸다. 집과 직장, 병원을 왕복하는 이보배도 한눈에 알아볼 유명인이 거기 있었다.

"박마노!"

1세대 각성자이자 대한민국 최연소 A급 헌터, 국내 여성 헌터 최강은 물론이고 남녀 최강을 논할 때도 빠짐없이 거론되는 박마노가 손을 흔들었다.

"네네, 내가 그 유명한 박마노입니다. 일단 거기 앉아줄래요. 몇 가지 질문할 게 있어요."

이보배의 동공이 떨렸다.

"박마노 헌터님은 실종자 담당이 아닌 걸로 아는데……."

그보단 능력자 범죄 수사가 박마노가 맡은 직무였다. 과격한 폭력을 사용한 체포는 덤이다.

"첫 발견자가 과장님이라 떠맡으신 거니까 긴장하지 마세요."

직원이 다정한 목소리로 설명했다. 웃는 낯이며 사근사근한 말투며 참 상냥한 사람이었다.

박마노는 테이블 위 서류를 보며 질문했다.

"가족이 보기에 어때요? 맞습니까?"

"네?"

"이귀한 씨 맞는 것 같습니까? 일단 사진 기록과 외견상 특징은 일치합니다."

"큰오빠가 맞는 것 같아요. 나이가 안 맞지만 그건."

"네, 흔한 일이죠."

박마노는 고개를 끄덕이곤 테이블에 연결된 버튼을 눌렀다. 그러자 스피커에서 기괴한 웃음소리가 흘러나왔다.

"으ᄒᄒᄒᄒᄒᄒ흑흑흑. 큭흑."

"아, 웃는 소리 왜 저래. 공포 영화 찍나."

박마노는 무례한 말을 서슴없이 하고선 이보배에게 마이크를 건넸다.

"마이크를 켜면 대화할 수 있습니다."

"저쪽으로 들어가면 안 되나요?"

"네, 안 됩니다. 씨발, 저거 여기 보는 거 맞지? 투신가? 뭐지?"

"과장님이 모르는데 제가 알겠습니까. 과장님 말씀 듣고 생각난 건데 20분쯤 전에 이보배 씨가 관리국에 도착했네요."

"그때부터 웃기 시작했단 거네."

박마노는 처음부터 심기가 불편해 보였고 친절한 직원도 안색이 썩 좋아 보이진 않았다.

무려 6년 만에 큰오빠와 대화하게 된 이보배는 불편하다 못해 불쾌해져 입술을 씹었다.

박마노와 이름 모를 직원의 대화 때문이 아니다.

어두운 밤에 들으면 귀신이나 미치광이 살인마의 웃음소리로 착각할 만큼 끊임없이 이어지는 광소.

큰오빠의 웃음소리가 불쾌한 감정을 증폭시켰다.

'큰오빠를 두고 무슨 생각을 하는 거야.'

이리 보고 저리 보아도 큰오빠다. 심장이 불길하게 두방망이질 쳤지만 그래도 큰오빠였다. 부모님 두 분을 합친 것처럼 든든했던 큰오빠.

이보배는 마이크를 켜고 남자를 불렀다.

"큰오빠! 큰오빠야?"

그러자 남자는 광소를 그쳤다. 일그러진 기괴한 미소를 버리고 활짝 웃었다. 웃는 두 눈에선 눈물이 줄줄 흘렀다. 이보배는 울컥하는 마음을 다잡고 다시 물었다.

"큰오빠 맞지? 나 보배야!"

"보배야아, 우리 막내. 많이 컸구나. 왜 이렇게 기운이 없어. 머리랑 옷은 그게 뭐야. 오빠 없어서 힘들었구나. 그래도 살아 있네. 다행이야. 다행이다. 다행이다. 다행이다. 다행이야."

이귀한은 고장 난 기계처럼 다행이란 말만 반복하며 눈물을 주룩주룩 흘렸다.

이렇게 되자 이보배는 마음이 급해졌다.

큰오빠가 유리창을 꿰뚫어 보는 것 같든 말든, 정신이 조금 이상해진 것 같든 말든 그런 건 중요하지 않았다. 중요한 건 큰오빠가 죽지 않고 무사히 돌아왔다는 사실이다. 그걸로 족했다.

"만나게 해주세요!"

"죄송합니다, 이보배 씨. 그건 안⋯⋯."

"문 엽니다."

"과장님!"

친절한 직원이 이보배의 요구를 거절하려는데 박마노가 버튼을 눌렀다. 그러자 평범한 벽인 줄 알았던 곳에서 문이 열렸다. 위치상 유리창 너머로 연결되는 것 같았기에 이보배는 그쪽으로 뛰어갔다.

뒤에서 박마노와 직원이 말다툼하는 듯했지만 하나도 들리지 않았다.

이보배의 정신은 온통 큰오빠에게 쏠려 있었다.

이보배가 문을 열자 상체를 숙이고 오열하던 이귀한이 고개를 들었다.

눈물로 얼룩진 큰오빠의 얼굴은 이보배가 기억하는 22살의 청년 그대로였다.

이보배가 24살이 되어서 그런지 너무 어려 보였다.

이보다 두 살 더 어렸던 20살에 이귀한은 동생들을 건사하기 위해 균열에 뛰어들었다.

동생들을 위해 목숨을 걸었다. 그러다 실종되었고.

그걸 생각하자 이보배의 눈에서도 눈물이 그치질 않았다. 이보배는 엉엉 울었다. 손을 뻗어 너무나 그리웠던 큰오빠를 끌어안았다.

"큰오빠! 어디 갔었어! 어디 갔다 이제 와! 우리만 두고 어디 갔었어어엉."

"다행이다, 보고 싶었어. 얼마나 보고 싶었는데. 정말 보고 싶었어. 그래서 돌아오려고, 무슨 수를 써서든 너희 보려고."

"왜 이제 와! 6년이나 지났단 말이야!"

"6년? 6년이나? 그래서 이렇게 많이 삭았구나. 둘째는? 왜 같이 안 왔어?"

"흐윽, 끕. 작은오빠 짐꾼으로 일해. 오늘 균열 들어가서 당분간 연락 안 될 거야."

"그럼."

이 질문은 하기 어려웠는지 이귀한이 쉴 새 없이 다행이다를 중얼거리던 입을 다물었다.

"셋째는?"

이귀한의 망설임은 타당했다.

셋째 이한생의 병원비는 이귀한이 헌터로 일하지 않으면 감당할 수 없는 액수였다.

그러니 얼마나 돌아오고 싶었을까. 무슨 수를 써서든 돌아오고 싶었단 말은 순수한 진실일 것이다. 통장 잔고가

0이 되는 순간 생을 마감할 셋째 동생을 위해서라도 반드시 돌아오고 싶었을 테니까.

그런데 6년이 지났단다. 이보배는 큰오빠의 자책을 막기 위해 얼른 말했다.

"막내 오빠 안 죽었어, 살아 있어! 나, 큰오빠 실종되고 각성했거든. 생산직인데 길드 복지가 좋아서 병원도 더 좋은 데로 바꿨고 병원비도 지원 나와."

그 말에 안심했는지 이귀한의 입에서 다행이란 말이 다시 튀어나왔다. 이보배를 안은 이귀한의 팔에 힘이 들어갔다.

"병원 가자. 셋째는 바로 볼 수 있는 거지? 그렇지?"

이귀한이 이보배를 문 쪽으로 잡아끌었다. 이보배도 얼른 병원에 가 막내 오빠를 보여주고 싶었다.

얼마나 걱정했을까. 얼마나 마음 졸였을까.

큰오빠가 돌아왔다. 막막하던 시절 이보배의 버팀목이 되어준 이귀한이 돌아왔다.

"진정하시고."

남매의 앞을 박마노가 가로막았다.

"남매 상봉은 축하드리지만 지킬 건 지킵시다."

박마노가 눈에 이채를 띠고 이귀한을 보았다. 박마노는 둘을 막은 이유를 빠르게 설명했다.

"균열에서 막 나온 귀환자는 체내 마력이 불안정해 외부에도 영향을 끼친 사례가 있다는 거 설명했죠? 식물인간인 동생에게 안 좋은 영향을 끼칠 수 있으니 병원 방문은 안정화될 때까지 기다리시고. 보자. 그 외에 필요한 설명은 다 드렸나? 드렸네. 검사에 협조해 주신 덕분에 기초 검사는 마쳤고…… 건강에 큰 이상은 없다고 하네요. 축하드립니다."

박마노가 방긋 웃었다. 옆에 선 직원도 상냥하게 웃었다. 이보배도 덩달아 따라 웃었다.

"그런데."

박마노의 말은 끝난 게 아니었다.

"능력 측정엔 비협조적이다. 이게 문젭니다. 이제까지 돌아온 귀환자가 만 명이 넘는데 헌터는 서른 명밖에 없거든. 실제 각성자 비율은 더 높아서 만 명에 육십쯤 되는데 왜 그러냐. 적응 못 하고 사고 쳐서 그래. 그런 고로!"

박마노가 이귀한에게 말했다.

"능력 측정만 하면 보내 드리겠습니다."

이귀한이 두 손을 공손하게 모았다.

"저는 힘을 숨기지 않음!"

"네에, 다들 그렇게 얘기하고 사고 침. 검성 양반이 힘 숨찐하고 대형 사고 친 덕분에 매뉴얼의 기본이 되었음."

이보배의 기분 탓인지 모르지만 이귀한을 보는 박마노의 태도가 한결 부드러워졌다.

박마노는 이보배와 이귀한을 번갈아 보았다.

"동생분과 만나서 진심으로 기쁜 것 같아서 보내주려고

하는 겁니다. 아까도 말했지만 비슷한 처지인 사람 만 명이 능력 검사에 협조했으니까 이귀한 씨도 좋게 좋게 갑시다. 내가 담당해서 그렇지 원래 담당자가 맡았으면 하루 만에 집에 못 가요. 최소 한 달은 지켜본다고."

"저는 힘을 숨기지 않음!"

"힘을 숨기는 주인공 놀이 하면 벌금이에요. 얼만지 알려드릴까?"

박마노가 말한 벌금 액수는 어마어마했다. 상상을 초월하는 금액에 남매는 입을 쩍 벌렸다.

"검성 양반 이후 재발 방지를 위해 책정한 액수니까 불만은 반야 길드에 넣으시고."

이귀한이 천문학적인 금액에 전보다 더 공손하게 손을 모았다. 그가 떨리는 목소리로 말했다.

"저는 힘을 숨기지 않…… 음!"

이보배도 큰오빠의 말에 힘을 보탰다.

"맞아요, 저희 큰오빠는 거짓말하고 능력 숨기고 그러는 사람이 아니에요. 얼마나 책임감이 강하고 착한 사람인데요."

"가능하면 믿어드리고 싶은데 말이 되는 소릴 해야지. 다른 세계에 있는 동안 능력 향상이 없었던 건 이해되지만 능력이 초기화되었다는 얘기는 처음 듣거든."

'능력 초기화?'

마찬가지로 처음 듣는 소리에 이보배도 의아해졌다.

큰오빠 이귀한은 초기 각성자답게 실력이 좋았다. 생활비와 병원비를 벌기 위해 위험한 일에도 가리지 않고 뛰어들어 실전 경험도 풍부했다.

지금이야 어디 가서 레벨 자랑도 못 하는 쪼렙이지만 실종 당시엔 레벨도 평균보다 높은 편이었다.

그런 큰오빠의 능력이 초기화되었다니? 아니, 시스템에게 받은 능력이 초기화될 수도 있는 거였나?

저주나 함정, 각종 디버프 스킬로 인해 능력이 하향될 수는 있지만 일시적인 하락에 불과하다. 능력 초기화 자체는 치료 스킬만큼이나 처음 듣는 이야기였다.

"균열 속 균열도 처음이었고. 뭐, 이건 우리가 발견 못한 건수가 있을 수 있으니 그렇다 쳐. 그런데 능력 초기화도 처음이란 말이지. 남들은 한 번도 못 겪은 일이 두 개나 겹치면 인간적으로 신중을 기해야 한다 이 말입니다. 광장 한가운데에 불발탄을 방치할 수도 없는 노릇이잖아. 그러니까 우리, 좋게 좋게 불발탄 성능이나 알고 갑시다."

"본래대로라면 마력이 안정되는 한 달은 여기 머무르며 검사받으셔야 합니다. 편의를 봐드리는데 협조 부탁드립니다."

박마노와 웃는 낯의 직원 말대로였다.

본래 규정대로라면 이귀한은 최소 한 달은 관리국에 머물며 감시와 검사를 받아야 한다. 그걸 하루 만에 풀어주는 건 파격적인 배려였다.

하지만 이보배는 큰오빠를 믿었다. 능력 초기화는 금시초문이지만 정말 능력이 약해졌거나 균열에 휩쓸린 후유증을 앓아서 능력이 하향되었을 수도 있지 않은가?

게다가 몸에 큰 이상이 없으면 뭐 하나. 정신이 불안정해 보이는데.

재회 직후엔 '다행이다'를 연발하더니 이번엔 '힘을 숨기지 않음'을 연발했다.

이귀한은 박마노와 직원의 시선을 피하듯 고개를 숙이고 두 손으로 머리를 감쌌다.

그는 바닥을 내려다보며 같은 말만 반복했다.

"저는 힘을 숨기지 않음. 저는 힘을 숨기지 않음. 저는 정말 힘을 숨기지 않음."

"큰오빠, 진정해. 이분들은 오빠를 탓하는 게 아니라 걱정하시는 거야."

"내 감이 외친다. 이건 백 퍼 힘을 숨기는 거거나 켕기는 구석이 있는 반응이다."

"저는 힘을 숨기지 않음."

"힘없는 양반이 어떻게 저 유리를 뚫고 동생을 보는데! 댁이 관리국 전체를 감시하는 바람에 기분 더러워졌던 거 다 알거든!"

"저는 힘을 숨기지 않음!"

"목청 승부냐? 해볼까? 목구멍이 포도청은 무슨! 내가 포졸이다!"

"과장님, 진정하세요. 그리고 과장님은 포졸보단 사또죠."

"큰오빠, 진정해. 나를 봐봐. 숨 들이마시고, 내쉬고."

박마노의 목소리가 커지자 이귀한이 몸을 떨었다. 결국 이보배는 박마노와 이귀한 사이에 껴들었다.

"일단 집에 가면 안 될까요? 큰오빠가 많이 불안해하는데 집에 가면 안정될 거예요. 그사이에 큰오빠가 문제를 일으키지 않도록 제가 지켜보겠습니다. 부탁드립니다."

이보배는 고개 숙였다. 박마노는 아무 말도 하지 않고 이귀한을 노려보다가 혀를 찼다.

"쯧. 알겠습니다. 일단 돌아가세요. 여기 이 새끼 명함이니까 무슨 일 있으면 이쪽으로 연락 주시고."

"아니, 과장님, 왜 제 명함을!"

"감사합니다! 감사합니다!"

이보배는 허리까지 굽혀가며 넙죽넙죽 인사했다. 박마노는 몸을 틀어 길을 열어주고는 지나가는 이보배에게 생긋 웃으며 밝게 인사했다. 하지만 이귀한이 지나가자 얼굴을 굳혔다.

"이귀한 씨."

"저는 힘을 숨기지 않음?"

"지켜볼 겁니다. 동생 아끼는 것 같아서 보내주는 거예요. 알죠?"

"저는 힘을 숨기지 않음."

"네네, 그러시겠지."

깔끔한 유종의 미 대신 지켜보겠단 선언을 날리더니, 박마노는 남매가 엘리베이터에 탈 때까지 시선을 거두지 않았다.

이보배를 지하로 안내했던 직원의 이름은 명함으로 확인한바 최요한이었다.

최요한은 한숨을 쉬며 지상으로 올라가는 버튼을 눌러주더니 같이 올라가지 않고 엘리베이터를 나갔다.

이보배는 복잡하고 수런거리는 마음을 다잡으며 큰오빠의 손을 잡았다. 불안하고 초조했던 정신이 신체에 영향을 줘 손바닥엔 식은땀이 흥건했다.

큰오빠가 기분 나쁠까 싶어 손을 닦고 다시 잡으려 했는데 이귀한이 잡은 손을 놓지 않았다.

이보배는 콧물을 훌쩍이고 다른 손으로 눈가를 훔쳤다. 손등에 물기가 묻었다.

층수를 표시하지 않아도 엘리베이터는 착실히 지상으로 올라갔다.

1층에 도착한 엘리베이터 문이 열렸다. 엘리베이터에서 내린 남매에게 사람들의 이목이 집중되었다.

'아차.'

이귀한은 유리창 너머로 볼 때 모습 그대로 수면 바지만 입은 상태였다. 위에는 아무것도 걸치지 않았고 신발도 양말도 없이 누군가 신었던 것 같은 슬리퍼가 전부였다.

"큰오빠 일단 이거라도 걸쳐."

이보배는 가방에서 숄을 꺼내 이귀한에게 둘렀다.

"응!"

이귀한은 활짝 웃으면서 숄을 두르곤 볼에 비비며 감촉을 즐겼다. 어린아이처럼 순수한 미소였으나 홀떡 벗은 남자가 하니까 심히 변태 같았다.

'옷이라도 빌려 올걸.'

이제 와서 후회하면 뭐 하나. 엘리베이터는 닫혀 버린 것을.

사람들의 시선이 곱지 않았지만 이보배는 일부러 큰오빠 옆에 바짝 붙어 섰다. 젊은 여자가 같이 있으면 덜 변태 같아 보일 것이다.

그런 희망을 품었다.

"큰오빠, 택시 불렀으니까 조금만 참아. 얼른 집에 가자."

"집에 가는 거구나."

"응. 집에 가는 거야."

핸드폰에 택시가 도착했단 알림이 울렸다. 이보배는 행여라도 놓칠까 이귀한의 손을 꽉 잡았다.

'큰오빠가 돌아왔어!'

"이대로 보내도 괜찮을까요, 과장님?"

CCTV를 지켜보던 최요한이 말했다.

이귀한은 수상하다. 대한민국에 귀환한 귀환자의 수가 만 명을 넘겼지만 개중 독보적으로 수상했다. 수상할뿐더러 위험하기까지 하다.

당초 박마노는 이귀한을 가능한 한 오래 헌터 관리국에 붙잡아두겠다고 말했다. 그런데 의견을 번복하고 보내줘 버린 것이다.

6년 만에 상봉한 남매의 모습에 마음이 약해졌다 쳐도 이귀한의 수상함은 그런 동정으로 넘길 만한 수준이 아니었다.

"원랜 놔줄 생각 없었어."

"그럼 다시 불러오는 게."

"원래는 없었는데, 동생이 오니까 눈빛이 바뀌더라."

박마노 가라사대, 가장 위험한 귀환자는 소중한 사람이 없는 귀환자다.

제아무리 강한 힘을 가졌어도 인간은 다른 인간 없이는 살 수 없다. 부귀영화를 누리고 싶다면 그걸 뒷받침해 줄 문화와 사회 기반이 필요하다.

검성이 대표적인 예이다.

그의 능력은 S급 각성자 중에서도 독보적이다. 시스템의 시혜를 받기 전에 무림 세계로 넘어가 착실하게 무공을 갈고닦았다.

스스로의 힘으로 고수가 되었고, 귀환한 후엔 시스템의 각성 보정까지 받아 더 강해졌다. 한국을 넘어 세계에서도 손꼽히는 강자이고, 실제로 무림에선 천하를 발아래에 두었다고도 한다.

하지만 지금은 어떤가. 검성은 가족의 행복과 호의호식을 위해 천하에 군림하길 포기했다. 검성은 사회의 구성원으로서 현대사회에 스며들었다. 불성실한 납세자에 온갖 좋지 않은 사례의 시초가 되었을 뿐 일단은 사회질서 유지에 한몫하고 있다.

나만 행복한 걸 넘어서 다른 사람이 행복하길 바란다. 그러기 위해 타인의 필요성을 느끼며 배려와 공존을 꾀하고 약간의 손해와 불편을 감수한다.

그게 가능하다면 괜찮았다. 갱생의 여지가 있다.

적어도 박마노는 그런 생각을 하고 각성 범죄자를 대했다.

"이귀한은 인간성을 잃지 않았어. 위태롭긴 하지만 가족들을 믿어야겠지. 동생 병원비가 크니 검성처럼 돈 벌러 나올 가능성이 높은데. S급 헌터가 하나 늘겠어."

"그 정도로 강합니까? 스카우트해 볼까요?"

"안심할 수준은 아니니까 일단 지켜봐. 너무 티 나지 않게 부정기적으로 연락해 보고. 네 명함은 그래서 준 거야. 연락 오면 잘 받아."

"우리 관할 아니잖아요."

최요한이 불평하자 박마노가 눈을 부릅떴다.

"우리 담당 아니라고 핵폭탄을 냅둬? 그게 사람이 할 짓이냐? 너 그런 마음가짐으로 내 밑에 들어왔어? 그런 거야, 최요한 씨?"

상급 헌터로서의 부귀영화를 포기하고 헌터 잡는 헌터가 되겠다며 관리국에 자원한 바른 시민다운 반응이었다.

"큰 거 바라는 게 아니야. 기본만 하자, 기본만. 그거만 지키면 나 관대한 사람이야."

어딘가의 행보관 같은 말을 하고 박마노는 핸드폰 갤러리를 열었다. 갤러리엔 몬스터의 참혹한 사체를 담은 사진이 즐비했다.

박마노는 혀를 찼다.

갑자기 변이한 균열 신고를 받고 달려가니 몬스터는 이 꼴이고 알몸 남자가 있더라 이 말이다. 누가 봐도 맨손으로 몬스터를 찢어 죽인 행색으로 '저는 힘을 숨기지 않음!'을 외치더라 이거다.

괴물보다 괴물 같은 새끼가 왔구나 싶어 엿 되었다 여겼다. 한데 동생이 오니 눈빛이 바뀌었다.

박마노는 이귀한을 믿어보기로 했다. 강한 헌터는 인류의 보배 아니겠는가.

1세대 각성자 박마노.

각성자 범죄를 맡으면서 산전수전 공중전 모두 겪었다. 바닥 밑에 바닥이 있다는 걸 확인했고 인간의 상상과 능력엔 끝이 없다는 것도 안다.

그런 박마노도 이귀한이 10년 힘숨찐 존버 메타를 외칠 줄은 꿈에도 상상하지 못했다.

2. 작은오빠도 돌아왔다

집으로 가는 길에 이보배는 큰오빠의 손을 잡고 서럽게 울었다. 이귀한도 같이 울어서 택시 안은 말 그대로 눈물바다였다.

택시기사는 드라마 클라이맥스 같은 분위기가 부담되었는지 아무 말도 하지 않다가 목적지에 도착하자마자 순식간에 떠났다.

택시에서 내린 이귀한은 눈물을 멈추고 입을 벌렸다. 그는 이보배와 집을 번갈아 보다가 집을 가리켰다.

"집이 그대로네?"

"큰오빠가 집 못 찾으면 안 되니까 이사 안 했어."

부모님과 함께 살던 집은 균열에 침식되어 출입 금지 구역이 되어버렸다. 널뛰는 물가와 혼란한 상황 속에서 남매는 대피소를 전전했다.

서울의 몬스터들이 정리되고 나자 이귀한이 무리를 해구한 집이 이 반지하 전세였다. 이전에 살던 집에 비하면 턱없이 작고 초라했지만 그게 당시의 최선이었다.

"집이, 크흐흐, 집이 그대로네?"

"가구도 거의 그대로야. 큰오빠가 주워온 소파도 그대로 있어. 얼른 들어가자, 큰오빠."

집을 보고 놀란 이귀한의 눈에 다시 눈물이 송송 맺혔다. 이보배는 재빨리 도어록 비밀번호를 누르고 큰오빠의 등을 밀었다.

"피곤하지? 얼른 들어가자. 속은 어때? 먹고 싶은 건 없어? 큰오빠 치킨 좋아했지? 치킨 시킬까? 내가 쏠게. 나 돈 잘 벌어. 오빠 동생 이제 돈 벌어."

이보배는 큰오빠의 등을 꾸역꾸역 밀었다. 큰오빠는 감격해서 그런지 현관에서 돌기둥이 되어 들어갈 생각을 안 했다.

이보배가 열심히 밀자 몇 발자국 진입하던 이귀한이 다시 멈췄다. 이보배는 현관에 있는 작은오빠의 신발을 발견했다.

"어, 작은오빠 신발이네? 설마 돌아왔나?"

최소 일주일은 보지 못할 거라 생각했던 작은오빠가 집에 있다니? 혹시 무슨 일이 생긴 걸까?

이보배는 큰 소리로 작은오빠를 불렀다.

"작은오빠! 집이야?"

"응."

이해기의 목소리가 방 안에서 들려왔다. 무슨 문제라도 있나 싶어 걱정했는데 돌아오는 목소리는 멀쩡했다.

'어디 다친 건 아닌 것 같고. 균열에서 무슨 일이 있었나?'

균열 공략이 중간에 틀어져 조기 종료되는 경우도 종종 있다. 이보배는 재빨리 방문을 열었다.

열려 했다.

"작은오빠 방문 잠갔어? 빨리 나와봐!"

이보배는 문을 두드리며 독촉했다. 평소라면 그녀답지 않은 행동에 이해기가 얼른 문을 열었을 것이다. 아니, 애초에 도어록 열리는 소리를 들었을 때부터 방문을 열고 얼굴을 비추며 인사했을 것이다.

그런데 이해기의 반응이 평소와 달랐다.

"조금만 기다려라. 내가 급히 할 일이 있…… 아냐, 너 방금 다른 사람과 대화한 거 맞지? 누굴 데려왔나 보구나. 그보다 왜 이렇게 일찍 퇴근했지? 보배야, 너 괜찮니?"

잠겼던 문고리가 돌아갔다. 이보배는 문을 활짝 열고 외쳤다.

"큰오빠가 돌아왔어! 빨리 나와!"

이보배의 큰오빠는 두 팔을 벌려 첫째 동생과 재회할 준비를 마친 상태였다. 문이 열리고 이해기가 6년 만에 큰형과 조우했다.

막냇동생이 데려온 사람을 본 이해기의 얼굴이 하얗게 질렸다.

"형?"

"둘째야!"

이귀한이 포옹을 하고 싶은 듯 벌린 두 팔을 파닥였다.

"큰오빠야! 큰오빠가 돌아왔어!"

이보배는 작은오빠가 얼른 놀란 마음을 가라앉히고 기쁨을 공유하길 원했다. 그런 이보배를 이해기가 방 안으로 밀었다.

"어, 작은오빠, 왜 밀어."

이보배는 얼떨결에 작은오빠의 방으로 들어갔다.

방문 잠가놓고 뭘 하고 있었는지 방 안은 엉망이었다. 지도, 노트, 필기구가 널려 있고 컴퓨터 모니터는 꺼져 있지만 낡은 본체는 윙윙 큰 소리를 내며 돌아갔다.

"둘째야, 보고 싶었어!"

"형. 정말 형이야?"

이해기가 문을 가로막아 이보배를 몸으로 가렸다.

'작은오빠가 왜 이러…… 아!'

큰오빠 손을 잡고 집에 오는 동안에도 현실감이 없었는데 집에서 마주친 작은오빠는 오죽 놀랐을까.

이보배는 작은오빠의 등을 찰싹 두드렸다. 각도가 빗나갔는지 손이 좀 아팠다.

"작은오빠! 꿈 아니야. 현실이야! 큰오빠가 돌아왔어!"

"둘째야아!"

이해기가 경악했다.

"진짜 형이라고? 정말로?"

"해기야! 얼마나 보고 싶었게!"

이귀한은 관리국 지하에 있을 때보다 많이 안정된 상태였다. 하지만 그리웠던 동생을 만나게 되자 감정이 다시 복받쳤는지 엉엉 울었다.

"이귀한? 진짜 형이야?"

"으허허허허형, 둘째야."

문 앞에 서서 움직이지 않는 이해기를 이보배가 온몸으로 밀었다. 이해기는 그제야 움직여 이귀한에게 다가갔다. 이귀한이 다가온 이해기를 와락 끌어안았다.

"둘째야! 나 집에 왔어! 돌아왔어! 돌아왔다! 내가 돌아왔다!"

"정말 형이야?"

이해기는 이귀한의 귀환이 도무지 믿기지 않는 눈치였다. 이해기가 그러거나 말거나, 이귀한은 눈물 젖은 얼굴로 둘째 동생의 얼굴을 돌려가며 살폈다.

"해기야, 너는 또 왜 이렇게 삭았어! 형 없어서 고생했구나. 그렇구나. 막내랑 둘째랑 정말 고생했구나. 근데 나 돌아왔어!"

이귀한이 이해기를 놓아주고 만세를 했다.

"동네 사람드을! 나 집에 왔어요! 집이요! 집이라고요, 크학학학학! 난 돌아왔다고! 우리 예쁜 막내, 둘째한테 돌아왔다고!"

웃다가 울고, 울다가 웃고. 이귀한은 좁은 거실을 빙빙 돌며 고래고래 외쳤다. 이해기는 핏기가 싹 가신 얼굴로 무언가를 곱씹었다.

이보배는 당황했다. 작은오빠의 반응이 예상과 많이 달랐다. 큰오빠를 끌어안고 같이 울 줄 알았는데 반가움보단 당황하고 놀란 마음이 더 큰 것 같았다.

이게 남매와 형제의 차이인 걸까? 아니면 막내와 차남의 차이?

'너무 놀라서 그런 거겠지.'

"세상아, 들어라! 이귀한이 귀환했다!"

소파 위로 올라간 이귀한이 펄쩍 뛰었다. 천장이 높은 집이 아니라 머리가 부딪혔다.

"큰오빠, 괜찮아?"

"하나도 안 아프다악!"

이해기가 큰오빠에게 가는 이보배를 다시 붙잡았다. 귀신을 본 것처럼 하얗게 질린 얼굴이 안쓰러워 이보배는 작은오빠의 손등을 토닥였다.

"많이 놀랐구나. 나도 많이 놀랐어. 같이 밥 먹으면 실감 날 거야."

이해기가 왜 집에 있었는지 의문이지만 급한 건 아니었
다. 이보배는 큰오빠가 돌아온 기쁨을 배가하기 위해 핸드
폰을 들었다.

"오늘 저녁은 치킨이닭!"

우적우적.

"그렇구나. 균열 등급이 예상한 것보다 높으면 공략 접
는 게 답이지."

어느 날 갑자기 세상에 난 상처, 균열 안에 무엇이 있고
무엇이 튀어나올지 아무도 모른다.

일단 진입하면 균열의 정보를 일부 얻을 수 있긴 하다.
하지만 균열 중에는 조건을 만족하기 전엔 퇴장이 불가능
한 종류도 있다. 목숨이 걸렸는데 무턱대고 들어갈 수 없
는 노릇이다.

천만다행히도 인류가 각성한 능력 중엔 균열 등급을 확
인할 수 있는 스킬이 있었다. 보조계나 생산계 각성자가
획득하는 감정 스킬이다.

하지만 균열은 종류가 가지각색, 특징도 가지각색. 내부
에 던전이 있거나 힘을 숨긴 몬스터가 있어 등급이 변경되

는 경우도 발생한다.

　우물우물.

　이번에 이해기가 진입한 균열이 그런 경우에 포함되었다. 최초 감정 결과는 C등급. 하지만 내부에서 숨겨진 던전이 발견되어 A등급으로 변경되었다.

　"A급 균열이라니……."

　한국에서 A급 균열 공략이 가능한 길드는 반야 길드밖에 없다. 그것도 검성이 공략에 나섰을 때가 전제 조건이다.

　"퇴장할 수 있어서 다행이다."

　이보배는 진심으로 안도하여 가슴을 쓸어내렸다. 균열 등급이 변동되면서 출구가 막히거나 위치가 바뀌어 전멸한 공략대가 몇 있었다. 그 안에 작은오빠가 포함되지 않아 얼마나 다행인지.

　"신라는 임전무퇴라느니 등급 변경되어도 공략 포기 안 한다느니 하는 소문도 있던데, 루머였구나."

　"루머는 아니다. 공략 불가능해도 던전 초입 정보를 캐겠다고 진행하려 했으니까. 짐꾼들이 단체로 반발한 덕분에 나올 수 있었다."

　"세상에."

　A급 균열에 생긴 던전의 정보라면 분명 가치가 높다. 하지만 자신들의 생명은 물론이고 짐꾼들의 목숨까지 위험해질 수 있는데 강행하려 했다는 얘기에 이보배는 깜짝 놀랐다.

사계절 길드 공략팀 팀원들이 툭하면 신라 놈들 싸가지 없고 사람 목숨 귀한 줄 모른다고 욕하는 데에는 이유가 있었다.

냠냠.

"돌아와서 진짜 다행이다. 큰오빠 돌아왔는데 작은오빠 못 돌아왔으면 나 진짜 울었어."

"네가 꼭 돌아오라고 했잖니."

내내 싸늘하게 무언가를 경계하던 이해기의 분위기가 살짝 풀렸다. 하지만 도로 얼음처럼 굳었다.

옴뇸뇸.

"다음부터 신라 길드 일은 받지 마."

"어차피 이번 일로 찍혀서 못 받는다."

"그래, 받지 마. 전화는 왜 안 받았어? 전화 엄청 해서 부재중 많이 찍혔을 건데. 나도 그렇고 관리국에서도 전화했거든."

"핸드폰이 균열에서 나오기 전에 망가졌다."

이해기가 눈을 굴려 이귀한을 보았다. 이귀한은 양손에 닭 다리를 들고 번갈아 뜯었다. 입가는 물론이고 얼굴 전체가 기름과 양념 범벅이었다.

"전화로 상황을 알았다면 좋았을 텐데. 정말, 정말 이런 일이 벌어질 줄이야……."

첫째 동생과 눈이 마주친 이귀한이 히죽 웃었다.

"치킨 맛있어."

"큰오빠, 누가 안 뺏어 가니까 천천히 먹어."

"내가 다 먹어도 돼?"

"한 마리 더 시킬게. 큰오빠 먹고 싶은 만큼 먹어."

"그럼 그것도 다리는 다 내 거! 히힛."

집에 돌아오자 안심이 되었는지 이귀한은 대놓고 어린 아이처럼 굴었다.

'무슨 일을 겪었기에⋯⋯.'

부모님 두 분을 합친 것처럼 믿음직스럽던 큰오빠에게 대체 무슨 일이 있었던 걸까.

이보배는 흐르는 눈물을 참지 못하고 휴지로 닦았다. 그러다 휴가를 신청해야 한단 사실을 떠올렸다.

"내 정신 좀 봐. 나 회사에 전화하고 올게. 휴가 신청해 야겠어. 관리국 다녀온 이유도 설명해야 하고."

통화에 앞서 이보배는 화장실에 가 손과 얼굴을 닦았다. 오늘 하루 얼마나 울었는지 눈가가 짓물러 아팠다.

'휴가 며칠 신청해야 하지? 며칠까지 되는 거지? 해본 적이 없어서 모르겠네. 일단 최소 이틀⋯⋯ 할당량은 미리 채웠으 니까 더 쉬어도 되려나? 작은오빠 스케줄은 괜찮은가? 오래 쓸 순 없으니까 작은오빠가 계속 집에 있어주면 좋겠는데.'

실종 전의 큰오빠면 모를까 현 상태의 큰오빠를 집에 혼 자 둘 수는 없다. 지금의 이귀한은 보호자가 필요했다.

휴가를 내려면 작은오빠의 일정을 알아야 했다. 이보배는 치킨에 손을 대는 둥 마는 둥, 큰오빠에게서 눈을 떼지 못하는 이해기에게 손짓했다.

이해기가 손 닦는다는 핑계로 화장실로 왔다.

"작은오빠 일 없지?"

"네가 말로 뼈 때리는 거 오랜만에 당하니 아프고…… 반갑구나."

이해기가 눈을 찌푸리면서 웃었다. 꼭 울 것 같은 표정이었다. 큰오빠가 돌아온 게 슬슬 실감 난 것일까? 이보배를 보는 눈에 많은 감정이 농축되어 흔들렸다.

"나 휴가 쓰려고 하는데 얼마나 써야 할지 몰라서. 일단 할당량은 채워놓긴 했는데……."

5년 동안 근무했지만 이보배는 연차를 써본 적이 없다. 강제로 받은 휴가는 제외하자.

중학교 졸업. 이보배의 학력은 중학교에서 끝났다. 막내 오빠 병간호와 부업, 집안일을 하다가 각성했다. 열아홉 나이에 사계절 길드에 들어가 주야장천 포션 양산에만 몰두했다. 이럴 때 휴가를 써도 되는지, 쓰면 며칠까지 쓸 수 있는지 아는 게 하나도 없고 물어볼 사람도 없었다.

그래도 대학물도 먹고 짐꾼 일로 주워들은 게 많은 작은오빠에게 물어보면 되겠거니 했다. 그런데 이해기는 대답 대신 엉뚱한 질문을 했다.

"형이 오늘 귀환한 게 사실이니?"

"응."

"발견 장소는? 발견 시간은 모르고?"

"관리국 헌터가 임무 수행 중 발견한 거라 시간과 장소는 알려줄 수 없댔어."

"오전인지 오후인지도 몰라?"

"오후는 아니지 않을까? 기초 검사 같은 거 다 하고 검사 결과도 나온 뒤에 나를 부른 거니까."

"형이 어디서 뭐 하고 있었고 어떻게 돌아온 건진 듣지 못했니?"

"응."

"물어봤어야지."

우물우물 쩝쩝.

이해기가 당장에라도 물어보겠다는 듯 치킨을 씹는 이귀한에게 고개를 돌렸다.

"쉿."

이보배는 작은오빠를 잡아당기며 목소리를 낮췄다.

"큰오빠 상태 안 보여? 많이 불안정하잖아. 관리국에 있을 땐 지금보다 심했어. 조금 안정된 다음에 물어봐야지."

이해기도 당황했겠지만 다른 세계에 있다가 귀환한 이귀한보다 당황스러울까. 이보배의 미약한 질책에 이해기가 손으로 얼굴을 덮었다.

"미안하다, 보배야. 내가 지금 진정할 수가 없어서. 아니, 솔직히 많이 당황스럽구나. 당황해서 그랬다."

"괜찮아, 작은오빠. 나도 많이 놀랐어."

"그런 수준이 아니다. 있을 수 없는 일이 일어났어."

"날개도 내가 먹어야징."

와드득 콰드득.

이귀한의 건치가 닭 뼈를 분쇄했다.

균열의 날 이전이었다면 이귀한은 치킨을 이보배에게만 나눠 줬을 것이다. 균열의 날 이후였다면 이귀한은 치킨을 동생들과 공평하게 나눠 먹었을 것이다.

돌아온 후 이귀한은 치킨을 혼자 추접하게 처먹었다.

이보배는 이해기의 당황을 충분히 이해했다. 그녀도 적잖게 놀랐고, 또 그만큼 마음이 아팠다.

'큰오빠에게 대체 무슨 일이…….'

"작은오빠, 많이 놀랐구나. 나도 놀랐어. 심장 떨어지는 줄 알았는데. 그리고 큰오빠 상태가 조금……."

"그런 말이 아니야. 이런 일은, 이런 일은 없었는데. 이걸로 얼마나 바뀔지. 일 초가 아까운 이때에……."

이해기가 고뇌에 빠져 입을 달싹이는데 우렁찬 트림이 그의 입을 막았다.

"꺼억. 내가 다 먹었다."

"벌써? 아까 추가 주문했으니까 금방 올 거야."

"치킨과 콜라를 즐기니 진짜 돌아왔다는 실감이 들어."

동생을 만나서나 집에 와서가 아니라 먹는 것 때문에 실감이 든다니. 이보배는 쓴웃음을 지었다.

"그럼 막내야, 둘째야."

내내 어린아이처럼 굴던 이귀한이 자세를 고쳐 앉았다. 이보배는 눈을 크게 떴다. 죽어서라도 보고 싶었던 듬직한 큰오빠가 거기 있었다.

"둘 다 이리 와서 앉아라. 너희에게 꼭 해줄 말이 있다."

외견이 달라지지 않아 기억 속 그대로인 장남의 모습이었다. 이보배와 이해기는 장남의 분위기에 이끌려 얌전히 앉았다.

"내가 6년 만에 돌아와 낯설 거야. 나도 사실 너희가 낯설다. 동생인데도, 그렇게 보고 싶었는데도 그래."

"아냐, 큰오빠. 난 전혀."

"그래도 우린 가족이고, 난 너희 형이자 오빠고 이 집의 장남이다. 솔직히 그 생각으로 버텼어."

생각만 해도 울컥한지 이귀한은 애잔한 표정을 지었다.

"스무 살에 부모님 덜컥 돌아가시고 세상은 뒤집어지고, 나 혼자 먹고살 자신도 없는데 아래로는 어른도 안 된 동생들이 줄줄 딸렸지, 하나는 장치 없으면 숨도 못 쉬지. 진짜 죽을 만큼 힘들었다."

균열의 날 이후 너무 흔하고 뻔해진 사연이었다. 그렇기에 어디 가 한탄도 못 했을 큰오빠를 생각하니 이보배의 눈이 촉촉해졌다.

"남들 다 그렇지만 나도 치열하게 살았지. 연애도 포기하고 친구들과도 멀어지고, 그러니까 나한테 남는 게 너희 말고는 없더라. 가족 때문에 살았지, 정말 너희 때문에 살았다. 죽고 싶어도 너희가 있어서 버텼다. 여기서나, 거기서나."

이귀한이 이보배와 이해기를 번갈아 응시했다. 남매는 절로 고개를 숙였다.

"그 더러운 곳에서, 낯선 곳에서 떠오르는 게 너희밖에 없더라. 너희 걱정밖에 안 들더라. 한생인 괜찮을까, 보배는 괜찮을까, 해기는 괜찮을까. 내가 없는데 괜찮을까. 균열의 날이 또 터지진 않았을까. 너무 걱정이 돼서 처음엔 내가 잠이 안 왔······ 다, 진짜."

이보배의 눈에 눈물이 고였다. 이런 말을 듣고 안 울면 그건 정말 사람이 아니었다. 이귀한은 이보배를 보고 고개를 끄덕였다.

"다행히 우리 막내가 각성해서 한생이도 살려놓고, 해기도 나 없는데 잘해준 것 같아 정말 고맙다. 둘이 기댈 곳 없이 정말 힘들었을 텐데 이렇게 잘 버텨줘서 고마워. 내가 너희 셋, 다시 볼 수 있게끔 살아줘서 고마워."

"큰오빠야말로, 훌쩍, 살아 있어줘서 고마워. 돌아와서 고마워. 너무, 너무, 나 너무 기쁘고 행복해서······ 훌쩍!"

"진짜 형이구나……. 형이 돌아왔어."

이보배는 연신 눈물을 훔치고 이해기는 시큰해지려는 눈가를 짓눌렀다.

이귀한은 두 동생에게 대견하단 눈빛을 보내다가 다시 엄숙한 표정을 지었다.

"6년 동안 나 없이 힘낸 너희 둘에겐 미안하지만 앞으로 10년. 10년만 가장이자 맏이의 책임을 내려놓으려 한다."

이건 비밀이니 아무에게도 말해선 안 된다고 이귀한이 신신당부했다. 그러더니 하는 말.

"사실 나는 힘을 숨겼다."

그렇게 힘을 숨기지 않았다고 하더니 결국 하는 말이 숨긴 게 맞단다.

이보배는 놀라거나 실망하지 않았다. 관리국에 있을 땐 불안한 마음에 그랬을 수도 있다. 빨리 자백하면 벌금은 안 내도 될 것이다.

아마.

……그렇겠지?

"나는 강하다. 이 세계에서 나보다 강한 자는 없다. 다른 세계에도 거의 없다. 나는 이렇게 강하지만 힘을 쓸 수 없다. 왜냐면 힘을 쓰면 봉인한 어둠이 나와 세계를 파괴하기 때문이다. 어둠을 없앨 순 없다. 어둠이 나고, 내가 곧 어둠이다. 나는 악이며, 타락의 정점이자 나락 그 자체이니 모든

악하고 부정하고 삿된 것들의 시작이자 마지막이자 영원일
지라. 한 세계의 부정을 떠맡은 이 몸은 오염되었고 혼 또한
악하게 물들었으나 오직 너희를 다시 보고 싶단 염원에 이
렇게 이성을 유지하고 있노라. 내 한때 선의 존재를 의심하
고 부정하였으나 결국엔 실존을 인정한바, 잊을 수 없던 너
희에 대한 기억이 내 마지막 양심이자 희망의 불꽃이니 어
둠을 건드리지 않고 불꽃만을 염원하며 시간의 흐름에 정
신과 몸을 맡기면 어둠이 불꽃을 꺼뜨리지 않게 된다."

"……."

큰오빠의 상태가 심각했다. 많이 안 좋았다. 이보배는
어떤 반응을 해야 할지 몰라 손가락만 꼼지락거렸다.

그녀에게 다행인지 불행인지, 이귀한의 말은 끝난 게 아
니었다. 이귀한이 튀김옷과 기름, 양념 범벅인 손을 활짝
펼치고 외쳤다.

"10년! 앞으로 10년 동안 나는 힘을 쓰지 않을 거다! 쓸
수는 있지만 쓰고 싶지 않다. 그러니 앞으로 10년만 놀게!
10년만 더 고생해라, 막내야, 둘째야!"

이귀한의 말을 한 귀로 듣고 한 귀로 흘리던 이보배는
마지막 말에 힘차게 고개를 끄덕였다.

"응!"

큰오빠가 돌아왔는데 그 정도야 얼마든지 할 수 있었다.
10년이 뭐냐, 평생 먹여 살릴 자신 있었다.

"많이 힘들었구나. 알겠어, 나만 믿어. 설마 큰오빠 하나 못 먹여 살리겠어."

안 그래도 헌터로 복귀하겠다고 했으면 꽁꽁 묶어서라도 막을 판이었다.

이보배가 더 열심히 벌겠다는 의지를 다졌다면, 이해기는 대답 대신 질문을 던졌다.

"그렇게 강하면, 왜 좀 더 일찍 돌아오지 않았지?"

'이 인간이 자극하지 말라니까!'

이보배의 검지가 이해기의 옆구리를 사정없이 후볐다. 이해기는 몸을 움찔거리기만 할 뿐 태도를 바꾸지 않았다.

"강해지자마자 돌아온 건가?"

"차원은 넘을 수 있는데 어디로 가야 할지 몰랐어. 그런데 오늘."

"오늘 알게 되었다는 말인가?"

"그래. 갑자기 어디로 가야 할지 알겠다는 느낌이 들어 시도했더니 성공했어. 아니었으면 더 오랜 시간이 걸렸을 거야."

다행히 둘의 대화가 정상적으로 이뤄졌다. 하나 이상한 점이 있다면.

'작은오빠 말투가 왜 저래?'

이해기의 말투가 평소와 달랐다. 6년 만에 형을 만나 어색하다고 한들 저런 이상한 말투를 쓸 필욘 없었다.

이귀한도 이보배와 동일하게 생각했던 모양이다. 그가

이해기의 말투를 지적했다.

"근데 너 형한테 말본새가 그게 뭐냐? 건가? 인가?"

"큰오빠 말이 맞아. 작은오빠 갑자기 말투가 왜 그래? 균열에서 무슨 일 있었어?"

이귀한의 괴상한 말투야 정신 쪽에 문제가 있는 듯하니 넘어갈 수 있다. 괜히 지적하는 것보단 말투를 기록해 두고 병원에 갈 때 의사에게 보여주는 게 좋을 것이다.

하지만 이해기는 어째서 말투가 요상해졌냐 이 말이다. 평소와 행동거지도 다르고 분위기도 달랐다.

이보배가 아는 이해기는 편안하고 부드러운 분위기의 오빠였는데 오늘의 이해기는 날 서 있고 까칠했다.

균열 공략을 포기하는 와중에 어떤 사건이 있었고, 그것 때문에 마음이 상해 여유가 없을 수는 있다. 아무리 그래도 6년 만에 귀환한 가족에게 저런 태도를 보이다니?

"무슨 일 있었으면 숨기지 말고 알려줘. 속상한 일 있었어? 혹시 친한 사람이 다친 거야?"

"그런 게 아니다. 밤에 좀 이상한 꿈을 꿨는데 진짜처럼 생생한 꿈이라 약간, 영향을 받았다."

"무슨 꿈을 꿨길래……. 악몽이었어?"

"악몽……. 그래, 악몽이었다. 아주 길고 끔찍해서 잊고 싶지만 잊어선 안 되는 악몽."

꿈에서 깼지만 이해기는 여전히 악몽에 사로잡힌 듯한

얼굴이었다.

이해기가 담담하게 말했다.

"형이 돌아와서 정말 기뻐. 진심이야."

진심으로는 들리는데 기뻐 보이진 않았다. 스스로 생각해도 알 수 없는 모순에 이보배는 입술을 깨물었다.

형제가 서로를 응시했다. 둘 다 무표정이라 무슨 생각을 하는 건지 알 수 없었다.

깊게, 아주 깊게 침잠해 사람의 것 같지 않은 큰오빠의 눈과 풍파 많은 삶을 산 노인처럼 수많은 감정이 소용돌이치는 작은오빠의 눈.

입술만 자근자근 씹던 이보배를 구원한 건 배달 온 치킨이었다. 이보배가 치킨을 받기 위해 일어나자 이귀한과 이해기는 눈싸움을 멈췄다.

"형은 내가 돌볼게."

이보배가 다시 휴가 일정 얘기를 꺼내자 이해기가 즉답했다. 대답이 너무 빨리 돌아와 이보배는 눈을 깜빡였다.

둘은 거실 소파에서 잠든 이귀한을 보았다. 추가 주문한 치킨도 혼자 먹어치우고 드러눕기에 잘 것을 권했다.

이해기의 방은 하도 어질러져 있어 이보배의 방을 권했더니 여동생 방은 싫단다. 그래서 결국 소파에 이불을 깔아줬다.

어디서 어떤 고생을 하고 왔는지 알 수 없는 큰오빠다. 소파에서 새우잠 자게 하는 것 같아 이보배의 마음이 편치 않았다.

"괜찮겠어? 일단 내일은 휴가 낼 거니까."

"아니야, 그럴 필요 없다."

"응?"

"회사는 평소대로 출근해. 형은 내가 돌볼게."

이해기가 프리랜서의 이점을 살려 이귀한을 전담하겠다고 말했다. 고마운 말이지만 이것 역시 작은오빠에게 떠넘기는 것 같아 그녀는 마음이 편치 못했다.

"큰오빠 돌아와서 나도 같이 있고 싶으니까 내일은 휴가를 낼게."

"그럴 필요 없다. 평소대로 출근해. 오빠의 부탁을 들어주면 좋겠구나, 보배야."

부탁이라고 하지만 명령 같은 어조였다. 오늘 새벽까지만 해도 나가는 길에 그녀의 방을 들여다볼 정도로 친밀했던 이해기였다. 이보배는 영문을 알 수 없어 당황했다.

"작은오빠, 왜 그래? 진짜 균열에서 무슨 일 있었어?"

"보배야. 내가 나중에 다 설명해 줄게. 해명할 테니 일단 내 말에 따라주렴. 내가 더…… 더 잘하고 싶어서 그런다."

"짐꾼 일 못 할까 봐 그래? 큰오빠 상태가 안 좋은 것 같아서 무서워? 작은오빠는 지금도 충분히 잘하고 있어."

"그것보다 더, 더 잘하고 싶구나."

이해기가 눈꼬리를 접으며 상냥하게 웃었다. 이해기의 따뜻한 손이 이보배의 어깨 위로 올라왔다. 이보배는 방 쪽으로 슬슬 밀렸다. 저항해 볼까 했지만 손이 따뜻해서 뜻대로 움직여 줬다.

"피곤할 텐데 쉬렴. 내일도 일찍 일어나야 하잖니."

이보배를 방으로 밀어 넣은 이해기가 문을 닫았다. 이보배는 바로 눕지 않고 문틈에 눈을 가져갔다. 낡아 기울어진 문은 꽉 닫아도 틈이 벌어져 거실 일부가 보였다.

그녀를 방으로 몰아넣은 이해기가 자신의 방에 들어가지 않고 거실 벽에 기대앉았다. 이해기의 시선은 소파에서 잠든 이귀한에게서 떨어지지 않았다.

이보배는 이해기에게 오늘 갑자기 왜 그러는 거냐고 묻고 싶었다. 하지만 벽에 기댄 모습이 너무 지쳐 보여 그럴 수 없었다.

피곤한 사람을 봤더니 잊었던 육체적, 정신적 피로가 몰려왔다. 이보배는 꾸물꾸물 이불 속으로 기어 들어가 눈을 감았다.

죽은 듯 잠들었던 이보배를 깨운 건 평소처럼 울린 알람 소리였다. 이보배는 자본주의에 속한 부품의 본분을 떠올리고 벌떡 일어났다.

"하암. 어제 씻지도 않고 잤네."

브래지어를 입으면 잘 때 불편한데 벗지도 않았다. 평소엔 집에 오자마자 벗는데 오랜만에 만난 큰오빠 앞에서 노브라로 있기 민망해서 안 벗었다가 그냥 잠들어 버렸다.

이보배는 문을 열고 나가기 전 멈칫했다. 큰오빠가 돌아온 게 꿈은 아닐까 무서웠다.

이해기는 벌써 일어나 아침 식사를 준비하는지 국 끓는 소리와 그릇 부딪치는 소리가 들렸다. 이보배는 정겨운 소리에 용기 내 방문을 열었다.

소파 위가 텅 비어 있었다.

"역시 꿈이었나……."

달콤한 꿈을 꾸었다. 한숨과 함께 거실로 한 발짝 내딛자 물컹한 것을 밟아버렸다.

"꺄악, 큰오빠!"

이귀한이 이보배의 방 앞에 누워 있었다. 거실 겸 부엌이 워낙 좁아 소파에서 내려와 두 번 구르면 끝이긴 하다.

"큰오빠, 괜찮아?"

"음냐음냐."

제대로 밟았는데 이귀한은 여전히 꿈나라 여행 중이었

다. 이보배는 이귀한을 밟지 않도록 구석에 밀어놓고 밥상을 펼쳤다.

수저통에서 수저를 꺼내는데 습관대로 두 벌씩 꺼냈다가 숟가락과 젓가락을 하나씩 더 꺼냈다. 수저통엔 수저한 벌이 남았다.

둘이서만 6년을 살았다. 그래도 밥그릇, 국그릇, 수저는늘 네 벌을 갖췄다. 수저통과 찬장에 남은 한 명분의 식기가 유난히 눈에 밟혔다.

'아침부터 울 건 없지.'

큰오빠가 돌아왔는데 아침 댓바람부터 징징 짜서야 쓰나. 이보배는 이해기가 꺼내둔 밑반찬을 나른 다음 이귀한을 깨웠다.

"큰오빠, 일어나. 밥 먹어."

"된장국!"

"응, 배추 된장국이야."

마른반찬에 김치, 된장국, 김. 흔하다면 흔하지만 정작먹고 싶을 땐 먹기 힘든 아름다운 아침 밥상이다.

남매는 밥상에 둘러앉았다. TV를 틀자 뉴스가 나왔다.

-균열 등급이 A급으로 격상함에 따라 신라 길드에선 만반의준비를 갖춘 후 공략을 진행하겠단……

"저거 어제 작은오빠가 진입한 균열 맞지?"

"그래."

"반야 길드에 안 넘기고 신라가 계속 맡는 거야?"

"지금 반야 길드가 미지의 균열을 공략 중이라 다른 균열에 신경 쓸 여유가 없다더구나. 공식적인 건 아니고 소문이 그렇다."

"헌터들이 그렇게 예상하나 봐? 그럼 저 균열은 어떡하나. 마감이 있는 건 아니지?"

균열은 종류도 가지각색 특징도 가지각색이다.

일부 균열에는 마감 기간이 있기도 했다. 미감 기간이 있는 균열은 일정 기간 내에 공략하지 않을 경우 주위 지역을 침식하거나 몬스터 웨이브를 일으켰다.

균열 내부에 사람이 진입하면 카운트다운이 멈추기 때문에 사형수를 마감이 임박한 균열에 진입시켜 시간을 번다는 도시 괴담도 돌았다.

"……신라는 공략 못 해."

"에이, 그래도 신라가 우리 회사처럼 우리나라를 대표하는 길든데."

"못 해."

이해기는 직접 보고 온 사람처럼 단정했다. 이보배는 입을 다물고 국을 떠먹었다. 작은오빠가 신라에 쌓인 게 많은 듯했다.

"마감 없으면 좋겠네. 저기 서울인데 A급 균열이 터지면 무섭잖아."

"너는 내가 지키니까."

이해기가 느끼한 말을 했다.

"막내는 괜찮아."

그다음엔 된장국에 밥을 말아 세 공기째 흡입 중이던 이귀한이 처음으로 입을 열었다.

"참기 싫지만 막내를 위해선 참을게. 오빠가 지켜줄 테 니까 괜찮아."

"……고마워."

눈물을 함께 삼켜서 그런지 오늘따라 된장국이 짰다.

"작은오빠, 나 지금이라도 휴가 쓰면 되는데."

"걱정 말고 다녀와라."

"알겠어. 무슨 일 있으면 핸드폰이 아니라 회사로 전화 주 는 거 알지? 포션 1팀 이보배라고 하면 바로 알아들으니까."

"그래."

"병원은 데려가지 마. 몸에 이상 없어도 한 달은 지켜봐 야 한댔으니까. 애초에 병원에서 받아주지도 않을 거랬어. 다른 사람에게 악영향 줄 수도 있대."

"그래."

"나 진짜 갔다 올게."

이보배가 현관문을 열고 나갔다. 이해기는 닫힌 문을 오래도록 응시하다가 한숨과 함께 몸을 돌렸다. 소파에 앉은 이귀한이 그에게 손을 흔들었다.

이해기는 단도직입적으로 물었다.

"정체가 뭐냐."

"형이잖아, 둘째야."

"내가 돌아온 게 어제였어. 그런데 뭘 하기도 전에 이런 변수가 생긴다고?"

"돌아온 건 나지."

"보배는 속았을지 몰라도 나는 아니다. 대답해. 정체가 뭐냐."

"나 형인데. 어제 네가 그랬잖아. 형이냐고."

"형은 돌아오지 않고 한생인 깨어나지 못했지. 대답해라, 넌 누구냐."

이귀한의 목에 날이 닿았다. 채집용으로 쓰이는 단검이지만 사람 멱을 따기에도 충분했다.

"외형 변경이 가능한 스킬과 아티펙트는 널렸다. 목적이 뭐냐, 누가 보냈지? 신라냐? 아니면."

"각성했구나. 축하축하. 언제 각성했어? 막내는 알아?"

"닥쳐라! 질문에 대답해!"

단검이 이귀한의 피부에 닿았다. 조금만 더 힘이 들어가면 피부를 가르고 목을 뚫을 것이다.

"널 죽이지 못할 거라 생각하면 오산이다."

"그러게, 떨지도 않고. 우리 둘째가 못 본 사이 많이 컸네."

그런데. 이귀한은 말을 마치자마자 단검으로 목을 내밀었다. 이해기가 단검을 빼기 전에 이귀한의 목을 갈랐다.

"무슨!"

갈라진 피부와 살점 사이로 피 분수가 솟구쳤다. 이해기가 뒤로 물러나 얼굴에 튄 피를 닦았다.

"힉, 히힛, 히히힉! 형이 참기 싫다고 했잖아."

목이 반쯤 잘려 머리가 덜렁거리는 이귀한이 상체를 흔들며 웃었다. 몸에 반만 붙은 머리가 위태롭게 덜렁거렸다.

"싫다고 했잖아. 참기 싫어. 안 참아. 참을 만큼 참았어. 크힉, 크히히힉."

바닥이 떨리고 형광등이 깜빡였다. 이해기는 그제야 거실 조명이 켜져 있었다는 걸 깨달았다.

어두웠다. 집 안이 무저갱처럼 캄캄했다. 거실은 동이 트지 않은 새벽보다 어두웠고 덜렁거리는 머리에 붙은 이귀한의 눈은 기괴하게 빛났다.

"이건!"

"참기 싫다고 했어. 형이 10년만. 히힛, 10년만 쉰다니까? 나쁜 동생이네?"

깜빡이던 형광등이 터지고 진정한 암흑이 도래했다. 이

작은오빠도 돌아왔다 95

해기는 어금니를 꽉 물었다. 불길하고 사악한 기운이 그에게 엄습했다.

살아 있는 생물이라면 본능적으로 꺼릴, 정신력이 약한 사람은 접한 순간 발작할 만큼 사악하고 타락한 기운이었다. 닿은 몸과 영혼을 파괴하고 짓밟는 농밀한 재앙이 이해기를 포위했다.

'어째서 이 마력이!'

닿는 순간 영혼의 심지까지 부패해 버린다. 이해기는 이 부정한 마력을 알았다. 이 시대의 누구보다 잘 알았다.

'죽는다!'

이해기는 반사적으로 모든 힘을 끌어내 재앙에게서 자신을 보호했다. 동시에 세상이 밝아졌다. 어둠이 걷히고 그를 둘러싼 세계가 정상적으로 돌아왔다.

"놀랐지!"

이귀한이 덜렁거리던 머리를 제자리에 세웠다. 잘린 목이 찰흙처럼 찰싹 붙었다. 목을 붙인 이귀한이 제자리에서 빙빙 돌았다.

"형은 관대하니까 봐줄게!"

이귀한이 씨익 웃었다.

"막내만 지키면 좋은 형이 아니지! 둘째도 지켜줘야 좋은 형!"

"이게 도대체……."

이해기가 창백하게 질린 얼굴로 이가 부딪칠 정도로 떨었다. 이귀한이 고개를 저었다.

"놀랐어? 무서웠어? 아니잖아? 버틸 수 있었잖아? 형은 다 아는데."

"방금 그건……."

"둘째야, 힘숨찐은 집에 하나면 족하다!"

웃으라고 한 말인데 이해기는 웃지 않았다. 이귀한은 너무 겁줬나 싶어 눈동자를 굴렸다. 그리웠던 동생이 힘을 숨긴 게 반가워 조금 놀렸을 뿐인데 반응이 너무 격렬했다.

"어떻게, 어떻게 그 마력을!"

"그렇게 무서웠어? 겁먹지 마. 내가 너희를 해칠 리 없잖아. 형은 그냥 네가 저항할 수 있는 게 신기해서 그랬어."

"아직 20년이나 남았을 텐데 어째서 지금 오염된 마력이 등장한 거지? 너는, 너는 인간이 맞긴 한 거냐?"

"걱정하지 마. 아직은 인간이야. 인간이 아니게 되어도 너희는 해치지 않을 거야. 형 믿지? 너흰 절대 안 건드려."

아직은 인간이라는 말이 패닉 상태에 빠진 이해기를 진정시켰다.

이해기는 얼굴조차 희미하게 기억나는 형을 보았다. 믿을 수 없어 부정했으나 눈앞의 남자는 진짜 그의 형이었다.

"진짜 형이야……?"

"형입니다. 보고 싶었어."

이귀한이 이해기를 포용하려고 다가왔다. 어제는 불신했던 것 같으니 오늘 진짜 감격의 재회를 할 생각이었다.

이해기는 그런 형을 막고 혼란스러운 머릿속을 정리했다.

"잠깐, 잠깐 기다려 봐. 형이 어떻게 마왕의 마력을 쓰는 거야?"

"마왕? 몰라. 나 없는 동안 마왕이라도 떴어?"

"아직은 아니야. 20년 뒤에. 세계가 망해서, 그래서 내가 돌아온 건데. 아직은 그 힘이 나와선 안 되는데 형이 사용하고, 그러니까."

터무니없이 불길하고 광기와 파괴, 살육을 부르는 마력. 그것이 이해기가 돌아온 이유였다.

지금으로부터 20년 뒤, 현재의 균열과 비교할 수 없을 만큼 거대한 상처가 세계 곳곳에 생성된다.

균열이라기엔 너무 큰 상처에서 부정하고 오염된 마력을 지닌 몬스터가 쏟아져 나왔다. 20년간 성장을 멈추지 않은 헌터들이 대응했다.

잦아진 균열과 쏟아지는 몬스터는 어찌어찌 막았다. 문제는 오염된 세계와 하늘에서 강림한 불길하고 사악한 '무언가'였다.

한물간 종말론처럼 하늘에서 마왕이 강림하고 세계가 무너지기 시작했다.

이해기는 어떻게 마왕과의 전투에서 승리했는지 이해하

지 못한다.

이해기는 어떻게 반만 남은 세계를 구할 수 있었는지 알지 못한다.

이길 수 없는 싸움이고 패배가 약속된 전투였다. 마왕이, 이성이 있는지 궁금한 그것이 봐준다고 해도 이길 수 없는 전투였다.

그런데 이해기는 승리했고 살아남았다.

이해하지 못할 승리에 대한 의문은 '세계를 구원한 용사'의 칭호에도 묻히지 않았다.

더 나은 결과를 도출하기 위해 과거로 돌아온 후부터 지금까지 마왕과 싸워 승리할 수 있을까 하는 의문을 멈춘 적 없다.

그리고 지금, 이해기는 형제 중에서 제일 좋은 머리로 불가사의했던 승리와 생존의 이유를 알아냈다.

"형이었어?"

"형이라니까."

"시발, 그게 형이었냐고!"

이해기가 마왕의 숨통을 끊었을 때, 마왕은 죽는 순간까지 이해기에게서 눈을 떼지 않았다. 그 이유를 이해기는 과거로 돌아오고 나서야 깨달았다.

"시발, 시발, 시발 형, 시발 나는, 내가! 형 이제 괜찮은 거지? 그렇게 안 되는 거지? 괜찮아? 아프지 않아? 형! 혀엉!"

회귀자는 미래에서 너무 늦게 귀환해 버린 형의 말로를 보고 돌아왔다. 이해기는 제 손으로 죽였던 형 앞에서 목 놓아 울었다.

이보배의 직장인 생활 5년에 휴가와 조퇴란 없었다. 어제 갑자기 나간 이유가 무엇인지 포션 1팀 모두 궁금해했다.

인사팀에 설명했는데 굳이 숨길 필요는 없었다.

"실종됐던 큰오빠가 돌아왔거든요. 그래서 관리국에서 본인 확인을 위해 절 찾은 거였어요."

"우와, 축하드려요."

"귀환인인 거죠? 일반 실종이 아니라."

"네, 균열에 흡수되었거든요."

"축하해요!"

"정말 축하합니다!"

사적인 교류는 없어도 매일 얼굴 보는 직장 동료다. 가식이든 진심이든 모두 한마디씩 축하의 말을 건넸다.

"그래서 저, 갑자기 휴가나 조퇴를 할 수 있거든요. 미리 말씀드리려고……."

평소 이보배가 열심히 일해서 팀의 할당량은 늘 여유로웠다. 팀장이나 팀원 모두 가능한 사정을 봐주겠다며 고개를 끄덕였다.

"언제든 괜찮다고 말한 뒤에 이런 얘기 해서 미안하지만."

축하의 의미로 커피를 사겠다며 이보배를 반강제로 끌고 나온 팀장이 이보배에게 간신히 들릴락 말락 한 목소리로 속삭였다.

"조만간 긴급 떨어질지도 몰라요. 그땐 사정 봐드리기 어려운 거 알죠?"

"긴급이요?"

"쉿."

각성자는 오감이 일반인보다 발달한다. 각성자가 모인 길드에서 남들이 들어선 안 되는 얘기를 할 때 입가를 가리고 목소리를 낮추는 건 필수였다.

"이번에 등급 변경된 A급 균열, 우리 쪽에서 노린다는 얘기가 있어요."

"그렇지만 그건 신라가 공략한다고 뉴스에서 봤는데요."

"신라에 무슨 일이 생겼대요. 우리 쪽 윗선에서 들은 게 아니라 외부 지인한테 들은 얘기. 이보배 씨한테만 미리 말해주는 거예요."

팀장이 확실하지 않은 정보니까 틀릴 수도 있다고 덧붙였다.

"혹시 휴가 중 복귀 못 하는 상황이 되었는데 긴급 떨어질까 봐 미리 알려요. 참고만 해둬요."

이보배는 선선히 그러마 대답했다.

팀장과 함께 팀으로 복귀했는데 내부 분위기가 어수선했다. 뭔가 하고 봤더니 팀원들이 한 명을 둘러싸고 위로 중이었다.

"내 동생도 돌아오겠지?"

"돌아올 거야."

"몸 성히 돌아오기만 하면 진짜 바랄 게 없어. 하고 싶다는 거 다 시켜줄 수 있는데."

어제까지만 해도 이보배 또한 팀원과 같은 심정이었다. 말 한마디 나눠본 적 없는 팀원이지만 이보배와 같은 아픔을 겪고 있었다. 눈시울을 적신 이보배는 위로하는 무리에 합류해 팀원을 도닥였다.

이보배는 입사 후 처음으로 칼퇴근했다. 하늘에 해가 걸려 있을 때 퇴근하려니 너무 낯설어 현실감이 없었다. 집에서 큰오빠가 기다리고 있다고 생각하니 현실감은 더욱 떨어졌다.

정신이 얼떨떨한 동안 육신은 익숙하게 평소 하던 대로 행동했다. 병원으로 가려 한 것이다.

'병원 안 들르고 바로 집에 갈까. 아냐, 막내 오빠한테도 이 기쁜 소식을 알려줘야 해. 아냐, 큰오빠가 기다리고 있을 텐데.'

병원에 들를까, 집에 바로 갈까. 갈팡질팡하는 그녀를 붙잡은 건 작은오빠가 보낸 문자였다.

[집에 일찍 와라.]

핸드폰이 망가져서 컴퓨터로 보낸 듯했다. 근무 중엔 아무 문자도 보내지 않다가 퇴근 시간에 맞춰 딱 한 문장만 보냈다. 한 문장이라도 이보배가 마음을 굳히기엔 충분했다.

이해기는 신중한 사람이다. 이유도 없이 일찍 돌아오라고 하지는 않을 터.

이보배는 집으로 가는 버스에 탔다.

현관문 밖에서부터 맛있는 냄새가 진동했다. 공복인 배가 꾸르륵 울렸다.

'작은오빠가 맛있는 거 만드나.'

이보배는 침을 꿀꺽 삼키고 현관문을 열었다.

"나 왔어."

"막내 왔다!"

"보배 왔니."

이귀한이 현관 앞까지 나와 이보배를 반겼다. 이해기는 불 앞을 떠날 수 없는지 냄비 앞에서 인사했다.

"이게 다 뭐야?"

집을 둘러본 이보배가 혀를 내둘렀다. 갈비찜, 동그랑

땅, 삼계탕, 갈치 조림 등등. 상다리가 부러질 정도로 진수성찬이 차려져 있었다.

그러고도 모자라다는 듯 이해기는 불 앞을 떠나지 않았다. 자세히 보니 불 위에서 끓고 있는 건 우족과 잡뼈였다.

"둘째가 내가 먹고 싶은 거 다 해준다!"

"그거야 그렇지만 이렇게 한 번에 잔뜩 해두면 상하잖아."

한번 일을 나가면 장기간 귀가하지 않는 짐꾼과 회사에서 점심과 저녁을 해결하는 직장인 남매의 살림이다. 냉장고가 이 많은 음식을 감당할 수 없었다.

평소와 달리 손은 어찌나 큰지. 우족을 우리고 있는 냄비는 이보배가 포션 좌판을 열 때 쓰던 포션 제작용 들통이었다. 크고 아름답다 이 말이다.

"내 인벤에 공간 없어. 아, 큰오빠 인벤토리에 넣어두게?"

"그건 괜찮아."

이해기가 손에 쥐고 있던 국자를 번쩍 들었다. 국자의 일부가 잘려나간 것처럼 허공에서 사라지더니, 아예 이해기의 손에서 없어졌다.

짠. 텅 빈 두 손을 흔든 이해기가 허공 어딘가에서 국자를 꺼냈다. 국자는 사라질 때와 똑같은 상태로 이해기의 손에 돌아왔다.

거실에서 벌어진 깜짝 마술쇼에 이보배는 눈을 크게 떴다.

"자, 작은오빠!"

손에 쥔 물건이 갑자기 사라지고 다시 생긴다. 이건 마술쇼가 아니다. 각성자라면 누구나 쓸 수 있는 인벤토리 기능이다.

"각성했구나!"

"그래."

"꺄아아아아아아악!"

이보배는 괴성을 지르며 펄쩍펄쩍 뛰었다. 너무 기뻐서 입이 다물어지지 않았다.

이해기가 각성했다. 각성하겠다는 일념으로 목숨 걸고 균열에 들어가던 작은오빠가 6년 만에 각성했다.

작은오빠의 꿈이 현실이 되었다. 이보배는 흥분해 펄쩍펄쩍 뛰었다.

"히잉, 갈비찜 식잖아."

"미안해, 형. 보배 왔으니 이제 밥 먹자. 보배야, 음식에 먼지 떨어져. 그만 뛰고 이리 와 앉아."

'뭐지?'

그렇게 고대하던 각성자가 되었는데 이해기의 반응이 덤덤했다. 이귀한은 동생의 각성보다 갈비찜 식는 데에 관심을 두었다.

이귀한이야 정신이 온전치 않으니 그럴 수 있다. 하지만 가장 좋아하고 기뻐해야 할 작은오빠의 반응이 조용하니 뭔가 이상했다.

작은오빠가 이상하든 말든 갈비찜엔 죄가 없다. 갈비찜만 죄가 없나. 그 외의 진수성찬도 결백하긴 매한가지다. 이보배는 바닥에 궁둥이를 붙이고 수저를 들었다.

음식이 남아 상한다는 걱정은 기우였다. 이귀한은 상다리를 부러뜨릴 기세였던 진수성찬을 모조리 먹어치웠다. 먹방 촬영하면 합성이나 편집이냐고 의심할 만한 먹성이었다.

"큰오빠, 아귀의 저주라도 걸렸어? 힘을 숨기는 게 아니라 위장에 난 구멍을 숨기는 거야?"

이보배는 이귀한의 배를 문지르며 감탄했다. 그렇게 먹어놓고도 배가 편편했다. 각성자는 많이 먹는다지만 이건 도가 지나쳤다.

"더 먹을 수 있는데."

"사과 깎아줄게."

"잠깐만, 작은오빠. 이러다 큰오빠 탈 나면 어떡해."

"괜찮아. 점심도 이만큼 먹었어."

이해기는 사과 한 박스와 과도, 접시를 가져와 앉았다. 이해기가 사과를 깎아 이귀한에게 바쳤다. 평생 사과만 깎은 장인처럼 무시무시한 속도로 껍질을 깎는데 접시엔 쌓이는 사과가 없었다. 깎아 놓는 족족 이귀한이 날름날름 집어 먹기 때문이다.

허공에서 국자가 사라지고 생기는 것보다 이쪽이 더 마술쇼 같았다. 이보배가 혀를 내둘렀다.

"큰오빠 진짜 괜찮은 거지?"

"응."

"혹시 어디 아프면 얘기해야 해. 알겠지?"

이귀한은 사과를 씹으며 건성으로 고개를 끄덕였다. 큰오빠 걱정을 억누른 채 이보배는 작은오빠에게 시선을 돌렸다.

"작은오빠, 각성한 거 축하해."

"고맙다."

"언제 각성했어? 느낌 좋다고 하더니 그 균열에서 각성했던 거야? 왜 미리 말 안 해줬는데. 아, 큰오빠 돌아와서 놀라 까먹었나. 말할 타이밍 놓치는 바람에 기쁜 것도 지나갔어? 혼자 좋아하고 종료한 거야?"

"비슷해."

이해기가 어깨를 으쓱였다. 그렇게 바라던 각성을 했는데 어깨 으쓱이는 게 고작이라니. 믿기 어려운 현실에 이보배는 눈을 비볐다. 피곤해서 헛것을 봤나 했지만 이해기는 묵묵히 사과 껍질만 정리했다.

"혹시 직업이랑 스킬이 별로야? 그래도 성장하면 모르니까……. 알려지지 않은 희귀 직종이면 꿀 빨 수도 있고. 저기……."

"아냐, 전투계야. 스킬도 좋고. 희귀 직업 맞아."

이해기가 사과 껍질의 산을 옆으로 치웠다. 사과 상자의 절반을 거덜 내고 나서야 사과 깎기&먹기 쇼가 종료되었다.

"그럼 이제 네게도 말해주어야겠구나."

사과 껍질의 산을 옆에 두고 이해기가 엄숙하게 말했다.

"가족들에게만 밝히는 비밀이다. 네 안위와도 연관되어 있으니 꼭 지켜주었으면 한다."

큰오빠는 비밀이랍시고 10년 놀겠다는 포부를 밝혔다. 각성한 작은오빠가 밝히려는 비밀은 과연 무엇일까?

이보배는 방만했던 자세를 고쳐 앉았다. 사과를 다 먹고 누웠던 이귀한도 상체를 일으켰다.

"빨리 말해. 막내 오면 같이 말해준다고 해서 참았잖아. 더는 참지 않을 거야."

이귀한이 재촉했다. 이해기는 어디서부터 말해야 할지 말을 고른다는 표정으로 한숨을 쉬었다.

그리고 5분을 뜸 들여 형과 동생의 인내를 시험하고 나서야 입을 열었다.

"어제 내가 이상하다고 생각했을 거다. 거기엔 그럴 만한 사정이 있다."

진입했던 균열은 등급이 바뀌고, 철수하는 과정에 공략대와 마찰이 있었다. 각성해서 흥분한 차에 실종되었던 형이 귀환했다. 놀라운 일의 연속이니 이해기가 이상하게 반응할 만했다. 이보배는 작은오빠를 이해했다. 하지만 막상 이해기의 입에서 나온 사정은 이해하기 어려웠다.

"나는 22년 뒤의 미래에서 회귀했다."

이해기가 이보배를 똑바로 보고 또박또박 말했다. 작은오빠가 밝힌 사정을 듣고 이보배는 귀를 의심했다.

"작은오빠, 한 번만 더."

"믿기 어렵겠지. 이해한다."

이해기가 진중하게 고개를 끄덕였다.

"나는 어제 새벽 회귀했다. 그래서 어제 형이 돌아온 걸 보고 많이 놀랐고, 또 형의 귀환을 선뜻 인정하지 못했다. 왜냐하면 내가 기억하는 미래에서 형은 어제 돌아오지 않았기 때문이다."

이보배는 크게 고개를 끄덕였다. 더 들을 필요가 없었다.

"응, 유행에 뒤떨어진 것 같지만 클래식한 소재니까 잘 쓰면 재밌을 거야. 설거지 도와줄게. 설거지하면서 더 말해줘."

작은 살림의 식기가 총출동해 부엌 겸 거실이 엉망이었다. 얼른 치워야 한다.

자리에서 일어나는 이보배의 바짓가랑이가 잡혔다. 이보배는 깜짝 놀라 아래를 보았다. 이귀한이 그녀의 바짓가랑이를 잡고 이해기를 가리켰다.

"내 얘긴 끝까지 들어줬잖아. 둘째 얘기도 끝까지 들어줘."

'아⋯⋯.'

큰오빠의 너그러운 말에 이보배는 느끼는 바가 있었다. 이귀한의 이상한 설정은 모두 들어놓고 작은오빠의 말은 중간에 끊으려 했다. 오빠 차별이었다.

'작은오빠가 얼마나 서운할까.'

이해기야말로 이보배와 가장 오래 산 오빠다. 실질적으로 6년 동안은 이해기가 이보배의 유일한 오빠이기도 했다.

지난 6년간 남매 사이는 돈독했다. 이해기가 이보배의 고집을 들어주며 지탱해 주고 버팀목이 되어주었다. 늘 곁에 있으면 귀한 줄 모른단 말처럼 찬밥 취급해 버릴 뻔했다.

이귀한이 붙잡지 않았다면 큰 실수를 했을 것이다. 이보배는 다시 자리에 앉았다.

"미안, 작은오빠. 정말 미안해. 계속 말해줘."

"이해한다. 형의 말보다 더 믿기 어렵겠지."

"나는 타락이다. 나는 어둠이다. 나는 파괴다. 나는 마왕이다아아."

"아니야, 형. 형은 인간이야. 돌아와 줘서 고마워."

언제 경계했냐는 듯, 이해기가 이귀한의 농담을 받았다. 훈훈한 미소를 지은 것도 잠시. 이해기가 다시 진지한 표정을 지었다.

"나는 균열에서 각성했지만 바로 집에 오진 못했다. 몇 달 뒤에야 돌아올 수 있었지. 그 바람에 네가 많이 걱정했다만 어쨌든 돌아온 난 헌터가 되었고 눈부신 속도로 성장했다. 검성처럼 한국을 넘어 인류를 대표하는 헌터가 되었고 많은 업적을 쌓았다. 참 많은 일이 있었다."

22년이니 에피소드가 많을 수밖에 없다. 이해기는 22년간

의 일은 건너뛰고 클라이맥스로 돌입했다.

"시스템이 불가능하다고 판단한 미션이 있었다. 난 그 미션을 달성했고 업적을 세워 보상을 받았다. 그 보상으로 어제 날짜에 회귀한 것이다."

"와……."

설거지하면서 들어도 괜찮을 뻔했다. 이보배는 이해기가 상처받지 않도록 표정 관리에 각별히 신경 썼다.

"음, 그렇구나. 그랬어."

이보배는 열심히 고개를 끄덕이며 얼굴을 가렸다. 표정 관리가 잘 되지 않고 얼굴 근육이 멋대로 움직였다.

'어떻게 반응하지? 어떤 표정을 지으면 좋아? 농담인가? 웃으면 되나?'

"저어, 작은오빠."

"그래, 궁금한 것이 있다면 물어라. 네가 알아도 괜찮은 정보에 한해서 대답해 주마."

'일단 말투부터 어떻게든 해봐!'

이보배는 속으로 비명을 질렀다.

"그럼 이제 어떻게 할 거야?"

방금 말한 그 클래식한 설정으로 소설을 쓸 건가? 아니면, 설마 그러진 않겠지만 회귀했단 설정으로 헌터 활동을 할 건가?

"투자를 하려 한다."

'여기서 갑자기 투자!'

믿을 수 없는 현실에 내면의 이보배가 주먹으로 벽을 후려쳤다. 이보배는 작은오빠를 흰 눈으로 보지 않을 자신이 없어 아예 눈을 감았다.

"내겐 누구보다 확실한 정보가 있다. 다른 사람은 모르고 오직 나만이 알고 있는 미래에 대한 정보지."

자기만 알고 있는 확실한 정보. 작업 들어갈 때 빠짐없이 등장하는 필수 용어였다.

"확실한 투자처와 아무도 모르는 미래를 알고 있지만 그렇다고 안심해선 안 된다. 내가 돌아온 것으로 나비효과는 시작되었다. 내가 기억하는 시기와 다르게 돌아온 형이 그 증거지. 나비효과의 여파는 점점 커질 거다. 그러니!"

이해기가 목소리를 높였다.

"가능한 한 빨리 투자해 단타로 치고 빠져야 한다! 서두르면 서두를수록 좋지."

이해기가 눈을 반짝였다.

"그래서 하는 말이다만, 사랑하는 보배야. 돈 얼마나 모았니?"

이보배는 목덜미를 주물렀다. 회귀 얘기가 나올 때부터 조짐을 보이더니 투자가 튀어나오자 뻣뻣하게 굳었다.

각성, 회귀, 투자. 전혀 연관되지 않는 세 단어를 조합해 내는 작은오빠에게 존경심이 들었다. 진심이다.

'차라리 꿈이었으면.'

"투자해서 대박 나면 뭐 해?"

"이사 가야지. 지금 형 방이 없잖아."

"와아! 새집!"

유치원에 다니는 아이들이 할 법한 대화가 그녀가 처한 현실의 가혹함을 일깨웠다. 이보배는 열심히 심호흡했다. 작은오빠가 같이 일하는 짐꾼 중에 다단계에 빠진 사람이 있는지 궁금했지만 물어보진 않았다.

대신 다른 걸 물었다.

"작은오빠. 정말, 정말 진심으로 이 대화에 끼고 싶지 않지만 하나 더 물어볼게."

"그래, 물어보거라."

"회귀해서 투자하는 소설 없는 건 아냐. 근데 장르가 다르잖아. 똑같이 현대 판타지 카테고리에 묶여 있지만 우리가 사는 건 소위 말하는 헌터물이나 게이트물이고 투자는 그냥 현대물, 특직물, 경영물 이쪽이지."

소싯적에 판타지 소설 좀 읽어본 사람이나 할 수 있는 질문이었다. 이게 다 이해기가 열심히 영업하고 다닌 성과였다.

"헌터물에서 회귀면 그게 아니지. 이런 설정이면 인류에 큰 위기가 닥쳤는데 피해가 너무 커서 좀 더 대비하려고 과거로 가는, 그런 스토리가 이어지잖아. 그런데 여기서 투자?"

이보배는 내내 외면하던 이해기를 직시했다. 어제부터

갑자기 이상해진 작은오빠가 너무 걱정스러웠다.

"헌터로 승승장구했다며. 똑같이 승승장구하고 활약하면 돈은 자연스럽게 모이잖아. 미래를 알고 있으니까 투자해서 돈을 빨리 불리고 싶다는 마음은 이해한다 쳐. 그런데 그게 아니잖아. 22년 뒤의 작은오빠 고작 투자해서 돈이나 벌려고 회귀한 거야?"

이보배가 아는 이해기는 그런 사람이 아니다. 그가 곧 우족과 잡뼈에서 우러난 뽀얀 국물처럼 진국인 사람이었다.

이해기가 쓴웃음을 지었다. 20대 청년이 지었다고는 믿을 수 없을 만큼 복잡하고 오묘한 감정이 느껴지는 표정이었다.

"네 말대로다. 바꾸고 싶은 게 있고 더 잘하고 싶은 게 있어서 회귀를 결정했다. 그걸 달성하기 위해 전력 질주할 예정이었는데."

"는데?"

"안 그래도 된다."

이해기는 이귀한을 흘깃 보더니 아련한 눈빛을 보냈다. 쓴웃음을 지을 때와 마찬가지로 이번에도 여러 감정이 담겨 복잡하고 보는 이의 마음을 흔들었다.

이해기의 아련 모드는 오래가지 않았다.

"그러니 투자나 하련다. 보배야, 얼마나 모았니. 많이 모았니?"

이보배는 돈을 열심히 모았다. 스트레스를 풀려다 보니 외식이 잦아 식비가 좀 나가긴 했지만 그 외엔 졸라맬 수 있는 만큼 졸라맸다. 이해기는 악착같이 돈을 모으는 동생을 걱정하면 걱정했지 통장 액수를 궁금해하진 않았다.

그랬는데.

"내가 각성하면 장비 맞춰줄 수 있다고 말했었지. 억은 모았니? 소스는 확실한데 단타로 치고 빠져 수익을 얻으려면 초기 투자금이 중요해서 말이다."

"막내가 돈을 그렇게 잘 벌어?"

"얘가 다니는 회사가 사계절이야, 형. 형 때도 컸지만 지금은 더 커져서 빌딩 하나 다 써."

"우리 막내가 그렇게 큰 회사에 취직했단 말이야?"

"그래! 보배가 우리 집 가장이라니까!"

"우와!"

투자가 나쁜 건 아니다. 하지만 이보배의 부족한 사회 경험도 이건 아니라고 외쳤다. 이건 투자가 아닌 돈 뿌리기다.

투자를 하느니 사치하는 게 낫다. 사치하면 기분이 좋고 물질과 추억이 남는다.

투자는? 스트레스와 후회는 기본이요, 가끔은 건강도 망친다.

기다려도 이보배가 대답하지 않자 이해기가 조심스럽게 말했다.

"그래, 22년이나 지난 내 기억을 믿기 어려울 거다. 이해한다. 실제로 나도 이 시기의 정보는 가물가물하다. 하지만 대박은 대박 아니겠니."

세상엔 '각성 하이'란 게 있다. 균열의 날 이후 새로 생긴 신조어다.

각성자가 자신이 특별하고 선택받은 존재라고 착각하고 그에 따라 행동하는 게 각성 하이다. 각성하기 위해 오랜 기간 노력한 사람일수록 걸릴 확률이 높다는 통계가 있었다.

'작은오빠가 많이 힘들었구나.'

이보배는 절절히 후회했다. 삶이 고달프단 핑계로 곁에 남아 있는 오빠가 힘든 걸 알아차리지 못해 병을 키웠다.

다행히 각성 하이는 낫는 병이다. 거하게 데여 현실을 깨달으면 금방 낫는다고 한다.

동생이자 가장으로서 일침을 놔줄 수도 있다. 하지만 이보배는 그러지 않았다. 착각 때문이긴 해도 이해기는 어느 때보다 진지해 보였다. 행복하다면 잠시라도 즐기게 놔두고 싶었다.

"대출이랑 보증은 안 돼."

"당연하지."

이보배는 어금니를 꽉 깨물었다.

'원래 오빠를 위해 모은 돈이니까.'

어떻게 쓰든 작은오빠의 마음일 것이다.

'그래도 큰오빠가 저러니⋯⋯.'

큰오빠의 정신 상태가 온전하지 않은 듯하니 모은 돈을 다 내줄 순 없었다. 마력이 안정되면 가장 먼저 병원을 찾아가 정밀 검사도 받고 상담도 받아봐야 하지 않겠는가.

막내 오빠의 사례와 다르게 의료보험이 적용되겠지만 가용 자금은 많을수록 좋았다. 작은오빠 말마따나 집도 새로 구해야 할 것이다.

"여기."

이보배는 남는 월급과 성과급을 쪼개 꼬박꼬박 저금해 둔 예금 통장을 이해기에게 내밀었다. 통장에 찍힌 액수는 1억이었다.

물가가 많이 올라 옛날 같지 않은 1억이지만 그래도 1억이었다. 억 단위가 주는 감상이 남달랐다.

그 1억을 작은오빠가 현실을 깨닫게 하는 데 뿌려야 한다니 아깝다. 너무 아까웠다. 통장을 내미는 손이 떨렸다.

'아냐.'

이해기가 자신의 생명을 경시해 가며 짐꾼과 채집꾼 일을 병행하지 않았다면 이만큼 모으는 건 불가능했다. 작은오빠가 보탬이 되어줬기에 이렇게 적금도 들 수 있었던 거다.

이보배는 줬다 뺏고 싶은 자신을 달랬다.

"고맙다, 보배야."

각성해도 막내 돈엔 손 못 댄다더니 선뜻 통장을 받는 이해기의 모습에 괴리감이 들었다. 낯선 괴리감은 머리를 쓰다듬는 작은오빠의 손에 날아갔다.

이해기는 만지면 꺼질세라, 불면 날아갈세라 조심스럽게 이보배의 머리를 토닥였다.

"정말 고맙다. 오빠가 더 잘하마. 반드시 네 신뢰에 부응하마."

'말투나 고쳐줘.'

이보배는 작은오빠를 따라 애잔한 표정을 지었다. 거울이 없어 보진 못해도 작은오빠가 지었던 애잔함의 열 배는 더 애잔한 표정이었을 거라고 확신했다.

깊은 잠에 빠진 사람은 호흡과 심박이 변한다. 벽과 문이 가로막고 있지만 거실에 남은 두 청년은 동생이 깊이 잠든 것을 바로 알아챘다.

"시스템이 불가능하다고 알린 업적이 나야?"

"그래. 내가 형을 죽였어."

이해기는 순순히 죄를 고백했다. 형은 동생을 알아보았으나 동생은 형을 알아보지 못했다. 그때의 형이 인간이 아니었다는 말은 변명이 되지 못한다. 변명을 허락한다 해도 이해기는 자격이 없다.

끝 모를 오만으로 남은 가족마저 모두 잃고 죽지 못해 살아온 마흔아홉의 이해기는 그럴 수 없었다.

죄를 고한 이해기는 처분을 기다리며 눈을 감았다. 따뜻한 손이 거칠게 그의 어깨를 두드렸다.

"짜식, 네 덕분에 내가 일찍 돌아온 거구나. 어쩐지 갑자기 돌아갈 수 있겠단 느낌이 팍! 들더라니."

이해기의 회귀가 이귀한의 귀환에도 영향을 주었다. 원래대로라면 22년이 지난 뒤에야 마왕이 되어 돌아올 미래가 바뀌었다.

"네 말대로면 세계가 난리 났던 거 아냐? 내가 했을 짓이야 뻔하지. 보이는 대로 다 부수고 죽이고 오염시켰겠지. 혼돈! 파괴! 망각! 이러면서 다녔을 게 뻔한데 왜 질질 짜고 그래. 네가 잘했어."

"그렇지만 형, 형은 날 알아봤는데."

"힘은 숨겨도 동생 사랑은 숨기지 못하는 나란 인간 멋진 인간. 멋진 인간 나란 인간. 자책하지 마. 내가 돌아오기 전에 제일 무서웠던 게 뭔지 알아?"

이귀한이 히죽 웃었다. 관리국에 잡혀 있을 때, 그리고 이해기를 놀릴 때 지었던 음산하고 기괴한 미소였다.

"그렇게 보고 싶었는데, 딱 그 생각만 하고 버텼는데 정작 만나니 아무 감흥이 없는 거야. 날 지탱하던 게 사실 그렇게 중요하지 않았던 거야. 착각이었던 거야. 자기세뇌였던 거야. 그래서 너희 만나고서 내게 아직 인간성이 남아 있단 걸 실감하고 얼마나 기뻤는데."

마왕이라 불려도 할 말 없던 기괴한 미소가 점점 부드럽게 바뀌었다.

"그런데 네 말대로면, 난 인간성을 잃었을 때도 너흴 잊지 않았단 거잖아. 그게 얼마나 안심되는 얘긴데. 좀 패긴한 것 같지만."

"좀이 아니었어."

"죽이진 않았잖아. 그 지랄을 떨어도 너희는 알아본다니까 좀 안심되고, 더 참을 수 있을 거 같고, 불안한 마음이 안정되고 그렇다."

"형……"

이해기가 눈물을 흘렸다. 이귀한은 눈물을 육수처럼 뽑는 둘째의 머리를 한 대 갈겼다.

"그러니까 닭살 돋는 머슴 짓은 그만해, 새끼야. 하루 종일 옆에서 시중들어서 깜짝 놀랐네. 소름 돋아서 어둠이 깨어나려고 그런다."

"해줘도 지랄이야."

이해기가 인상 팍 쓰고 이귀한을 노려봤다.

이귀한은 하찮은 쓰레기 보는 듯한 동생의 눈빛에 만족했다. 장남인 그가 가장이 되면서 형에게 고분고분해졌지만 원래는 저렇게 건방진 새끼였다. 둘이 친했던 건 사실이지만 형제의 친분과 존경은 다른 영역이니까.

이귀한에게 많은 일이 있었듯 이해기에게도 많은 일이 있었다. 한 명은 이세계, 한 명은 미래에서 돌아왔지만 아무렴 어떤가. 돌아왔다는 사실이 중요한 거지.

"1억으로 뭐 할 거야?"

"확실한 곳에 투자해야지."

"투자하고 난 다음엔? 원래 미래에서 돌아오면 히, 히, 히, 뭐더라. 히드라?"

"히든 피스?"

"그래! 그런 거 독식하는 게 회귀자 덕목 아냐?"

이해기는 아픈 뒤통수를 문질렀다.

"보배에게도 말했지만 난 이 시기에 일어났던 일들은 잘 몰라. 균열에 갇혀 있었거든. 그래서 확실히 기억하고 있는 것들을 독점하려면 시간적으로 여유가 있어. 그때까지 레벨 설렁설렁 올리면서 보배 짐이나 덜어주려고 한 건데……."

이해기는 곤히 잠든 집안의 가장이 통장을 내줄 때의 반응을 떠올렸다. 통장을 주는 눈빛이 굉장히 딱하고 측은한 것을 보는 듯했다.

"보배가 안 믿는 거 같지?"

"내 얘기도 안 믿던데."

내면의 어둠을 억제하는 오빠와 미래에서 돌아와 투자

를 시작한 오빠. 둘의 말을 믿지 않았으면 머리 아픈 오빠 둘이 되어버렸을 것이다.

가뜩이나 사는 게 힘든 동생이 인생에 머리 아픈 오빠 둘이 추가되었다고 생각하면 어쩌나. 이해기는 한숨을 팍팍 쉬었다.

"이번엔 보배가 행복했으면 좋겠는데."

"행복하지 않았단 얘기로 들린다?"

"……."

이해기는 말을 아꼈다. 귀환자는 회귀자의 고충을 이해하고 더는 묻지 않았다.

"헌터 일은 안 할 거야?"

"하긴 하겠지. 이전처럼 두각을 드러내진 않을 거야. 관심과 견제를 심하게 받았어."

견제에 휘말려 가족을 잃었다. 견제하는 세력을 얕본 이해기의 오만이 불러온 참사였다. 복수는 했으나 잃은 가족은 돌아오지 않았다.

"이제 그런 건 지긋지긋해."

마흔아홉. 쉰을 목전에 둔 나이에 회귀했다. 신체는 젊어졌지만 정신은 여전히 피로하고 지친 중년 그대로다.

"사는 것도 지긋지긋했는데 회귀하면서 마음 다잡았거든. 이번엔 더 잘하자. 살릴 놈은 살리고 세계도 구하자. 그렇게 마음먹었는데 이게 뭐야."

무너진 세계처럼 무너졌던 마음. 그걸 간신히 다잡아 독려해 가며 초특급울트라로열스페셜나이스한 성장 독식 코스를 작성했다.

회귀자가 직접 만든 초특급울트라로열스페셜나이스 성장 독식 코스는 반나절도 되지 않아 휴지조각이 되었다. 다잡은 마음이 도로 부서진 건 기본이다.

"일주일 쉬고, 머리 비웠다가 계획 짜봐야지."

지금 바로 무언가를 계획하기엔 정신이 버텨주질 못했다. 미래에 대비해야 할 최종 보스도 사라진 판국 아닌가. 이해기는 조금 쉬고 싶었다.

"일주일?"

"그래."

"고작 일주일만 쉬게?"

본인이 곧 악이며, 타락이며, 죽음이며 어둠이라 자처한 마왕이 말했다.

"기왕 노는 거 제대로 놀아야지."

"고작이라니. 22년에 비하면 일주일이 짧긴 하지만 그래도."

"계속 놀자는 게 아니잖아. 푹 쉬고 그다음에 꽃길 깔아주는 건데."

회귀자의 회귀 계획을 휴지조각으로 만든 장본인이 달콤한 타락을 주장했다.

"기왕 쉬는 거 제대로 쉬어야지."

행복한 백수 인생엔 옆에서 같이 놀아줄 친구가 필요하다. 이해기는 뻔히 보이는 형의 속셈을 알면서도 저항하지 못했다. 저항하기엔 너무 달콤한 유혹이었다.

형이 10년 쉬니 나도 10년 쉬겠다. 귀환자에 이은 회귀자 존버 메타가 시작하는 순간이었다.

3. 오빠들의 상태가?

이보배는 하품하고 눈을 비볐다. 작은오빠 걱정 때문에 잠을 설쳐 피곤했다. 각성한 건 좋은데 각성 하이에 투자병을 끼고 올 건 뭐람?

입술을 비죽이던 그녀는 곧 고개를 저었다.

'아냐. 각성 하이가 능력 과신으로 오는 경우도 있댔어. 등급 높은 균열에 함부로 들어가서 다치거나 죽는 것보단 투자병이 나아.'

사람 목숨은 돈으로 살 수 없다. 포션이 등장하면서 어지간한 치명상도 치료할 수 있게 되었지만 죽어버린 사람은 되살릴 수 없다.

작은오빠에게 1억을 준 것이 옳은 선택이었는가. 이보배는 머리가 아파와 신경질 냈다. 작은오빠 주려고 모은 돈을 작은오빠에게 주었는데 왜 자꾸 생각나는 걸까.

거실로 나와 보니 소파에 이귀한이 엎어져 있었다. 이귀한이 실종되기 전 주워온 소파는 다 무너져 등이 배겼다.

"큰오빠 오늘도 소파에서 잔 거야? 작은오빠가 방 치웠잖아."

"여기가 좋아. 너희 숨소리가 양쪽에서 들리거든."

소파와 합체해 자고 있는 줄 알았던 이귀한이 말했다. 무너진 소파라도 소파가 바닥보다 좋아서 그런 줄 알았더니 가슴 뭉클해지는 대답이 돌아왔다. 이보배는 새집은 못 구하더라도 소파는 새로 사야겠다고 결심했다.

"보배야, 얼른 아침 먹어. 출근해야지."

"음…… 괜찮아. 나 여유 있어."

"8시까지 아니니?"

"원래는 9시까지야."

이보배가 성과급에 눈이 멀어 8시 출근 11시 퇴근을 했다뿐이지 본래 출퇴근 시간은 9시와 5시였다.

'이번 주만 정시 출퇴근하고 다음 주는 평소처럼 일해야지.'

"막내가 일하느라 고생이 많구나."

"응, 나 힘냈어."

"근데 하는 일이 정확히 뭐야?"

"나 포션 만들어. 연금술사 레벨 15. 포션 메이커 C등급. 숙련도는 옛적에 꽉 찼는데 등급이 안 오르네."

생산계 각성자는 몬스터를 쓰러뜨려도 경험치를 받지 못한다. 무언가를 생산하거나 개발해야만 경험치가 오르고 스킬 등급이 향상되었다.

이보배의 레벨과 스킬은 2년째 제자리걸음 중이었다. 스킬 등급이 오르면 월급이 더 오를 테니 B급으로 올랐으면 좋겠는데 꿈쩍도 하지 않았다.

'레벨도 안 오르다니.'

다른 포션 제작을 시도하지 않고 D등급 회복 포션만 양산한 결과일까? 자업자득인 셈이라 이보배는 멋쩍어했다.

"이게 내 한곈가 봐."

"그렇지 않아, 보배야. 넌 재능이 있다."

이해기가 계란말이 위에 케첩을 뿌렸다.

"넌 이 나라 최고의 포션 메이커였어."

"아니 뭐……. D급 포션 양산은 자신 있지만."

"네 한계를 단정하지 마라. 넌 한현우가 경의를 표한 연금술사였으니까."

풉. 이보배는 계란말이를 먹다 말고 뿜었다.

전투 연금술사 한현우. 그는 그녀가 속한 사계절 길드의 부길드 마스터이자 국내 최고의 연금술사다. 아무리 가족이라지만 아부가 심했다.

"아휴, 알겠어. 아부는 됐어. 줬다 뺏기는 안 하니까."

"막내 포션 만드는 거야? 보고 싶다!"

"미안. 출근할 거라 정신력이랑 마력 소모하기가 좀 그러네. 만들어둔 건 여기."

이보배는 인벤토리에서 D급 포션을 꺼내 이귀한에게 보여줬다. 이귀한은 D급 회복 포션을 보고 신기해했다.

"큰오빠 땐 C급이 최대였나?"

"지금은?"

"지금은 A급까지 나왔지만 실제로 쓰이는 건 B급이 최대야. 반년 전엔가 해외에서 A급 회복 포션 제작에 성공했다는 얘기를 들었는데 딱 한 번의 성공이었나 봐. 그 뒤로 감감무소식."

"그렇구나."

"응. 그 포션은 큰오빠 줄게. 아프면 마셔."

"우와!"

"꼭 아프면 마셔야 해."

"그래."

정신연령이 퇴행한 듯한 큰오빠가 D급 포션을 홀라당 마셔 버리지 않기를. 이보배는 진심으로 기원했다.

"막내야, 주말에는 노는 거지? 너 보고 싶은데 계속 없으니까 싫다."

"응, 큰오빠. 이번 주말은 쉴 거야. 같이 있을게."

핸드폰 벨소리가 평화로운 아침 식사 시간을 깼다. 이보배는 밥을 대충 씹어 삼키고 전화를 받았다.

"네, 이보배입니다."

—여보세요, 이보배 씨. 긴급 떨어졌어요.

"네?"

—지금 이보배 씨 집으로 차량 보냈어요. 안 씻어도 되니까 얼른 와요. 지금 포션 팀 총출동했어요. 아무래도 어제 한 말이 씨가 되었나 봐.

"잠시만요, 팀장님. 할당량이 어느 정돈데요? 하루나 이틀로 채울 수 있는 건가요? 여보세요, 여보세요?"

팀장은 제 할 말만 하고 전화를 끊었다. 다시 걸어도 다른 팀원들에게 연락 중인지 통화 중이란 안내 음성만 들렸다.

아닌 밤중에 날벼락도 아니고. 이보배는 황당하기 그지없어 한숨만 쉬었다.

'어제 한 말이 씨가 된 거면…….'

신라 길드에 무슨 일이 생겨 사계절 길드에서 A급 균열을 공략할 준비를 하는 것일까?

사계절은 대한민국에서 다섯 손가락에 꼽히는 대형 길드다. 길드 내에 포션 제작팀을 두고 공방과도 연계해 일정 수량의 포션을 비축했다.

한두 팀이 아니고 네 팀 모두 긴급이 떨어졌다면 A급 균열 공략이 진짜일 가능성이 높았다. 이보배는 혹시 다른 균열이 터졌나 싶어 뉴스를 확인했다. 한국은 조용했다.

빵빵.

그런 거 확인할 시간 없다는 듯 밖에서 경적이 울렸다. 당황한 이보배가 허둥지둥 겉옷을 챙겼다. 그녀가 분주히 좁은 거실과 방을 들락거리자 이귀한이 물었다.

"막내야, 오늘도 어제처럼 와?"

"아니, 그건 아니고. 나 아마 늦을 거 같은데."

"늦어? 둘째랑 같이 마중 나갈까?"

"큰오빠, 나 오늘 못 들어올 수도 있어."

"외박!"

"긴급 물량이 떨어지면 회사에서 며칠 밤샘하더라. 수면실 완비에 늦으면 퇴근 차도 붙여주니까 괜찮아, 형."

빵빵.

다시 경적이 울렸다.

"나가요! 작은오빠, 나 사정 설명하고 핸드폰 갖고 있을 테니까 무슨 일 있으면 전화나 문자 해. 큰오빠, 나 다녀올게."

"막내야."

이귀한이 불안한 얼굴로 이보배의 소매를 붙잡았다.

"주말엔 오는 거지?"

"미안! 확실해지면 연락할게! 작은오빠 핸드폰…… 이 망가졌구나! 무슨 일 있으면 문자 할게!"

이귀한이 불퉁하게 볼을 부풀렸다. 그가 이세계에서 돌아온 지 이제 사흘째다. 이해기는 하루 종일 옆에 붙어 있지만 이보배는 집에 오면 몇 마디 대화하고 자는 게 끝이었다.

주말에 같이 있겠다고 해놓고 바로 말을 바꾼 이보배가 거듭 사과했다. 작은오빠에게 큰오빠를 잘 부탁하려는데 이해기가 팔짱을 끼고 의미심장하게 중얼거렸다.

"나비효과인가. 신라는 무리지만 사계절이라면 충분히 공략할 수 있겠지. 미래가 더 바뀌기 전에 투자를 서둘러야겠어."

'이 오빠들을 두고 나가야 한다니.'

젖먹이만 두고 일 나가는 부모의 마음이 이러할까. 이보배는 억장이 무너졌다.

이보배는 울고 싶은 걸 꾹 참고 회사 차에 올라탔다.

신라 내부가 복잡하다던 팀장의 말은 사실이었나 보다. 어떤 이유에선지 신라 길드는 A급 균열 공략을 포기했고 사계절이 나섰다.

A급 균열 자체는 사계절 내부에서도 공략 시도 얘기가 슬슬 나오던 차다. 문제는 공략 마감 기간이었다.

"2주 남았대요."

시간이 2주밖에 남지 않았고 지금 이 순간에도 줄어들고 있을 터다.

평범한 C급 균열을 공략하기 위한 준비 기간이 최소 일주일이다. 공략 실패를 감안하면 최소 일주일을 남겨놓고 진입해야 한다. A급 균열 공략을 위해 포션 팀을 긴급 소집한 건 당연한 결과였다.

아마 다른 팀에선 제휴 길드와 공방의 창고를 탈탈 털고 있지 않을까?

어디서 구해 왔는지 포션 재료가 수북했다. 포션 제작에 앞서 자리를 정리하며 나름의 준비를 갖추는데 제조실 문이 열렸다.

"수제 제작으로 C급 회복 포션 제작 가능한 분 계십니까? 성공률은 낮아도 괜찮습니다."

사계절 길드의 부길드장이자 국내 최고의 연금술사라 칭송받는 전투 연금술사 한현우였다. 팀장이 번쩍 손을 들었다. 눈치를 살피던 팀원 중 몇이 슬그머니 손을 올렸다.

"10%대도 괜찮은가요?"

"괜찮습니다. 실패 시 결과물의 등급은 어땠습니까?"

"D급입니다."

"한 번에 제작 가능한 분량은 어느 정도입니까?"

"최대 5병 제작 가능합니다."

한현우는 손 든 사람과 대화해 가며 사람을 골랐다. 뽑힌 사람은 팀장을 포함해 두 명이 전부였다. 턱을 어루만지던 한현우가 갑자기 이보배에게 말을 걸었다.

"이보배 씨는 C급 포션 수제 제작을 시도해 본 적 없습니까? 스킬 등급은 C급이니 성공률이 높으실 텐데요."

"아, 저, 저는 그러니까⋯⋯."

'부길마가 내 이름을 알아?'

수제 제작은 천재나 금수저의 영역이라 거들떠도 안 봤다. 그런 말을 상사 앞에서 어떻게 하겠는가. 이보배가 어물거리자 한현우는 냉정하게 고개를 돌렸다.

"D급 회복 포션을 이보배 씨가 맡아주시니 늘 믿음직스럽습니다만, 상급 포션과 자기 계발에도 신경 써주시면 좋겠습니다. 두 분은 정리하시고 2시까지 제 개인 제작실로 와주십시오."

한현우가 나가자 팀장은 주먹을 꽉 쥐고 평소 노력의 성과를 보일 기회라며 좋아했다.

"나이스! 손에 화상 입어가며 노력한 대가가 오는구나!"

"팀장님 매일 클럽 가시는 줄 알았더니 이런 배신이."

"봤죠, 봤죠? 승진하거나 개인 공방 차리려면 수제 제작이 필수예요. 천상계에선 스킬 제작으로 만든 포션은 취급 안 한다고요."

팀장은 자리를 비우게 될 걸 대비해 팀에 할당된 긴급 물량 제작 일정을 미리 조율했다. 팀장과 팀원 한 명이 빠지는 만큼 개별 할당량이 늘었다.

가장 많은 할당량을 받은 사람은 이보배였다. 팀장이 혀를 내둘렀다.

"이보배 씨 괜찮겠어요? 힘들면 다른 팀에 넘길게요. 우리가 1팀이라고 좀 과하게 받았거든요."

"이 정도는 괜찮아요."

팀장이 혀를 내두른 양은 이보배가 평소에 만들던 양보다 살짝 더 많은 수준이었다. 퇴근과 수면을 포기하면 충분히 기간을 맞출 수 있을 것이다.

커피, 각종 차, 설탕, 젤리 등의 보급품이 분배되었다. 아침을 먹다만 이보배는 젤리를 입에 물고 쪽쪽 빨았다.

이보배는 상태창을 열어 2년째 답보 중인 레벨과 능력치, 스킬 등급을 보았다. 수제 제작이 필수라는 팀장의 말과 상위 포션을 노려보라는 부길마의 말이 귓가에 아른거렸다.

'이럴 때가 아니지.'

이보배는 휘휘 고개를 저었다. 긴급이 터졌을 때 성과급은 기존 성과급의 두 배다. 고생 좀 하면 마음 든든한 비상금이 생길 것이다.

소녀 가장 이보배는 돈을 벌 수 있어 행복했다.

이보배는 새하얗게 불태웠다. 그녀가 하얗게 불타는 숯이 되는 동안 팀원들은 버티지 못하고 장렬히 산화했다.

다른 팀에서 감당하지 못한 물량이 1팀으로 쏟아졌다.

1팀은 길드의 정예다. 팀원들은 엘리트의 자존심을 걸고 정신력, 마력, 체력을 불살랐다.

포션팀은 공략팀이 요구한 포션 개수를 채웠다. 뒤는 공략팀의 몫이다.

초주검이 된 몰골로 당분과 카페인을 섭취하던 이보배에게 인사팀이 찾아왔다.

"포션 1팀 이보배 씨 맞으시죠?"

"네, 맞는데요."

"내일부터 포션팀 전원 특별 휴가가 지급됩니다."

긴급 물량이 떨어진 후엔 으레 주어지는 휴가였다. 이보배는 대답할 힘이 없어 고개를 주억였다.

"본래 5일 휴가지만 이보배 씨는 평소 근무 태도가 성실하셨잖아요. 가정에 경사도 있었고. 특별히 두 배인 열흘 휴가를 드리자는 얘기가 나왔습니다."

이보배가 멍하게 눈을 깜빡이자 인사팀 직원이 추가로 말했다.

"주말은 포함 안 된 날짜니까 2주를 쉬시겠네요. 축하드려요."

"어, 당직은……."

특별 휴가 중엔 한 명이 나와 당직을 서야 한다. 이보배는 다른 팀원 대신 나와 휴일 수당을 챙기곤 했다.

"당직도 제외입니다. 팀원 모두 동의했으니 푹 쉬다 오세요. 특별 휴가는 연차와 별도인 건 아시죠?"

끔찍한 두통에 시달리는 와중에도 입이 절로 벌어졌다. 이보배가 실없이 히죽 웃었다. 이렇게 웃어본 게 얼마 만인지 까마득했다.

아직 날이 밝지만 중간에 쓰러질 걸 염려해선지 퇴근용 차량이 준비되었다. 이보배는 회사 차에 타자마자 습관적으로 말했다.

"병원으로 가주세요."

"네, 알겠습니다."

말해놓고 아차 싶었지만 곧 괜찮을 거란 생각이 들었다. 막내 오빠에게 큰오빠의 귀환을 아직 알리지 못했다. 죽을 만큼 피곤하지만 이왕 이렇게 된 것 병원에 들르는 것도 나쁘지 않았다.

이보배는 핸드폰을 확인했다. 지난 9일 동안 틈틈이 확인했지만 작은오빠에게서 연락은 없었다. 무소식이 희소식이라는 말은 있지만 두 오빠의 상태를 생각하면 차라리 사고 쳤다는 보고가 낫다 싶었다.

[긴급 끝났어. 병원 들렀다 갈게.]

컴퓨터로 문자는 주고받을 수 있지만 전화를 못 하니 불편했다.

'핸드폰 사자고 해야지.'

이해기의 핸드폰은 구형이다. 이귀한의 핸드폰을 사 주는 김에 같이 사면 할인받을 수 있을 것이다.

"조금 오래 걸릴 수 있으니까 안 기다리셔도 돼요."

"회사 방침이라서요."

"알겠습니다."

기시감이 드는 대화였다. 이번 운전기사도 막내 오빠를 포기하라는 말을 할까? 이보배는 쓴웃음을 짓고 병원에 들어갔다.

열흘 만에 만났지만 막내 오빠는 변함없었다. 애초에 기대도 하지 않았다.

큰오빠가 돌아왔다고, 기적이 벌어졌다고 또 기적을 기대해선 안 된다. 그건 너무 염치없는 생각이다. 이보배는 소독한 손으로 막내 오빠의 손을 어루만졌다.

"막내 오빠, 듣고 놀라지 마. 큰오빠가 돌아왔어. 6년 만에 돌아온 거야. 다친 데 없고 건강해."

막내 오빠와 마찬가지로 식물인간이 되어도 좋으니 돌아오기만을 바란 큰오빠였다. 이보배는 이귀한이 사지 멀쩡히 돌아온 게 기뻤다.

'정신연령은 조금 두고 온 것 같지만.'

손가락과 발가락은 열 개 모두 챙겨 왔으니 되었다.

"큰오빠가 막내 오빠를 무척 보고 싶어 해. 막내 오빠 걱정하느라 밤에 잠도 못 잤대. 막내 오빠 살아 있다고 하니까 얼마나 울었는지 몰라. 지금은 검사받을 게 있어서 면회는 안 된대. 한 달만, 아니구나. 3주만 기다려. 검사 결과 나오면 같이 올게."

손을 만지작거리니 손톱이 긴 게 눈에 들어왔다. 이보배는 손톱깎이를 꺼내 막내 오빠의 손톱을 깎았다.

"그리고 있지, 놀라지 마. 깜짝 놀랄 소식이 하나 더 있어. 작은오빠가 각성했어. 아직 계열이랑 직업, 스킬은 말을 안 해주는데 각성한 건 사실이야. 작은오빠가 정말 각성하고 싶어 했잖아. 각성해서 정말 다행이야."

'투자병이 오긴 했지만.'

"그동안 아무도 안 와서 서운했지? 작은오빠는 각성한 것 때문에 바쁘고 나도 회사에 긴급한 일이 있어서 못 왔네. 너무 서운해하면 미워. 3주만 기다리면 셋이서 막내 오빠 보러 올게. 다 같이 오는 거 6년 만이니까 오면 반겨줘야 해."

손톱을 다 깎은 이보배는 그럴 필요 없다는 걸 알면서도 모난 부분을 갈아 깔끔하게 다듬었다.

동일한 행동을 반복하다 보니 정신이 몽롱해졌다. 저도 모르게 꾸벅꾸벅 졸던 이보배를 깨운 건 핸드폰 문자였다.

[늦는구나. 병원이면 마중 갈까?]
[괜찮아, 이제 갈 거야. 별일 없지?]

[형이 너랑 한생이가 보고 싶어서 투정 부리는 거 말곤 괜찮아. 버스나 지하철은 위험하니까 택시 타고 오렴.]

[알겠어.]

몇 년 전만 하더라도 생산계 능력자 인신매매가 횡행했었다. 치안이 안정되면서 마감 얼마 안 남은 균열에 사람 밀어 넣는 괴담과 비슷한 도시 괴담이 되었지만 안전이 최고였다.

병실에서 거의 한 시간을 보내는 바람에 회사 차가 남아 있을까 의문이었는데 기사는 이보배를 기다리고 있었다.

"늦어서 죄송해요. 그냥 가셔도 되는데."

"하하, 회사 방침입니다. 저번에 유 기사가 실례했다죠?"

병원과 회사 차, 운전기사. 떠오르는 바가 있어 이보배는 고개를 저었다.

"네? 아, 아뇨. 괜찮습니다. 저야말로 무례하게."

"들어보니 실례한 거 맞던데요. 너무 담아두지 말아요, 부러워서 그런 거니까."

"부러워요? 제가요?"

비각성자가 각성자를 부러워하는 건 이해할 수 있다. 하지만 이보배는 각성자 중에서도 하나도 안 부러울 부류다.

큰오빠는 얼마 전까지 생사도 알 수 없는 실종자 상태였다. 작은오빠는 위험천만한 짐꾼과 채집꾼 일을 병행한다. 마지막으로 막내 오빠는 식물인간 상태에 건강보험 적용도 못 받아 이보배가 각성하지 않았다면 그대로 죽을 처지였다.

그런 이보배가 부럽다니?

더 어렵고 힘든 처지의 사람이 많은 건 안다. 하지만 사계절 길드의 운전기사는 모두 정직원이다. 그녀가 받은 혜택을 동일하게 받을 수 있었다. 월급도 나쁘지 않다고 하니 이보배를 부러워한다는 말은 이상하게 들렸다.

이보배의 의문에 기사가 혀를 찼다.

"균열 열린 날, 난리도 그런 난리가 아니었지. 차라리 핵을 맞아도 그보단 나았을 거야. 그때 병원에 자리가 없었어요. 잘린 팔 들고 가도 꿰매줄 인력이 없었다니까."

운전기사가 의수를 흔들었다. 이보배는 운전기사가 하고자 하는 말을 이해했다. 기사가 말하는 부러움은 빈곤해결이나 힘을 뜻하는 게 아니었다.

병원에 환자가 밀려오고 의료진과 약품이 부족했다. 언제 침상을 빼겨도 항의하지 못할 식물인간을, 남매는 어떻게든 지켰다. 살리는 데 성공했다. 실로 운이 좋았다.

"유 기사도 부인이 혼수상태인가 식물인간인가 그랬는데 병원에 자리가 없어 죽었대요. 그래서 내가 그랬죠. 그땐 돈이 있어도 치료 못 받았다. 치료받으려면 운이 좋아야 했다. 그게 다 팔자고 인명 아니겠습니까."

"……그렇죠."

"실종되었던 가족분도 돌아왔다면서요?"

"네, 소문 빠르네요."

"좋은 일은 빨리 알려야지. 그래야 소문 듣고 다른 좋은 일이 찾아오지 않겠습니까."

다른 좋은 일이라. 이보배는 쓴웃음을 지었다. 죽은 줄 알았던 큰오빠가 귀환했는데 다음에 벌어질 좋은 일을 바라는 건 과욕 같았다. 그런 이보배의 마음을 읽기라도 한 것처럼 기사가 말했다.

"헌터님, 무례한 질문 하나 합시다. 실종된 가족 생사 포기했었죠?"

"그건……."

"지금은 병원에 있는 오빠 낫는 걸 포기하고 있죠?"

"그건 정말 불가능하니까요, 기적이 아니고서야."

"헌터님. 헌터님이 난리 통에 오빠 챙겨 여태껏 숨 붙여 놓은 것도 기적이에요. 헌터님은 운이 따르는 거야. 그런데 미리 포기해 버리면 운이 오겠어요? 오다가도 도망가지. 그러니까 포기하지 마세요."

"감사합니다. 욕심낼게요."

따뜻한 말에 이보배는 눈물을 글썽였다.

정말이지, 예전엔 눈물이 아무리 나올 것 같아도 눈가가 버석했었다. 그런데 큰오빠 돌아오자마자 모래사막이 습지가 되어버렸다.

눈물샘이 그간 모아둔 눈물을 터뜨리려고 했다. 울면 기사 말대로 운이 달아날 것 같아 이보배는 열심히 웃었다.

큰길에서 내려 골목길을 걷던 이보배는 깜짝 놀랐다.

"이게 다 뭐야?"

집 앞에 재활용 쓰레기가 잔뜩 쌓여 있었다.

'다른 집에서 내놨나?'

이보배가 세 들어 사는 집은 반지하와 지상 2층 구조의 단독주택이다. 1층과 2층도 이보배네처럼 셋집이었다.

'잔뜩 모아서 한 번에 내놨나?'

쓰레기를 살피던 이보배는 기함했다. 피자, 치킨, 찜닭, 족발, 배달 음식이란 배달 음식은 싹 쓸어 먹은 듯 종류가 다양했다. 양은 또 얼마나 많은지, 삼시 세끼 배달 음식을 주문해서 한 달은 먹어야 이만큼 쌓일 것이다.

'다른 집 쓰레기랑 섞였나?'

어느 오지랖 넓은 사람이 분산된 재활용 쓰레기를 보다 못해 한군데에 뭉쳐놓은 걸까?

그렇게 생각한 것도 잠시. 이보배는 배달 음식 박스에 달라붙은 영수증 속 주소가 모두 같은 곳(반지하)임을 확인하고 침음성을 삼켰다.

'이걸 작은오빠와 큰오빠가?'

이해기는 배달 음식을 안 좋아한다. 한 번 외식했으면 최소 여섯 끼는 집밥을 먹어야 한다는 게 그의 지론이었다. 이보배가 과로로 인한 스트레스 때문에 치킨을 시키자고 하면 이해기가 적절히 말리곤 했다.

그럼 이 쓰레기는 무엇일까?

'친구들이라도 불러서 귀환 파티를 했었나?'

균열의 날 이후 죽은 사람도 많고 먹고살기 바빠 이씨 남매는 교우 관계가 끊겼다. 그래도 혹 모른다. 이귀한이 6년 만에 귀환했으니 물어물어 친구들을 초대했을지.

쓰레기의 산 위에 오늘 저녁에 배출된 따끈따끈한 신상 쓰레기가 보였다. 피자 라지 박스 두 개가 납작하게 접혀 있었다.

'이게 다 얼마야.'

이보배는 저도 모르게 총액을 계산하다가 고개를 저었다. 가족들 입에 들어가는 걸 아까워해선 가장 될 자격이 없다.

'상여도 나왔으니까.'

휴가는 두 배에 상여는 잔뜩. 이보배는 능력 있는 가장이다. 오빠들을 먹여 살릴 자신이 있었다.

이보배는 콧노래를 부르며 도어록 비밀번호를 눌렀다. 이렇게 즐거운 귀가는 취직한 이후 처음이었다.

"다녀왔습니다!"

"왔냐."

"이제 오니?"

이귀한이 소파에 누워 손만 흔들었다. 이해기는 방에서 무얼 하는지 고갤 내밀어 인사만 하고는 쏙 들어가 버렸다.

"……."

생각한 것과는 다른 소박한 인사였다. 특히 이귀한은 재회한 지 얼마 안 되어 아흐레나 떨어져 있었기 때문에 과격한 반응을 예상했었다.

"큰오빠, 나 왔어. 9일 만인데 나 안 보고 싶었어?"

"주말에 안 오고."

이귀한이 이보배의 시선을 회피하며 소파에 얼굴을 박았다. 불안정한 그를 내버려 두고 열흘 가까이 집을 비운 게 마음에 안 들었던 것이다.

이보배는 삐진 아이처럼 구는 이귀한을 흔들어 달랬지만 그는 소파에서 떨어지지 않았다. 따개비처럼 찰싹 달라붙어 이보배의 부름을 무시했다.

'삐졌구나. 어떻게 풀어줘야 하나.'

어린아이처럼 행동하는 큰오빠가 낯설고 당황스러운 한편 부르면 반응해 주니 그저 기뻤다. 이보배의 삶에 오빠가 둘이 되었다. 앞으로는 이게 정말 일상이 될 것이라 생각하니 웃음이 절로 나왔다.

반지하라 환기가 잘 안 되는 집 안엔 음식, 특히 피자 냄새가 가득했다. 이보배는 주린 배를 문질렀다. 삐진 오빠 달래기도 먹고 난 뒤 할 일이다.

"피자 시켰지? 나도 먹을래."

방에 있던 이해기가 나왔다.

"안 그래도 네 피자 주문하려고 주문 페이지 열어두었어. 무슨 피자 먹을래?"

"응? 남는 피자 없어?"

"다 먹었어."

"말도 안 돼. 밖에 쓰레기 보니까 두 판이나 시켰던데 그걸 다 먹었다고? 그러지 말고 피자 어디에 넣어뒀어? 냉장고에…… 없네. 냉동실에 넣었나?"

"농담이 아니라 진짜야. 진짜 다 먹었어."

"두 판을 둘이서 다 먹었다고?"

"정확하겐 형이 다 먹었지."

이해기의 증언에 이보배는 이귀한을 보았다. 이귀한은 여전히 소파에 얼굴을 박고 들지 않았다. 피자 두 판을 혼자 먹은 사람치고 배가 홀쭉했다.

"그럼 다른 음식은? 배달 주문한 거 잔뜩 있던데 남은 거 없어?"

"없는데 피자 말고 다른 게 먹고 싶니? 주문할까?"

이해기가 어떤 음식이든 말하라며 웹 페이지를 켰다. 이보배는 거절했다.

"아냐, 됐어. 젤리만 빨았더니 집밥이 그립다. 나 그냥 집에 있는 거랑 먹을게. 국 있지? 국물 고파."

이해기는 다양한 종류의 국을 냉동실에 얼려둔다. 아침 8시까지 출근해 11시에 퇴근하는 동생이 국물이 먹고 싶을 때 언제든 먹을 수 있게 해주는 오빠의 마음이었다.

"국도……."

이보배는 냉동실을 열었다가 텅 빈 냉동칸에서 흘러나오는 냉기에 눈을 가늘게 떴다. 냉동실이 텅 비어 있었다. 아주 휑했다.

"국도 형이 전부 먹었다."

"밑반찬은?"

"그것도 형이."

"밥은 있지?"

"쌀은…… 있지."

이보배는 혹시나 싶은 마음에 현관 쪽을 가리켰다.

"설마 밖에 쌓여 있는 배달 음식 전부."

"형이 먹었다."

이보배는 경악했다. 귀환한 다음 날 이해기가 차린 진수성찬을 모조리 먹어치울 때만 해도 그러려니 했다. 하지만 집안 식재를 거덜 낸 것도 모자라 저 많은 음식을 모두 먹었다니? 그게 인간의 위장으로 할 수 있는 일인가? 아니, 그렇게 먹어도 괜찮은가?

"큰오빠 인간 맞아?"

단순히 놀란 마음에 한 말인데 이귀한이 어깨를 부르르

떨며 울기 시작했다.

"으아아앙! 막내가, 막내가 많이 먹는다고 구박한다!"

이귀한이 소파에 엎드린 채 우는 소리를 냈다. 어깨까지 들썩이며 흐느끼는데 이해기가 이보배보다 빠르게 달려가 그를 달랬다.

"형! 보배가 놀라서 한 말이야, 신경 쓰지 마! 형은 인간이야! 누가 뭐래도 우리의 형이라고!"

"으아아앙, 먹을 수 있어서 먹은 건데. 많이 먹는다고 인간 아니래."

"형은 사람이야!"

"내가! 내가아 저쪽에선 뭐를 먹어도 너희들 걱정에 밥이 목구멍을 안 넘어가고, 입맛이 없었는데! 거기선 뭘 먹어도 밥맛이 똥 맛이더니! 돌아오니까 밥에 간장만 비벼도 너희 생각하면 밥이 꿀떡꿀떡 넘어가 있는 대로 먹었기로서니!"

"형 먹고 싶은 거 다 먹어! 먹어, 먹어!"

이해기가 이보배에게 눈짓했다. 빨리 와서 자기처럼 달래라는 눈빛이었다. 이보배는 정신을 차리고 이귀한에게 달려가 등을 쓰다듬었다.

"아니, 큰오빠. 내가 큰오빠를 구박할 리 없잖아. 알지? 큰오빠를 가장 사랑하는 막내야. 나는 큰오빠가 너무 많이 먹으면 배가 아플까 봐, 큰오빠 아프면 안 되니까 그런 거야."

"밥 좀 들어가는 대로 먹었다고 사람을 의심하네! 나는 사람인데! 아직 사람인데!"

"그럼! 형은 사람이야. 그렇지, 보배야?"

이해기가 사람에 강세를 줬다. 이보배가 열심히 긍정했다.

"당연히 큰오빠 사람이지!"

그렇게 20분을 달랜 뒤에야 이귀한의 몸 떨림이 멎었다. 우는 소리는 여전했다. 당장에라도 쓰러질 것 같은데 큰오빠까지 달랜 이보배의 몸에선 진땀이 흘렀다.

"나는 너희 보고 싶었는데 막내는 나 두고 출근하고! 외박하고!"

"내가 가장이라니까 큰오빠. 출근해야 큰오빠 맛있는 것도 사 주고 막내 오빠 병원비도 대지. 그리고 내 월급으론 병원비 못 대. 회사에서 7할 보태주는 거야."

"그래도 일주일 넘게 외박하고. 나쁜 회사야, 훌쩍."

"그러지 말고, 큰오빠. 나 휴가 받았어. 앞으로 2주는 회사 안 가고 큰오빠랑 있을 거야."

"주말에 같이 있어 준다고 하고 바로 나갔잖아!"

"아냐아냐. 이번엔 진짜야. 큰오빠 열흘 넘게 집에만."

이보배는 이해기에게 외출한 적 있냐고 눈으로 물었다. 이해기는 정색하고 고개를 저었다.

"집에만 있어서 답답했지! 내일 같이 외출하자! 6년 동안 많이 변했어! 나가서 맛있는 것도 먹고."

"으아앙! 많이 먹는다고 구박하려고!"

"배달 음식 지겨우니까 맛있는 식당에서 밥 먹어야지! 그리고 큰오빠 옷도 사고, 신발도 사고, 더 필요한 거 없어?"

그제야 우는 소리가 잦아들었다. 이보배는 안도의 한숨을 쉬었다. 이해기는 이귀한을 그녀에게 맡기고 쌀을 씻었다.

이귀한이 슬그머니 고개를 들었다. 눈가는 습기 하나 없이 보송보송했다. 속았다는 생각은 들지 않았다. 이보배 또한 울고 싶어도 눈물이 나오지 않고 건조하던 눈가를 기억하기 때문이다.

"돈 들잖아. 아껴야지."

"외박하면서 일했잖아. 돈 많이 받았어. 내가 또 능력이 있어서 남들보다 더 받았지."

"그럼 나 핸드폰."

"그건 필수품이잖아. 작은오빠도 아직 폰 안 고쳤지?"

"그래."

"그럼 이참에 작은오빠 것도 같이 사자."

"내 건 안 사도 된다, 보배야. 수리하면 되니까."

투자한답시고 통 크게 1억을 가져가 놓고 핸드폰은 안 사도 된단다. 이해기가 참 모순적인 태도를 보이며 냄비에 계란을 풀었다. 국물 먹고 싶다 한 동생을 위해 계란국을 끓여주는 것이다.

"작은오빠 거 너무 구형이잖아. 새로 사자."

"정말 괜찮다."

사자, 괜찮다 이해기와 실랑이하는 이보배의 소매를 이귀한이 잡아당겼다. 이보배는 고개를 돌려 큰오빠를 봤다.

"왜, 큰오빠?"

"컴퓨터도 사 줘. 최신형으로."

실종 전의 이귀한이었다면 동생의 주머니를 걱정해 이해기처럼 실랑이했을 것이다. 핸드폰이 필요해도 꾹 참았을 게 분명하다.

이보배의 큰오빠는 부잣집 장남으로 태어나 모자란 것 없이 곱게 컸다. 그러면서 부모님이 돌아가시자마자 순식간에 철이 들어 동생들을 보살폈다.

자기도 힘들었을 텐데. 자기도 많이 어렸는데. 부모님 두 분이 계실 때처럼 동생들을 지키려 했다.

그 철, 이세계에 빼앗긴 게 틀림없었다.

"응, 컴퓨터도 사 줄게."

"와아, 막내가 돈 벌어서 컴퓨터 사 준다!"

유치하면 어떠랴. 철이 없으면 어떠랴. 이보배는 이귀한이 물욕을 보이고 솔직하게 욕망을 드러내는 게 기뻤다.

그녀는 더 이상 오빠들에게 기생할 수밖에 없었던 무력하고 무능한 막내가 아니었다.

계란국에 밥과 김치. 이보배는 작은오빠가 차려준 저녁 밥상을 감사한 마음으로 먹었다. 이해기는 방으로 들어갔고 이귀한은 다시 소파에 들러붙었다.

TV도 보지 않기에 뭐 하나 물으니 숨소리를 듣는다는 답변이 돌아왔다. 숨쉬기 운동도 아니고 숨소리 듣기가 재밌을까 싶지만 이보배는 더 캐묻지 않았다.

[보배야.]

방에 있는 이해기가 문자를 보냈다. 직접 대화하지 않고 굳이 자판을 두드리는 이유가 있을 것이다.

[응.]
[주문 내역 보니 형이 많이 먹긴 했다. 내가 곁에서 제어하지 못한 걸 사과하마.]
[그럴 수도 있지. 큰오빠 배탈 나지만 않으면 많이 먹어도 괜찮아.]
[너도 느꼈겠지만 형이 정신적으로 문제가 있다.]
[응, 나도 알아.]
[우리가 기억하는 형과 많이 다르지. 그래도 저렇게라도 우리에게 돌아와 주었으니 얼마나 고마운 일이냐.]

형제들이 떠난 뒤 유일하게 이보배의 곁에 남아준 작은 오빠다운 반응이었다. 문자로 전해지는 이해기의 마음이 방금 끓인 계란국처럼 따뜻했다.

[형이 유치하게 굴더라도 당분간 형에게 맞춰다오.]
[당연하지.]
[그리고.]

사람을 짜증 나게 하는 데엔 여러 방법이 있다. 그중 하나는 말을 하다가 중간에 끊는 것이다. '그리고' 뒤에 추가로 오는 문장이 없어서 이보배는 작은오빠가 딴짓을 하나 보다 생각했다.

타다닥. 밥을 다 먹고 나니 이해기의 방에서 자판 두드리는 소리가 들렸다. 이보배는 싱크대에 설거짓거리를 넣고 문자를 확인했다.

[힘들면 주저 말고 말하거라. 형과 한생인 내가 말으마.]

'뭐래.'

대꾸할 가치가 없는 말이라 이보배는 답장을 보내지 않았다.

　다음 날. 이보배는 11시에 일어났다. 배를 긁으며 밥통을 열었다. 밥통은 텅 비어 있었다. 이해기가 전날 지은 밥이 한 톨도 남아 있지 않았다.

　'아침으로 다 먹었나 보네.'

　이보배는 냉장고를 열었다. 냉동실은 텅 비었으니 여나마나고 계란이라도 찾아 계란 프라이를 할 생각이었다. 그런데 아무것도 없었다. 어젯밤에 국으로 먹은 계란이 마지막이었다는 듯 냉장실이 휑했다.

　'마트 가야겠네.'

　이보배는 도대체 식비가 얼마 나왔나 궁금해 판도라의 상자를 열었다. 생활비 통장 내역을 확인한 것이다.

　큰오빠가 돌아온 다음 날 마트에서 백만 원 가까이 긁은 걸 확인하고 은행 어플을 종료했다. 그 뒤는 무서워서 볼 수가 없었다.

　'상여금 받은 거 생활비 통장에 넣어야겠네.'

　어차피 외출하기로 한 거 좀 더 버텨서 점심을 먹으면 된다. 이보배는 물을 마시려고 컵을 찾다 싱크대를 보고 깜짝 놀랐다.

　싱크대에 설거짓거리가 한가득이었다. 아침은 물론이고

그녀가 잠든 사이 야식을 해 먹었는지 냄비며 프라이팬이 다 튀어나와 있었다.

이렇게 잔뜩 해 먹었으면 꽤 시끄러웠을 텐데 이보배는 하나도 듣지 못했다. 소음이 들려도 깨지 못할 만큼 곤히 잠들었나 보다.

'아무리 그래도 그렇지.'

거의 열흘 철야하다 온 동생이 밥에 계란국이란 단출한 저녁만 먹고 잠들었다. 야식으로 맛있는 걸 해 먹으면 동생을 깨워야 하는 것 아닌가?

프라이팬을 건드리자 균형이 깨지면서 식기가 부딪혀 시끄러운 소리가 났다. 거실 바닥에 누워 있던 이해기가 몸을 뒤틀었다.

"보배야, 오빠가 치울게. 내버려 둬."

"막내야, 둘째가 치운대. 음냐."

"됐어. 본 사람이 치우지 뭐."

설거지하는 소리가 시끄러울 텐데 이보배가 설거지를 마칠 때까지 둘은 눈을 뜨지 않았다. 이보배는 고무장갑을 벗고 무심결에 둘을 걷어차려다 흠칫했다.

'내가 오빠를 발로 차려고 하다니.'

부모님 살아 계시던 시절에야 곧잘 하던 하극상이지만 돌아가신 뒤엔 한 번도 그런 적이 없었다. 8년 동안 하지 않았는데 동작이 물 흐르듯 자연스럽게 연계되다니. 어린 시절 습관이 무섭긴 무서웠다.

치사하게 둘이서만 야식 만들어 먹고 둘이서만 거실에서 자는 오빠들이지만 발로 차서야 쓰나.

이보배는 공손하게 둘을 흔들어 깨웠다.

"작은오빠, 일어나."

"오빠 안 잔다."

"작은오빠가 눈 감고 그러니까 아빠 생각난다. 큰오빠도 일어나."

"나도 안 자는데."

안 자면서 왜 눈 감고 소파와 거실 바닥에 들러붙어 있냐 이 말이다.

"얼른 일어나. 옷이랑 핸드폰 사러 가자. 점심도 밖에서 먹고. 셋이 같이 외출하는 거야."

"그냥 두면 내가 설거지할 텐데……. 고맙다."

이해기가 끄응 소리를 내며 일어나 화장실로 들어갔다. 이보배는 고개를 갸웃거렸다.

'이상하다.'

작은오빠가 어제보다 한심해 보였다. 동생 입장에서 이런 평 내리기 민망하지만 사람이 진국인 이해기였다. 1억 가져가고 각성 하이에 걸렸다고 사람이 아예 바뀐 건 아닐 텐데 느낌이 묘했다.

'1억이 크긴 커.'

몇 번이고 자신을 설득해도 아까운 마음을 없애긴 어려운가 보다. 이보배는 마음 곱게 쓰자고 거듭 자신을 타일렀다.

"작은오빠 나오면 큰오빠도 씻어."

"난 안 씻어도 되는데."

"안 돼. 얼른 씻."

'아차.'

가능한 이귀한의 비위를 맞춰주기로 말을 맞춘 게 어제의 일이다. 이보배는 고압적인 말보단 어르고 달래는 게 낫겠단 생각에 큰오빠를 보았다. 이귀한이 머리카락을 털며 주장했다.

"씻을 필요 없으니까 안 씻을래."

"옷 사러 가는 건데 안 씻으면 옷 입어보기 미안하잖아."

"나 깨끗해. 안 씻어도 돼."

안 씻는 사람들의 전매특허 대사가 나왔다. 안 씻는데 어떻게 깨끗하냐 반문하려던 이보배는 이귀한의 얼굴을 보고 입을 다물었다. 아침에 식사하면서 씻고 다시 잤는지 얼굴이 깨끗했다.

기름기 없이 깨끗한 이귀한의 얼굴은 이보배보다 어려 보였다. 같이 다니면서 이보배가 동생이라고 하면 사람들이 놀랄 것이다.

이보배는 이귀한의 머리를 쓰다듬었다. 마찬가지로 기름기 없이 보송보송했다.

"알겠어, 씻지 마."

"막내야, 머리가 기름지구나. 넌 씻어라."

"씻을 거거든!"

이보배는 택시를 불렀다. 아직 이귀한에게 대중교통은 일렀다.

'차도 필요하려나.'

이귀한의 상태가 지속된다면 병원 치료가 필요하다. 병원에 다니려면 자가용이 있는 게 나을지도 몰랐다.

'작은오빠도 각성했으니까 차가 있어야……'

이보배는 중고차 시세를 검색했다가 바로 창을 닫았다. 차와 집. 정말 필요한 것들인데 액수가 만만치 않았다.

'진짜 성과급 없었으면 어쩔 뻔했니.'

추가 근무 수당과 성과급으로 유지되는 가계라니. 현실이 참 서글펐다. 그래도 이보배는 큰오빠를 위해 돈을 쓸 수 있다는 점을 기쁘게 생각했다.

"핸드폰, 옷이랑 신발, 속옷. 컴퓨터는 천천히 사도 괜찮지? 또 필요한 거 없어? 쇼핑 전에 살 걸 적어 가야 충동구매를 막는 현명한 소비를 할 수 있는 거야."

미리 쇼핑 목록을 정해야 이귀한의 충동구매를 막을 변

명이 생긴다. 넉넉지 않은 살림으로 8년을 살아온 이보배가 밑밥을 깔았다.

"고기 먹을래."

"알겠어, 점심은 고기."

"음메에."

"그래그래, 소고기 사 줄게."

"무우무우 아니야. 음메음메."

"소는 소인데 외국 소가 아니라 한우로."

철을 이세계에 뺏기고 돌아온 큰오빠는 필요한 것보단 먹고 싶은 게 급한 듯했다. 필요한 건 없냐 물으니 컴퓨터나 게임기란 대답이 돌아왔다. 이보배는 천천히 사 주겠다고 약속하고 이해기와 상의해 필요한 물품을 적었다.

택시가 곧 도착한단 알림이 왔다. 이보배는 먼저 나가 현관문을 열었다.

"큰오빠, 뭐 해?"

"……."

이귀한이 현관을 넘지 않고 머뭇거렸다. 이해기가 뒤에서 이귀한의 어깨에 손을 올렸다.

"형, 나갔다가 다시 돌아오면 돼. 우리가 같이 있잖아."

"……응."

이보배는 어릴 적 소풍 갈 때처럼 큰오빠의 손을 잡았다. 이해기도 남은 손을 잡자 이귀한은 그제야 현관 밖으로 발을 뗐다.

삼 남매는 택시에 탔다. 가장인 이보배가 앞 좌석에 올라 비장하게 목적지를 말했다.

"○○ 백화점으로 가주세요."

균열의 날 이전에 백화점은 이보배에게 '쇼핑'하면 가장 먼저 떠오르는 공간이었다. 명품관을 휩쓸진 못해도 옷을 사면서 부모님께 혼날 걱정은 해본 적 없었다.

균열의 날 이후 이보배는 백화점에 발을 끊었다. 집도 없어 대피소 신세를 지는데 백화점은 무슨. 헌 옷을 쌓아둔 노점에 맞는 옷이 있으면 감지덕지했다.

사태가 진정되고 사회가 안정되면서 마트와 지하 쇼핑센터, 인터넷 쇼핑몰이 주된 구입처가 되었다. 백화점과는 연이 끊긴 것이나 마찬가지였다.

그 끊어진 연, 큰오빠가 돌아왔으니 큰맘 먹고 이어보련다.

"보배야, 거긴."

이해기가 백화점이 과하다고 생각했는지 만류하려다 입을 다물었다. 이보배는 지갑에서 무려 백만 원짜리 기프트 카드를 꺼냈다. 목적지인 백화점 전용이었다.

"짜잔. 저번에 회사에서 받았는데 중고로 팔려다가 까먹었거든. 이걸 이렇게 써먹네."

"으음……. 그래, 네 배포가 많이 줄었으니 키우는 것도 나쁘진 않겠지."

무려 백만 원짜리 기프트 카드를 보여줬는데 작은오빠의 반응이 이상했다.

이해기가 이상하게 반응한 이유를, 이보배는 백화점에 당도한 다음 알았다.

"헉, 가격 실화냐."

균열이 터지고 각성자가 등장했다. 균열에서 신소재와 신에너지, 균열 산업이 파생되고 전반적인 분야에 영향을 끼쳤다. 빈부격차는 이전보다 심해졌다.

한국은 사회질서를 가장 빨리 되찾은 국가 중 하나다. 국토 전체가 균열에 침식되어 지도에서 사라진 나라도 있었다.

수출과 수입이 일부 막혔다. 그나마 이만큼 물가가 안정된 건 마석이 신에너지원이 되었기 때문이고, 식품 가격이 치솟지 않은 건 농업과 목축업 관련 스킬을 각성한 사람이 있어서다.

이보배가 신세 지는 동네 마트와 지하상가, 인터넷 쇼핑몰의 가격은 이전보다 약간 오른 선에 그쳤다.

대신 부를 축적한 상류층과 신흥 부유층인 헌터가 사는 위쪽 동네의 물가는 고공 행진한 것이다.

○○ 백화점엔 헌터 장비 판매를 허가받은 헌터 전용층이 있다. 헌터가 주 고객층인 백화점이었고, 당연히 비쌌다.

이보배가 자신 있게 꺼내 든 백만 원짜리 기프트 카드

는 균열 이전의 십만 원과 가치가 비슷했다.

집에서 편히 입기 괜찮을 것 같아 가격표를 확인한 이보배의 눈이 사시나무 떨듯 떨렸다.

이 가격이 실환가 싶다. 싼 쪽이 아니라 비싼 쪽으로.

이귀한이 그 비싼 옷들을 마구 헤집고 다녔다. 이귀한이 사고 치지 않도록 감시하던 이해기가 작게 말했다.

"면접 정장도 중고로 산 애가 웬일로 이 백화점에 간다 했지. 여기 가격대 몰랐구나."

"팀원들이 옷 여기서 산다고 해서……. 물건 좋다 그래서 온 건데."

확실히 물건은 좋았다. 가격이 이보배가 붙인 적정가의 열 배라 그렇지.

"배포는 안 키울 거니?"

"키우긴 뭘 키워."

"그럼 됐다. 핸드폰은 나가서 사고 옷은 인터넷에서 주문할게."

"그래도 좋은 옷이 한 벌쯤……."

"형! 입으면 허리랑 가슴 펴야 하는 옷 필요해?"

"그런 옷 입으면 10초도 못 참을 거야."

"고무줄 바지가 좋지?"

"응!"

"들었지?"

미리 알아보지 않고 오는 바람에 택시비만 날렸다. 이보
배가 침울해하자 이해기가 어깨를 두드렸다.

"아이쇼핑하면 되지. 구경할 거 많으니 형도 좋아할 거
야. 기왕 여기까지 왔으니 점심은 여기에서 먹자."

"알겠어, 작은오빠. 오빠 말이 맞아. 놀러 온 거라고 생
각하면 되는데."

요즘 헛소리를 하긴 했지만 역시 작은오빠는 듬직하다
는 생각도 잠시. 이보배의 감격은 오래가지 못했다. 이해기
가 여운을 즐길 시간을 주지 않고 초를 쳤기 때문이다.

"조금만 참아. 오빠가 투자한 거 돌려받으면 이 백화점
통째로 사 주마. 오래 걸리진 않을 게다."

"하하하."

이보배는 꿈이 야무진 작은오빠를 위해 가능한 한 밝게
웃었다.

무우무우 울지 않고 음메음메 우는 소를 사주겠다는
약속에 따라 남매는 소고기집에 들어갔다. 메뉴판에 적힌
그램당 가격이 어마어마했다.

"허억, 가격이."

이보배의 눈에 2차 동공 지진이 일어났다. 진도는 8을
기록했다.

"일단 6인분 주시오."

자리에 앉자마자 이해기가 6인분을 주문했다. 이보배는

눈을 홉떴다.

'자기가 쏘는 거 아니라고 6인분을?'

사람이 셋인데 6인분이 웬 말이냐. 이귀한이 많이 먹긴
해도 고기만 먹는 게 아니라 냉면, 멸치국수, 차돌 된장찌
개 등을 맛봐도 될 텐데.

이보배가 눈을 부릅뜨자 이해기가 웃었다.

"돈은 쓰면 쓸수록 느는 거다."

'와, 그거 정말 사업병 걸린 사람이 할 말 같다.'

며칠 전까지 멀쩡했던 작은오빠가 왜 갑자기 저렇게 변
했나 고뇌할 시간이 없었다. 고기와 함께 불이 나왔다. 불
붙은 숯이 아니고 불의 정령석이었다.

'비싼 값은 하는구나.'

불판 위에서 맛있는 냄새를 내며 익어가는 고기를 보자 마
음이 너그러워졌다. 그래, 옷을 인터넷에서 사기로 해 돈이 굳
었다. 100만 원짜리 기프트 카드로 밥 사 먹는다 치면 된다.

이씨 집안에서 불판을 집도하는 명예는 대대로 가장에
게 주어졌다. 고기를 사는 자가 불판도 지배한다.

비싼 값을 하는지 고기도 직원이 구워줬다. 하지만 이보
배는 불판 앞 가장의 상징인 집게를 놓지 않았다. 직원이 공
평하게 분배한 고기를 오빠들이 먹기 편한 곳으로 옮겼다.

이귀한이 걸신들린 듯 소고기를 흡입하는 모습을 보니
먹지 않아도 배가 불렀다.

"많이 먹어, 큰오빠."

"쩝쩝."

"너도 많이 먹어라."

"작은오빠도 먹어야지."

4인분을 첫째에게 몰아주고 2인분을 갖고 둘째와 막내가 서로 더 먹으라며 양보했다. 아름다운 우애였지만 남매가 양보하는 동안 귀한 소고기님이 불판 위에서 뜨겁게 굳어갔다.

"내가 다 먹을게."

결국 소고기님에게 일어나는 비극을 두고 보지 못한 이귀한이 나섰다. 이보배는 집게를 딱딱거리며 돈 열심히 벌어야겠다고 다짐했다.

백만 원짜리 기프트 카드는 소고기집에서 제 역할을 다하고 사망했다. 이보배는 기프트 카드의 명복을 빌었다.

식사를 마쳤으니 소화를 시킬 차례다. 남매는 어슬렁어슬렁 백화점을 구경했다. 옷이나 생필품은 마트와 인터넷에서 사기로 했으니 백화점에선 살 게 없었다. 자연스럽게 셋의 발길은 구경할 게 많은 헌터 장비 판매층으로 향했다.

헌터의 장비와 포션 등을 판매하는 최상층은 아예 각성자 등록증이 없으면 출입할 수 없었다. 이보배가 등록증을 제시하고 오빠들은 동행 자격으로 입장했다.

마네킹이 걸친 휘황찬란한 장비와 벽에 걸린 무기들을

이귀한이 생소한 듯 둘러보았다.

"큰오빠 있을 때랑 많이 바뀌었지? 큰오빠 있을 땐 제대로 된 장비 상점이 거의 없었잖아."

"몰라."

이귀한이 고개를 저었다. 그가 낯선 광경에 흥미를 보인건 처음뿐이었다. 이귀한은 금방 흥미를 잃고 가격표만 보고 다녔다.

이해기는 아래층에서처럼 이귀한 뒤를 졸졸 따라다니는 대신에 날카로운 눈으로 장비를 훑었다. 그러더니 내린 결론이 이러했다.

"훗, 이 시기 장비 수준이 이 정도였나……. 일부러 돈주고 구매할 필요는 없겠군."

하는 말과 장비를 훑는 눈만 보면 혼자 베테랑 S급 헌터였다. 이보배는 기가 차서 목덜미를 잡았다.

이해기가 한 말을 들은 점원과 주위 헌터의 시선이 곱지않아 이보배는 두 오빠를 잡아 걸음을 빨리했다.

끌려가던 이귀한이 발에 힘을 주고 우뚝 섰다.

"막내야, 저기 포션!"

"응, 그러게. 포션이네."

이보배는 포션 쪽에 별 관심 없었다. 멀리서 보아도 병부터 고급스러운 것이 개인 공방에서 수제로 제작한 포션같았다. 평소라면 가격이 궁금해 가까이 가봤겠지만.

"앞으로 일주일은 포션 보기도 싫어. 토할 것 같아."

9일 동안 회사에서 숙식을 해결하며 포션만 제작한 지금은 아니었다.

큰오빠는 관심이 없고 작은오빠는 S급 헌터 놀이에 심취했다. 그래도 셋이 같이 다니니 재미는 없어도 즐거웠다.

집에 돌아가기 전 마지막 코스는 핸드폰 구입이었다.

이귀한은 핸드폰으로 뭔가 하려는 게 아니라 핸드폰 자체가 갖고 싶었던 모양이다. 개통되자마자 동생들의 전화번호를 입력한 다음엔 껐다 켜기만 반복했다.

이해기는 이상한 주소를 입력해 알 수 없는 어플을 깔기 시작했다.

빨갛고 파란 숫자가 화면에 가득했다. 이보배는 저게 제발 가상 주식 투자 게임 어플이길 빌었다.

귀가한 남매는 인터넷에서 이귀한의 옷을 골랐다. 자기 옷을 고르는데 이귀한은 관심 없는지 소파에서 데굴거렸다.

"자꾸 군복 같은 것만 고를 거야?"

"이런 게 유용하지. 그럼 이건?"

"와! 완전 아저씨 옷 같아. 색은 왜 이래? 어디 등산 가?"

"괜찮아 보이는데……."

자꾸 군복이나 아저씨가 입을 법한 옷을 고르는 이해기를 보다 못해 이보배가 컴퓨터 앞에 앉았다. 이해기는 작게 신음하고 어깨를 주물렀다.

"피곤해?"

잠도 제대로 못 자고 포션만 제작한 이보배만큼 피곤하겠냐만, 이해기는 혼자 이귀한을 돌보지 않았는가. 이해기가 수긍했다.

"형과 하는 첫 외출이라 좀 긴장했다."

"큰오빠가 좀 어리게 굴긴 했지만…… 아, 또 실종될 수도 있구나. 목걸이나 팔찌에 주소랑 이름 각인해 둘까? 미아 방지용으로 나오는 거."

금이나 은으로 하면 나쁜 사람에게 갈취당할 수 있으니 플라스틱이나 다른 금속이 안전하다. 이보배가 근방 마트에서 각인 서비스를 해주는지 안 해주는지 기억을 더듬는데 이해기가 고개를 저었다.

"그것보단 형이 사고 칠까 봐 조마조마했다. 다행히 잘 참긴 했는데 방심해선 안 되겠지."

거기까지 말한 이해기가 피식 웃었다.

"내가 정말 긴장했긴 했구나. 집에 오자마자 살았구나, 싶었다. 이런 말 하기 우습지만 소설이나 영화에서 보면 첫 외출에 사건이 터지잖니."

"그러네. 첫 외출이나 방심했을 때 터지지. 그렇지만 그건 픽션이잖아. 왜, 회귀자니까 주인공으로서 뭔가 터질 것 같아? 사건 사고 펑펑?"

이보배는 장바구니에 옷을 추가하면서 꿍얼거렸다.

"이게 소설이고 작은오빠가 진짜 회귀자면 오늘 백화점 갔을 때 균열이 터졌어야 해. 침식형이나 방출형, 흡수형이 터져서 작은오빠가 다 때려눕히는 거지."

말하고 보니 웃겨서 이보배가 꺄르르 웃었다.

"아, 진짜 회귀자면 균열 터질 곳에 놀러 가질 않겠구나. 근데 소설에선 꼭 가는 곳마다 터지더라. 사건 사고가 없으면 소설이 재미없어서 그런가."

"네 말이 맞다. 소중한 동생을 데리고 균열이 터질 곳에 가면 안 되지."

"네네, 주인공 씨. 주인공의 여동생을 아껴주세요."

"아무렴, 누구 동생인데 호강시켜 줘야지. 오빠가 이번엔 더 잘하마."

이해기의 손이 이보배의 머리를 헤집었다.

다음 날도 이보배는 11시쯤 일어났다. 배를 긁으며 밥통을 열었는데 밥이 없었다.

'뭐지.'

자기 전에 쌀을 씻어 취사 버튼을 눌러놓은 기억이 생생했다. 이보배는 싱크대를 보고 깜짝 놀랐다. 싱크대에 설거짓거리가 가득했다. 어제랑 똑같았다.

'작은오빠가 회귀 타령하더니 사실은 내가 회귀했나?'

이보배는 얼토당토않은 생각을 하고서 피식 웃었다. 미소는 오빠 둘이서만 해 먹은 야식의 잔해를 보자마자 사라졌다.

'또, 또, 또 치사하게 둘이서만.'

이보배가 싱크대 물을 틀자 이해기가 어제처럼 손을 휘젓고 웅얼거렸다.

"그냥 둬. 내가 치울게."

"치우는 건 괜찮은데 자꾸 둘이서만 먹기야? 치사해."

"미안, 형이 밤에 배고프다고 해서."

이보배는 없던 과자 봉지와 쓰레기를 치우고 설거지를 해치웠다. 식재료가 진짜 동났으니 오늘은 마트에 가 식재료를 채우고 실종 방지 인식표도 살 계획이다.

이보배는 소파에 엎드려 있는 이귀한은 내버려 두고 이해기를 흔들었다.

"작은오빠, 일어나. 마트 가서 점심 먹고 식량 좀 사놓자."

"어? 아냐, 식재는 어제 주문해 뒀으니 오늘 올 거야."

"그래? 그럼……."

중요한 식재가 보충될 거란 얘기에 마트에 가기가 귀찮아졌다. 이보배는 인식표 구매를 뒤로 미루고 아점이나 먹기로 했다.

이보배는 인벤토리에서 짜장라면을 꺼냈다. 일요일은 아니지만 휴일이니 기분은 비슷했다. 이보배가 짜장라면을 꺼내는 걸 본 이해기가 냉동실에서 만두를 꺼내 봉지를 뜯었다.

"그건 또 언제 샀어?"

"어제 새벽에 편의점 갔다 왔지."

"왜 안 들렸지. 내가 그렇게 잠귀가 어두웠나……."

"이 오빠들이 동생 잠을 깨울 만큼 미숙한 자들은 아니란다."

이해기가 만두를 굽고 이보배가 라면을 끓였다. 싱크대에 라면 물을 덜어내면서 이보배가 말했다.

"나 오늘은 밖에 안 나갈 테니까 작은오빠 병원 다녀올래? 계속 못 갔잖아."

"……한생이한테 말이냐?"

"응."

"그래……. 한생이한테도 가봐야겠지……."

가기 싫은 사람처럼 보였다.

"가기 싫으면 안 가도 돼, 작은오빠."

"아니다, 가야지. 돌아와서 한 번도 못 봤으니 봐야겠지. 한생인 어떠니?"

"비슷하지 뭐."

"그래……. 비슷하구나."

이해기가 자조하듯 웃고 만두를 뒤집었다. 이보배도 면을 휘저어 풀면서 스프를 뜯어 뿌렸다. 맛있는 냄새가 좁은 집에 퍼지고.

"셋째 보고 싶다!"

죽은 듯 자고 있던 이귀한이 상체를 벌떡 일으켰다.

"형이 저러는데 나만 보러 가기도 좀 그렇네. 다 같이 보러 갈 수 있을 때 볼게."

"……알겠어."

아무리 생각해도 작은오빠가 막내 오빠를 피하는 걸로 보인다. 각성 하이로는 설명할 수 없는 모습이었지만 이보배는 일단 지켜보기로 했다. 큰오빠의 귀환에 각성이 겹치면서 마음이 복잡한 걸 수도 있었다.

그것도 아니면.

'작은오빠도 이만하면 되었다고 생각하는 걸까.'

본래는 식물인간 되는 순간 생명 유지 장치 떼어버리겠다고 농담하던 남매였다. 이한생을 살려두는 건 이보배 자신의 고집이다. 두 오빠는 막내의 고집에 끌려간 희생양일 뿐이다.

'아냐. 욕심내도 된댔잖아.'

부정하면서도 이보배는 마음의 준비를 했다. 작은오빠가 막내 오빠의 현상 유지를 그만두자고 언제 말을 꺼내도 화내지 않기로.

이해기가 편히 살라고 입버릇처럼 말하듯 이보배도 이해기가 편히 살길 바랐다. 이한생은 이보배의 책임이었다. 그러니까 이보배만은 끝까지 이한생을 붙잡아야 한다.

짜장라면에 군만두. 완벽한 휴일 밥상이 완성되었다. 여기에 계란 프라이를 올리면 더 완벽했을 거란 아쉬움이 남았다.

이보배는 라면을 후후 불어 먹으며 두 오빠에게 경고했다.

"야식 먹을 땐 나도 불러. 치사하게 둘이서만 놀면 좋아? 하나도 안 남겨놓고 설거짓거리만 쌓아놓는 건 무슨 경우야? 그러니까 막내 오빠가 맨날 자기만 따 시킨다고 투덜거린 거야."

"아아, 셋째 보고 싶다."

"형, 조금만 참아."

'밥 먹고 병원에나 가야겠네. 어제 못 갔으니.'

날카로운 전화벨 소리가 이보배의 생각을 끊었다. 이보배는 뚱한 얼굴로 핸드폰을 들었다. 회사에서 온 전화였다.

"설마 또 긴급은 아니겠지."

세상에서 제일 치사한 게 줬다 뺏기다. 설마 휴가를 줘놓고 부르는 건 아닐 거란 생각에 이보배가 조심스럽게 통화 버튼을 눌렀다.

"네, 이보배입니다. 네, 네네. 네, 저희 오빠 이름이 이해기 맞는데 무슨 용무이신지요?"

인사팀이나 포션 팀이 아니라 무려 전략팀에서 온 전화였다. 이게 무슨 일인가 싶어 귀를 기울이는데 상대방이 이해기를 찾았다.

─이해기 씨 전화가 안 되어서 죄송하게도 대신 연락드

렸습니다.

"저희 오빠가 핸드폰이 고장 났었거든요. 어제 사서 개통했는데 번호가 바뀌었나 봐요."

전략팀에선 균열과 관련해 이해기에게 질문이 있다고 했다.

─질문 몇 가지에 응해주시면 사례하겠습니다. 이해기 씨에게 해가 되는 일은 없을 겁니다.

"잠시만요, 이해기 씨 바꾸겠습니다."

이보배는 들어도 모르니 당사자를 바꿔주는 게 최선이다. 각성 하이에 걸려 못 미더웠으나 평소 보이던 진중하고 선량한 작은오빠를 믿기로 했다.

통화를 넘겨받은 이해기는 대답 몇 번 하더니 전화를 끊었다. 그가 자신 몫의 라면을 한 젓가락에 씹어 삼켰다.

"보배야, 나 너희 회사에 갔다 올게. 균열 공략 전에 간단히 분위기나 목격한 몬스터 종류를 물으려나 봐."

"그 정도는 전화로 해도 되잖아. 그리고 짐꾼은 작은오빠 말고 더 있을 텐데 왜……."

"균열 속 던전을 발견한 게 나란다. 최초 입장자도 나고. 사계절은 믿을 만하고 현우에겐 빚진 것도 있으니 호의를 베풀어 나쁠 건 없겠지."

이해기가 친근하게 말한 현우가 부길드장인 전투 연금 한현우는 아닐 것이다. 아니어야 한다. 한현우를 동생 친구처럼 편하게 말하는 말투 때문에 이보배는 던전 발견과 첫 입장에 대해 태클 거는 걸 까먹었다.

'진짜 괜찮을까.'

이보배가 말리기도 전에 이해기는 외출 채비를 마쳤다. 아마 말렸어도 결과는 같았을 것이다.

동생이 신경 쓰일까 봐 업계에서 가장 대우가 좋은 사계절과는 일하지 않았던 작은오빠다. 이보배는 작은오빠를 믿기로 했다.

"혹 늦으면 저녁은 둘이서 먹어."

"알겠어."

"둘째야, 잘 다녀와."

이해기를 배웅한 이보배는 날짜를 헤아리고 깜짝 놀랐다.

"마감까지 며칠 안 남았네? 괜찮은가?"

처음 얘기 들었을 때 마감까지 2주 남았다고 했다. 거기에서 9일에 이틀이 더 지났는데 아직도 공략 전이라니?

균열이 터지는 것보다 회사가 망한다는 두려움이 더 컸다. 이보배는 길드와 균열을 검색한 뒤에 안도했다. 카운트다운을 막기 위해 선발대를 보내 내부 정보를 수집 중이란 기사가 있었다.

연관 기사엔 이번 공략에 길드 마스터인 빙제와 부길드 마스터인 전투 연금술사가 참전한다는 내용이 있었다. 이보배는 심각한 표정으로 중얼거렸다.

"길마랑 부길마가 같이 들어가네. 성공 못 하면 실직인가……."

부길드 마스터는 두 명 더 있지만 길드 마스터이자 S급 헌터인 빙제가 없으면 회사가 휘청일 게 분명하다.

이제까지 이보배는 길드의 공략 성공 여부를 궁금해한 적이 없다. 긴급이 떨어지면 기계처럼 포션을 만들고, 할당량을 채운 후엔 신경 쓰지 않았다.

하루하루 사는 게 힘들었거니와 바닥난 정신력으로 다른 데 신경 쓸 여유가 없었다. 또한 사계절 길드가 잘 버티리란 믿음도 있었다.

하지만 이번엔 A급이다. 본래 공략을 맡기로 했던 신라에서 사계절로 넘어온 것도 이상하다 싶어 이보배는 관련 기사를 계속 눌렀다. 그러다 한 기사의 댓글에서 이상한 걸 발견했다.

-사계절도 낙오자로 마감 늘리는 거 아니냐?

└응, 사계절은 안 그러거든. 너 삼국 통일 국가 알바지?

└사계절은 전 직원이 정직원이얔ㅋㅋ 짐꾼도 정직원 쓰는데 균열에 사람 버리고 튀겠냐. 너네 쉰라나 그러겠지. 판사님, 이 댓글은 저희 집 거북이가 읍읍.

  └└특별한 헌터들을 위한 특별한 공간이 있다는데? 거미줄에 달린 정보가 궁금하신 분은 여기를 클릭!

"이건 또 뭔 일이래."

신라가 공략을 포기한 데엔 좋지 않은 이유가 있는 듯했다. 핸드폰이 아닌 컴퓨터로 기사를 찾아보는데 이귀한이 아는 척했다.

"아, 그거."

"큰오빠 뭔가 알아?"

이귀한은 외출 한 번 하지 않고 이해기와 집에만 열흘 넘게 있었다. 뭔가 얘기 들은 게 있을 법했다.

"둘째가 그랬는데, 신라가 균열에 사람 던져놓고 시간 늘렸대."

"탐색조나 선발대로 마감 시간 늘리는 건 마감 임박한 균열 공략할 때 종종 쓰이는 전략이야."

"헌터가 아니라 짐꾼이나 채집꾼."

"그건…… 살인이잖아."

경찰과 군인이 민간인을 보호하듯 각성자는 비각성자를 보호해야 한다. 하지만 안타깝게도 그러지 않는 국가가 많다. 천만다행히도 대한민국은 그게 상식인 나라였다.

길드는 이익집단이지만 동시에 공익을 위해 존재한다. 사람들이 헌터의 갑질에 어느 정도 수긍하는 건 그들이 몬스터와 싸워 자신들을 지킨다는 인식이 깔려 있기 때문이다.

그런 헌터의 모임인 길드가 비각성자를 미끼로 써먹는다니?

믿기 어려운 이야기였다.

"그래서 둘째가 죽을 뻔했는데 살았다 그랬어."

"그런 걸 나한테 숨겼단 말이야?"

"아, 지금이 아니라 회귀 전에."

이게 소설 속 주인공 설정인지 현실에서 작은오빠가 당한 갑질인지 아리송했다. 이보배는 큰오빠에게 묻는 걸 그만두고 설거지를 했다. 설거지를 마치니 타이밍 좋게 마트에서 식량이 배달됐다.

"한번 뜯으면 멈출 수 없어."

이귀한이 감자 과자를 하나 뜯어 먹었다.

'작은오빠 나간 김에 그냥 마트 가서 인식표 사야겠다.'

이보배는 냉장고와 식량 창고를 잘 채운 다음 이귀한에게 마트 마실을 제안했다.

"마트?"

"응, 또 뭐 필요한 거 있으면 사고……."

이귀한이 속옷과 기타 물품이 든 박스를 가리켰다. 이해기가 식자재를 사면서 같이 주문한 것이다. 이보배는 결국 진짜 의도를 밝혔다.

"요즘 인식표가 유행이거든. 다들 이름이랑 생년월일, 연락처 적은 인식표 하나씩 달고 살아. 근데 우리 가족만 없는 거 같아서."

"막내야."

"응?"

"구라 티 난다."

"미안."

"막내가 원하면 인식표는 찰래. 하지만 마트는 안 갈 거야."

"왜에, 가자. 혹시 이틀 연달아 나가면 피곤해서 그래?"

"아니."

"그럼?"

"⋯⋯알겠어, 가자."

이귀한이 뭔가 말하려다 입을 다물고 일어났다. 이보배가 가기 싫으면 안 가도 된다고 말하려는데 이귀한이 손을 내밀었다.

"대신 손 놓치면 안 돼. 알겠지?"

"당연하지."

"놓치면 뿌셔뿌셔야."

이귀한은 그렇게 말하더니 감자 과자를 입에 넣고 씹었다. 와그작, 얇은 감자 과자가 바스러지는 소리가 선명했다.

이보배는 큰오빠의 손을 놓는 일 없이 무사히 쇼핑을 마쳤다. 이귀한은 인식표가 마음에 드는지 흡족한 얼굴로 쓰다듬었다. 이보배도 흡족했다.

마트를 나온 이귀한이 말했다.

"마트는 사람이 많구나. 백화점보다 더 많았어. 사람이 저렇게 모여 있는 걸 보면 말이야."

이귀한이 손을 위에서 아래로 내렸다.

"이렇게 쳐서 납작하게 만들고 싶다."

"그럼 안 돼. 맞은 사람이 얼마나 아프고 놀라겠어."

이보배는 깜짝 놀라 큰오빠를 타일렀다. 이귀한은 정신이 온전치 않지만 육체는 각성자다. 맞은 사람이 다치는 건 물론이거니와 각성자의 비각성자 폭행은 법으로 엄히 다스렸다.

"아프기 전에 죽으니까 괜찮아."

"안 괜찮아. 낯선 사람이 갑자기 나를 때린다고 상상해 봐."

"살아 있는 게 후회되도록 만든 다음 죽여야지."

이귀한이 주먹을 쥐었다 펴더니 히죽 웃었다.

"죽어서도 영원히 후회하게 해줄게."

'폭력적인 사람이 아니었는데.'

원래의 이귀한은 기어오르는 동생들은 철저하게 응징했지만 과한 폭력과는 거리가 먼 성정이었다. 이보배는 개미를 짓밟는 어린아이처럼 순수해 보이는 모습에 이귀한의 말을 부정하는 대신 말을 돌렸다.

"음, 그렇구나. 즐거운 얘기 해볼까. 저녁은 뭘 먹을지 생각해 보자. 내가 만들까? 뭐가 좋아, 김치찌개?"

"막내야, 그건 즐거운 생각이 아닌 것 같아."

이귀한이 정색하고 고개를 저었다. 이해기는 음식 솜씨가 좋지만 이보배는 음식 솜씨가 영 좋지 않다. 자신의 실력을 아는 이보배가 욱해서 말했다.

"6년 동안 내 솜씨가 나아졌을 수도 있잖아."

"아니야, 막내야. 그건 아니야."

둘이 실랑이하는데 이해기에게서 문자가 왔다. 늦을 것 같으니 저녁은 먼저 먹으라는 내용이었다. 가족 대화방을 확인한 이귀한이 마트를 가리켰다. 아까까지만 해도 얼른 나가자고 졸랐던 그 마트다.

"여기서 사 먹고 가자."

"큰오빠 외식 너무 좋아하면."

"사 먹자."

외식까지 마치고 집에 돌아오니 할 일이 없었다. 이보배가 배경음악 삼아 TV를 켜자 이귀한은 약속이라도 한 것처럼 소파에 누웠다.

"그동안 둘이서 뭐 했어?"

"그냥 얘기."

"어떤 얘기?"

"사는 얘기. 하고 싶은 얘기. 듣고 싶은 얘기."

"큰오빠가 하고 싶은 얘기가 어떤 건데?"

"보고 싶었어!"

이보배는 나도 보고 싶었노라 화답했다.

"듣고 싶은 건 어떤 거야?"

"6년 동안 어떻게 살았어?"

"작은오빠가 말 안 해줬어?"

"둘째는 너무 옛날이라 기억 안 난대."

'아, 그러십니까.'

이해기의 투자는 언제 실패해 그에게 현실의 쓴맛을 보여줄 것인가.

이보배는 이귀한이 실종된 후 둘이서 살아온 이야기를 술술 풀었다. 이귀한은 눈을 초롱초롱 빛내며 경청했다.

"회사 다니고 병원 가고, 재미없지? 작은오빠가 짐꾼이랑 채집꾼 일해서 에피소드가 많을 거야. 다음엔 얼버무리지 말고 생각나는 거 풀라고 해봐."

"알겠어. 기억 안 나도 쥐어짜라고 할게."

"큰오빠는."

다른 세계에 가 있는 동안 무슨 일이 있었냐는 질문이 혀끝에 걸렸다. 식탐 부리는 걸 보면 실종된 동안 밥도 제대로 못 먹은 것 같아 눈물이 핑 돌았다.

이보배가 눈물을 감추려고 눈에 뭐 들어간 척하는데 이귀한이 현관 쪽으로 걸어갔다. 얼마 지나지 않아 이보배도 누군가 계단 내려오는 소리를 들었다.

"나 왔어."

"둘째야, 어서 와."

"작은오빠 왔어? 저녁은 먹었고?"

이보배가 혹시나 싶어 만들어둔 김치찌개를 가리키자 이해기가 떨떠름한 표정을 지었다. 이해기는 옷도 벗지 않고 김치찌개를 부활시키기 위해 양념을 추가했다.

"가서 뭐 했어? 얘기만 하는데 이렇게 오래 걸린 거야?"

"질문이 꽤 자세해서 답변에 시간이 걸렸다."

"우리 회사 망하는 건 아니지?"

이보배가 걱정스레 묻자 이해기가 고개를 끄덕였다.

"공략은 성공할 거다. 원래도 날 구출한 게 사계절이었으니까."

"구출?"

"신라가 나쁜 짓 했었다는 사실만 알아두어라. 그래, 기왕 말한 것이니 이것만 알아둬라. 신라는 나쁘고 반야는 못 믿는다. 사계절은 믿어도 괜찮아."

이해기가 믿어도 되는 길드와 상종을 해선 안 되는 대형 길드의 이름을 읊었다. 이보배가 아는 길드도 있고 모르는 길드도 있었다. 기준이 궁금했지만 묻지 않았다.

각성 하이는 정말 무서운 병이었다.

휴가 셋째 날. 이보배의 몸이 드디어 휴일을 인식했다. 이보배는 12시가 넘어 눈을 번쩍 떴다.

'다들 아직도 자나.'

12시가 넘었는데 거실이 조용했다. 이보배는 거실로 나갔다. 이번에도 자기들끼리 야식을 해 먹었는지 싱크대가 꽉 차 있었다.

그래도 이번엔 그녀 몫을 남겨두었는지 냉장고에 랩 씌운 대접 하나가 들어 있었다. 이보배는 대접을 꺼내 랩을 벗겼다. 떡볶이였다.

'왜 떡만 있냐.'

쓰레기봉투엔 어묵 포장지와 계란 껍질이 가득한데 왜 떡만 차게 식어 이보배를 기다리는가. 이보배도 어묵과 삶은 계란 먹을 줄 아는데.

이보배는 떡볶이를 전자레인지에 돌렸다. 전자레인지 돌아가는 소리를 들은 이해기가 눈을 감고 말했다.

"보배야, 설거지 두면 내가 치운다."

두 번은 치웠지만 세 번은 없다. 이보배는 설거지를 하지 않고 떡볶이를 먹었다. 조금 불긴 했지만 맛있었다. 어묵과 삶은 계란이 있었으면 더 맛있었을 게 분명하다.

"둘이 더 자든가 밥 먹어. 난 병원 다녀올게."

어제 이해기가 외출하는 바람에 병원에 가지 못했다. 아흐레나 병원에 들르지 않았다가 다시 이틀을 가지 않았다니. 막내 오빠에게 의식이 있었으면 분명 서운해했을 것이다.

"막내야, 셋째한테 내 안부 전해줘어."

"알겠어."

오늘은 거실 배치가 좀 이상하다 했더니, 이해기가 소파를 점령하고 이귀한이 거실 바닥에 엎드려 있었다.

"잘 다녀와."

"⋯⋯."

이보배는 소파에 누운 이해기를 보다가 집을 나서 은행부터 들렀다. 그리고 통장 비밀번호를 바꿨다.

그녀는 작은오빠를 믿는다. 정말 믿는다. 원래 비밀번호는 주기적으로 변경하는 거잖아?

투자하지 않으면 아무것도 얻지 못한다지만 투자하지 않으면 잃는 것도 없다. 이보배가 각성 하이에 투자할 수 있는 돈은 1억이 끝이었다. 그 이상은 절대 안 된다.

착잡한 마음은 막내 오빠가 입원한 병실과 가까워지자 심화되었다. 이해기가 계속 병원에 가지 않으려는 게 정을 떼려는 의도인가 싶었다.

'작은오빠가 이제 그만두라고 해도, 난 포기하지 않을 거야.'

이보배는 이를 악물고 콧물을 훌쩍였다.

'욕심내도 된다고 했단 말이야.'

이름도 모르는 운전기사가 해준 말이 귓가에 맴돌았다. 이보배는 병실로 들어갔다. 막내 오빠 이한생이 눈을 감고 그녀를 기다렸다.

"막내 오빠, 나야. 이틀 만이지? 이번엔 진짜 서운했겠다. 미안."

이보배는 근육이 소실되어 뼈와 가죽만 남은 몸을 주물렀다.

"내가 휴가 받았다고 얘기했나? 이렇게 제대로 휴가를 받은 건 처음인 거 같아. 누워 있으니까 일어나기 싫더라. 이불이랑 합체해서 계속 누워 있고 싶었어. 이래서 큰오빠가 소파에서 안 일어나나? 막내 오빠는 누워 있는 게 지겨울 테니까 이해하기 어렵겠다."

이보배는 슬라임 침대를 탕탕 쳤다.

"아니네. 침대 쿠션이 이렇게 좋으니까 안 지겨울 수도 있겠다. 어휴, 비싼 값을 해요."

헤헷. 이보배는 가볍게 웃고 일부러 즐거운 어조로 말을 이었다. 막내 오빠가 단순히 의식을 잃은 게 아니라 깊은 꿈을 꾸고 있는 거라면, 그렇다면 꿈속에 이 목소리가 닿아 자신과 가족들을 떠올려 주길 간절히 바랐다.

"비싼 데로 고기 먹으러 갔는데 세상에, 정령석으로 고기를 구워주는 거야. 비싼 고기라 그런지 엄청 맛있어서 또 가고 싶더라. 다 같이 가면 몇 인분을 먹어도 돈 생각 안 들 텐데."

이보배는 넷이 불판 앞에 앉아 고기가 익기를 기다리는 풍경을 상상했다. 상상하는 것만으로도 마음이 따뜻해졌다.

"막내 오빠랑도 가고 싶어."

병원은 계절을 잊게 한다. 환자에게 최적으로 맞춰진 온도와 습도, 닫힌 유리창을 투과해 들어오는 햇빛이 외부와 병원을 격리해 세상에 존재하지 않는 병실이란 계절을 만든다.

오직 하나의 계절만 존재하는 병원이란 세상에서 이한생은 언제쯤 눈을 뜰까? 언제쯤 다른 계절을 맞이하러 병원을 나올까?

가능하긴 할까?

"나 포기하지 않을래."

10년이든 20년이든, 평생이 걸려도 포기하지 않겠다. 이보배는 결의를 다지고 병실을 나왔다.

앙상하게 마른 손가락이 바르르 떨렸다.

4. 남매의 법칙

"나 왔어."

거실엔 신문지가 깔려 있었다. 신문지의 중앙에선 버너와 삼겹살, 목살, 우삼겹이 기다리고 있었다. 이귀한은 눈빛으로 고기를 익힐 기세로 노려봤다. 이해기는 쌈 채소를 씻고 있었는데 싱크대가 깨끗했다.

'역시 작은오빠.'

이보배는 절대 작은오빠를 불신하지 않았다. 믿었다는 거다. 통장 비밀번호와 설거지는 다른 영역 아니겠는가.

"우와, 준비 완벽하네. 나 오기만 기다린 거야? 남겨만 주면 먼저 먹어도 되는데."

"형이 너 와야 한다고 해서. 그동안 밤에 우리 둘이서만 음식 해 먹어서 미안하대."

"미안하다, 막내야. 그렇지만 밤이 되면, 어둠이 드리워지면 내 안의 어둠이 동조해 시끄럽게 울어. 울고, 울어. 배가 고프다고, 뜯어 먹자고, 모두 죽이고 그 살점을 뜯어 먹지 않으면 끝나지 않을 갈증이……!"

이귀한이 얼굴을 문대며 뭐라 외쳤다. 요는 밤에 배가 고프다는 소리였다.

이보배는 나아질 기미가 보이지 않는 큰오빠의 폭식의 역사를 떠올리며 인상을 찌푸렸다. 정신에 문제가 있으면 포만감을 느끼지 못하거나 폭식하게 된다는 얘기를 언뜻 들은 기억이 있었다.

'그냥 감기도 이상하게 밤이 되면 악화되는데 큰오빠의 마음도 밤에 더 허하다거나.'

이귀한의 폭식은 통장의 문제만으로 연결할 선을 지났다. 이보배는 인상을 찌푸리다가 이귀한이 고개를 돌리자 방긋 웃었다.

"넌 편하게 먹어. 내가 구울 테니까. 고기 올릴게."

이해기가 불판에 우삼겹을 올렸다. 빨리 익는 우삼겹으로 목구멍과 위장에 기름칠한 후 삼겹살과 목살을 반반씩 굽자는 것이다.

본래 이씨 집안에서 집게는 가장의 왕홀 같은 것이지만 이번엔 원활한 고기 굽기를 위해 이해기가 가장의 허락하에 대리로 구웠다.

이보배의 집은 환기가 잘 되지 않는다. 앞으로 집에서 한 달은 맡게 될 냄새를 풍기며 고기가 익었다.

우삼겹이 다 익자 이해기가 집게로 한 번에 걷어 접시 위에 놓았다. 두툼한 목살과 삼겹살을 불판 위에 올리고, 이해기는 남는 시간에 쌈을 쌌다. 이보배는 작은오빠가 싸 준 쌈을 맛있게 먹었다.

우삼겹을 세 장이나 넣어서 그런지 소기름이 입안에서 터지며 마늘, 쌈장, 파채와 어우러져 환상의 조합을 자랑했다. 이보배가 저도 모르게 말했다.

"크으, 소주 당기네."

푸웁. 이귀한이 입에 든 음식물을 뿜었다. 난데없는 폭격에 이보배는 비명을 지르고 이해기는 쟁반으로 불판과 고기를 지켰다.

"꺄악!"

"막내가 아재가 됐어!"

"나 스물네 살이야!"

어른이 된 이보배를 보았어도 이귀한의 기억에 깊이 박힌 건 18살 이보배일 것이다. 중학생 때 부모님 잃고 이귀한이 먹여 살린 막내가 소주 당긴다고 하면 놀랄 만했다.

이보배는 말에서 그치지 않고 행동으로 옮겼다. 밥공기와 국그릇, 수저가 네 벌이듯 소주잔도 네 개. 이보배는 잠시 고민 끝에 소주잔을 두 개만 챙겼다. 이귀한이 술을 마시겠다고 해도 말릴 생각이었다.

이귀한은 이보배가 소주잔을 두 개만 가져와도 뭐라 하지 않았다. 외려 그녀를 위아래로 비장하게 훑어보다 고개를 끄덕였다.

"막내야, 내가 한 잔 따라줄게."

"감사합니다."

이보배는 큰오빠가 따라준 첫 잔을 단숨에 비웠다.

크으, 반사적으로 감탄하고 있자니 작은오빠가 쌈을 싸 입가에 들이밀었다. 이보배는 입을 벌려 쌈을 받아먹었다.

"그렇구나. 막내가 술자리에 낄 나이가 되었구나. 어른이구나."

"이 집 가장도 난데."

"가장도 막내구나. 나한테 고기도 사주는구나."

"그러니까 밤에 둘이서만 놀지 말고 나도 끼워줘."

"안 놀아."

"그럼?"

"나의 어둠과 공허를 참을 수 있도록 둘째가 응원해 줘."

"아하. 공허와 어둠."

"파괴와 살육도."

마음이 허해 많이 먹는 것과 별개로 이귀한의 중2병은 진행 중인 듯했다. 이보배는 술을 홀짝였다. 오랜만에 마셔서 그런지 몸은 알코올을 분해하는데 마음은 알딸딸했다.

"형은 참을 수 있어."

"이렇게 응원해 주고 지지해 줘."

"작은오빠가 잘 지탱해 주는 사람이긴 해. 그래도 그것만 하진 않을 거 아냐."

"음…… 글쎄다. 같이 있는 것만으로도 좋아서 침묵이 좋은 술안주가 되어주지."

이해기가 싱긋 웃었다. 이보배의 전신에 소름이 돋았다. 이귀한의 중2병은 수긍할 수 있으나 이해기의 저 재미도, 감동도 없는 컨셉은 언제까지 지속될지 너무 궁금했다.

평소라면 여기서 입을 다물겠지만 지금의 이보배는 술을 마셔서 적당히 기분이 좋았다. 작은오빠의 설정 놀이에 낄 용의가 있었다.

"미래에 우리 식구는 어때? 다 잘돼?"

"내가 말하지 않았니? 넌 국내, 아니, 세계 최고의 포션 메이커가 된다."

이보배는 깔깔 웃었다. 지니작 성장이 멈춘 그녀지만 최고가 된다는 아부성 농담은 듣기 좋았다.

"푸흐, 엄청 기분 좋네. 좋았으, 이 나라 최고라 이거지. 좋아, 좋아. 다른 거. 작은오빠도 최고의 헌터가 된다고 했으니까…… 음…… 미래에 큰오빠도 돌아온 거지?"

이해기는 대답하지 못하고 머뭇거렸다. 이귀한이 대신 대답했다.

"내가 물어봤는데 돌아왔댔어!"

"큰오빠도 돌아오고, 나랑 작은오빠도 잘되고. 좋다, 좋아. 그럼…… 막내 오빠는? 막내 오빠도 깨어나?"

이번에도 이해기는 대답하지 못했다. 이귀한은 입에 넣은 고기를 씹느라 쩝쩝거리기만 했다.

침묵이 길어지자 이해기가 간신히 입을 열었다.

"한생이는."

간신히 입을 열어놓고 이름만 말하는 게 끝이었다. 이보배는 입에 소주를 털었다. 식물인간이 된 형제에 대한 이야기는 긍정적인 내용일지라도 농담 삼아 말하기 힘들었나 보다.

"막내 오빠는 분명히 우리한테 돌아올 거야."

"그래……."

이해기가 무겁게 긍정했다. 쌈을 삼킨 이귀한이 버럭 외쳤다.

"셋째 보고 싶다!"

"그러게. 큰오빠 돌아오고 나서 계속 보고 싶어 했는데 보질 못하네. 잘 참았어. 이제 2주만 더 참아."

"셋째 몰래 보면 안 돼?"

"안 돼."

"병원에 있는 사람 다 재우고 셋째만 보고 올 수 있는데."

"들키는 게 중요한 게 아니라 환자들에게 영향 가는 게 문제잖아. 안 되는 건 안 돼."

귀환자 중엔 시스템이 주지 않은 신기한 힘을 얻어 돌아오는 사람이 있다.

반야 길드를 세운 검성은 무림 세계에서 무공을 배워 내공인가 뭔가로 암에 걸린 가족을 치료했다고 한다. 얼마 전에 TV에서 화제가 된 김혁도 능력은 모르겠지만 대형 길드의 러브콜을 받고 있다고 한다.

이귀한은 귀환자지만 힘을 갖고 돌아온 소수의 사례에 속하지 않았다. 본인 기억과 정신조차 온전치 않은 사람이 누굴 치료하겠는가. 이귀한 또한 환자이고 주위의 보살핌이 필요하다.

"히잉, 참기 싫어."

"형은 참을 수 있어. 참고 보는 한생이는 더 반가울 거야."

사지 멀쩡히 돌아온 게 어딘가. 이보배는 징징거리는 오빠와 달래는 오빠를 보며 술잔을 기울였다.

이보배는 오후 2시에 일어났다. 눈이 번쩍 뜨이고 더 누워 있기 싫은 걸 보면 인간의 적정 기상 시간은 오후 2시인 게 분명했다.

이귀한은 소파에서 시체 놀이를 하고 이해기는 해장국을 끓이고 있었다.

"몇 시에 일어났어?"

"한 시. 형 점심 차려줘야 하니까."

"오늘도 셋이 같이 나갈까?"

"글쎄다."

이해기가 내키지 않는 듯 심드렁하게 대꾸했다.

"집에 있어 봐야 할 일도 없잖아. 집도 좁고. 나 없을 때 야 둘이서만 놀러 다니면 치사하다고 화냈겠지만 지금은 나 있으니까 놀아야지. 휴가 끝나면 못 노는데."

"집이 최고지. 형도 동의할걸?"

"집이 최고야!"

이보배는 팔짱을 꼈다. 이해기야 본래 공부 잘하는 모범생에 취미가 독서라 집에서도 잘 놀았다. 그러나 이귀한 은 집에 들어온 순간 가방 벗고 밖으로 나가는 타입이었 다. 친구도 많았고 사교성도 좋았다.

"둘이 계속 집에만 있을 거야? 심심하고 지루하지 않아?"

"이렇게 쉬어본 게 몇 년 만인지 모르겠구나. 인류 문명 의 이기를 누리는 소박하고 평화로운 삶……. 뇌가 녹을 것처럼 행복하다면 믿겠니?"

'뭐야, 그게. 몰라. 무서워.'

집에서 쉬는 건데 비유가 이상했다. 꼭 마약에 중독된 사람이나 할 법한 비유였다.

이해기가 국자로 해장국을 휘휘 저으며 콧노래를 흥얼

거렸다. 트로트였다.

"집이 최고란다. 내가 얼마나……."

이해기가 아련하게 허공을 응시하더니 진저리 쳤다. 그가 확고한 의지를 담아 재차 강조했다.

"집이 최고란다. 앞으로 10년은 이렇게 살 수 있어."

"어……. 응……."

이보배는 어딘가 이상해진 작은오빠에게서 뒷걸음질 쳐 물러났다. 그녀에겐 안타깝게도 이상한 오빠는 한 명이 아니었다. 하나 더 있었다.

"흐흐흐흐흐흐흐흐. 나도 집이 좋앙."

언제 소파에서 내려왔는지, 이귀한이 바닥에 엎드려 음침한 웃음을 흘렸다. 바닥과 혼연일체가 되어 완벽하게 밀착하는 바람에 하마터면 밟을 뻔했다.

이보배가 밥상을 펼치자 이귀한이 소파로 기어 올라가 누웠다. 밥 먹을 땐 앉더니 다 먹고 다시 누웠다.

'큰오빠 식사할 때 빼고 앉아 있는 걸 못 봤네.'

전투계 각성자니 성인병이 올 확률은 낮다. 하지만 볕이 잘 들지 않는 반지하 거실에 누워만 있는 건 정신 건강에 안 좋을 것 같았다.

"큰오빠, 나랑 같이 산책 갈까?"

"으흐흐흐흐흐흐흐흐, 시렁."

"에이, 그러지 말고. 동네 한 바퀴 돌자."

이보배는 이귀한의 손을 붙잡고 잡아당겼다. 이귀한은 대놓고 싫은 티를 냈다.

"에에에에엑, 시렁."

"그러지 말고 가자."

"으윽!"

이귀한이 갑자기 고개를 푹 숙이고 몸을 부들부들 떨었다. 이보배는 깜짝 놀라 잡은 손을 놓았다.

"큰오빠, 왜 그래! 괜찮아?"

"형, 무슨 일이야!"

어깨 떨기 하나로 동생들의 관심을 집중시키는 데 성공한 이귀한이 더듬더듬 말했다.

"마, 막내야, 둘째야. 내가 나가보고 깨달았는데…… 난 집 밖이 무섭다."

"형 백화점 신나게 구경하지 않았어?"

"신나게 구경한 건 구경한 거고, 밖엔 사람이 정말 많더라. 착각인 줄 알았지만 마트에 가고 나니 또 그러더라. 난 깨달아버렸다. 너희가 없었다면 난 백화점과 마트에 있는 모든 생명을 파. 괴. 했을 거야."

파괴면 파괴지 거기에 방점을 왜 찍어. 이보배의 인내심이 견디지 못하고 항복했다. 이보배는 무표정한 얼굴로 방점 찍은 파괴를 기억에서 삭제하려 애썼다.

이보배와 달리 이해기는 근심 걱정 가득한 얼굴로 이귀

한을 살폈다.

"아니야, 형! 형은 견딜 수 있어! 참을 수 있어! 형은 우리와 같은 인간이야!"

"애들 목소리가 시끄러워 귀에 거슬려. 커플 웃는 소리가 눈꼴셔 눈에 거슬려. 인간 냄새 지독해 코에 거슬려. 나랑 부딪치는 사람들 너무 싫어 전부 거슬려."

이귀한이 애잔한 미소를 짓고 이보배와 이해기를 번갈아 봤다.

"그래도 참았어. 그러면 안 되잖아, 그렇지?"

"형은 잘하고 있어, 잘 참고 있어! 앞으로도 해낼 수 있어!"

"너희가 없으면 안 돼. 막내야, 둘째야, 너무 보고 싶은 셋째도! 너희만 생각하면 형은, 이 형은 이 세계를 나에게서 지킬 수 있을 거야."

"혀엉!"

많이 아픈 큰오빠와, 그걸 굳이 받아주는 작은오빠.

작은오빠의 연기가 실감 나다 못해 진짜인 것 같지만, 작은오빠의 눈에 흐르는 눈물이 찐 눈물인 것 같지만, 이보배는 애써 눈에 보이는 현실을 부정했다.

현실 부정은 부정이고, 도망치고 싶은 건 도망치고 싶은 거다.

"나 막내 오빠한테 다녀올게!"

이보배는 집에서 입는 목 늘어진 반팔에 냉장고 바지 차림 그대로 지갑과 핸드폰만 들고서 집을 뛰쳐나왔다.

오랜만에 돌아온 큰오빠가 낯설어 집에서도 브래지어를 차고 있어서 다행이다. 아니었으면 노브라 상태로 그냥 나올 뻔했다.

집을 나온 이보배에겐 갈 데가 없었다. 회사와 병원, 집이 지난 5년간 이보배가 살아온 좁고 좁은 세상이었다.

이보배는 오빠들에게 말한 대로 병원 가는 버스에 탔다. 급증한 식비를 생각하니 도저히 택시는 잡을 수 없었다.

이보배는 팔목에 돋아난 소름을 쓰다듬으며 생각했다. 큰오빠의 기행이 나아질 기미를 보이지 않았다.

'사람이 무섭고 외출이 두렵다니.'

거기에 폭식과 무기력, 유아 퇴행이 더해진다. 정리해 놓고 보니 아주 큰일이었다.

본래 이귀한은 외향적이고 활동적인 성격이었다. 사교성이 얼마나 좋은지 동생들이 그의 교우 관계를 전부 알지 못할 정도였다. '쾌활' 하면 이귀한이고 '상큼' 하면 이귀한이었다.

그런 큰오빠가 사람이 무섭단다. 가족은 괜찮지만 다른 사람은 너무 무섭다고 한다. 가족에게 이런 일이 벌어지니 이보배는 너무 무섭고 막막했다.

버스에서 서럽게 울더니 내리는 곳은 대형 병원이 있는 정거장이다. 같은 버스를 탄 승객들이 자신을 측은히 바라보는 것도 알지 못하고 이보배는 버스에서 내렸다.

이보배가 병원에 온 건 막내 오빠를 보기 위해서가 아니었다.

본래 이보배는 이귀한의 병원 치료에 대해 진지하게 고민하고 있었다. 하지만 이귀한이 돌아온 지 얼마 되지 않았고 시간이 지나면 나아질 거란 믿음에 의사에게 물어보지 않았었다.

어차피 이귀한이 병원에 출입하려면 한 달이 지나야 한다. 이보배는 그때까지 천천히 지켜보면 된다고 생각했다. 그런데 2주가 지났는데도 큰오빠의 상태가 똑같지 않은가.

비전문가가 시간이 약이라며 기다렸다가 병을 키우는 경우가 많았다. 이보배는 전문가의 의견을 참고하기로 결정했다.

이보배는 병원에 귀환자 케어 프로그램이 있는지 확인했다. 안타깝게도 이 병원은 마력 관련 질환과 외상 전문 병원이었다.

"귀환자가 돌아왔을 때 관리국 직원이 안내해 주지 않았나 보네요. 귀환자 케어 시설은 관리국 연계 시설이 제일 좋아요. 문의해 보세요."

병원 직원의 말에 이보배는 잊고 있던 명함을 떠올렸다.

"……"

이보배는 병원 로비에 앉아 명함을 노려봤다. 헌터 관리국 자체도 부담 가는데 각성자 범죄 관련 부서 직원에게 연락하려니 괜히 긴장되고 무서웠다.

'전투계는 아닌 것 같았지만.'

친절하고 웃는 낯이었던 직원은 전투계보단 서류 업무가 주인 것처럼 보였다. 이게 다 이보배의 착각일 수도 있지만.

어쨌든 이보배는 핸드폰을 노려보며 수십 번의 수정을 거친 끝에 구구절절한 장문의 문자를 전송하는 데 성공했다.

'으, 심장 떨려. 답문은 내일쯤 오려나?'

이보배가 보낸 문자 내용은 대충 이러하다.

문의드릴 게 있는데 통화 괜찮으신가요?

한 시간 퇴고하고 글이 긴 것에 비해 내용은 부실했다. 이보배는 복식호흡으로 거칠게 뛰는 심장을 가라앉혔다. 여기서 이러고 있느니 막내 오빠를 보러 가는 게 나을 것 같아 의자에서 일어났다.

병실로 이동 중 그녀의 핸드폰이 울렸다.

부우웅.

"끼악."

단톡방 알림은 조그맣게 설정해 두었고 회사에서 긴급 때릴 때 빼곤 스팸조차 오지 않는 조용한 핸드폰이다. 문자 진동이 이렇게 크게 울릴 줄 예상하지 못했다.

이보배는 허둥지둥 문자를 확인했다.

[지금 가능합니다.]

그러더니 문자를 다시 읽기도 전에 전화가 왔다. 화면에 뜬 번호와 명함 속 번호가 일치했다. 이보배는 얼른 통화 버튼을 눌렀다.

"안녕하세요, 일전에 귀환자 이귀한 씨 일로 신세 진 이보배입니다."

—안녕하세요, 최요한입니다. 상의하실 일이 있으시다고요.

"네, 저, 제가 듣기로 귀환 후유증 상담은 관리국과 연계된 기관이 제일 좋다고 해서요. 제가 그때 그런 안내를 받지 못한 것 같아 혹시 자료를 요청하려면 어디로……."

—이귀한 씨 상태가 많이 안 좋은가요? 직접 뵙고 듣고 싶습니다.

"네? 저, 그럼 큰오빠는 항상 집에 있고 저도 한동안 휴가니까 다음 주 안에 언제든지……."

—그럼 오늘 시간 괜찮으세요? 다른 형제분 말씀도 듣고 싶으니까 형제분도 괜찮은 시간을 알려주시면 가능한 한 맞추겠습니다.

적극적인 만남 요청에 이보배는 핸드폰을 귀에서 떼고 눈을 깜빡였다. 본인 관할도 아니고 어쩌다 책임지게 되었을 뿐인데 애프터케어까지 성실하게 해주다니.

다른 곳 공무원은 못 믿어도 관리국 공무원은 믿으라더니 그 말이 정답이었다.

"그럼 제가 자료도 받을 겸 오늘 중 관리국으로 찾아뵈면 될까요? 작은오빠도 아마 시간이……."

남아돈다. 지금쯤 큰오빠와 함께 간식을 먹고 있을 터. 이보배는 민망한 나머지 허허 웃었다.

이보배는 진국이었던 작은오빠의 사회적 체면을 위해 거짓말했다.

"작은오빠는 스케줄을 물어본 뒤에 알려 드릴 수 있을 것 같아요."

─그럼 일단 이보배 씨만 뵙죠. 현 위치가 ○○ 병원이시네요. 30분 뒤에 뵙겠습니다.

목소리가 하도 친절하고 상냥해 이보배는 자신의 현 위치를 어떻게 알고 있냐 묻는 걸 까먹었다. 통화가 끝난 후 알아챘지만 화를 내기도 뭐해 볼만 긁었다.

'원래 능력자 범죄 담당이니까 통화하는 동안 위치 추적 같은 거 하는 장비가 있겠지.'

모 탐정 소설 주인공은 사무실 찾아오는 사람마다 내력 추리하는 게 취미 아닌가. 직업이 직업이니 그러려니 싶었다.

최요한은 정말 30분 뒤에 병원 현관에 모습을 드러냈다. 관리국과 병원은 도로가 막히지 않을 때도 40분이 걸리는 거리다. 이보배는 그가 외근 중 들른 것이라 추측했다.

"안녕하세요, 이보배 씨."

이보배는 최요한의 얼굴이 가물가물한데 그는 한눈에 그녀를 알아보고 걸어왔다. 로비에 사람이 많은데 눈썰미가 참 좋았다.

"네, 안녕하세요. 전엔 정신이 없어 제대로 인사드리지 못했습니다. 편의 봐주셔서 정말 감사했어요."

"제가 아니라 과장님이 결정하신 거니까요. 여기 서 있기는 조금 그런데, 이 병원에 오빠분이 입원해 계신 거죠?"

"네."

"자료 확인했을 때 독실이던데 맞나요?"

"다인실인데 장기 입원 환자가 거의 없어서 독실처럼 쓰고 있어요."

"괜찮으시다면 거기서 대화 나눠도 될까요? 이것도 인연인데 얼굴을 뵙고 싶어서요."

평범하게 다쳐 입원한 것도 아니고 식물인간인 채로 8년을 와병했다. 자료를 보아 상태를 알 텐데 어떻게 그런 말을 할 수 있나 싶을 정도로 무례한 요구였다.

이보배가 표정 관리에 실패하자 최요한이 진지하게 말했다.

"단순한 동정이나 흥미가 아니에요. 이귀한 씨에게 가족분들의 존재가 중요하게 여겨져 다른 가족분의 상태도 확인하고 싶어 그렇습니다."

어디까지나 일 때문에 그렇다니까 수긍이 갔다. 이보배는 상한 마음이 풀리는 걸 느끼고 병원 카페에서 커피를 사 병실로 이동했다.

"굉장히 안색이 좋으시네요."

최요한이 이한생을 보자마자 한 말이었다. 이보배는 최요한의 평가에 동의해 고개를 끄덕였다.

건강한 사람 눈엔 곧 죽을 시체처럼 보이겠고 실제로도 그렇지만 8년간 의식을 찾지 못하고 생명 유지 장치에 몸을 의존한 사람치곤 좋아 보이는 게 사실이다.

환자의 상태를 칭찬받으면 보호자는 기분이 좋아진다. 이보배는 설핏 웃고 최요한에게 자리를 권했다.

"그럼, 일단 이보배 씨가 느낀 이귀한 씨의 후유증에 대해 말해주세요."

"가장 먼저 느낀 건 유아 퇴행."

"퇴행한 연령대는 어느 정도로 생각하세요?"

"그건…… 아마 중2 정도? 철없는 중2라는 생각이 자꾸 들어요. 그리고 이상한 말을 하기도 하고. 중2병이라고 아세요?"

"네, 알죠."

"딱 그런 느낌이에요. 내 안에 큰 힘을 가진 어둠이 있고 언제든 자길 집어삼킬 수 있으니 날 건드리지 마라."

"걱정 안 하셔도 됩니다. 귀환자 중엔 굉장히 흔한 설정이에요."

중2병에 대해선 크게 걱정하지 않았지만 그래도 흔하다니 안심이 되었다. 이보배는 가슴을 쓸어내리고 그녀가 진짜 걱정하는 것에 대해 말했다.

"그리고 외출이랑 사람을 무서워하는 것 같아요."

"음……. 이틀 전에 다 같이 백화점 나들이를 가지 않았어요? 다음 날에도 외출하신 걸로 아는데."

"네 갔는…… 데. 원래 이렇게 위치를 파악하시나요?"

"본래는 한 달간 관리국에서 검사받아야 할 걸 보내 드렸으니까요. 최소 한 달은 위치를 파악할 거예요."

"아, 그렇구나. 그렇죠, 그래야겠죠."

다달이 뜯기는 각성자 소득세가 아깝지 않도록 공무원은 참 열심히 일하고 있었다. 이보배는 앞으로 월급 명세서를 볼 때 세금 공제 내역을 보면 이전처럼 짜증 나지 않겠다고 생각했다.

세상이 바뀌었다. 개인 정보는 공익을 위해 약간 희생되는 게 당연하단 인식이 박혔다. 이보배도 관리국이 위험인물의 위치를 파악하지 못해 사고를 키우느니 아예 철저히 확인하는 게 낫다고 여기니까.

"이귀한 씨가 외출과 인간을 두려워한다. 자세히 알려주세요."

"큰오빠가 귀환하고 2주가 지나가는데 저랑 잠깐 외출한 걸 빼면 집 밖으로 나간 적이 없어요. 물론 제가 가능하면 외출하지 말라고 말하긴 했지만 그래도 사람이 그렇잖아요. 실내에만 있으면 답답하니까 문밖이라도 나가서 바람도 쐬고 싶고, 가볍게 골목이라도 걸어보고 싶고, 하다못해 가까운 편의점이라도 가고 싶잖아요? 우리 집이 넓으면 모를까 정말 좁아요. 소파 하나로 거실이 꽉 차서 두 명이 간신히 눕는 수준인데 소파나 바닥에 누룽지처럼 들러붙어서 굴러다니는 걸 보면 이걸 밟고 싶…… 지 않고!"

이보배는 말하는 동안 흥분해 무의식중 억누르고 있던 본심을 드러낼 뻔했다. 솔직히 좁은 거실에 큰오빠가 계속 누워 있으니 보기 답답했다. 많이 답답했다. 둘이 그러니까 두 배로 답답했다.

하다못해 소파에만 누워 있었으면 좋겠다고 생각했다.

"어쨌든! 너무 답답해서 같이 산책이라도 하자고 했더니 셋이 다 같이 가는 게 아니면 싫다고 하더라고요. 지난번 백화점에 외출했을 때도 주변 모든 게 무서웠대요. 후각, 청각, 촉각, 자극되는 모든 걸 참기 힘들었다고 하는데 이런 게 대인 기피증이나 광장공포증, 뭐 그런 거겠죠?"

"저도 전문가가 아니라 잘 모르겠네요. 그런데 다른 사람을 견디기 힘들어하는 이유는 알고 계신가요?"

"네. 그냥 짜증 난대요."

최요한이 자세하게 질문했다.

"다른 사람이 자길 해칠까 봐 무서워서 그런 게 아니라, 내가 짜증 나서 다른 사람이 싫다."

"네."

"짜증 나서, 그 짜증을 참지 못하게 되고, 참지 못하게 되었을 때의 상황을 피하고 싶어 외출과 사람을 꺼린다. 이 얘기네요."

"정확히 그거예요. 귀환자들이 이런 병에 많이 걸리나 봐요?"

"오, 아뇨. 이귀한 씨가 처음입니다. 몇몇 분은 걸릴 뻔했는데 과장님이 조기 치료해 주셨죠. 최근에도 한 분 계셨어요. 그분의 인권을 위해 말하진 못하겠지만 김혁 씨라든가 김혁 씨라든가 김혁 씨라든가."

어쩐지 익숙한 이름이 나와 이보배는 고개를 갸웃거렸다. 최요한이 사람 좋게 웃었다.

"하늘 위엔 또 다른 하늘이 있는 법. 이귀한 씨의 병은 중증이지만 더 높은 하늘이 있다는 걸 알게 되면 호전될지도 모르겠습니다."

듣고 보니 각성 하이와 치료법이 비슷했다. 둘 다 현실에 부딪히면 낫는다는 얘기 아닌가.

"짜증 이후의 일을 두려워하지 말고 확 질러보라고 하는 건 어떨, 아, 죄송합니다. 과장님께 전화가."

최요한이 양해를 구하고 전화를 받았다. 스피커 처리하

지 않았는데도 이보배의 귀에 울릴 만큼 쩌렁쩌렁한 목소리가 터져 나왔다.

─이 미친 새끼가 막으랬더니 불 지르고 있냐!

"우물 안 개구리에겐 더 넓은 세상을 보여주면 낫습니다."

─그건 우물 안 개구리가 아니라 자진해 우물에 들어간 용이다!

"과장님도 우리나라 인재 풀은 왜 이 모양이냐고, 고인 물에 들어올 새 물 없냐 하셔놓고."

─개구리는 너다, 이 새끼야. 뭐 눈엔 뭐만 보인다고 어설프게 강하니까 진짜도 못 알아보고 설치네. 쓸데없는 소리 하지 말고 가능한 잘 다독이라고 전해. 원하는 건 다 들어주라고. 집에 있고 싶어 하면 억지로 끌어내지 말고, 사람 만나기 싫다 그러면 그렇게 두라고 전해. 아니! 그냥 바꿔!

다른 사람도 아니고 국내 능력자 중에서 최상위로 분류되는 박마노. 그런 박마노가 이귀한을 용으로 부르는 걸 들었다면 이보배가 큰오빠에게 품고 있는 오해는 많이 풀렸을 것이다.

하지만 안타깝게도 이보배는 불 지르고 있냐 이후의 대화를 하나도 듣지 못했다.

박마노의 능력은 전기 계통이다. 박마노는 번개만큼 빠르게 움직이고 빠르게 말할 수 있다. 한마디로 너무 빠르고 웅웅거려서 하나도 못 들었다.

"과장님이 지금 캐는 사건 증거를 못 잡아서 뿔이 많이 나셨네요."

최요한이 침울한 표정으로 이보배에게 핸드폰을 건넸다. 이보배는 두 손으로 핸드폰을 받아 귓가에 가져갔다.

"여보세요……."

—이보배 씨? 미안합니다. 부하가 과잉 충성했어요. 걔가 말한 대처법은 잊어주고, 이귀한 씨를 잘 다독여 주기 바랍니다. 이귀한 씨가 특별히 요구하거나 그런 건 없습니까?

"막내 오빠를 보고 싶다고 떼쓰긴 했는데 2주만 참으면 되니까요. 그거 외엔 그다지……."

—과한 참견같이 들리겠지만 이귀한 씨의 요구는 가능한 한 들어줘요. 관리국도 최대한 협조할 테니. 관리국이 호의적이라는 거 이귀한 씨에게 꼭 언급해 주고.

"저, 귀환자 케어 자료는 어디서……."

—하지 마요, 그런 거. 귀환자에겐 집이 최고니까.

집이 최고인 걸 누가 모르나? 집에서 안 나가려고 하니까 그렇지.

사실은 S급일 게 확실한데 월급 덜 받으려고 A급에 머무르고 있다는 애국 헌터에게 그렇게 대꾸할 엄두가 안 나 이보배는 굽신굽신 고개만 숙였다.

이보배가 최요한에게 핸드폰을 건넸다. 그녀는 알아들을 수 없는 속도로 호통을 재차 쏟아냈다.

울상을 지은 최요한은 이보배와 마찬가지로 보이지 않는 상대에게 굽실거리며 병실을 나갔다. 나가는 와중에 자기 몫은 물론이고 이보배가 마신 커피 값까지 두고 갔다.

'착실하고 좋은 사람이다.'

이보배는 남은 커피를 쪽쪽 마시면서 막내 오빠에게 말을 걸었다.

"정신 하나도 없었다. 그치, 막내 오빠?"

바싹 말라 건조한 입술이 달싹인 것을 이보배는 보지 못했다.

집 앞엔 배달 쓰레기 대신 큰 종이 상자가 쌓여 있었다. 이보배는 밀려오는 묘한 기분에 인상을 찌푸렸다. 배달 음식 쓰레기가 집 앞에 쌓인 걸 본 날과 겹쳐졌다.

'어디서 가구라도 샀나?'

집에 들어간 이보배는 거실을 장악한 이귀한이 없어서 당황했다. 외출을 했으면 나가기 전에 연락을 주었을 터. 집을 비운 건 아닌지 이해기의 방에서 인기척이 느껴졌다.

"막내 왔어?"

"보배 왔구나. 병원에서 뭐 하다 이리 늦었니. 다음부터 평소보다 밖에 오래 있을 땐 연락 좀 해다오."

방문을 열고 둘이 빼꼼 머리만 내밀었다.

"막내야, 왜 늦었어. 병원 말고 딴 데 갔어? 남자 만남?"

"그럴 리가. 형, 저 꼴을 봐."

이해기가 혀를 끌끌 차며 이보배를 검지로 가리켰다.

"저 꼴을 봐줄 남자가 있었으면 내가 옛날에 치워서 조카 봤다. 조카 봤으면 회귀도 안 했어."

"헉, 조카!"

"쟤는…… 남자가 없어. 몇 년이 지나도 남자가 없어."

진짜 미래를 보고 온 것처럼 진심으로 측은해하는 게 짜증 난 이보배가 거칠게 항의했다.

"내 꼴이 어디가 어때서! 오빠들 꼴도 똑같거든!"

"난 만날 만큼 만났다."

"몇 명!"

"진실한 사랑은 하나면 충분해."

"언제, 어디서, 어떻게, 누구랑!"

"미래에, 균열에서, 내가 구해줘서, 이 시대의 마지막 애국자랑."

"애국 설정은 괜찮지만 나머진 진부하거든!"

이보배는 씩씩거리며 돌아섰다. 화내니까 배고팠다. 이보배가 부엌으로 향하자 이해기가 방에서 쏜살같이 나왔다.

"저녁 아직 안 먹었니?"

"응, 아까 해장국 남았지?"

이해기가 설거지를 마쳐 깨끗한 냄비를 들어 보였다. 이보배는 냄비를 건네받아 물을 채웠다.

"국 끓이게?"

"아니, 매콤한 국물 당기니까 라면 먹을래."

"누가 라면 소리를 내었어."

이해기에 이어 이귀한도 방에서 나왔다.

"막내야, 내 것도."

"그럼 내 것도 끓여라."

"아, 진짜."

이보배는 참을 인을 새겼다. 좋게 생각하기로 했다. 라면 끓는 동안 아무 소리 안 하다가 한 입만 달라며 젓가락 들이밀지 않는 게 어딘가. 그렇게 생각하면 물 받을 때 자신들 몫까지 끓이라는 건 양반이다.

이보배는 라면 봉지를 뜯었다. 이해기와 이귀한이 옆에서 스프 봉지 뜯는 걸 도왔다.

"둘이 방에서 뭐 했어? 야한 거 봤어?"

"지금의 나에게 야한 건 동영상 강의보다 재미가 없더라."

이미 시청해 봤다는 얘기로 들리는 건 큰오빠에 대한 존경심이 조금 희석되어서일까.

봉지를 다 깐 오빠들은 도로 방으로 들어갔다. 도대체 방에서 뭐 하나 궁금증이 생겼지만 금강산도 식후경이었다. 끓는 라면 앞을 떠날 수 없었다.

이보배는 면이 잘 퍼지도록 휘저으며 균열의 날 이전을 회상했다. 이귀한과 이해기가 스스럼없이 그녀를 부려먹으려 들고 이보배는 양심의 가책 없이 새끼를 남발하던 나날을.

과거의 이보배에게 부모님 돌아가신 후 큰오빠가 가장 노릇 제대로 한다고 말하면 절대 믿지 않을 것이다. 막내오빠가 무시무시한 괴물에게서 그녀를 감싼다는 얘기도 절대 믿지 않을 터다. 작은오빠가 스스로 집안 살림을 맡아 한다고 들으면 경기를 일으켰겠지.

"……."

라면이 절반쯤 익자 가위로 파와 고추를 잘라 넣었다. 거의 익은 것 같아 불을 끄고 국자로 냄비를 두드렸다. 버릇없는 알람에 방에서 이귀한과 이해기가 튀어나왔다.

"둘째야, 뭐 하니! 막내 무거우니까 어서 들고 와라!"

손 하나 까딱하지 않는 이귀한도 라면 냄비 앞에선 밥상을 폈다. 이해기가 냄비를 나르고 이보배는 수저와 국그릇을 챙겼다.

"우리 막내가 딴 건 못해도 라면 물은 기가 막히게 잡지."

"오빠들 저녁 먹…… 됐다."

이보배는 오빠들에게 이게 오늘의 몇 번째 끼니냐고 묻길 포기했다. 이미 위장으로 들어갔는데 물어 뭐 하나. 중요한 건 앞에 있는 면발 아니겠나.

이보배는 젓가락을 들어 면발 쟁탈전에 참전했다.

라면은 언제 먹어도 맛있다. 1년 365일 라면만 먹어도 맛있을 것이다. 이보배는 국물을 마신 뒤 다시 물었다.

"근데 둘이 방에서 뭐 하고 있었던 거야?"

"컴퓨터 세팅."

"컴퓨터 세팅할 게 뭐 있다고. 잠깐만, 컴퓨터 샀어?"

"바꾸긴 해야 했어. 형이 오랜만에 〈별전쟁〉 하고 싶다고 해서 켜주려고 하니까 컴이 발작하더라."

"걔가 주화입마가 올 만큼 오래 쓰긴 했지만 그래도 웹 서핑이랑 문서 작성은 가능한데. 〈별전쟁〉도 안 돌아갔으면 바꾸는 게 맞긴 하네."

이보배는 밖에 있던 종이 상자의 정체가 컴퓨터 포장 상자였음을 알았다.

"둘이 나가서 사 온 거야?"

"아니야. 저번 주에 주문한 게 이제 온 거야."

"그렇구나, 그럼 무지 느리게 왔네. 이제 게임 잘 돌아가?"

이보배는 기계에 대해 잘 모르고 관심도 없다. 하지만 새 기계에는 기계에 무관심한 사람도 가슴 설레게 하는 마력이 있었다.

방을 곁눈질하자 방과 가까운 이귀한이 발로 문을 밀었다. 문이 열리면서 방 안이 드러났다.

문외한의 눈에도 있어 보이는 컴퓨터와 모니터가 제 위용을 자랑했다. 심지어 두 대.

　컴퓨터와 모니터만 위용을 자랑하는 게 아니었다. 책상과 의자도 같이 질렀는지 쿠션감 좋아 보이는 의자가 둘에, 책상은 새것이라 반질반질 빛났다.

　방이 워낙 좁다 보니 의자와 컴퓨터 책상이 자리를 차지해 사람 누울 자리가 없었다. 이 방에서 자려면 의자를 거실로 빼든가 해야 할 판이다.

　이보배는 말없이 눈을 깜빡였다. 으리으리한 모니터와 더 찬란하지만 보이지 않는 본체 내부에 대한 갈채였다.

　오랜 무언 끝에 이보배가 입술을 뗐다.

　"그래. 좋은 거 사면 오래 쓰니까."

　"막내가 뭘 알긴 알아."

　뭐가 그리 좋은지 이귀한과 이해기가 하이파이브를 했다.

　"하지만 두 대나 살 필요가 있었을까?"

　두 대 모두 휘황찬란한 컴퓨터를 살 필요가 있었을까? 이보배가 묻자 형제가 동시에 시선을 피했다. 자기들도 찔리는 게 분명했다.

　"각자 목적이 다르니 두 개를 구비해 두는 게 낫겠단 생각이 들었다. 컴퓨터는 필수품 아니냐. 이런 투자를 아까워하면 안 된다."

　이해기가 진지한 얼굴로 개소리를 했다. 이보배가 못마

땅해 혀를 차자 그가 슬그머니 고개를 돌렸다.

이귀한이 시무룩한 얼굴로 고개 숙였다.

"미안, 막내야. 새거가 갖고 싶었어."

"아냐, 큰오빠. 큰오빠 탓하려는 게 아니라. 물론 개인 컴퓨터 있으면 좋지. 그냥 방이 좀 좁아 보여서 그래."

"화면 크지? 이걸로 〈별전쟁〉 하면 좋을 거 같지?"

이귀한이 룰루랄라 웃으면서 컴퓨터를 자랑했다. 이보배는 허허 웃었다. 이보배는 라면 국물을 마저 마시면서 국물의 짜고 매운 맛에 집중하려고 애썼다.

'큰일이야. 오빠들이 자꾸 오빠 새끼들로 보여.'

큰오빠가 돌아오고 작은오빠가 각성했다. 감동의 여운에 젖고 싶은데 자꾸 여운이 날아가려고 했다. 그녀가 잡을 수 없는 곳으로 멀리멀리.

'내가 복에 겨웠지.'

지금처럼 셋이 상에 둘러앉아 라면을 먹을 수 있다면 무엇이든 하리라. 그랬던 과거의 결심을 잊어선 안 된다. 이보배는 송곳니로 혀를 씹어 스스로를 책망했다.

사람이 참 간사했다. 좋은 일은 너무 빨리 당연한 일로 받아들이고 과거의 상처는 너무 빨리 잊었다.

'감사합니다, 감사합니다, 감사합니다.'

이보배는 결심했다. 앞으로 하루 세 번 오빠들에게 고맙다는 생각을 하겠다고.

살아 돌아와 줘서 감사합니다.

계속 옆에 있어줘서 감사합니다.

많이 힘들었을 텐데 죽지 않고 버텨줘서 감사합니다.

'감사하는 마음을 잊지 말자.'

라면은 자신이 끓였으니 설거지는 다른 누군가가 해야 할 텐데 방으로 쏙 들어가 버려도 미워하지 말자. 욕하지 말자.

"보배야, 냄비 두면 설거진 내가 할게."

놔두면 언젠가 설거지할 것을 믿고 의심하지 말자. 이보배가 내면의 평화를 외치는데 갑자기 알림음이 들렸다.

[정신력이 1 올랐습니다.]

능력치 상승을 알리는 시스템창이 떠올랐다. 이보배는 반투명한 시스템 알림창을 보고 침묵했다.

'설마 오빠 새끼들 참는다고 올랐겠어.'

이보배의 능력 상승은 2년 동안 지지부진했다. 최근에 있었던 긴급 물량 제작으로 오를 때가 되어 올랐을 것이다. 타이밍이 영 좋지 않았을 뿐.

'타이밍 참 묘하네.'

이보배는 머리를 긁었다. 타이밍이 기묘해서 2년 만에 능력치가 상승했는데도 기쁘지가 않았다.

'마력은 꽤 회복되었고 정신력은 오르면서 전부 회복되

었어. 포션 만들 수 있겠다.'

바닥까지 쥐어짜는 바람에 회복이 느리던 정신력이 완전히 회복되었다. 비상금 용도의 포션 제작이 가능하다 생각하니 기분이 좋았다.

기분도 좋아졌겠다, 이보배는 후다닥 설거지를 해치웠다. 고무장갑을 벗은 후 이해기의 방문을 열었다.

"새 컴퓨터 좋아? 세팅 다 한 거야?"

"다 끝냈다."

이보배는 오빠들 뒤로 슬금슬금 이동했다. 컴퓨터 하고 있는 오빠의 뒤는 여동생이 선호하는 위치다.

〈별전쟁〉 하고 싶어 컴퓨터를 바꿨다더니, 이귀한은 동영상을 보고 있었다. 귀여운 동물 영상이 큰 모니터에서 고화질로 비쳤다.

"고양이 귀엽다."

이보배가 감탄하자 이귀한이 무표정한 얼굴로 따라 말했다.

"고양이는 귀여워."

고양이 영상이 끝나고 강아지가 나왔다. 이보배는 이번에도 감탄했다. 큰 화면으로 보는 강아지는 정말 귀여웠다.

"강아지도 귀엽다."

"강아지는 귀여워."

어떤 동물이 나오든 이귀한은 스스로를 세뇌하듯 '귀여

워'만 반복했다. 무표정한 얼굴에 무심한 눈빛, 단조로운 어조가 어우러져 조금 섬뜩했다.

"〈별전쟁〉은 안 해?"

"내가 말렸다. 생각해 보니 형에게 〈별전쟁〉은 너무 자극적이야. 동네 날려먹으면 큰일이지."

"둘째 말이 맞는 거 같아서 좀 더 참으려고. 햄스터다. 햄스터는 귀여워."

"맞아, 형. 이런 게 귀여운 거야. 기억나?"

"보고 있자니 간질간질한 것이."

이귀한이 양손을 들더니 허공에 대고 잼잼했다. 이해기는 뿌듯한 얼굴로 잼잼하는 이귀한을 독려했다.

"맞아, 형! 만지고 싶지! 푹신할 것 같지! 만져서 안 죽으면 만지고 싶지! 바로 그거야!"

"보들보들."

"보배야, 네가 가진 물건 중에 털 많은 거 없어?"

"내 곰 인형이라도 가져올까?"

"인형, 그거 좋다."

뭐 하자는 건지 알 도리가 없다. 하지만 이해기가 이귀한에게 애니멀 테라피 비슷한 거라도 해주는 건가 싶어 얼른 곰 인형을 갖다줬다.

낡은 곰 인형은 마을이 침식되기 전 집에 들러 건진 몇 안 되는 이보배의 소지품이다. 그런 곰 인형을 갖다주자 이귀한이 거침없이 주물렀다.

"곰 인형은 귀여워."

이귀한이 무표정한 얼굴로 말했다. 이보배는 큰오빠의 손아귀에서 떡 주무르듯 주물러지는 곰 인형의 머리를 쓰다듬었다.

"솔직히 얘는 좀 덜 귀여워. 싸구려에 더럽고 솜도 뭉쳤는걸. 그치만……."

"한생이가 사 준 거였지?"

"응……."

그래서 부피가 크고 쓸데없는 물건인 걸 알면서도 두고 갈 수 없었다.

이한생 얘기가 나오자 거칠게 인형을 주무르던 이귀한의 손이 얌전해졌다. 이귀한은 세상 진지한 얼굴로 곰 인형을 사뿐사뿐 쓰다듬었다.

"셋째가 햄스터를 좋아했는데."

"그러게. 막내 오빠 귀여운 거 참 좋아했지."

이귀한이 곰 인형을 품에 안았다. 햄스터 영상이 끝나고 새끼 곰 영상이 시작되었다. 이귀한이 영상 속 새끼 곰에 몰두했다.

"귀여워."

스스로에게 주입하듯 말하던 이전과 다르게 진심으로 귀여워서 나온 말 같았다. 이해기는 슬쩍 웃고는 제 모니터에 집중했다.

큰오빠가 뭐 하는지 봤으니 이젠 작은오빠 차례다.

이보배는 이해기의 뒤로 위치를 바꿨다. 거대한 모니터로 보기 민망한 사이트가 펼쳐졌다.

촌스러운 폰트, 촌스러운 화면, 범람하는 쌍욕과 뻘글. 한 번도 들어가 본 적 없지만 다른 사람이 들어가는 건 많이 본 페이지였다.

"헌터닷컴이네? 가입했어?"

"그래."

"여기 연회비 천만 원이잖아."

목이 바싹 타들어가는 느낌이 들었다. 이보배는 이귀한이 마시려고 갖다 둔 콜라를 벌컥벌컥 마셨다.

그러다 돈보다 더 중요한 사실이 떠올랐다.

"각성자 인증도 필수일 텐데? 어떻게 가입했어?"

설마 자신이 외출한 사이 몰래 나가 각성자 등록을 마쳤나 싶어 이보배의 눈이 휘둥그레졌다.

온 가족이 관리국에 동행해 등록을 마친 각성자에게 박수를 쳐준 후, 예약해 둔 음식점으로 가 즐거운 가족 외식을 즐긴다. 이 시대의 각성자 등록일 기본 코스는 이러했다.

가족이 없으면 친구나 애인이라도 데려간다. 상태 안 좋은 큰오빠를 집에 두고 갔을 리 없다. 그러니 관리국에 동행했다는 얘긴데, 이 또한 이보배가 생각하기에 큰오빠에게 무리가 가는 일이었다.

"설마 우리 회사 간 날 관리국에 들러서 등록했던 거야?"

"등록하지 않았다. 네 명의로 가입했거든. 미안하다, 보배야. 내가 한동안 힘을 숨겨야 해서."

멋대로 네 위치를 추적한다는 최요한에 이은, 멋대로 네 명의 도용했다는 작은오빠의 공격이었다.

둘 다 너무 자연스럽고 당당해서 이보배는 자신의 상식이 세간에 뒤떨어진 게 아닌가 혼란스러웠다.

'통장 비번 바꾸길 잘했다.'

불쑥 떠오른 생각이 이러했다. 이보배는 당황해서 작은오빠의 어깨를 꼬집었다. 생산계가 전투계를 공격해서 그런가 아픈 티도 안 냈다.

"여기 가입이랑 인증 어렵다던데 그렇게 쉬워? 남의 걸로 막, 그렇게 가입하게."

"회귀자의 비법이다. 아마 전혀 관계없는 네 정보를 도용했다고 여길 테지만 널 감시할 수도 있으니까 미리 경고해 두마. 위험하진 않을 거다."

"그러세요. 위험하지 않으면 동생 정보 막 써도 되나 봐요. 회귀자는 그 뒤에 '미안하다'가 붙어야 하는 것도 모르나 봐?"

"하하하."

"뭐야."

"네가 그럴 때마다 돌아왔다는 실감이 나."

이보배는 질색했다.

"작은오빠 설정 너무 구려. 미래엔 당연한 말 해주는 사람 없었어?"

"있었으면 돌아오지 않았다."

이해기가 쓸쓸한 미소를 지었다. 곱상한 얼굴과 어우러져 분위기 미남이 되었지만 이보배가 보기엔 그냥 재수 없었다.

이보배는 마음의 안정을 찾기 위해 몸을 돌려 반대편에 있는 모니터를 보았다.

이귀한이 보는 모니터에선 여전히 귀여운 동물 영상이 흘러나왔다. 이보배는 큰오빠 뒤에 붙어 같이 동물 영상을 봤다.

옛날, 이귀한이 게임하고 있으면 종종 이렇게 달라붙어 구경하곤 했다. 이귀한은 컨트롤에 방해되니 떨어지라고 하고, 이보배는 짜증 나서 컴퓨터 전원을 내린 후 도망가고. 훈훈한 추억이다.

"슬슬 '귀엽다'가 뭔지 기억나려고 해. 이런 걸 보면 파괴 충동이 이는 거야."

"맞아. 귀여운 거 보면 막 꼬집어주고 싶고 깨물고 싶지. 뿌셔뿌셔."

"뿌셔뿌셔."

"너무 귀엽다. 뿌셔뿌셔, 지구 뿌셔."

"뿌셔뿌셔."

사람은 귀여운 걸 보면 폭력성이 생긴다고 한다. 이보배가 오랜만에 보는 귀여운 것의 향연에 폭력성을 분출하자 이귀한도 따라 했다.

이해기가 벌떡 일어나 모니터 전원을 껐다.

"형 방금 진짜 부술 뻔했어."

"아하."

"귀여운 것도 조금씩 봐야지, 안 되겠다."

이해기는 명상에 좋은 자연의 소리를 검색하더니 진지한 얼굴로 그걸 보라고 권했다. 이보배는 이해기의 진지한 오버를 겸허한 마음으로 수용했다.

이해기가 이귀한의 장단에 맞춰주면서 큰오빠를 부추기는 것 같기도 하지만 그 딴엔 형을 진지하게 걱정해 저러는 것 아니겠는가.

지켜보기 안쓰러운 무대이나 주역 배우가 소중한 가족이면 무시해선 안 된다. 박수를 보내든 따라 오르든 결정해야 했다.

결국 이보배도 이 재미없는 무대에 올랐다.

"작은오빠는 큰오빠의 인내심이 바닥나서 주위를 막, 부숴 버릴까 봐 걱정하는 거지?"

"둘째가 걱정이 많아."

"형이 말하면 농담으로 안 들려서 그래."

"큰오빠의 인내심이 어느 정도인데?"

"이거보다 얇아."

이귀한이 들어 올린 이거는 A4용지였다. 이보배는 기가 막혀 따졌다.

"그 정도로 얇으면 이미 인내심이 아니거든!"

"더 참을 수는 있어. 있는데 참기 싫어. 난 참을 만큼 참 았어. 참기 싫음!"

곰 인형을 꼭 끌어안고 이러니 미운 5살이 따로 없었다. 이보배가 뒷목을 잡자 이귀한이 마지못해 말했다.

"그래도 막내가 원하면 참아볼게."

이보배는 곰 인형과 함께 큰오빠를 끌어안았다. 이귀한은 곰 인형을 대할 때보다 더 조심스럽게 막내의 등을 두드렸다.

기왕 무대에 오른 것, 제대로 이야기해 보자 싶어 이보 배는 가족회의를 요청했다.

가장의 제안에 따라 셋은 거실로 나갔다. 이보배가 소 파에 앉고 이귀한과 이해기가 바닥에 앉았다.

박마노는 잊으라 했지만 이보배는 최요한이 한 말이 괜 찮은 방책이라고 생각했다. 일단 시도해 나쁠 건 없었다.

"그러니까 큰오빠는 지금 엄청 빵빵한 풍선 같은 상태 라는 거지? 주위의 자극이 심하면 좋은 거든 나쁜 거든 빵 터지려는 거고."

"비슷해."

"그럼 풍선 입구를 열어서 바람을 좀 빼면 어떨까? 터지기 전에."

"안 돼. 지금 형은 입구를 열려고 시도하는 것도 자극이 되어 터져 버린다."

"그럼 이건 어때? 풍선을 딱딱한 상자에 담아 터뜨리는 거야. 그럼 풍선이 터져서 주위에 미치는 여파를 상자가 막아주겠지."

"좋은 생각인데, 보배야. 지구는 형을 담을 상자가 되기엔 너무 무르다."

"큭큭큭, 내 폭주를 막을 이가 존재치 않는 위험천만한 곳이 고향이라니. 그래서 더 소중하고 애틋하다. 이 작고 아름다운 푸른 별을 엉망진창으로 만들어 버리고 싶……지 않아! 난 안 그럴 거야! 왜냐면 지구는 푸른 별, 동생들이 사는 별이니까."

멍석을 깔아주니 이귀한은 신나게 중2력을 뽐냈다. 기괴하고 음산하게 웃던 그는 목이 마르다면서 냉장고를 뒤졌다.

"오늘도 내면의 어둠과 파괴 충동을 억제해 세계를 지킨 나에게 주는 선물."

이귀한이 바닐라 아이스크림을 꺼내더니 밥숟갈로 퍼먹었다. 이보배는 밤에 찬 걸 먹는 그를 걱정했다.

"혼자 다 먹으면 배탈 나. 같이 먹자."

"이건 세계를 지킨 사람만 먹을 수 있는 건데……. 생각해 보니 막내가 없으면 세계가 멸망했겠구나. 그래, 막내도 먹을 자격이 있어!"

"형, 나는?"

"넌 없어도 괜찮아."

"형은 맨날 보배만 예뻐하고!"

가족회의가 어느새 형제의 콩트가 되어버렸다. 이보배는 근심 걱정을 잊고 웃음에 몸을 맡겼다.

어두운 방, 모니터가 환하게 빛났다. 이해기는 구매 결정 버튼을 누르느냐 마느냐로 진지하게 고민했다.

"스트레스를 풀게 해준다……. 적당히 힘 빼는 게 좋을 것 같긴 한데……."

결국 이해기는 구매 버튼을 클릭했다. 빠른 배송을 원한다는 요청도 기입했다. 너무 과한 요구인가 싶었지만 아라크네는 믿을 수 있었다.

"역시 이 방법뿐이겠지."

이해기는 방구석에 구겨진 채 방치되어 있던 지도를 펼쳤다. 빨간색 동그라미가 지도 곳곳에 표시되어 있었다. 이해기는 개중 하나를 짚고 눈을 가늘게 떴다.

"어차피 맞을 매라면 먼저 맞는 게 나은 법이지."

이보배는 잠자기 전에 핸드폰을 만지작거렸다.

헌터닷컴. 회원제 유료 커뮤니티다. 각성자만 회원 가입할 수 있고 연회비는 천만 원이라 비싸지만 돈에 여유 있는 각성자라면 한 번쯤 가입한다. 회원 자격 갱신 여부는 사람마다 다르겠지만.

이보배도 한때 혹했지만 돈이 아까워 참았다.

'그래, 작은오빠는 정말 헌터가 되고 싶어 했으니까 가입하고 싶었을 수 있지. 각성 하이 걸렸으면 헌터닷컴은 필수 아니겠어?'

하지만 개인 정보 도용이 신경 쓰였다. 헌터닷컴, 자격 위조, 가입 인증으로 검색했더니 무언가 잔뜩 검색되었다.

이보배는 가장 상위에 있는 글을 눌렀다. 어딘가의 커뮤니티인 듯 댓글과 대댓글이 잔뜩 있었다.

〈헌터닷컴 가입 개쉬움〉

헌터 자격증 없어도 성인 인증하고 돈 내니까 바로 가입되던데? 이거 인증 어렵다고 한 새끼 누구냐.

└응, 다음 헌터닷컴넷 흑우.

└작작 낚여라. 주소를 잘 보면 컴이 아니라 넷으로 끝날 것이여.

└근데 헌터닷컴넷에도 유용한 정보 많음. 가입 쉬워서 일부러 여기에 가입하는 헌터도 많음 ㅋㅋㅋㅋ

└└ㅇㄱㄹㅇ

└└└회원님들께만 알려드리는 빅뉴스! 헌터 중에서도 소수의 헌터만 가입할 수 있는 회원제 사이트가 있다는데? 자세히 알고 싶으시면 http://…….

'아까 그게 헌터닷컴넷이었나?'

헌터닷컴넷. 헌터닷컴의 표절 사이트다. 회원비만 뜯어내려던 표절 사이트가 어영부영 흥해 90퍼센트의 구라와 9퍼센트의 자랑질, 1퍼센트의 꿀 정보가 혼용된 기괴한 사이트가 되었다.

헌터닷컴이 재수 없어서 헌터닷컴넷에만 간다는 각성자도 종종 있고 말이다.

'그럼 그렇지. 헌터닷컴넷이겠구나.'

남매 사이라 할지라도 타인의 정보를 도용하는 게 그렇게 쉬울 리 없다. 이보배의 각성자 등록증은 인벤토리에 있고 본인 인증을 하려면 핸드폰이 필요한데 그것도 이보배 손에 있었다.

불안했던 마음이 진정되자 미뤄 둔 잠이 쏟아졌다. 이보배는 핸드폰을 머리맡에 두고 눈을 감았다.

노크 소리가 들리더니 이보배의 방문이 열렸다. 곤히 잠들었던 이보배는 신음을 내며 이불로 얼굴을 덮고 돌아누웠다.

"보배야, 잠깐 일어나."

"야식 먹게? 나 배부르니까 둘이서 먹어⋯⋯."

"그게 아니다. 형과 며칠 나갔다 오마."

눈이 번쩍 뜨였다. 이보배는 벌떡 일어나 되물었다.

"응? 나간다고?"

"그래. 며칠 나갔다 오마. 넌 집에서 편히 쉬고 있어라."

"그게 무슨 소리야?"

"가족회의를 하고 생각해 봤다."

이해기가 목소리를 낮게 깔았다.

"네 말대로 형이 터지기 전에 파괴 욕구를 풀어줘야 할 것 같아. 현재도 그렇고 앞으로도 형을 감당할 수 있는 사람은 나밖에 없겠지. 그걸 생각하니 내 휴식도 소중하지만 형을 챙기는 게 우선이란 판단이 들었다. 그래서 균열에 들어가려고 한다."

형을 챙겨주는데 왜 균열이 나올까? 이해기의 놀라운 논리에, 듣는 이보배의 뇌가 청각 자료 입력이 잘못되었다고 항의했다.

"겸사겸사 나도 레벨이 오르니 일석이조인 방법이다. 등급 차가 심해 폭렙하진 못하겠지만……."

"잠깐만. 잠깐만."

이보배는 일어나면서 이해기의 입을 막았다. 불을 켜고 보니 가관이었다. 이해기는 물론이고 이귀한도 짐 가방을 싸고 외출 준비를 마친 상태였다.

"지금 무슨 소릴 하는 거야? 가긴 어딜 가."

"균열."

"그러니까 가긴 어딜 가! 특히 큰오빠! 큰오빠 사람이랑 집 밖이 무서워서 산책도 하기 싫댔잖아!"

"뿌셔뿌셔하러 이동할 땐 참을 수 있어!"

이해기의 논리보다 더 해괴한 이귀한의 논리에 이보배의 말문이 막혔다. 이귀한이 히죽히죽 웃었다.

"둘째야, 정말 때릴 맛 나는 애 나와?"

"체감 등급 S급 균열이야. 물량도 확실하니 뿌셔뿌셔할 맛 날 거야."

"와아!"

"나 지켜주면서 공격할 수 있지?"

"보호는 전문이 아니지만 참아볼게. 형은 동생을 지킨다!"

이귀한이 두 주먹 불끈 쥐고 의지를 다졌다. 순간 그를 둘러싼 공기와 마력이 요동치고 사물이 일그러져 보였다. 이보배는 잠이 덜 깨 눈이 흐릿해 그런 줄 알고 눈을 비볐다.

"크크큭, 신나. 큭큭큭, 나의 어둠을 끄집어낼 때인
가……."

"균열 밖에 영향 주지 않을 선에서 끄집어내 줘. 형의 마
력은 방사능보다 위험하니까."

이귀한의 중2병에 방사능보다 위험하단 설정을 붙인 이
해기가 얼빠진 이보배를 보았다.

"그러니까 보배야, 조금 위험한 곳이라 너는 데려갈 수
없다. 집 단속 잘하고 혹시 무슨 일이 생겼는데 내가 연락
을 받지 못하면 길드나 관리국에 도움을 요청해라."

외출 준비 다 마치고 신발만 신으면 되는 이씨 집안 두
남자를 보고 유일한 여자 이보배의 혈압이 치솟았다.

"둘이 무슨 소리 하는지 하나도 모르겠어. 가긴 어딜
가? 둘이서만? 나만 빼고?"

"미안하다, 보배야. 후에 벌충하마."

"누가 여행 가지 말래? 어디로 가는지 알려주면 될 거
아니야! 균열이 웬 말이냐고!"

"강원도!"

이귀한이 신난 목소리로 목적지를 외쳤다. 새벽에 동생을
깨워 여행 간다고 통보하는 것보다 더 황당한 목적지였다.

"기차 타고 가게? 버스? 작은오빠, 큰오빠가 못 버틸 것
같은데 렌터카를 빌려서."

"괜찮아."

이귀한과 이해기가 신발을 신고 밖으로 나갔다. 놓칠 것 같아서 이보배는 바로 둘을 뒤따랐다.

계단을 오르고, 좁은 골목길을 점령한 물체를 보자 이보배는 잠에서 완전히 깨어났다.

골목길을 점령한 건 차였다. 먼지 하나 앉지 않은 깨끗한 자동차를 이해기가 태연하게 두드렸다. 이보배는 번호판부터 확인하고 좌절했다. 번호판엔 하허호가 없었다.

"아하핳, 허허휗, 호호홓."

이보배는 웃었다. 웃음소리로 번호판에 있어야 할 하허호를 채웠다. 분명 차가 필요하다고 생각은 했다. 생각은, 생각은 분명 했다!

차를 대강 점검한 이해기가 운전석에 타자, 이귀한은 뒷좌석에 앉았다. 이보배도 따라 타려고 했지만 차 문이 잠겼다.

"이거 안 열어?"

이보배는 거칠게 차 문을 두드리며 항의했다. 운전석 유리창이 내려가자 이보배는 손을 뻗어 이해기의 멱살을 잡았다.

"당장 열어!"

"안 돼. 위험해서 널 데려갈 순 없어. 미안하다, 보배야. 선물 가져올게."

"뿌셔뿌셔!"

"야, 이."

뒤에 이을 말을 차마 뱉을 수 없어 이보배가 꿀떡 삼키는데 차에 시동이 걸렸다. 유리창이 올라가는 바람에 이보배는 손을 빼야 했다.

차가 무정하게 출발했다. 이보배는 땅을 치며 울다 차를 쫓아 달렸다. 급하게 신은 슬리퍼가 벗겨져 맨발이 되어도 아랑곳하지 않고 뛰다 골목 끝에서 멈췄다. 차가 골목길을 지나 뻥 뚫린 새벽 도로를 질주했다. 이젠 따라잡을 수 없었다.

차는 떠나고 이보배는 남았다. 그간 꾹꾹 눌러왔던 무언가가 결국 폭발했다.

"야, 이 새끼들아! 너희 나한테 죽었어!"

이보배는 줄곧 참았다. 정말 열심히 참았으니 하늘이 알고 땅이 알고 시스템이 알아줄 것이다. 먼저 선을 넘은 건 오빠들임을.

부모님이 돌아가신 후 봉인했던 '새끼'가 새벽의 고요한 주택가에 울려 퍼졌다.

오빠에서 자기가 되는 게 연애의 법칙이듯, 오빠에서 새끼가 되는 것 또한 남매의 법칙 아니겠나.

"으허허허어허허헝."

이보배는 서럽게 울며 이해기가 밤사이 해놓은 국에 밥을 말았다. 자기들끼리 어디서 얼마나 놀고 오려는 건지 냉장고엔 그녀가 좋아하는 반찬이 가득했다.

"나도 강원도오오. 치사한 새끼들, 나쁜 새끼들, 천벌 받을 새끼들."

꾸역꾸역 밥그릇을 비운 그녀는 눈물이 흥건한 눈으로 핸
드폰을 노려봤다. 전화를 몇 번이나 해도 둘 다 받지 않았다.

그렇다면 다른 방법이 있었다. 둘의 핸드폰을 살 때, 이
보배는 가게 직원에게 슬쩍 물어봤더랬다.

큰오빠 상태가 안 좋아 그런데 실종되었을 때를 대비해
위치 추적할 수 있냐고.

"흥, 위치 추적 나도 쓸 수 있다 이거야."

핸드폰 가게 직원은 이귀한의 상태를 지긋이 살피더니
고개를 끄덕이고 흔쾌히 어플을 깔아주고 사용법도 알려
줬었다.

"그러니까, 이렇게. 이렇게…… 하나? 아이, 뭐 이리 복
잡해."

그녀가 직원이 해준 설명을 떠올려 가며 폰을 조작하는
데 문자가 왔다. 오빠들인가 싶어 반색한 이보배는 발신인
을 보고 실망했다. 최요한이었다.

[이귀한 씨가 교외로 나가는데 무슨 일인지 알 수 있을까요?]

'오호라.'

그래. 어플 쓰기가 불편하면 실시간으로 위치를 추적하
고 있는 사람에게 물어보면 된다.

이보배는 신이 나 답장을 보냈다. 솔직하게 적으면 작은오빠 새끼의 사회적 명예에 흠이 가기 때문에 약간 미화했다.

[작은오빠가 큰오빠 기분 전환 시켜준다고 강원도로 여행 갔습니다. 저 몰래 계획 짜고 갑자기 떠난 거라 정확한 목적지를 모르는데, 혹시 위치 공유 가능할까요?]

[죄송합니다. 저희가 민간인에게 정보를 받기는 해도 드릴 수는 없는 입장이라. 이해기 씨는 이귀한 씨의 상태에 대해 얼마나 알고 있나요?]

[작은오빠는 큰오빠의 상태를 배려해 잘 맞춰주고 있습니다.]

[이보배 씨가 보시기에 이해기 씨가 이귀한 씨를 제어할 수 있습니까?]

[죽이 잘 맞아서 잘 돌보리라 생각합니다.]

[그럼 괜찮을 겁니다. 걱정하지 마세요.]

"걱정이 문제가 아니지! 나만 쏙 빼놓고 자기들만 간 게 문제지! 이 새끼들! 지들끼리만 놀고 나만 따시키고! 내가 물준데! 가장인데! 어딜 감히 하늘 같은 가장을 따시켜!"

열 받은 이보배는 핸드폰을 던지려다 끊길락 말락 하는 정신 줄을 붙잡는 데 성공했다. 언제 죽을지 모르는 고물 핸드폰을 던져서 고장 나면 돈이 나간다. 이보배는 핸드폰보다 저렴한 밥상을 쳐 분노를 표출했다.

콩콩!

"돌아오기만 해봐라! 이 집에 발도 못 붙이게 해주겠어!"

이보배는 씨근덕거리며 복수의 칼날을 갈았다.

최요한은 접촉한 상대의 위치와 상태를 알 수 있는 스킬의 보유자다. 범죄자 체포와 특정 인물 감시에 특화된 좋은 스킬이었다.

지도 관련 스킬이 없어 거리가 벌어질 경우 방향과 상태만 파악할 수 있고 거리가 더 벌어지면 표적을 놓치게 되지만 어쨌든 유용했다. 표적이 한반도에 있다면 놓치지 않을 자신이 있었다.

"강원도로 여행 간다고 합니다."

"여행을 둘이서만 간다고? 열심히 일하는 막내 가장을 떼어 놓고?"

최요한이 어깨를 으쓱였다.

"남자들끼리만, 형제의 우애를 다지자 이런 거 아닐까요? 이보배 씨를 데려가면 헌팅이 불가능해져서 싫다거나."

박마노가 한심하단 눈빛을 보냈다.

"최요한 씨는 형이 6년 만에 돌아와 처음으로 가족 여행 가는데 여동생을 집에 두고 갈 건가?"

"……아뇨."

"사람 그렇게 안 봤는데 매정한 새끼였네. 심보 곱게 써라."

"제가 외동이라 생각을 미처."

"됐고. 이해기 과거 자료는 깔끔하다. 털어도 먼지 하나 안 나와. 형이 실종된 뒤, 각성을 노리고 짐꾼으로 성실히 일하던 남자가 일을 쉬고 있다. 실종된 형이 돌아와 돌볼 사람이 필요하니 여기까진 논리적으로 걸리는 게 없어. 남매 사이는 지극히 양호. 그런 이해기가 갑자기 형만 데리고 강원도로 여행을 떠났다."

최요한이 신중하게 대답했다.

"다시 같은 말을 드려 죄송하지만 정말 기분 전환하고 싶었던 게 아닐까요? 동생 앞에선 할 수 없는 얘기도 하고 6년 동안 쉬지 않고 일했으니 바람이라도 쐬고 싶었거나, 이귀한이 강원도에 가고 싶다는 말을 먼저 꺼냈을 수도 있습니다. 사람이니까 쉬고 싶겠죠."

마음에 드는 답은 아니지만 현재로선 그것 말고 마땅한 대답거리가 없었다.

박마노는 한숨을 쉬고 이해기 자료를 치웠다. 이것 말고도 사건이 태산이었다.

"신라 새끼들 건도 있어서 이해기 한번 봤으면 좋겠는데……."

"돌아오면 연락할까요?"

"아냐, 됐어. 자존심 상하지만 증거는 확보했으니."

음지의 정보상 아라크네는 때때로 반인륜적인 범죄의 증거나 정보를 제공해 박마노를 조롱했다. 본인은 응원이라고 하지만 박마노가 보기엔 조롱이다.

암튼 조롱임. 잡히면 죽었음.

자료를 치우던 박마노는 이해기의 최근 사진 자료를 흘 깃 보았다. 최근 자료라고 해도 1년 전에 찍은 사진이었다.

거친 짐꾼 일을 6년간 했다고는 믿을 수 없을 만큼 준수하고 선이 가는 느낌의 남자였다. 균열 이전에 부잣집 둘째 도련님이었다더니 딱 그런 인상이었다.

박마노는 솔직하게 이해기의 얼굴을 품평했다.

"흠, 형보다 못생겼네."

"과장님 취향과 정반대긴 한데 못생긴 건 정말 아닙니다. 근데 제가 더 잘생기긴 했네요."

"뭐래, 여우같이 생긴 게."

무전기로 지원 요청이 들어왔다. 박마노와 최요한은 벌떡 일어났다.

2시간 뒤. 현장을 정리하던 최요한이 박마노에게 보고했다.

"이귀한에게 붙인 마커가 사라졌습니다!"

"가능성 하나. 이귀한이 마커를 없앴다. 둘. 이귀한이 스킬 범위를 벗어났다. 셋. 이귀한이 균열에 들어갔다."

"세 번째일 가능성이 높습니다. 마커를 붙일 때부터 알고 있었으면서 이제 와 마커를 없앴을 리 없고, 이동 속도를 봤을 때 그렇게까지 멀어지진 않았습니다. 균열이 답이죠."

"강원도에서 연락 온 건 없지?"

"없습니다."

이귀한은 현재 헌터 자격이 정지된 상태다. 이해기는 각성하지 않은 일반인이고. 균열 출입은 국가에서 관리하기 때문에 이게 가능하려면 답은 미신고 균열밖에 없었다.

박마노는 이를 갈았다.

"나라에서도 못 찾은 균열을 어떻게 알고……!"

"어떻게 할까요? 마지막 위치를 토대로 추적할까요?"

"됐어, 이귀한과 함께 들어갔으면 살아 나올 테니 마커 돌아오면 그때 접촉한다."

박마노는 전기로 바싹 구워 겉은 바삭하고 속은 촉촉한 시체를 발로 차고 이해기에 대한 판단을 정정했다.

"이 새끼, 뭔가 있는 게 분명해."

회귀자라고 모든 균열의 위치를 알 수는 없는 노릇이다. 이해기가 위치를 정확히 기억하는 균열은 스무 개를 간신히 넘었다.

그리고 현시점에서 갈 수 있는 균열은 세 개가 전부였

다. 여기서 '갈 수 있다'는 균열이 있는 곳까지 갈 수 있단 말이지 공략 가능한 균열이란 말이 아니다.

이해기와 이귀한이 눈앞에 둔 A급 균열 〈무한도전〉은 등급에 걸맞게 현재의 이해기라면 진입이 곧 자살인 균열이었다.

"둘째야, 균열이 너보다 세 보인다."

"형 그런 것도 알 수 있어? 아직 진입 안 했잖아."

"마력이 새어 나오니까."

"형 말대로 등급은 A급이지만 실제 체감 등급은 S급이나 SS급이라고 해도 무방해. 대한민국 고위 헌터 여럿 잡아먹은 마굴이지."

이해기는 감정 스크롤을 찢어 균열의 마감 시간과 등급, 이름을 확인했다. 그가 기억하는 〈무한도전〉이 맞았다.

"은폐형이라 균열 탐지 스킬에 걸리지 않아 마감 임박 알람이 울린 뒤에야 발견했지. 문제는 그것만이 아니었어."

이해기는 감정 스크롤로 확인한 균열의 정보 중 입장 가능 인원에 주목했다.

"진입 허용 인원 2명. 진입 후 퇴장 불가. 사망자 발생 시 진입 가능. 실력에 자신 있는 헌터 여럿 잡아먹었지."

A급 균열을 공략하겠다고 나서는 헌터다. 실력과 경험이 받쳐주는 실력과 헌터들만 도전했다. 하급 헌터는 수십 명이 죽어도 금방 수급되지만 고위 헌터는 한 명 한 명의

사망이 아까웠다.

연이어 공략에 실패하자 자원하는 헌터가 사라졌다. 확실히 공략 가능하리라 추정되는 S급 헌터들도 내부 상황을 모른다는 점에서 난색을 표했다.

결국 관리국은 가지고 있던 최강의 패를 꺼냈다. 다들 관리국이 최강의 패를 빨리 꺼내지 않은 것을 비판했다. 그러나 최강의 패가 진입한 후 균열 내 인원수가 2에서 1로 변하면서 입을 다물었다.

"어떤 형식인데? 들어가자마자 다 부수면 돼?"

"투기장 형식이야. 균열 이름은 〈무한도전〉이지만 실제론 500연승만 하면 공략이 되지. 처음 등장하는 몬스터는 약하니까 내가 상대할게."

"그런 다음엔 다 뿌셔뿌셔?"

이귀한이 이어질 학살을 기대하고 기괴하게 웃었다. 이해기는 상큼하게 웃으면서 고개를 저었다.

"그건 아니지. 나 막타 치게 살살 때려."

"헐, 실화?"

이귀한의 특성상 죽이는 것보다 간신히 숨만 붙여놓는 게 더 어렵다. 심지어 이귀한의 인내심은 종잇장보다 얇았다. 그런 이귀한에게 부족한 자제력을 더 쥐어짜라니.

"가정 학대다! 형 학대야! 동네 사람들! 동생이 형 학대해요!"

"나도 버스 좀 타보자. 한 번도 탄 기억이 없단 말이야."

"싫어! 다 부술 거야!"

"형. 상상해 봐."

"내 상상력은 뒈졌는데."

"만약에 형이 실종되지 않았다면 형은 헌터로 계속 일했을 거야."

"응."

"그 상태에서 내가 각성한 거지. 그럼 형은 어떻게 반응했을까?"

"……."

"내가 말했잖아. 견제 심하게 받았다고. 승승장구했지만 난 계속 혼자였어. 혼자 공략하기 위해 균열에 입장할 때면 형 생각이 나고 그러더라. 형이 있었다면 외롭지 않았을 텐데. 형이 있었다면 이럴 땐 이렇게 하라고 노하우도 가르쳐 줬을 텐데."

이해기가 덤덤하게 말했지만 진짜 있었던 일이라 그런지 더 마음을 울렸다.

이렇게까지 말하는데 형으로서 싫다고 말할 수 없는 노릇이다. 이귀한이 툴툴거렸다.

"처음부터 버스 태워달라고 하지. 참기 싫단 말이야."

"솔직하게 말하면 귀찮다고 거절했다에 이 균열 보상을 건다."

이귀한은 부정하지 못했다. 대신 말을 돌렸다.

"근데 꼭 이 균열이어야 해? 폭렙도 못 할 텐데 다른 균열 없었어?"

"지금 당장 입장 가능한 균열 중에 가장 먼저 떠오른 게 여기였어. 그리고……."

"그리고?"

사망한 헌터들의 재능이 아깝긴 하지만 이해기가 신경 쓸 부분은 아니다. 하지만 그에겐 반드시 이 균열의 마감이 임박하기 전 공략해야 할 이유가 있었다.

'이 시기면 열심히 범죄자 때려잡고 있겠네. 신라 길드 부정이 몇 년 일찍 터져서 정신없으려나.'

최강의 패를 잃게 생긴 정부는 이해기에게 공략을 의뢰했었다. 당시의 그는 굉장히 자만한 상태였다. 견제받았지만 그걸 누를 실력이 있다고 오만하게 판단했다.

그렇게 진입한 〈무한도전〉에서 자만한 끝에 후회를 배운 연인과 만났다. 첫 만남은 아니지만 그간 서로를 경계만 하다가 처음으로 제대로 된 대화를 나눈 계기가 되었다.

이번에 균열을 공략하면 둘의 미래, 둘의 관계가 바뀔 것이다.

'그래도…….'

그래도 연인의 얼굴에서 쓸쓸한 미소를 지울 수 있다면 괜찮다. 인연이 있다면 분명 이번에도 진솔한 대화를 나눌 계기가 생기리라.

"둘째야, 내가 우습냐. 왜 대답은 안 하고 재수 없게 쪼개."

"별일 아니야. 어쨌든 할 수 있는 데까지 해볼 테니까 내가 신호하면 버스 운전 잘 부탁해."

"속았어, 속아버렸어. 사악하고 악한 것이 나의 관할이라면 구라도 내 관할인데! 왜 나에겐 거짓 간파 능력이 없는 거야!"

"세상엔 선의의 구라가 있거든."

"으아앙!"

이귀한은 툴툴거리면서도 도망가지 않았다. 형제는 균열로 들어갔다.

이보배는 곱게 컸다. 폭력과 거리가 먼 삶을 살았다.

법이 멀어진 무정부 상태였던 균열의 날 직후에도 그녀는 나름 보호받았다. 부모 잃은 어린 여자애는 치안이 무너졌을 때 가장 만만한 범죄 대상이다. 그렇기에 이귀한과 이해기는 막냇동생을 싸고돌았다.

이귀한은 초기 각성자였고 몬스터와 싸워 사람들을 지켰다. 아주 잠깐 법은 멀고 주먹은 가까운 시기가 있었지만 전투계 각성자의 동생 신분은 그 시기를 무사히 넘기게 해준 치트키였다.

이귀한의 실종으로 이보배를 감싸던 큰오빠의 후광이 사라졌다. 다행히 그땐 치안이 안정되고 법이 제 역할을 했다. 헌터 관리국이 생기고 각성자 범죄를 단속했다.

각성한 후엔 더욱 폭력과 먼 삶을 살았다. 이보배는 생산계 각성자였고 전투는 그녀의 일이 아니었다.

노점을 열었던 시절엔 좀 힘들었다. 미성년자가 포션처럼 고가의 물품을 판매하니 똥파리가 꼬였다. 하지만 그것도 잠깐이었다.

예나 지금이나 이보배는 기계처럼 포션을 뽑았다. 어깨에 힘 좀 넣은 헌터들이 소문 듣고 몰려와 단골이 되었다. 똥파리는 자동적으로 퇴치되었다.

그런 단골 중 한 명의 소개로 사계절 길드에 입사했다. 이후는 모두가 아는 대로, 미친 듯이 포션만 제작했다.

살면서 힘든 일이 많았지만 다른 사람을 때리고 싶다고 진심으로 생각한 적은 없다. 자연스럽게 타인을 때린 적도 없었다.

이보배가 오빠들을 걷어찬 건 뭐냐고? 오빠들은 다른 사람이 아니고 오빠 새끼다. 그러니까 오빠 새끼를 향한 폭력은 무효로 쳐야 한다.

그런 사상에 입각하여 이보배는 혼신의 힘을 다해 프라이팬을 휘둘렀다.

"나가!"

이해기가 식겁해 프라이팬을 피했다.

"으악! 보배야, 잠깐만!"

"나가! 나가! 나가!"

"보배야, 내 말 좀 들어봐!"

"나가아아악!"

이해기와 이귀한이 차를 타고 내뺀 뒤로 이틀. 이틀 동안 이보배는 뜬눈으로 밤을 새웠다. 혹시 도착하면 연락이 올까, 잘 놀고 있다고 연락이 올까, 선물은 뭐가 좋으냐고 물어볼까 기대했다.

그리고 아무 연락도 없었다. 이럴 거면 핸드폰은 왜 사달라고 한 거지?

무소식이 희소식인 건 그녀만 왕따시킨 경우엔 해당되지 않는다. 이보배는 복받치는 울분과 설움을 폭력으로 승화하기로 결심했다. 이만큼 참았는데도 대화가 통하지 않는다면 남은 답은 죽창과 횃불이다.

이틀 밤을 새웠지만 이성은 얼음에서 떨어지는 물처럼 냉정했다. 현관에 앉아 오빠 새끼의 귀가를 기다리던 이보배는 차 소리가 들리자마자 밖으로 나갔다.

그리고 운전석에서 내리는 이해기의 멱살을 잡고 끄집어내 프라이팬을 휘두른 것이다.

"보배야, 잠깐 내 말 좀!"

"나가! 나가! 나가!"

혼신의 힘을 다해 프라이팬을 휘둘렀지만 생산계의 한계는 명백했다. 이해기는 작은 움직임으로 프라이팬을 쏙쏙 피했다.

'이 새끼가 피해?'

구차하게 피하는 것도 아니다. 최소한의 절제된 움직임으로 샥샥 잘 피했다. 그게 더 열불 났다. 이보배는 멱살을 고쳐 잡고 프라이팬을 높이 치켜들었다. 멱살을 잡은 주먹에서 피하면 안 된다는 걸 깨달은 이해기가 상체를 고정하는 듯했으나.

탱!

공격을 허용한 건 아니었다. 이해기의 팔에 이보배가 휘두른 프라이팬이 튕겨 나갔다. 보호대를 차지 않은 사람 팔과 프라이팬이 부딪쳐 팔이 승리한 것이다.

인간 승리를 외치기엔 이보배 눈에 보이는 게 없었다. 이보배는 다시 프라이팬을 휘둘렀다.

탱! 탱!

바위에 휘두르는 것처럼 기괴한 타격음이 터졌다. 유효 타격은 하나도 없이 프라이팬을 휘두르는 이보배의 손목만 뻐근했다.

"보배야, 너 손목 다친다!"

"하이고, 알량한 손목 걱정해 주시는 분이 나만 두고 강원도를 가셨어!"

극대노한 이보배는 눈에 뵈는 게 없었다.

"어떻게! 나만! 혼자! 두고! 둘이서만!"

팅! 탱! 팅! 탱! 팅팅 탱탱!

"위험해서 데려갈 수 없었어!"

"둘이서만! 치사하게! 감히! 나를! 감히 나를 따시켜? 네 놈이 그러고도 사람이냐? 오빠야? 그러고서! 연락을 안 해? 나 죽는 꼴 보려고?"

연락만 했어도 분노의 프라이팬 연타는 세상에 나오지 않았다. 오빠 새끼도 잠깐 봉인이 풀렸다 재봉인되었을 것이다.

하지만 이해기는 말만 번드르르하게 하면서 연락하지 않았다. 걱정하는 동생 생각을 한 번도 하지 않았다는 얘기다.

"내가 죽든 말든! 신경도 안 쓰지!"

"보배야, 이 오빠가 사죄하마. 정말 잘못했다. 원래 균열 내에선 연락할 수가 없잖니."

"그놈의 균열이고 지랄이고 나발이고! 균열 나온 다음 엔 왜 연락을 안 하는데! 왜!"

결국 이해기가 방어를 포기하고 머리를 보호하던 팔을 내렸다. 분노의 프라이팬이 이해기의 머리에 명중했다. 이건 좀 아팠는지 이해기가 다시 팔을 올려 머리를 방어했다.

"마, 막내야. 선물 사 왔는데."

이귀한은 이해기가 멱살 잡혀 차에서 끌려 나가자 아직 하차하지 않은 상태였다. 그러다 이보배의 분노가 심상치 않음을 눈치챘는지 허둥지둥 차에서 내렸다.

이귀한이 조심스럽게 선물을 들어 올렸다. 속초의 명물 오징어빵이었다.

"따뜻하게 먹으라고 인벤에 넣어 왔어."

금방 구운 듯 따끈따끈한 오징어빵에서 맛있는 냄새가 퍼졌다. 이보배의 분노가 기름을 부은 듯 커졌다. 프라이 팬 휘두르는 속도가 두 배 빨라졌다.

"바다도 보고 와? 네놈이 이러고도 사람이야? 인간이야?"

"막내야, 인간의 경계에 서서 헤매는 건 둘째가 아니고 난데."

"악. 악, 보배야 조금 진정하고."

"내가 지금 진정하게 생겼어? 큰오빠 저러는 거 알면서 데려가 놓고 연락을 안 하면 나더러 어떻게 살라는 거야? 둘이서만 사라지면 나더러 어쩌라는 거야? 만약에, 만에 하나라도 둘한테 무슨 일 있었으면 나는 어떻게 살라고. 어떻게 버티라고."

이보배는 울지 않았다. 눈물은 흘릴 만큼 흘렸다. 여기서 흘리면 지는 거다. 지금은 집의 가장이자 기둥으로서 위엄을 보일 때였다.

이보배는 프라이팬을 고쳐 쥐었다. 넓적한 판은 공격력이 약했다. 팔이 부러져도 포션으로 고칠 수 있으니 모서리각을 세웠다.

막내의 극대노 상태를 안 이해기는 의미 없는 방어를 포기했다. 이보배는 프라이팬 모서리로 작은오빠의 머리를 후려쳤다.

깡!

바위를 친 듯 대미지가 없었다. 이보배의 손목이 저릿하게 통증을 호소했다. 이해기가 진심으로 미안한 듯 말했다.

"미안하다, 보배야. 내가 물리 방어력이 좀 높아서……."

"둘째 레벨 올렸어!"

"진짜 균열 들어갔다고?"

아무리 전투계와 생산계 능력치에 차이가 있다 한들 머리를 프라이팬 모서리로 때렸는데 이런 반발력이 생길 리 없다.

이보배가 놀라서 눈을 동그랗게 뜨자 두 오빠 새끼가 열심히 고개를 끄덕였다.

이보배도 따라 고개를 끄덕이다 두 손으로 프라이팬을 쥐었다.

"균열에 왜 진짜 들어가냐고오오오오! 언제 들어간 거야아아아아! 레벨은 언제 올렸는데! 왜 나한테 말을 안 해애애애!"

탱탱탱탱탱탱탱.

상대의 물리 방어가 우월하니 공격해도 먹히지 않았다. 거센 프라이팬 연타로 어느 정도 풀려가던 분노가 도로 완충되었다.

"우리 막내, 화가 많이 났구나. 맛있는 거 먹고 화 풀어."

철에 이어 눈치도 이세계에 주고 온 이귀한이 이보배의

입에 오징어빵을 물렸다. 이보배는 입에 들어온 오징어빵을 퉤 뱉었다.

음식을 길에 버리는 패륜적인 행동에 이귀한이 깜짝 놀라 뒷걸음질 쳤다.

"마, 막내가 음식을 버렸어!"

"큰오빠도 그래!"

"히익!"

"전화를 왜 안 받아? 그럴 거면 핸드폰은 왜 사달라고 했어? 장식이야? 화면은 껐다 켜면서 전화는 왜 안 받는데? 연락은 왜 안 해? 내 전화는 왜 씹어? 부재중 찍힌 거 버튼만 누르면 되는데!"

이보배는 프라이팬을 치켜들었다가 이를 악물고 내려놓았다. 반으로 우그러진 프라이팬이 바닥에 떨어졌다.

"휴우."

이귀한이 안도의 한숨을 내쉬는데 이보배가 소매를 걷고 오른손을 치켜들었다.

"막내야, 안 돼! 네가 다쳐!"

"위험해, 보배야!"

설마 이보배가 이귀한을 때릴 거라곤 생각지 못했기 때문에 이해기의 대처가 늦었다. 이귀한은 이보배가 다치지 않도록 최대한 힘을 억눌렀다.

철썩. 철썩.

"아야!"

이귀한의 입에서 나올 수 없는 소리가 나왔다. 이귀한은 눈을 크게 뜨고 등에서 전해지는 감각을 분석했다.

"아파?"

처음은 아프지 않았는데 두 번째엔 아팠다. 이귀한은 오랜만에 접한 물리적 통증에 제정신을 차리지 못했다.

"그럼 아프라고 때리지 안 아프라고 때릴까!"

이보배는 이귀한이 엄살떤다고 생각하고 한 대 더 때렸다.

짜악!

등짝을 후려치는데 타격감이 좋았다. 제대로 때렸다는 느낌이 전해짐과 동시에 이귀한이 몸을 비틀었다.

"끄아악!"

"흥! 엄살은."

"보배야, 손은. 다친 덴 없어?"

"뭘 걱정하는 척해!"

이보배는 걱정하는 척 달려온 작은오빠가 괘씸해 똑같이 등을 때려줬다. 손바닥에 착착 감기는 맛을 보아하니, 이번에도 제대로 맞은 게 틀림없었다.

"끄아아악!"

이귀한과 마찬가지로 이해기도 믿을 수 없는 통증에 몸을 비틀었다. 형제는 꺽꺽거리며 맞은 등을 벽에 문대다, 손으로 비비다, 호들갑을 떨었다.

아프지도 않으면서 아픈 척하는 게 괘씸하지 않은가. 이보배가 버럭 외쳤다.

"왜, 맞아서 억울해? 뭐, 왜. 때릴 거면 때려. 동생만 혼자 두고 자기들만 놀러 가고, 연락도 안 하고, 레벨 올리러 가면서 보고도 안 하고. 때려, 때려봐. 동생 패고 잘 살아봐!"

그간의 설움을 담아 악을 질렀다. 이보배의 답답한 속이 뻥 뚫림과 동시에 귀도 뻥 뚫렸다.

'무슨 일이에요? 가정 폭력? 치정 싸움?'

'어, 저 아가씨 헌터 아냐?'

'헌터가 왜 이 동네 살아?'

'오빠가 아파서 버는 돈 다 병원비로 쓴대요. 매일 새벽에 나가 밤에 들어오더니 요즘은 낮에도 보이더라고.'

'저 사람은 짐꾼으로 일한다던 오빠네. 옆에 저 총각은 누구야? 동생인가?'

'오빠만 셋이라고 들었는데…….'

좁은 골목길에서 소리치니 어느새 하나둘 나와 남매 싸움을 구경하고 있었다.

늦게 온 구경꾼이 자신보다 먼저 와 있던 사람에게 무슨 일이냐 물었다. 동네에서 오래 살다 보니 이름은 몰라도 얼굴은 낯익은 주민이 대부분이었다.

'헌터라더니 아가씨한테 총각들이 맥을 못 추네.'

'이거 각성자의 비각성자 폭행 아니에요? 신고해야 하는

거 아냐?'

각성자 범죄 신고는 999.

신고 소리에 이보배는 이성을 되찾았다.

"처, 처음부터 다 보셨잖아요. 프라이팬 구겨지는 거."

이보배는 둘 다 각성자라고 말하려다 이해기가 아직 등록을 안 했다는 사실을 떠올렸다. 하지만 아니라고 말할 수 없었다.

'망할 오빠 새끼.'

"전투계 각성자예요. 비각성자 폭행 아니에요."

"맞습니다, 저 각성자입니다."

이해기가 구겨진 프라이팬을 손으로 눌러 폈다. 인벤토리에 넣다 빼기 쇼도 해서 신고를 막았다.

"그리고 저 생산계 각성자라 근력은 평범하거든요. 가족끼리 잘못했으면 등짝 한두 대 정돈 때리고 그런 거잖아요."

이귀한을 손으로만 때린 게 다행이었다.

"우리 막내 손 하나도 안 아프다!"

이귀한이 벽에 등을 비비며 외쳤다. 하는 행동 때문에 설득력이 부족했다.

이보배는 이귀한과 이해기를 챙겨 집으로 밀었다.

"들어가자."

삼 남매 전원 동네 망신 톡톡히 당했다. 이해기와 이귀한은 순순히 집으로 들어가더니 거실에서 망부석이 되었다.

"이게 왜…… 아프지?"

"막내 손 멀쩡한 건 내가 잘 참은 건데 난 왜 아프지?"

이상한 나라에 떨어진 어른처럼 둘은 계속 이상하단 말을 반복했다. 이보배는 둘의 등짝을 힘껏 후려쳤다.

"아프라고 때리니까 당연히 아프지!"

"끄억!"

"으아악!"

"내가 진짜 못 살아!"

마지막으로 집에 들어온 이보배는 현관문에 기대앉았다. 화를 너무 냈더니 피가 머리로 쏠려 어지러웠다. 전신에서 기운이 쏙 빠진 와중에 얼굴 팔린 게 창피해 두 손으로 얼굴을 가렸다. 저지를 땐 몰랐는데 지나고 나니 창피했다.

그런 보배에게 오빠들의 질문이 몰아쳤다.

"막내야, 막내야! 나 왜 아팠지?"

"보배야, 어떻게 된 거니. 네 손목은 괜찮은 거 맞지? 혹시 신체 일부가 말을 안 듣거나 무언가에게 조종당하는 기분이 드는 건 아니지? 우리가 없는 사이에 혹시 무슨 일이……. 형, 애 보배 맞아?"

"순도 100퍼센트 막낸데."

"그런데 어떻게 그런 물리 공격력을……. 솔직히 형에게 맞았던 것보다 아팠어. 그땐 배에 구멍이 뚫렸는데. 형, 내 등 멀쩡해?"

"손자국 하나 없구나. 내 등은?"

"형도 아주 깨끗해. 돌잡이 피부처럼 곱다."

형제는 우애 좋게 맞은 부위를 확인했다. 한순간 이성이 마비될 정도로 통증이 강했는데 신기하게 상처는 없었다.

"나 왜 아팠지? 어떻게 아팠지? 아픈 거 진짜 오랜만이야. 나 혹시 진짜 사람 됐나? 둘째야, 때려봐."

이해기가 사양하지 않고 이귀한에게 주먹을 날렸다. 한 대 때리랬더니 죽빵을 날리는 동생의 패기에 이귀한이 허 허 웃으며 헤드록을 선사했다.

"하하, 둘째야. 네 주먹은 솜털 같았지만 기분 나쁘니 3분만 걸자."

"항복! 항보옥!"

이해기가 심판의 개입을 바라며 간절히 손을 휘저었다. 심판 역을 해야 하는 이보배의 정신은 오빠들의 주접이 아니라 딴 데 팔려 있었다.

'이건⋯⋯!'

허공에서 반투명하게 반짝여 제 존재를 알리는 것. 시스템이 보내는 알림창이었다. 언제부턴지 모르지만 알림음이 울리고 알림창이 반짝이고 있었다.

"스킬이다."

이보배는 저도 모르게 중얼거렸다. 이귀한이 3분을 다 채우지 않고 팔을 풀었다. 풀려난 이해기가 숨을 고르기에 앞서 이보배에게 질문했다.

"스킬, 쿨럭. 스킬이 생긴 거니?"

"어⋯⋯. 나 스킬 생겼어."

이보배는 눈을 동그랗게 뜨고 새로 생긴 스킬 설명을 읽었다.

"〈사랑의 매〉SS급. 더블 에스? 나한테 더블 에스급 스킬이 떴다고?"

이보배의 심장이 벌렁거렸다. 기절할 것 같던 이보배를 구원한 건 이어지는 스킬 설명이었다.

"상대의 물리 방어와 물리 통증 내성을 무시하고 공격한다."

미래에도 등장하지 않는 역대급 스킬에 이해기가 깜짝 놀랐다.

"그런 개사기 스킬이!"

"단, 피해 없이 통증만 줄 수 있으며."

이귀한이 꺄르르 웃었다. 내면의 어둠이 스킬의 적절한 용법을 알아차린 것이다.

"고문용이네. 피해도 없다니까 회복 안 시키고 팰 수 있잖아. 효율적이다, 아주 좋아."

"통증의 강도는 스킬 소지자가 상대를 사랑하는 마음에 비례한다."

스킬 등급의 SS가 쓰레기의 SS가 아닌지 의심이 들 정

도로 구린 스킬이었다. 그러나 오빠 새끼들을 응징하기엔
이보다 더 좋은 스킬이 없었다.

혹시 시스템이 이씨 삼 남매를 지켜보는 건 아닐까? 보
다가 속 터져서 이런 고오급 스킬을 하사한 건 아닐까?

'시스템이 지켜본다니. 그럴 리가.'

이보배는 자신이 생각하고도 우스워 피식 웃었다. 어쨌든
이 스킬은 오빠 새끼를 팰 때 아주 유용했다. 이름 그대로
사랑의 매였다. 맞아서 아프면 아플수록 기쁜 사랑의 매.

"그래서 많이 아팠어?"

"응."

"짜릿했다."

"그럼 내가 얼마나 걱정했는지 알겠네?"

이보배는 오빠 새끼들을 번갈아 보았다. 무언의 대화가
오갔다. 남매에겐 말하지 않아도 눈빛만으로 통하는 무언
가가 있었다.

이귀한과 이해기는 등을 보이고 무릎 꿇어 동생의 사랑
을 기다렸다.

찰싹! 찰싹!

"*끄*아아악!"

"크윽!"

동생의 사랑을 한껏 받은 오빠들이 감격해 바닥에 등을
비비고 사지를 파닥였다. 그 모습이 꼭 불판 위에 올라간

오징어 같았다.

"어휴, 10년 묵은 체증이 내려가네."

이보배는 신이 나 오징어빵을 씹었다. 식었지만 오징어 두 마리를 보며 먹으니 꿀맛이었다.

5. 각성

　인벤토리에 넣어 신선도를 유지한 모듬 회에 소주 한 잔
으로 식사를 마치자 이해기가 벌떡 일어나 설거지를 했다.
그릇이 쌓일 때까지 방치했다가 몰아서 해치우기를 그만
둔 것이다.

　소파에 누운 이보배가 리모컨으로 TV 채널을 돌리는
동안 이귀한은 그녀의 다리를 주물렀다.

　"막내야, 시원해?"

　"응, 시원해. 힘이 너무 약한 것 같은데 좀 더 세게 해도
괜찮아."

　"이렇게? 아님 이렇게?"

　"그래, 딱 그 정도."

　설거지를 마친 이해기가 다 마른 빨래를 걷어 갔다. 이

보배는 소파에서 일어나 앉은 뒤 절반을 가져와 개켰다. 손이 비는 이귀한도 양말 짝을 맞췄다.

'그래. 이거야.'

큰일이든 작은 일이든 집안일을 나눠 하는 모습. 이게 바람직한 가족의 모습이다. 그간 답답했던 이보배의 속이 뻥 뚫렸다.

"스트레스는 풀었어?"

이귀한이 이해기에게 눈짓했다. 사실대로 대답해도 됨? 이해기가 작게 고개를 끄덕였다.

"응! 둘째가 구라 쳐서 화났지만 그래도 뿌셔뿌셔 신나!"

"인내심이 좀 는 것 같아?"

"이만큼 늘어난 기분!"

이귀한이 A4용지 두 장을 겹쳐 들었다. 이보배가 쓴웃음을 지었다. 이해기는 작게 중얼거렸다.

"아까 보배한테 맞아서 100장 정도는 두꺼워졌을걸."

작게 말해 이보배는 듣지 못하고 이귀한은 들었다. 이귀한은 둘째 말이 맞다고 고개를 끄덕였다. 사랑의 힘은 위대했다.

"얼마나 재밌게 놀면 전화 한 통 없어? 난 둘이 날 따돌려서 화난 게 아니라 연락 없었던 게 더 화났다는 것만 알아둬. 내가 혼자 놀러 가서 연락 없으면 오빠들은 어떨 거 같아?"

"그러지 않을 거잖니."

"만약에."

"그런 일은 없을 거다."

"그러니까 만약에."

"나 홀로 여행은 허락할 수 없구나. 물론 가장은 보배 너지만 난 네 보호자니까. 혼자선 여행 같은 거 절대 못 간다. 만약이라니까 하는 말인데, 너도 누가 내 핑계 대고 혼자 나오라고 하면 절대 나가지 마라. 난 그런 말 안 하고 앞으로도 하지 않을 거다. 나만이 아니다. 형도 그렇고, 한생이도……."

이해기가 이를 갈았다.

"한생이 핑계로 널 부르면 반드시 내게 먼저 연락해다오. 약속하는 거다."

'놀러 간다는데 범죄를 전제한 저 진지 드신 반응은 뭐지?'

본래 이씨 남매 중에는 드립을 다큐로 받는 자가 없었다. 그런데 작은오빠가 다큐를 찍으려 들었다. 비록 우리 삶이 〈인간극장〉에 나올 법하더라도 가능한 한 웃고 살자던 작은오빠 아니던가.

"너희는 내가 지켜! 막내는 더 지켜!"

이귀한이 양말 짝을 다 맞추고 활짝 웃었다. 이보배와 이해기는 흐뭇한 미소를 짓고 다 개킨 옷가지를 제자리에 수납했다.

"근데 차는 얼마 줬어? 꽤 좋아 보이던데. 저번에 준 1억으로 차랑 컴퓨터 사고 세금 낸 거야?"

"아니, 그건 전부 투자했다."

"그럼 무슨 돈으로 샀어? 작은오빠가 모은 돈?"

대답에 앞서 이해기가 이보배와 거리를 벌렸다.

"우리 비상금 통장."

"이 미친 새끼!"

이보배가 비호와 같이 달려들었다. 이해기는 다급히 인벤토리를 열었다.

"돈! 돈 벌어 왔다! 보배야, 오빠 미래를 알아! 능력도 있어! 이게 다 투자야!"

이해기는 인벤토리에 들어 있는 물품을 잡히는 대로 꺼내 뿌렸다.

거실 바닥에 마석과 몬스터 부산물, 균열에서 나온 소재가 우르르 쏟아졌다. 이보배는 길드 창고에서나 보던 물품들이 좁은 바닥에 쌓이자 깜짝 놀랐다.

"레벨 업 얘기 나올 때부터 그런가 싶긴 했는데……. 정말 균열 들어갔다 온 거야?"

"그렇다고 했잖아!"

"진짜 미친 새끼!"

"오늘치 사랑은 다 받았다! 더는 사양한다!"

이보배는 팔짱을 끼고 콧방귀 뀌었다.

"그래? 내일 사랑의 매 맞았는데 오늘보다 덜 아프면 진짜 좋겠네. 그치? 그다음 날은 더 덜 아프면 정말 좋겠다.

와아, 신나."

"곰곰이 생각하니 네 말이 모두 맞다."

통증은 사랑에 비례한다. 사랑이 식으면 아프지 않다. 그건 너무 슬픈 일이기에 이해기는 등을 내밀었다. 혼이 빠지고 눈물이 찔끔 나는 사랑이 그를 덮쳤다.

이해기를 응징한 이보배는 큰오빠의 상태부터 확인했다. 이보배는 이귀한의 옷을 걷어 부상 여부를 살폈다. 다행히 몸엔 상처 하나 없었고 피부는 보들보들하고 깨끗했다.

"큰오빠 정말 괜찮아?"

"물론. 세상에 날 해칠 놈은 없어. 만약 있다면…… 막내의 사랑일까……."

"다음부턴 따라가지 마. 싫다고 해, 알았지?"

"괜찮아. 둘째도 자기 몸은 지키겠더라."

"자기 몸은 지켜도 다른 사람은 못 지킨단 얘기잖아."

이보배가 이해기를 노려봤다. 이해기는 더 맞기 싫어 싹싹 빌었다.

"균열엔 어떻게 입장한 거야? 각성자 등록증 없잖아."

"그러니까……."

"재미없는 설정 늘어놓으면 더 재미없을 줄 알아."

사실대로 말하면 처맞을 거란 동생의 말에 이해기의 등줄기에 식은땀이 흘렀다. 마왕과 싸운 회귀자가 식은땀을 흘릴 정도로 〈사랑의 매〉는 많이 아팠다.

이해기는 고민했다. 사실대로 말할까 적당히 속일까. 여기서 사실대로 말하면 동생의 사랑이 떨어진다.

진실을 믿어주지 않는 동생이 야속한 한편, 솔직히 그도 동생이 회귀했다고 하면 안 믿었을 것 같으니 피장파장이었다.

"내가 짐꾼과 채집꾼 일을 오래 해 아는 사람이 많잖니."

결국 이해기는 선의의 거짓말을 했다. 이전이라면 맞을 각오 하고 사실대로 말했겠지만 물리적 고통으로 치환되는 동생의 사랑이 너무 아팠다. 아파도 너무 아팠다.

'이건 맞기 싫어서 속이는 게 아니다. 보배를 위해서야.'

균열 부산물 중 마석은 국가가 전매한다. 각성자든 아니든 마석을 판매한 정보는 모두 기록되었다. 그러면 이해기가 어디서 언제 어떤 마석을 팔았는지 기록이 남는다.

이해기는 힘을 숨기고 싶고 눈에 띄기도 싫다. 그러니 음지의 거래가 필수다.

준법정신이 투철하진 않지만 겁 많은 이보배에게 음지 거래를 운운했다간 뒷목 잡고 쓰러질 것이다. 또한 선량한 시민으로 살려면 불법적인 정보는 모르는 게 낫다. 이해기는 그렇게 자기변명을 마쳤다.

"균열에 자주 드나들면 각성 확률이 높아진다는 소문이 있는 건 알지?"

"응. 그래서 작은오빠도 짐꾼이랑 채집꾼 일 내가 반대하는 데도 계속한 거잖아."

"몬스터를 죽이는 것도 각성 확률을 높여준다는 소문이 있단다. 그래서 돈이 많은 사람은 헌터를 고용해 몬스터에게 마지막 공격을 가하기도 해."

"그런 소문 들어본 것 같아. 그럼 작은오빠도?"

"그래. 무료로 짐꾼 일을 해주는 대신 몬스터 몇 마리의 목숨을 끊게 해주기로 약속했다. 그런데 이게 헌터가 갑이라, 언제 해준다 확실한 게 없고 헌터가 부르면 바로 달려가야 하는 거다."

공부에서 손 놓은 지 오래이나 이해기의 머리는 여전히 비상했다. 아니, 끔찍한 고통을 맛본 뇌가 죽기 싫어서 뇌세포를 독려하는 걸지도 모른다.

어쨌든 이해기의 입에선 아주 그럴듯한 변명이 줄줄 나왔다. 앞뒤가 척척 맞았다.

"그래서 새벽에 그렇게 허둥지둥 나간 거구나……."

"이미 각성했지만 레벨을 올릴 수 있는 좋은 기회 아니냐. 그동안 무료로 짐꾼 일 한 것의 보상이기도 하고."

"큰오빠는 왜 데려간 건데?"

"그것도 이유가 있다. 너도 알다시피 레벨 업 하거나 균열 보상을 받으면 저주가 풀리거나 상태 이상이 회복되는 경우가 있잖니."

"아, 설마."

"그래. 레벨 업은 어렵더라도 나랑 같이 몬스터를 때리면 균열 공략 보상을 받을지도 모르니 데려간 거다. 때리면서 스트레스도 풀고."

"뿌셔뿌셔 좋아!"

이귀한이 천진하게 웃어 둘째 동생의 거짓말에 살을 보탰다. 이해기를 보는 눈빛에 '새끼, 혀 놀림이 S급이구나'란 칭찬이 담겼다.

"아…… 그랬구나. 어쩐지, 작은오빠가 생각 없이 움직일 사람이 아닌데 갑자기 그러니까 나는 너무 놀라서, 걱정되고 그래서……. 작은오빠도 다 사정이 있었는데……."

"아니다, 보배야. 네가 걱정하고 반대할까 봐 사실대로 말하지 않은 내 잘못이다."

"갑자기 놀러 가는 것처럼 균열 들어간다 그러고 강원도 간다 그러니까. 게다가 나만 두고 간 거잖아. 그래서 나만 두고 진짜 놀러 간 건 줄 알고……."

집과 회사, 병원을 오가며 헌터닷컴에도 가입하지 않은 이보배는 정보 약자였다. 짐꾼이 고생하는 건 알아도 상세한 체계는 몰랐다. 자세히 알아보려고 했을 때 이해기가 마음 아플 것 같다며 모르면 좋겠다고 말했기에 일부러 안 알아본 것도 있었다.

무료로 짐꾼 일 해줬다고 몬스터의 막타를 양보한다. 미담이지만 세상은 그렇게 녹록지 않다.

짐꾼 업계의 생리를 아는 이해기는 순진한 동생이 안쓰

러운 한편 다행이라고 생각했다. 그의 막냇동생은 아직 세상의 선의를 믿고 있다는 얘기니까.

'이번엔 반드시!'

이해기는 결의를 다졌다. 그는 더 잘할 것이다. 세계 최강자도 아군이지 않은가.

"그럼 이 마석이랑 채집물은 뭐야?"

"이건 각성 축하 선물로 받은 거다."

각성했다고 축하 선물을 받으려면 길드장이나 쟁쟁한 헌터의 직계 가족쯤은 되어야 한다. 이해기는 안면에 회귀자 특전 철판을 깔고 대답했다. 이해기는 마석과 채집물을 인벤토리에 수납했다.

"마석이 꽤 큰 것 같았는데."

"하하, 비싼 걸 줄 리 없지. 크기만 크지 사실은 똥이란다. 폐급이야."

이보배는 이번에도 그러려니 했다. 설마 작은오빠가 이런 걸로 거짓말을 하려니 싶었다. 그런 이보배 앞에 풀 하나가 들이밀어졌다.

"이게 뭐야?"

이보배는 코앞에 들이밀어진 풀 쪼가리를 보고 눈을 깜빡였다. 이번엔 이해기가 당황했다.

"어? 모르니? 포션 재료인데."

"포션 재료? 포션이 한두 종류가 아닌데 재료라고만 말하면……. 아, 이거 마력촌가? 우리 회사에선 포션 재료를 모두 손질 끝난 상태로 납품받거든. 세척이랑 손질 모두 완료해서 들어오는 거라 바로 포션 제작 돌입하면 되는 수준."

마력초는 어지간한 포션엔 다 들어가는 약초다. 소위 말하는 약방의 감초였다. 시중에 풀린 것보다 등급이 높다곤 하나 마력초를 낯설어하는 이보배의 모습에 이해기가 더 당황했다.

"너도 막 각성했을 땐 재료 손질 직접 했잖아."

이보배가 각성한 게 만으로 6년이 안 되었다. 사계절에 입사하기 전까지 이보배는 오전엔 재료 노점상을 뒤져 약초를 구매하고 오후엔 노점을 열어 포션을 팔았다. 그리고 밤엔 오전에 구매한 재료로 포션을 제작했다.

육체적으로나 정신적으로나 입사하기 전보다 힘든 나날이었다. 그래도 힘든 줄 몰랐던 건 지금처럼 레벨 업이 정체되지 않아 레벨 업 버프를 받았고, 이제 죽는구나 싶을 때 희망의 동아줄이 내려와 꽉 붙들었기 때문이다.

장사는 잘됐다. 종류는 E급 회복 포션 하나지만 품질이 일정하고 남들보다 파는 양도 많아 한번 찾아온 손님은 바로 단골이 되었다.

포션은 그때나 지금이나 수요가 공급을 앞서기에 1인 구매 제한까지 두었다.

그렇게 벌어도 병원비 대기 바빴다.

이보배가 악착같이 돈을 버는 사정을 들은 단골 탱커가 사계절 길드를 소개해 줬다. 단골이 꽤 이름 알려진 헌터였던 덕분에 이보배는 입사 시험을 스킵하고 면접만 봤다.

'너무 긴장해서 면접 때 기억은 하나도 없지만.'

어쨌든 입사한 이후 이보배는 포션 재료를 손질한 적이 없다.

"진짜 그땐 무식하면 용감했지. 감정 스킬도 없고, 감정 스크롤 살 돈도 없고, 감정 비용을 댈 수도 없으니까 한눈에 알아볼 수 있는 약초 중에 싼 것만 사서 썼어. 마력초가 좋긴 한데 마진 최대한 남기려고 거의 안 썼을걸."

이보배가 힘들었던 과거를 회상하며 웃었다.

"진짜 용케 E급 나왔다. 그것도 일단 수제작 방식이라 스킬 등급발도 적었는데. 지금도 뭐……. D급 양산엔 자신 있어. C급은 불가능하지만."

C급 포션 메이커면서 부길드장이 사람을 뽑을 때 손 들지 못한 게 마음에 걸렸다.

이보배가 자조하자 이해기가 정색했다.

"무슨 말이냐. 넌 국내 최고의 포션 메이커야."

"마력초도 한 번에 못 알아보는 연금술사가? 난 그냥 포션 만드는 기계지, 뭐."

"그런 말 마라. 노점에 있는 빈약한 재료로 어떻게든 등급과 품질을 유지해 단골들이 감탄했다지. 네 재능은 그때부터 남달랐다고 내가 똑똑히 들었다."

포션 양산의 재능이면 모를까. 빈약한 재료를 보충하기 위해 머리를 쥐어짰던 시절을 칭찬하는 말은 의심할 수밖에 없었다.

"누가 그런 말을 해?"

"한현우가 그랬다."

이보배는 소리 없는 비명을 질렀다. 이놈의 각성 하이는 왜 하필 부길마에게 꽂혔을까.

'작은오빠, 빨리 우리 부길마를 놔줘.'

유명인과 내적 친밀감을 쌓는 감정에 대해 모르는 건 아니다. 이보배는 작은오빠의 투자 결과가 속히 나오기를 빌었다.

"재료가 들쑥날쑥해도 일정하게 등급 맞춘 건 사실이지만……. 그땐 필사적이라 그랬던 거겠지."

"보배야. 넌 재능이 있어."

"이제 그만하자. 아부는 끝!"

대충 웃어넘기는 이보배 앞에 이해기가 포션을 꺼냈다. 그녀가 주었던 C급 포션이었다.

"난 이 포션 덕분에 생명을 건졌다. 네가 그날 느낌이 좋지 않다고 이 포션을 주지 않았다면 지금의 나도 없었겠지. D급 포션 양산이 얼마나 훌륭한데 스스로를 비하하는 거니? 너 자신을 비하하지 마라. 넌 지금도 많은 사람을 구하고 있지만 앞으로 더 많은 사람을 구할 수 있다. 이

오빠 안다."

"갑자기 부끄럽게 왜 그래."

"네가 늦게까지 야근하는 게 성과급을 위해서인 걸 안다. 입이 늘어 더 벌겠다는 생각 말고 자기 계발을 시도하는 건 어떠니?"

"돈은 좀 모아둬야지."

"자기 계발이 싫으면 취미를 가지는 건 어떠냐? 늦게까지 놀다 와도 생존 신고만 주기적으로 하면 오빠가 반대 안 하마."

각성 하이에 걸렸어도 이해기는 이해기였다. 남매가 종종 벌였던 실랑이가 다시 이어졌다.

"내가 각성했으니 네 부담이 덜어졌으리라 믿는다. 네 나이가 스물넷이다. 젊다 못해 어린 나이야. 그 청춘을 오빠들 뒤치다꺼리나 하며 썩힐 테냐?"

이보배는 혼란스러웠다. 정작 그렇게 말하는 이해기야말로 형과 동생을 위해 인생을 버릴 각오를 하고 있지 않은가?

"작은오빠한테 다 미루고 나 혼자 놀면 그게 무슨 소용이야? 그럼 내가 좋다고 룰루랄라 놀 것 같아?"

"그러니까 너는!"

이해기가 안타까운 듯 목청을 높였다.

"매일 그렇게 일만 하다가, 내가 각성한 후엔 셋째 치료한답시고 연구만 했지. 몇 년을 남자 한 번 못 만나보고,

남자가 싫으면 여자라도 만나랬더니 여자도 없대. 그렇게 노처녀로, 끄악!"

잘 나가다가 초를 쳐서 매를 벌었다. 정강이를 감싸고 부들부들 떠는 이해기 옆엔 전리품처럼 마력초가 떨어져 있었다. 이보배는 마력초를 주워 흙을 떨어뜨리지 않도록 조심하며 인벤토리에 수납했다.

"그렇구나……. 막내는 남자도 여자도 없었구나."

"큰오빠!"

"나는 아무 말도 안 했어!"

이보배는 지레 찔려 도망가려는 이귀한을 붙잡았다.

"포션 만드는 거 보고 싶댔지? 보여줄게."

이보배는 인벤토리에서 포션 제작에 필요한 재료를 꺼냈다. 회사에서 가져온 재료다. 횡령은 아니고 이것도 직원 복지의 일환이다.

사계절에선 생산계 각성자의 자기 계발과 능력 향상을 독려하기 위해 분기에 한 번씩 소재를 준다. 짝수 분기엔 스킬 등급보다 상위 등급의 소재를, 홀수 분기엔 질보다 양을 위주로 지급하는 식이다.

그동안 이보배는 비싼 재료는 동료에게 팔아먹고(주로 팀장이 사 갔다.) 저렴한 소재는 포션으로 제작해 비축했다.

홀수 분기라 받은 재료도 많으니 보여주기용으로 조금 날려도 괜찮았다. 이보배는 E급 포션 제작을 시도할까 하다가 D급에 도전하기로 했다.

'D급 제작 레시피가……'

입사 초기 받은 매뉴얼에 수제 제작 레시피가 있었다. 이보배는 인벤토리를 보았지만 매뉴얼을 찾을 수 없었다. 방을 뒤지니 뿌옇게 먼지를 뒤집어쓴 매뉴얼이 나왔다.

"포션 만드는 거 보여준다더니 청소해?"

"아냐, 레시피 확인하는 거야. 음, D급이랑 E급은 큰 차이 없구나."

중요한 건 마력초의 유무다. E급은 마력초가 안 들어가도 등급을 맞출 수 있지만 D급부턴 마력초가 필수였다. 다행히 마력초가 있으니 D급 회복 포션을 제작할 수 있다.

이보배는 재료를 물에 씻어 손질하고 라면 냄비를 꺼냈다.

"포션 만드는 거 보여준다더니 라면 끓여?"

"아이 참. 한 병 분량 제작할 건데 들통에 할 순 없잖아."

구경꾼은 둘밖에 없는데 말들이 많았다.

"후우, 지금부터 D급 회복 포션을 제작할게. 예상 소요 시간은 4시간이야."

"그렇게 오래 걸려?"

"응. 재료에서 마력과 성분을 추출하는 데 시간이 오래 걸리거든. 그래서 사실 구경해도 재미없을 거야."

〈포션 메이커〉는 액티브면서 패시브 스킬이다. 스킬이 없는 사람은 재료와 배합, 공정을 모두 맞춰도 포션을 제작할 수 없다.

반면 스킬이 있는 사람은 스킬을 쓰겠다는 생각을 하지 않고 공정에 임해도 포션이 나온다.

포션을 수백, 수천 번 반복해 만들면 스킬이 생성된다는 루머도 있는데 이보배는 관심을 두지 않았다. 일하느라 바빠 뜬소문은 뜬소문으로 흘러가게 두었다.

이보배는 5년 만에 임하는 가내 수공업에 심혈을 기울였다. 그래도 손에 익은 일들이라고 공정이 물 흐르듯 매끄러웠다.

보는 재미가 없을 텐데 이귀한은 동물 영상 볼 때보다 흥미진진하게 과정을 구경했다. 이해기는 지켜보는가 싶더니 컴퓨터 하러 방으로 들어갔다.

완성 시간이 가까워지자 이해기가 거실로 나왔다. 이보배는 심각한 표정으로 색이 변하는 포션을 노려보았다.

'왜.'

그녀는 지금 벌어지고 있는 일을 믿을 수 없었다.

"이, 이상하다. 왜 포션 등급이 높게 나왔지?"

목적한 건 D급 포션인데 C급 회복 포션이 완성되었다. 이보배에겐 감정 스킬이 없지만 생산계 각성자는 자신이 생산한 물건의 상태를 확인할 수 있다. 이보배는 눈을 비비고 다시 포션 등급을 확인했다.

[C급 회복 포션]

-제작자 : 이보배

-효과 : 외상 회복, 재생, 소독

-부가효과 : 없음

-아슬아슬하게 C등급에 턱걸이했다. 유통기한이 짧다.

제 눈을 믿지 못하는 이보배에게 확인 사살이 날아왔다. 시스템 알림음을 들은 것이다.

[[C급 회복 포션]을 제작했습니다. 경험치가 오릅니다.]

[레벨이 올랐습니다! 능력치가 올랐습니다!]

[스킬 〈포션 메이커〉의 등급이 상향됩니다. 〈포션 메이커〉 B급을 얻었습니다.]

2년 동안 오르지 않던 레벨이 올랐다. 레벨은 오르든 오르지 않든 상관없다. 생산계와 보조계에게 중요한 건 레벨보다 스킬 등급이다.

숙련도가 꽉 차도 등급이 변경되지 않던 〈포션 메이커〉의 등급이 올랐다. 이보배의 눈에서 눈물이 또르르 떨어졌다. 보는 이해기와 이귀한은 난리가 났다.

"막내야, 왜 울어!"

"보배야, 무슨 일이니. 눈이 건조해?"

"나, 나, 스킬 등급 올랐어! 레벨도 올랐어! 나 이제 B급 포션 메이커야!"

이보배가 제자리에서 펄쩍펄쩍 뛰었다. 이귀한이 같이 뛰고 이해기가 뿌듯한 미소를 지었다.

"그것 봐. 네 한계는 아직 멀었다. 재능이 있다니까."

"와아! 막내 스킬이 올랐다!"

"2년 만이야! 2년 만이라고!"

이씨 남매는 달밤에 춤을 췄다.

"헉헉, 힘들어."

춤추다가 가장 먼저 지친 건 생산계인 이보배였다. 이귀한과 이해기는 호흡 한 번 흐트러뜨리지 않았다. 이귀한이 냄비에 담긴 C급 포션을 가리켰다.

"막내야, 이건 이대로 둬?"

스킬 등급이 오른 것에 놀라 귀한 C급 포션을 방치해 버렸다.

"아, 맞아. 어디 보자, 담아둘 병이."

"여기."

이귀한이 다 마신 콜라병을 헹궈 건넸다. 이보배는 완성된 포션을 페트병에 따랐다. 빛나는 주황색 액체가 병 안에서 출렁였다.

"작은오빠에겐 한 병 줬으니까 이건 큰오빠 줄게. 유통기한 짧으니까 인벤토리에서 꺼내지 마."

"마셔보면 안 돼?"

이보배는 갈등했다. 포션은 아주 비싸다. 이귀한이 마셔도 되냐고 묻는 C급 포션은 특히나 더 비쌀 것이다. B급이 시중에 풀린 최고 등급의 포션인 상황에서 C급의 위상은 어감보다 높았다.

동생의 침묵으로 거부 의사를 알아챈 이귀한은 풀이 죽었다. 이보배는 그런 큰오빠가 안쓰러웠다.

이귀한이 활동할 적만 해도 C급 포션은 천상계 포션이었다. 남들은 목숨 걸고 돈 벌어 장비와 보급품을 장만해 생존율을 높이는데 이귀한은 딸린 짐덩이가 많아 그러지 못했다. 이해기의 학비에 이한생의 병원비, 삼 남매 생활비까지. 이귀한에게 포션은 그림의 떡이었다.

"형, C급은 조금 아까우니까 다른 거 마셔. 보배가 저번에 준 D급 포션은 마셔도 괜찮아."

"색은 이게 더 예쁜데……."

"아냐, 큰오빠. 마시자."

"보배야!"

"나 B급 된 기념이야. 셋이서 이걸로 축배 들자."

이보배는 페트병에 든 포션을 컵에 따랐다. 어마어마한

사치인 건 알고 있고, 이 포션이 없어 죽거나 불구가 되는 사람이 많을 것도 안다. 하지만.

'각성자만 셋인데 이 정도 사치는 부려도 되잖아.'

이보배는 잔을 번쩍 들었다.

"우리 식구의 행복을 위하여!"

"포션 마스터 이보배를 위하여."

"푸핫, 그건 또 뭐야. 아부 너무 심해."

"사랑하는 동생들을 위하여!"

이귀한이 신나게 컵에 따른 포션을 마셨다. 좋아라 마실 땐 언제고, 이귀한이 입에 머금은 포션을 주룩 뱉었다.

"맛없어."

"형, 주스 아니야. 그게 얼마짜린지 알아? 다 핥아먹어."

"제조 공정 봤으니까 맛이 짐작 가잖아. 맛을 낼 만한 재료는 하나도 안 들어갔는걸."

"색은 이렇게 예쁜데. 사기당했어."

이귀한이 울상을 지었다. 몸에 좋은 약은 입에 쓴 법이나 포션은 맛이 오묘했다. 맛이 있지도 없지도 않다. 물과는 다른 식감에 애매한 향이 번지면서 입맛을 더럽혔다.

"막내가 왜 포션 제조에 재능 있다는지 알겠다. 막내가 끓인 김치찌개 같아. 맛이 이상해."

"씁. 나도 맛있는 포션 만들 수 있거든. 설탕이나 꿀 넣으면 되거든."

"그럼 넣어줘."

"완성된 포션에 다른 성분을 넣으면 포션 효과 자체가 사라질 위험이 있어. 그러니까 그냥 마셔, 큰오빠. 몸에 좋은 거니까 쭈욱."

"맛 구려."

이귀한이 포션을 보고 침을 삼켰던 건 맛이 궁금해서였다. 이귀한이 이해기에게 호소했다.

"나는 참기 싫은데."

"형이 먼저 마시고 싶다고 했잖아. 꺼낸 말은 지켜야지."

"크윽, 왜 이렇게 맛이 애매한 거야."

"비상식량이 맛없는 것과 비슷한 이치가 아니냐고 하던데."

포션을 맛있게 제작하는 건 가능하나 권장되지 않는다.

한때, 라고 말하기엔 작년 일이지만 맛있는 포션이 등장해 불티나게 팔린 적이 있었다. 하지만 순식간에 시장에서 사라졌다.

포션의 맛이 괜찮아서 과다 섭취하는 경우가 생겼기 때문이다. 작게 한 모금만 마시면 될 것을 크게 한 모금 마시면 포션이 아깝지 않은가?

또한 대부분의 헌터가 포션을 음용하기보다 외상에 뿌리는 용법을 선호하는 것도 빠른 시장 퇴출에 한몫했다.

괜히 재료와 공정을 추가해 맛있는 포션을 만들 필요가 없었다.

"그럼 이제 치워볼까."

"보배야, B급 포션은 제작 안 하니?"

레벨이 올랐으니 정신력과 마력, 체력이 모두 회복되었다. 스킬 등급이 오른 기념으로 하나 제작하는 것도 나쁘지 않았다. 하지만 이보배는 거절했다.

"미안, 작은오빠. 일단 잔 다음 내일 목욕재계하고 만들고 싶어. 솔직히 지금 꿈인지 생신지 구분이 안 가."

"나도 돌아온 게 꿈인지 생신지 구분 안 가는데!"

옆에서 이귀한이 슬픈 말을 했다. 정작 말하는 표정은 밝았지만 말이다.

"어휴, 부엌도 좁은데 어수선하네. 얼른 치우고 자자. 레벨업 해서 피로는 가셨는데 오빠들 걱정에 잠 설쳐서 졸려."

"내가 다 치우마. 넌 들어가서 자라."

"같이 치우자."

"좁은데 사람 많으면 성가시다. 그리고 이건 포션 재료인데 연습할 때 사용하렴."

이보배가 하겠단 말도 하지 않았는데 이해기가 낯선 재료를 떠넘겼다. 이해기는 고무장갑을 끼고 어지러운 부엌을 치웠다.

'작은오빠 늘 저렇게 성실한데.'

이해기는 불확실한 각성에 인생을 걸고 5년 동안 쉬지 않았다. 그런데 이보배는 뭔가. 고작 2년 제자리걸음했다고 한계를 긋고 약한 소리를 했다.

'내가 너무 안주했나.'

이보배의 삶이 편하진 않았다. 하지만 위험하지도 않았다.

복지 좋은 직장, 달마다 나오는 월급과 과로 대신 얻는 성과급. 기계처럼 일하면 보상이 따랐고, 피곤한 것과 삭막한 인간관계를 빼면 어떠한 위험과 갈등도 없었다.

이보배는 스킬 창을 올려다보며 손을 뻗었다. 손은 스킬 창을 뚫고 지나갔다. 〈포션 메이커〉 B급에서 움직이지 않던 시선이 다른 곳으로 이동했다.

〈사랑의 매〉 SS급.

'그러고 보니 얘는 왜 생긴 거지?'

루머대로 같은 행동을 반복해서 생긴 것일까? 오빠들을 사랑하는 마음으로 프라이팬을 휘둘러서? 이보배는 놀란 마음에 휙휙 넘겼던 알림을 다시 보려고 뒤로 넘겼다. 곧 목적한 알림을 찾았다.

[통한의 일격! $#%%^&*에게 진심이 담긴 공격을 날리는 데 성공했습니다.]

'글자가 깨졌네?'

이보배는 대수롭지 않게 생각했다. 균열의 날 이후 인류 멸종을 막은 이 시스템이란 것은 의외로 허술했다.

초기엔 패치가 잦았고 지금도 초반만큼은 아니지만 종종 패치 공지가 뜬다. 그녀가 얻은 SS급 스킬도 버그로 인한 개이득일 가능성이 높았다.

'제대로 된 공격 스킬도 아니고 써먹을 데도 없으니까 회수는 안 하겠지?'

회수당해도 그렇게 슬퍼할 스킬이 아니다. 이보배의 시선은 다시 〈포션 메이커〉로 이동했다. 이보배는 눈이 가물가물해질 때까지 스킬 창을 응시했다.

이보배는 새벽에 벌떡 일어났다. 잠이 좀 부족하긴 했지만 어제 있었던 일이 꿈인지 진짠지 확인하고 싶어 졸린 것도 잊었다.

일어나자마자 스킬 창을 확인해 B급을 눈에 담은 후 온수 팍팍 틀고 샤워했다. 머리에 수건을 감싸고 나오니 첫째와 둘째가 거실에서 그녀를 기다리고 있었다.

목욕재계도 했겠다 더는 기다릴 수 없다. 이보배는 스킬을 사용해 B급 회복 포션을 제작했다. 재료와 설비 없이 스킬에만 의존하니 정신력과 마력, 체력이 바닥났다. C급 포션을 제작할 때와는 비교할 수 없는 두통과 현기증, 전신 탈력감이 이보배를 덮쳤다.

"허억허억, 다 만들었어!"

주황색보다 조금 더 붉은빛이 도는 포션이 이보배의 손에 쥐어졌다. 이보배는 두통을 견디고 포션 상태를 확인했다.

[B급 회복 포션]

-제작자 : 이보배

-효과 : 외상 회복, 재생, 소독

-부가효과 : 없음

-스킬 제작한 B급 포션이다.

"진짜 B급이다!"

"우와, 막내 대단해!"

이귀한이 열심히 박수를 쳤다. 이해기가 대견하다고 말하더니 아침 식사를 차려주겠다고 일어섰다.

이보배는 그제야 머리를 싸매고 드러누웠다. 머리는 깨질 것 같지만 웃음이 절로 나왔다.

B급 포션 메이커가 갖는 위상은 어마어마하다. 이보배가 한 달 내내 D급 포션을 양산하는 것보다 한 달에 여덟 번 B급 포션을 제작하는 게 이득이었다.

'월급 오르겠지? 등급 바뀌면 기본급 올려주니까 오를 거야. 승진도 시켜주려나?'

설마 B급 포션 메이커를 평사원으로 부리겠는가? 그런

길드는 없다.

아침 메뉴는 회 뜨고 남은 생선으로 끓인 매운탕이었다. 아침 일찍 일어나 샤워하고 가족과 함께 밥을 먹으니 콧노래가 절로 나왔다. 이보배는 철 지난 유행가를 흥얼거렸다. 밥상 앞에선 예의 없는 짓이었지만 지적하는 사람은 없었다.

그런 이보배의 귀에 오전의 고요한 적막을 깨는 소리가 들렸다.

"이게 무슨 소리지?"

"막내 콧노래?"

"병원 전화다!"

이보배는 충전기에 꽂아둔 핸드폰을 향해 달려갔다.

이보배는 기계에 관심이 없어 모든 핸드폰 통화음이 동일하다. 하지만 딱 둘, 벨 소리를 다르게 설정해 둔 곳이 있다.

하나는 회사 전화요, 다른 하나는 병원 전화다. 회사 전화는 긴급 호출이 있을 때 다른 전화랑 헷갈리면 안 되니까 다르게 설정해 뒀다.

병원 전화를 다르게 설정해 둔 건 이보배 자신의 평화를 위해서다.

막내 오빠를 병원에 입원시킨 후, 이보배는 전화가 올 때마다 깜짝깜짝 놀랐다. 모든 전화가 막내 오빠의 사망을 알리는 전화로 느껴졌기 때문이다.

그런 병원 전용 벨 소리가 울렸다. 병원 전화란 소리에 이귀한과 이해기가 밥숟가락을 놓고 이보배 근처로 모였다.

"네, 이한생 환자 보호자 이보배입니다. 네, 네, 네, 네, 지금 시간 있습니다. 무슨 일이시죠? 네?"

이보배가 입을 틀어막았다. 이귀한과 이해기도 동시에 틀어막았다.

"막내 오빠가 눈을 떴다고요?"

이보배 24살. 큰오빠의 귀환에 이어 믿기 어려운 기적이 또다시 일어났다.

"막내 오빠가, 막내 오빠가아."

이보배가 전화를 끊고 어떡하면 좋냐고 오빠들을 응시했다.

"한생, 한생, 귀여운 한생이."

이귀한은 셋째 동생의 이름을 부르며 덩실덩실 춤을 췄다. 그토록 보고 싶던 동생이 깨어났다고 하니 기쁨을 감추지 못했다.

이해기는 안색이 창백했다. 너무 놀랐는지 숨도 쉬지 못했다. 이해기는 악몽에서 깨어난 사람처럼 갑자기 숨을 몰아쉬고 얼굴을 가렸다.

"얼른 준비해서 가자. 씻고 올게."

이해기가 벌떡 일어나 화장실로 들어갔다. 이보배는 작은오빠를 보다 눈물을 닦았다. 감격에 겨워 울먹거릴 시간이 없었다. 얼른 준비해 병원에 가야 했다.

"화장실엔 작은오빠 들어갔으니까 큰오빠는 싱크대에서 세수해."

이귀한은 씻기 싫다는 군말 없이 세수했다. 이해기는 샤워하는지 금방 나오지 않았다.

'얼굴에 물 칠만 해도 괜찮은데.'

병원이란 곳이 원래 좀 추레해 보여도 괜찮은 공간 아닌가. 화장실에선 물소리만 계속 들리고 이해기는 나올 낌새가 없었다.

띵똥.

초인종이 울린 건 이보배가 옷도 다 갈아입고 이귀한의 옷까지 봐준 직후였다.

'올 사람 없는데? 택밴가?'

이보배는 서둘러 문을 열었다. 최요한과 박마노가 문 앞에서 인사했다.

"안녕하세요, 갑자기 찾아와 죄송합니다."

"안녕하십니까. 수고 많습니다."

"두 분이 갑자기 저희 집에는 어쩐 일로……."

"볼일이 있어 근처를 지나가다 생각나 들렀습니다. 이보배 씨와 이해기 씨 모두 시간 괜찮으세요?"

평소라면 박마노의 등장에 깜짝 놀랐겠지만 지금은 그럴 정신이 없었다.

"죄송합니다. 저희가 지금 막내 오빠 병원에서 급한 연락을 받아 가봐야 하거든요."

"아, 혹시."

이보배의 얼굴엔 세수했지만 운 흔적이 남아 있었다.

최요한의 얼굴이 어두워지자 이보배는 열심히 고개를 저었다.

"아뇨! 눈을 떴대요! 그래서 지금 저희 모두 가보려고!"

"아, 정말요? 정말 다행이네요. 축하드립니다."

"축하합니다. 오늘은 바쁜 것 같으니 다음에 연락하겠습니다."

사정을 안다면 생판 남이라도 축하해 줄 만한 일이었다. 최요한과 박마노는 깜짝 놀랐음에도 축하의 말을 아끼지 않았다.

"후우."

평소보다 오래 샤워한 이해기가 긴 한숨과 함께 화장실에서 나왔다. 현관에 선 손님을 발견한 그가 멈춰 섰다.

창백했던 안색은 뜨거운 물을 끼얹어 혈색을 되찾은 보람 없이 다시 핏기가 가셨다. 이해기의 눈이 커지고 저도 모르게 입이 열렸다.

"박마노?"

"네, 제가 바로 그 사람, 박마노입니다. 그쪽이 이해기 씨? 사진보다 실물이 낫네요. 동생분의 각성 축하드립니다."

"축하드려요. 이런 상황에 실례지만 언제 한가한지 알려주실 수 있으세요? 이해기 씨에게 몇 가지 질문드릴 게 있어서요. 심각한 건 아니고 신라 길드와……."

"최요한까지? 둘이 왜 여기에 있어?"

"와, 제 이름을 아시네요?"

"와아, 우리 요한이 이름을 아네? 우리 혹시 구면입니까?"

이해기는 입술을 깨물고서 이보배에게 고개를 돌렸다. 그가 입을 가린 채 입술만 움직여 물었다.

둘이 왜 여기에 있어?

"내가 말 안 했나? 큰오빠 처음으로 발견하고 보호해 주신 분이 박마노 헌터님이셔. 덕분에 큰오빠 하루 만에 빼주시고 여러 편의를 봐주셨어. 여기 최요한 헌터님도 계속 신경 써주셨고."

이해기가 너무 과하게 반응하는 것 같아 이보배는 속으로 꿍얼거렸다.

'그러게 빨리 등록했어야지. 도둑이 제 발 저리잖아. 들키면 벌금이 얼마야.'

상상을 초월하는 벌금 액수에 이보배는 부르르 떨었다. 재수 없게 들키면 B급 포션 만드는 족족 팔아 벌금 낼 판이다.

이보배는 초조한 마음에 습관적으로 머리를 한데 묶었

다가 풀었다. 균열 전엔 귀찮고 걸리적거려도 풀고 다녔던 게 떠올랐다.

"막내 오빠가 나 못 알아보면 어쩌지?"

"알아볼 거야!"

이귀한이 자신은 이보배를 첫눈에 알아보았다고 자랑했다. 그런 이귀한에게 박마노가 인사했다.

"이귀한 씨, 오랜만입니다. 잘 지내셨죠?"

"누구?"

"에이, 모르는 척하기는."

"죄송합니다. 큰오빠가 가족 외의 사람을 조금 무서워하고 낯을 가려요."

"네, 보고 받았습니다. 준비 다 마치신 것 같은데 병원까지 태워 드릴까요? 차에 자리 충분한데."

나중에 오겠다던 박마노가 병원까지 태워주겠다고 태도를 바꿨다. 차가 없었다면 고맙게 받아들일 제안이었다.

"괜찮습니다. 저희가 이번에 차를 샀거든요. 작은오빠가 운전할 줄 아니까 저희끼리 가면 돼요."

"오, 그랬죠. 딜러나 중개인이 누군지 뒤져도 안 나와서 기억해요. 내가 못 찾을 정도의 딜러면 수수료가 엄청날 텐데."

박마노와 최요한의 시선이 이해기에게 꽂혔다. 이보배는 둘의 시선을 좇아가다 멍하니 있는 작은오빠를 보고 소리 질렀다.

"작은오빠, 뭐 해! 빨리 가자! 나 운전 못해!"

"어? 어어."

"너무 놀라서 운전 못 하겠으면 택시 부를 테니까! 수수료 떼인 건 괜찮아. 차는 있으면 좋겠다고 생각했고 응징도 끝났으니까."

화 안 내겠다고 말했어도 이해기의 얼굴은 여전히 해쓱했다. 그는 박마노에게서 시선을 떼지 못하다가 이귀한을 붙잡았다.

"네 말이 맞다. 얼른 가자, 형."

"응! 한생이 보러 간다, 한생이."

박마노가 불쑥 말했다.

"너무 좋아해서 말하기 미안한데, 아직 한 달 안 지났거든. 병원이랑 요양원 등의 시설은 출입 금지."

남매는 아차 싶어 이귀한을 보았다. 너무 기쁜 일이 생겨 까맣게 잊고 있었다. 활짝 웃던 이귀한의 얼굴에서 미소가 사라졌다.

"한생이 볼 건데."

"큰오빠……."

"볼 건데."

"그러니까……."

"한생이 볼 거야! 한생이만 못 봤어! 동생이 셋이잖아! 둘 보고 하나 남았어! 한생이 보고 싶은데! 눈 떴댔잖아!"

이귀한이 눈을 감고 어린아이처럼 떼를 썼다. 이보배는 그 마음을 깊이 이해했다. 큰오빠 입장에선 다른 세계에 떨어져 고생하면서 가장 눈에 밟혔을 동생이 막내 오빠였기에.

이보배여도 그랬을 것이다.

"형! 귀환자 주위의 불안정한 마력이 외부에 영향을 끼치는 건 지난 8년간 증명된 결과야! 형이 보러 가면 한생이는 물론이고 다른 환자들에게도 악영향을 줄 수 있어!"

"싫어! 볼 거야! 한생이 볼 거야! 셋째 눈 뜬 거 봐야 하는데! 나만, 나만 집에 두고 나가려고?"

아예 드러누워 발을 동동 구르던 이귀한이 감고 있던 눈을 떴다. 이보배가 이귀한을 말리려는데 최요한과 박마노가 갑자기 그녀를 뒤로 떠밀었다.

"어어?"

"들어오지 마요."

둘이 좁은 현관문을 가리는 바람에 이보배는 집 안 모습이 보이지 않았다. 이귀한이 떼쓰는 소리가 계속 들려와 이보배가 외쳤다.

"큰오빠! 그럼 작은오빠가 먼저 병원 가고 다음에 내가 갈 테니까."

"싫어! 한생이 볼 거야! 나 혼자라도 나갈 거야!"

"형이 우릴 위해선 참을 수 있댔잖아! 참는다고 했잖아! 고작 이런 일로 이러면 어떡해!"

"한생이는 고작이 아니야!"

"그렇게 한생이를 위하면서 한생이가 위험해질 일을 하겠다는 거야? 진심으로? 그럼 난 형을 용서하지 못해."

일분일초라도 빨리 병원에 가야 할 판국에 이 무슨 촌극이란 말인가. 이보배는 안을 보고 싶어 열심히 까치발도 서보고 두 사람 틈새로 머리도 넣어봤다.

하지만 관리국 범죄자 체포 담당 헌터님들께선 이보배의 진입과 관찰을 윤허하지 아니하였다.

"미등록 각성자 발견. 레벨 업 꽤 했네. 보고된 균열이 없었는데 어디서 했으려나."

"균열 미신고도 추가네요."

"형량이랑 벌금 올라가는 소리 들려?"

"네, 과장님. 귓가에 돈 떨어지는 소리가 생생합니다."

들여보내 주진 않고 이런 대화나 나누고 있으니 이보배는 복장이 터졌다. 가슴을 쿵쿵 치던 이보배는 갑자기 땅이 흔들려 발을 헛디뎠다. 순식간에 몸을 돌린 최요한이 그녀를 감싸 바닥에 헤딩은 면했다.

"방금 지진 나지 않았어요? 아하하, 아니겠죠. 제가 현기증이 나서. 잡아주셔서 감사합니다."

"별말씀을. 민간인과 비전투계 보호는 헌터의 의무니까요."

최요한이 상냥하게 웃었다. 박마노는 안에 대고 큰 소리로 말했다.

"꼴값 떤다. 방금 댁들 동생 다칠 뻔한 거 안 보여? 이 귀한 씨, 하나만 짚고 갑시다. 동생을 보기만 하면 되는 겁니까? 직접 대면하지 않고?"

"동영상이나 사진은 싫어! 실시간!"

"아, 실시간이면 보는 걸로 괜찮다는 거네. 그럼 영상통화 한 통이면 끝날 걸 왜 이 지랄하는 거냐, 새끼님들아."

"맞다, 영상통화."

그 생각은 못 했다는 듯 작은오빠의 허탈한 목소리가 들렸다. 그 뒤를 큰오빠의 목소리가 따랐다.

"영통 좋아! 나 집 볼게!"

너무 빠른 전개와 어이없는 결말에 이보배는 민망해져 이마를 치고 탄식했다. 그녀는 최요한에게 고개 숙였다.

"정말 죄송합니다. 저희가 가족끼리 영상통화 하던 집이 아니라. 까맣게 잊고 있었어요."

"아니에요, 저도 거의 안 썼었어요. 관리국 들어와서 자주 쓰게 된 것 같아요."

최요한이 길을 비켜주고 박마노도 막지 않아 이보배는 수월히 집에 들어갔다. 이해기는 영상통화를 떠올리지 못해 공무원 앞에서 싸운 게 부끄러운지 얼굴을 가리고 있었다.

이귀한은 껐다 켜는 장난만 일삼던 핸드폰을 열심히 두드렸다.

"막내 폰은 구린 폰이니까 둘째 폰으로 전화하기야. 약속."

"알겠어, 작은오빠 핸드폰으로 전화할게."

이해기는 얼굴을 가린 손을 풀지 않았다. 박마노가 흘 끗 보고 혀를 찼다.

"쯧쯧. 이래서 머리가 나쁘면 몸이 고생한다고, 생긴 건 공부 잘하게 생긴 양반이 왜 그랬대."

'작은오빠가 전교 1등이었던 건 비밀로 해야지.'

이보배는 결심했다. 작은오빠의 명예를 위해 박마노에 겐 평생 비밀이다.

"얼른 가. 나 집에 잘 있을게."

"큰오빠 혼자 괜찮겠어? 돌아오고 나서 한 번도 혼자 있 었던 적 없잖아."

"노오오오력해 볼게. 셋째 빨리 보여줘."

노력하겠다고 말해도 듣는 이보배는 불안했다. 얼마나 불안하면 노력하겠다면서 쥐는 주먹 주변이 일렁이는 듯 한 헛것이 보였다.

"안 되겠다. 그냥 교대로 다녀올게. 작은오빠가 그동안 못 갔으니까 먼저 가서 보고 내가 다음에 가서 얘기 들으 면 되잖아."

"오빠를 믿어! 나 참기 싫지만 참아볼게! 나 아직 사람 이야!"

큰오빠를 다루는 건 이보배보다 이해기가 전문이다. 이 보배는 작은오빠가 뭐 하고 있나 고개를 돌렸다. 이 인간이 아직도 얼굴을 가리고 쪽팔려 하고 있었다.

"자꾸 참견하는 것 같아 미안하지만."

박마노가 한쪽 입꼬리를 올리고 웃었다.

"영통보다 좋은 방법 있는데."

병원 현관문이 열리고 우주복 같은 걸 입은 사람이 들어오자 모두의 이목이 집중되었다.

아직 시중에 풀리지 않은 시제품 마력 차단복을 입은 이귀한이 폴짝폴짝 뛰었다. 이보배는 큰오빠를 잡아당겨 단속하는 한편 박마노에게 재차 감사 인사를 전했다.

"정말 감사합니다. 이런 귀한 것도 빌려주시고……. 정말 뭐라 감사 인사를 드려야 할지."

"아, 괜찮습니다. 힘숨찐한테 이런 일로 빚 지울 기회가 흔한 게 아니라 개이득인 느낌적 느낌."

"과장님 말씀대로 개이득이니 저희가 이런 도움을 드렸단 것만 기억해 주시면 됩니다."

"네, 기억할게요."

"이귀한 씨 다 들리죠? 다음에 또 누구냐고 하면 서운합니다."

난데없이 병원에 출몰한 우주인을 보고 집중된 이목은

우주인 뒤를 따르는 유명인에게 쏠렸다. 박마노는 자신을 알아보는 사람들에게 인사했다.

"네, 제가 박마놉니다. 저 보고 뜨끔한 분들 없죠? 있으시면 자수하기. 균열과 각성 관련 범죄 신고는 999. 여러분의 신고가 국가 안보와 이웃, 가족을 지킵니다."

"……."

이해기는 무슨 생각인지 알 수 없는 표정으로 박마노를 보았다. 이보배는 그만하란 의미에서 〈사랑의 매〉를 날렸다.

"끄억!"

이해기가 몸을 비비 꼬며 비명을 참았다. 최요한이 웃으며 끼어들었다.

"하하, 동생분과 사이가 좋으시네요. 괜찮으세요?"

등을 두드려 주려는 최요한의 손길을 이해기가 교묘하게 피했다. 둘의 눈이 마주치고 누가 먼저랄 것 없이 웃었다.

"하하하, 괜찮습니다."

"하하하, 그러시군요. 어때요, 이렇게 만난 것도 인연인데 악수라도."

"제 주제에 어떻게 관리국 헌터님과 악수하겠습니까. 괜찮습니다. 형, 병실 모르잖아. 같이 가."

이해기는 형을 챙긴답시고 앞서 걸었다. 이보배도 작은오빠를 따라 걸음을 재촉했다.

후열에 박마노와 최요한이 남았다. 박마노가 최요한에

게 수화를 보냈다.

　-수상하지?

　-아주 수상합니다.

　-도주 우려는 없어 보이지만 오늘 꼭 찍어둬라. 동선 파
악하게.

　-알겠습니다.

　수상한 이귀한과 첫 만남에 수상함이 급부상한 이해
기, 변함없이 무해한 이보배까지. 꽤 개성이 강한 남매였
다. 사 남매 중 셋이나 각성했다는 것도 신기했다.

　신기한 건 신기한 거고 범죄는 범죄.

　균열을 발견했으면서 미신고한 게 한 건. 미신고 균열에
진입해서 두 건. 각성하고 등록 안 해서 세 건.

　쓰리 아웃 범죄자와 마주쳤는데 마커를 안 찍어서 쓰
나. 상관의 명령을 받은 최요한이 의지를 불태우고 상냥한
미소로 무장했다.

　병실 앞에서 의료진 몇이 서성였다. 의료진은 이상한 걸
입고 걸어오는 사람을 보고 흠칫 놀랐다. 보호복 업체에서
신규 보호복 시연하러 온 걸로 착각하는 사람도 있었다.

　"영업 사원은 병실 출입 금지입니다."

　"아뇨! 그런 거 아니에요!"

　우주인 뒤를 따라온 이보배와 이해기를 보고 의료진이

안심했다. 이보배는 우주복 입은 이귀한을 설명할 길이 없어 그냥 무시해 달라 부탁했다.

"보호자 오셨으니 설명하겠습니다."

"막내 오빠 상태는요? 정말 깨어났나요?"

"한생, 한생, 한생이! 우리 셋째 얼굴을 보자!"

"언제 깨어났습니까? 이유는 뭡니까? 이성은 있습니까? 깨어난 게 진짜입니까?"

삼 남매 입에서 말이 속사포처럼 터져 나왔다. 8년간 의식 없던 식물인간이 깨어났다고 하니 당연한 반응이었다. 보호자가 각자 떠드는 데에 익숙한 주치의는 자기 페이스를 유지했다.

"이한생 환자는 며칠 전부터 손가락을 움직이고 안구 운동을 보이는 등의 전조를 보였습니다."

"왜 바로 알려주지 않았죠?"

"식물인간도 안구 운동을 보입니다. 이한생 환자의 경우는 운동이 격렬해 평소와 달랐지만 괜한 희망을 드렸다가 실망하면 안 되니까요. 병원에서도 확신을 기하기 위해 주도면밀하게 환자를 살폈습니다. 그러다 오늘 간호사 눈 뜬 것을 발견하고 의식이 있는지 확인했습니다. 환자가 의식을 되찾았다는 확신이 서 연락한 겁니다."

"저희 오빠 완전히, 그러니까 다 나은 거죠? 이제 계속 깨어 있는 거죠?"

"그럴 가능성이 높습니다만 각성 원인이 불분명하기 때문에……."

각성이란 말에 이보배는 깜짝 놀랐다가 정신을 되찾았다. 균열의 날 이후 각성이 다른 용도로 쓰여서 그렇지, 의식을 잃었던 사람이 깨어나는 것도 각성이 맞았다.

"지금도 의식이 있습니까?"

이해기가 다급히 물었다.

"지금은 잠들었습니다만 평범한 수면입니다. 다시 깨어날 겁니다."

"으허어어허어어엉."

이한생이 깨어난다. 너무 듣고 싶었던 말이었다. 이보배는 병실 앞에 쭈그려 앉아 목이 터져라 울었다. 그러다 병실 앞 복도임을 깨닫고 입을 틀어막았다.

"흐으윽, 흐으윽, 감사, 감사합니다. 감사합니다아아."

이해기가 얼굴을 가리고 콧물을 훌쩍였다. 이귀한은 언제 입실 허락이 떨어지나 싶어 의사의 입만 노려봤다.

눈물 나는 감동 실화를 라이브로 본 최요한이 손수건으로 눈물을 훔쳤다. 최요한의 손수건은 박마노에게 강탈되어 박마노의 눈가도 훔친 뒤 주인 손에 돌아갔다.

"환자가 많이 쇠약한 상태입니다. 조용히 들어가 얼굴만 보세요."

"잠시만요. 포션을 먹으면 체력 회복에 도움이 되지 않을까요?"

이보배가 오늘 새벽 B급 포션을 제작한 건 막내 오빠 먹이라는 계시가 아니었을까?

"포션은 만능이 아닙니다. 당장 치료가 시급한 외상이면 모를까 원리가 밝혀지지 않은 약물을 쇠약한 환자에게 투여할 수 없습니다."

"그렇겠죠."

포션의 등장으로 의학계는 한바탕 뒤집어졌었다. 의사들 입장에선 사람 손에서 불이 나가는 것보다 물약 부으니까 상처에 새살이 솔솔 돋는 게 더 신기하고 원리가 궁금한 일이었을 것이다.

그나마 힐러가 없고 포션이 만능이 아니기에 의사의 입지는 줄어들지 않았다.

어쨌든 현 의학계에선 응급 상황이 아니면 포션에 의지하지 않는다는 입장을 고수했다.

이보배는 주치의 선생님 의견에 수긍했다.

"그동안 보호자분을 배려해 면회 시간을 자유로이 해드렸습니다만 이제는 안 됩니다. 환자 상태에 따라 일일 면회 시간과 면회인 숫자에 제한을 둘 예정입니다. 오늘은 한 분씩 들어가 얼굴만 보시고 나오세요."

"알겠습니다. 감사합니다."

이보배는 눈물을 닦고 이해기와 이귀한에게 손짓했다.

"오빠들 먼저 들어가 봐."

"아니다, 보배야. 너 먼저 들어가."

"맞아."

"큰오빠가 제일 막내 오빠 보고 싶어 했잖아."

"네가 아니었음 셋째는 깨어나지 못했을 테니까. 너희 둘이 노력하지 않았으면 난 돌아와도 셋째 못 보는 거였으니까 내가 제일 마지막에 볼래."

"그건 형 탓이 아니잖아."

이보배와 이해기가 어르고 달래도 이귀한은 고집을 꺾지 않았다. 결국 이보배는 이해기에게 먼저 들어갈 것을 권했다. 이해기도 고개를 저었다. 그의 손이 덜덜 떨렸다.

"너한테도 기적 같은 일이겠지만 나한텐…… 나한텐 더 기적 같은 일이다. 마음의 준비가 필요해."

이해기의 컨셉 속 미래에선 이한생이 깨어나지 못했나 보다. 작은오빠의 뇌내 설정 주제에 마냥 좋은 미래, 밝은 내일은 아니었다. 그런 미래여야만 회귀할 이유가 생기기 때문일까?

이보배는 두 오빠의 사양을 고맙게 받아들이고 조심스레 병실 문을 밀었다.

언제 들어가도 한결같던 병실에 변화가 찾아왔다. 이한생의 몸에 붙어 있던 생명 유지 장치가 사라졌다. 기계의 소음과 진동에 묻혔던 막내 오빠의 숨소리가 들렸다.

이보배는 까치발로 침대까지 걸어갔다. 가까이서 보니 막내 오빠의 얼굴이 한결 편안해 보였다.

"흡."

곤히 잠든 환자를 깨울 수 없어 이보배가 울음과 함께 숨을 참았다.

그때 이한생의 눈꺼풀이 움직였다. 나 때문에 깼구나 하는 자책과 함께 막내 오빠가 정말 깨어났다는 기쁨이 동시에 솟아났다.

이 눈을 다시 볼 수 있게 해달라고 얼마나 빌었던가. 포기하지 않길 잘했다. 욕심내길 잘했다.

고되고 힘들었던 이보배의 6년은 이로써 보상받았다. 이보다 더 완벽한 보상은 없었다.

이한생의 눈은 초점을 잡지 못하고 불안하게 흔들렸다. 여기 봤다, 저리 봤다 하는 불안한 눈동자 때문에 시력에 손상이 갔나 걱정이 드는데 눈이 마주쳤다.

한번 눈이 마주치자 이한생의 눈은 더 이상 흔들리지 않았다.

"막내 오빠, 나 보배야."

이보배가 조심스럽게 자신의 정체를 밝혔다. 이한생이 몬스터의 습격에서 그녀를 감싸고 부상당한 것이 8년 전이다. 16살에서 24살이 된 동생을 알아볼 수 있을까?

"⋯⋯."

이한생이 입술을 달싹였다. 하고 싶은 말이 있는 것 같아 이보배는 귀를 가까이 가져다 댔다.

"시……."

"시?"

그가 몇 번 잔기침했다.

그 소리를 듣고 놀란 사람들이 우르르 들어왔다.

"진짜 셋째다! 한생이가 눈을 떴어!"

"오, 맙소사. 한생아……. 네가 깨어나다니……!"

이귀한이 기뻐 날뛰고 이해기가 참지 못하고 오열했다. 바닥에 무릎을 꿇고 통곡하는 이해기를 이귀한이 부축했다.

"상태를 살피게 비켜주시겠어요?"

"잠시만요. 할 말이 있는 것 같아요."

이한생의 바싹 마른 입술이 벌어지고 다물리기를 반복했다. 이보배는 의료진의 허락을 얻어 갈라진 입술에 물을 적셨다. 이한생이 혀로 물기를 핥고 다시 입술을 달싹였다.

자그마치 8년 만에 깨어난 이한생이 말했다.

"시발, 여기 어디야."

8년간 누워 있던 환자치고 또렷하고 생생한 발음이었다. 병실에 있던 대부분의 사람이 놀랐다. 문 쪽에서 지켜보던 박마노와 최요한도 놀라 얼이 빠졌다.

"막내 오빠, 여긴 병원이야. 쓰러지기 전에 무슨 일 있었는지 기억 나?"

"와, 셋째가 시발이래. 들었니 둘째야?"

"으흐으윽, 한생아……. 내가, 내가……."

이씨 남매만 놀라지 않고 깨어난 셋째를 대했다.

"너희는……."

"나 보배야. 큰오빠, 이리 와봐. 그래도 큰오빠가 덜 변해서 알아보기 쉽지 않을까?"

이보배가 이귀한을 부르는데 이한생이 시발에 이어 외쳤다.

"너흰 누구고, 난 왜 여기 있는 것이냐. 이 몸이 물었거늘 왜 대답이 없느냐. 무엄하다!"

시발과 기억장애는 괜찮지만 무엄하다는 뭔가 이상했다. 모두 귀를 의심하는데 이한생의 공격은 거기서 그치지 않았다.

"광대보다 괴이한 옷차림 하며 수상한 기구 하며……. 내 눈에 보이는 이 잡스러운 것은 무엇이고 귀를 울리는 시끄러운 소리는 무엇이냐! 헉!"

이한생이 숨을 들이켰다. 손등에 꽂힌 링거 주사를 발견한 것이다.

"이 이상한 건 뭐야! 내 몸에 무슨 짓을 한……. 서, 설마 흑마술사의 무리더냐? 괘씸한 놈들! 내가 누군지 알아? 난 성신께서 가호하시는 체키빙 공작가의 유일한 후계자 화르세인지 드 체키빙이다!"

너무 놀라 이보배의 눈에서 눈물이 쏙 들어갔다. 이한생이 주삿바늘을 고정한 테이프를 떼려고 하자 의료진이 빠르게 움직였다.

"놔, 놔라! 시발! 내가 누군지 알아?"

"환자가 자해 위험이 있습니다. 보호자님!"

"네, 네?"

"강박할게요! 동의하시죠?"

대답하지 못하는 이보배 대신 이해기가 고개를 끄덕였다.

"감히 나를 납치하다니! 너희가 무사할 줄 아느냐!"

말문과 기가 동시에 막힌 이보배의 어깨 위로 따뜻하고 다정한 손이 올라왔다.

박마노였다. 박마노가 이보배에게 명함을 건네고 어깨를 두드렸다.

"그…… 친한 언니라 생각하고 힘들면 연락해. 술 사줄게."

"과장님이 명함을 주시다니! 아, 하지만 이건 인정해요. 저도 사드릴게요, 이보배 씨."

얼마나 처지가 안되고 불쌍해 보였으면 천하의 박마노가 술 사준다는 소리를 할까. 이보배는 울상을 지으며 명함을 받았다.

"Dissociative fugue."

의사의 입에서 영어가 나왔다. 이보배가 다급히 영어 사

전 어플을 켜 스펠링을 물으려는데 의사가 친절히 한국어로 풀이해 줬다.

"한국에선 해리성 둔주라고 부릅니다. 종종 드라마나 영화 보시면 어떤 사람이 기억을 잃고 자신을 다른 사람이라고 믿고 사는 경우가 있죠? 그게 이 병입니다. 기억을 잃은 후 다른 identity으로 살아가는 게 특징이라 할 수 있겠습니다."

실제로 있는 병이라니 적잖이 안심되었다. 이보배는 유일하게 알아듣고 사전에 검색한 fugue가 기억상실임을 상기하고 자세히 물었다.

"저렇게 자기가 다른 세계 사람이라고 주장하는 것도 증세 중 하나인가요?"

"제가 정신과 전문의가 아니라 확답드릴 수 없네요."

"그럼 치료법은, 기억은 돌아오나요?"

"대부분의 Dissociative fugue 환자는 시간이 지나면 기억과 본래 정체성을 되찾습니다. 그렇게 되면 이전 인격에서의 기억을 잃는 것 또한 병의 특징입니다. 이한생 환자도 일단 지켜보는 게 최선일 것 같습니다."

"시간이 답이라는 거군요."

"현재로선 그렇습니다."

이보배는 핸드폰을 쥔 손에 힘을 주었다. 손가락이 아플 정도로 힘이 들어갔지만 머릿속이 복잡해 하나도 아프지 않았다.

이보배가 심각하게 의사의 말을 경청하는 것과 대조적으로 그녀의 두 오빠는 각자의 상념에 젖었다.

"환각과 환청 증상도 나타나는 것 같지만 신체가 쇠약하고 뇌가 완전히 깨어나지 않아 그러는 걸 수도 있으니 이 역시 지켜보는 게 최선일 듯합니다."

의사도 당장 해줄 수 있는 게 없어 답답할 것이다. 외상처럼 환자의 병세와 호전 정도가 눈에 보이지 않으니 일단 경과를 지켜볼 수밖에 없었다.

이보배는 의사에게 꾸벅 인사하고 일어났다. 대화가 끝나기만을 기다리던 두 오빠도 따라 일어났다.

이한생은 가족과 의료진을 적으로 판단했는지 쌍욕을 외치다 기절했다. 쇠약한 몸이 흥분을 견디지 못한 것이다.

'저렇게 헛소리만 늘어놓고 또 못 깨어나면 어쩌지.'

의사는 평범한 기절이라고 했지만 혼절하는 모습을 가까이서 봤으니 계속 신경 쓰였다. 이보배는 미련을 떨치지 못하고 막내 오빠의 병실 앞에서 머뭇거렸다.

"자는 얼굴만 보고 갈래?"

문을 열지 못하는 이보배 대신 이해기가 문을 열었다. 닫힌 문이 열렸음에도 이보배는 병실 안으로 들어가지 못했다. 들어갈 수 없었다.

인기척에 눈을 뜬 이한생이 또 '너 누구냐'고 물으면 눈물을 참을 자신이 없었다. 쌍욕은 괜찮은데 흥분해서 기절하는 것도 걱정되었고.

"아냐, 됐어. 병실에 자꾸 사람 들락거리는 거 피곤하고 힘들 거야."

삼 남매는 병원을 나섰다. 병원과 거리가 벌어진 후 이귀한은 마력 차단복 시제품을 벗었다.

박마노는 다음에 만날 때 반납하면 된다면서 재회를 예고하고 먼저 갔다.

집으로 돌아가는 길, 이보배는 운전석 옆자리에 앉아 창밖을 응시했다. 스쳐 지나가는 가로등 불빛을 멍하니 흘려보내며 떠오르는 잡생각도 함께 떠내려 보냈다.

이귀한은 뒷좌석에 누워 천장만 말똥말똥 쳐다봤다. 운전을 맡은 이해기가 호수 위 살얼음 같은 침묵에 돌을 던졌다.

"어떻게 생각해?"

이보배는 입을 꾹 다물었다. 이귀한은 핸드폰만 만지작거렸다. 이해기가 이귀환을 콕 집어 물었다.

"형은 어떻게 생각해?"

"한생이가 한생이지."

"형은 우리보다 눈이 좋잖아. 아는 것도 많고."

이해기가 은근한 기대를 품고 되물었다. 이귀한은 툴툴거렸다.

"나 눈 나쁜데. 아는 거 하나도 없는데. 뿌셔뿌셔가 전

공인데."

"그럼 난 어떻게 알아봤는데?"

"몰라몰라. 그땐 참지않긔 상태라 알아본 거 아닐깡?"

"말 돌리기야?"

"귀환자 의견은 여기까지! 이제 회귀자 의견 들어보겠습니다."

이귀한이 대답을 회피하고 이해기에게 화살을 돌렸다. 이해기는 운전대를 꽉 잡고 생각하던 것들에 감정이 담기지 않도록 가급적 빠르게 쏟아냈다.

"가장 가능성 높은 건 의사 말대로 기억상실이겠지. 그렇지만 다른 가능성도 생각해 봐야 해. 예를 들면…… 환생이나 빙의. 한생이가 부상당할 때의 충격으로 전생의 기억을 떠올렸다. 뭐 이런 일도 가능성이 있다고 봐야겠지. 이것도 어떻게 보면 기억상실이려나."

사람이 죽으면 혼은 어디로 가는가. 균열이 생기고 몬스터가 등장하며 사람들이 각성한 현재에도 사후에 대해선 밝혀진 게 아무것도 없다. 이해기가 기억하는 미래에도 밝혀진 건 없었다.

"빙의는 말 그대로 빙의지. 한생이 몸에 다른 사람의, 성신 어쩌고 하는 거 보면 다른 세계겠지? 다른 세계 사람의 혼이 한생이 몸에 빙의한 거지. 이건 별로 안 좋네."

세상에 균열이 생겼고, 균열에서 몬스터가 튀어나왔다.

사람들은 신기한 힘을 각성했고 시스템이란 정체불명의 현상에 의존하게 되었다. 실종되었던 사람들이 다른 세계에서 귀환하고 가끔 시스템에도 없는 힘을 습득해 시스템이 긴급 패치를 할 때도 있다.

이해기가 좋아하던 판타지 소설에서나 볼 수 있었던 일들이 현실에서 벌어지고 있다. 그게 벌써 8년째다. 2년만 지나면 10년이 되어 강산이 바뀐다.

빙의니 환생이니, 이렇게 된 마당에 가능성을 부정할 순 없다. 하지만 그건 어디까지나 '남'의 일일 때의 이야기다.

가족에게 이런 일이 닥쳤는데 소설 얘기를 꺼내는 작은 오빠가 이보배는 너무 미웠다.

"빙의가 왜 안 좋아, 둘째야?"

"한생이 혼이 육신의 주도권을 잡지 못했다는 의미잖아, 형. 차가 육신이고 운전하는 내가 혼이라고 생각했을 때, 이 차를 다른 사람이 운전하고 있다고 생각해 봐. 그때 난 어디 있을까? 옆자리나 뒷자리면 나쁘지 않고 트렁크여도 괜찮아. 하지만 차에 타지 못했다면……."

이해기가 문장을 제대로 끝내지 못하고 입을 다물었다. 이귀한이 평이한 어조로 말했다.

"찾아서 차에 태워야지."

"형 말이 정답이네."

"나는 환생에 한 표 할래."

"근거는?"

"한생이가 환생한 건 이름이 한생이일 때부터 정해진 미래였던 거야."

이귀한은 귀환했고 이해기는 회귀했다. 이름으로 치는 말장난에 내내 꾸민 듯 무미건조하던 이해기의 입꼬리가 올라갔다.

분위기가 풀어진 것도 잠시, 이보배의 날카로운 목소리가 차내에 울렸다.

"둘이 지금 장난해?"

참다못한 이보배가 소리쳤다. 보고 있자니 한도 끝도 없었다.

"부모님이 지어주신 이름이 뭐 어때서? 엄마 아빠가 작명소에서 비싸게 받아 온 이름으로 이런 말장난하고 싶어? 막내 오빠 일이야! 오빠들 동생 일이라고! 남의 일처럼 그렇게 말장난이나 하고 뜬구름 잡는 소설 얘기나 하고."

날카롭게 오빠를 비난하는 이보배의 가슴이 찢어졌다. 소중한 가족들에게 화풀이하고 싶지 않다. 막내 오빠의 기억이 어떻든 눈 떠준 것만으로도 고맙게 여기고 감사해야 한다는 사실을 알고 있다.

"막내 오빠가 깨어나서 이상한 말을 하긴 했어! 우리가 생각하는 평범한 기억상실과 많이 다르고 이상한 설정이 붙은 것도 인정해! 하지만 이건 아니지. 심각한 일을 개그로 넘겨도 정도가 있잖아."

하지만 이보배는 두 오빠와 달랐다. 같을 수 없었다. 그녀는 막내 오빠에게 목숨을 빚졌다. 빚이 있는 사람은 빚 없는 사람보다 절박하고 급급해지게 마련이다. 이보배가 딱 그랬다.

"막내 오빠가 깨어나서 안심해도 그렇지, 할 농담이 있고 하지 말아야 할 농담이 있어!"

동생의 날카롭고 예민한 반응을 이해기는 묵묵히 수긍했다. 하지만 딱 하나 의견을 밝히고 싶은 부분이 있어 입을 열었다.

"네 말이 모두 옳다. 그렇지만 이것까지만 말하마."

"그렇지만 뭐!"

"화르세인지 드 체키빙이란 이름은 너무 구려."

크흥. 이보배는 휴지를 꺼내 코를 풀고 다시 창밖으로 고개를 돌렸다. 작은오빠의 말에 동의한다는 무언의 표시였다.

이귀한이 숨죽이고 킥킥 웃었다. 이보배는 입술을 삐죽이고 눈물을 참기 위해 눈을 깜빡이다 결국 한마디 했다.

"책을 많이 안 읽어서 그래."

이한생은 사 남매 중 성적이 제일 안 좋았다.

다음 날부터 이보배는 병원에 출근 도장을 찍었다.

"날 이런 피죽도 못 얻어먹은 것 같은 시체에 가두다니! 내 본래 몸은 어찌한 것이냐, 이 더러운 흑마술사야!"

해리성 둔주라는 낯선 병에 걸린 막내 오빠는 자신이 뭐시기 세계의 아무개 제국, 체키빙 공작가의 유일한 후계자 화르세인지라고 정체를 밝혔다.

"네 이년! 사악한 마녀야!"

이름 정말 구렸다. 설정도 허접했다.

"내 너희를 용서치 않으리라! 채찍질을 500번씩 해 몸을 갈기갈기 찢어놓고 마차가 몸 위를 지나게 하겠다!"

성깔은 더러웠고 입은 더 더러웠다. 게다가 무지 시끄러웠다. 지나가는 의료진이 입에 재갈을 물려주고 싶다고 투덜거릴 정도였으니 말 다 했지.

"감히 날 납치하다니! 삼족을 멸해주마! 자자손손 대대로 성신의 가호를 받지 못할 것이다, 타락한 새끼들아! 내가 바로 체키빙의 망나니 화르세인지다!"

'어휴, 망나니 새끼.'

막내 오빠의 새 인격(?)은 놀랍게도 제 입으로 망나니를 자처했다. 그리고 남아일언 중천금을 지키려는 듯 망나니 짓을 하려 했다. 아니, 하려고 시도만 했다.

다행히 망나니의 시도는 시작부터 좌초되었다. 8년이나 누워 있던 육신이 의지에 반기를 든 것이다. 깨어난 날 난

동 부린 건 기적에 가까운 일이었다.

고개를 가누거나 고래고래 소리 지르는 일 정도가 현재의 이한생이 자력으로 할 수 있는 일이었다. 손도 조금은 들 수 있지만 주사를 뽑을 만큼은 아니었다. 그게 가능할 만큼 회복되기 전에 주삿바늘로 투여하는 약이 사악한 마약이 아님을 설득시켜야겠지만.

첫날 몸이 짓눌리고 묶인 것에 앙심을 품었는지 이한생은 의료진을 맹렬히 증오하고 의심했다. 그에게 주어지는 모든 의료 행위를 사악한 흑마술이라 단정했다.

당연히 재활 치료도 거부했다. 의사는 재활도 안 하면서 상태가 빠르게 호전되고 있다고 깜짝 놀랐다.

기억상실만 아니면 신이 주신 기적 그 자체였다.

'깨어난 당일 소리 지른 것부터 신기한 일이긴 해.'

이보배는 사람 치료하는 포션을 제작하지만 인체와 의료에 대한 지식은 거의 없었다. 균열의 날 이후, 정부에서 사람들을 모아 응급처치법을 교육할 때도 막내 오빠 간호 때문에 바빠서 못 갔다.

그런 이보배도 8년 동안 잠만 자던 식물인간이 깨어나자마자 말하고 날뛰는 게 이상하다는 것은 안다.

병원에선 의외로 덤덤히 받아들였다. 균열의 날 이후 유연한 사고를 가지게 되었다나 뭐라나.

"눈앞에 어른거리는 이건 뭐냐! 흑마술의 잔재인가? 이

시끄러운 소리는 뭐야! 빨리 조용히 시켜라! 어서!"

'이건 좀 걱정돼.'

기억상실과 별개로 이보배와 병원에서 걱정하는 건 환각과 환청 증세였다. 이한생은 깨어난 이후 지속적으로 '눈앞에 어른거리는 이상한 것'과 '지속적으로 반복되는 이상한 소리'에 대한 불만을 늘어놓았다.

오랜 세월 와병하는 동안 귀나 안구, 심하면 뇌에 문제가 생겼을 수 있다. 그런데 망나니가 검사와 진찰에 비협조적이라 정확한 증세를 아무도 몰랐다.

환각은 비문증, 환청은 심한 이명일 가능성이 높은 게 다행이었다. 둘 다 생명엔 지장이 없었다.

'에휴, 막내 오빠 깨어나기만 빌었는데……. 깨어나니 걱정하느라 수명 깎이는 기분이야.'

세상에 공짜는 없었다. 막내 오빠가 깨어나기만 하면 세상 모든 고민이 해결될 줄 알았는데 하나가 해결되니까 새로운 하나가 생겼다. 이것이 세상의 진리.

그렇게 이보배는, 깎인 수명을 보충할 겸 욕을 얻어먹으러 오늘도 병원으로 향한 것이다.

"막내 오빠, 나 왔어."

"네 이년! 마녀야! 네년이 앞잡이가 분명하렷다!"

이한생이 흰자위를 번뜩이며 이보배를 반겼다. 이보배가 그보다 세뱃돈을 더 받은 날 딱 저렇게 야렸었다.

주위 모든 이를 경계하고 분노를 드러내는 이한생이지만 이보배를 향한 적개심이 가장 강했다. 욕과 저주도 이보배에게 제일 신나게 퍼부었다.

'만만해 보여서 그런가?'

세상 친절한 간호사와 전문직으로 보이는 의사, 신체 건강한 두 오빠에 비하면 가장 만만해 보이긴 할 것이다.

"제 이름은 이보배입니다."

"네년은 마녀거나 흑마술사를 조종하는 흑막이 분명해! 흑마술사 따위를 부리다니! 네 순진한 낯짝에 속지 않는다! 이 못생긴 해골이 네 혈육의 몸이라고 들었다! 흑마술사를 부리기 위해 혈육까지 판 것이냐? 간악한 것!"

'거울 괜히 보여줬어.'

이한생은 거울을 본 뒤로 본인 외모를 깎아내렸다. 형제 셋 중에 본인 인물이 제일 빼어나다고 주장하던 막내 오빠는 어디로 갔는지.

"네년의 목적이 무엇이든 이루어지지 않으리라! 흰매 기사단이 너를 응징하고 네년은 죽어서도 영혼의 강에 닿지 못한 채 무저갱에 추락할 것이다! 살아서나 죽어서나 네년이 바라는 지옥이 기다리리라!"

고위 귀족가 도련님(망나니는 왜 낀 거지?)이라는 설정 때문인지 초반의 시발 러시에 비해 이후 말투는 온건했다.

말투가 고급스럽지 않고 어딘지 어설프게 느껴지는 건

책을 멀리한 막내 오빠가 베이스이기 때문일 것이라고 이보배는 짐작했다.

"병원식 먹느라 심심했지? 오늘은 김치낙지죽을 싸 왔어. 막내 오빠 그거 좋아했잖아…… 요."

"마녀가 주는 음식 따위 먹지 않는다! 치워라!"

이한생이 목에 핏대를 세우고 팔을 들어 올렸다. 김치낙지죽을 내치고 싶은 듯했다. 몸이 말을 듣지 않자 그가 이보배에게 침을 뱉었다. 이보배는 물티슈로 얼굴에 묻은 침을 닦았다.

"공자님. 공자님 말대로 우리 오빠 몸에 공자님 혼이 들어갔다 쳐요. 그래도 그 몸은 우리 막내 오빠니까요. 믿든 말든 자유지만 전 마녀가 아니고 의사들도 흑마술사가 아니에요. 막내 오빠는 8년간 의식이 없었고 깨어나니 공자님인 거죠. 정말 공자님이 우리 오빠가 아니면 저도 황당하거든요."

"누가 그런 황당한 변명을 믿을 것 같으냐!"

"그러니까 믿든 말든 자윤데 몸은 소중히 다뤄주세요. 공자님 말대로면 다른 사람 몸이잖아요. 가뜩이나 많이 허약해졌는데 공자님 때문에 다치면 저 정말 속상해요. 납치당했다고 생각하면 얼른 몸 건사해서 도망칠 생각을 하든, 엎어버리든 하는 게 정상 아녜요?"

〈사랑의 매〉는 통증만 선사할 뿐 피해를 주지 않는다. 이보배는 확 한 대 때려줄까 하다가 환자를 때리면 안 된단 생각에 참았다.

지난 며칠간 이보배는 이한생에게 스스로가 놀랄 만큼 순종적으로 굴었다. 그랬던 이보배가 성질 내자 이한생이 눈을 홉떴다. 네 이년을 외치기 전의 준비 자세였다.

이보배는 막내 오빠의 목에 핏대가 서는 걸 보고 보온 도시락을 열었다. 인벤토리에 담아 가져오면 되는 걸, 이한생이 보고 흑마술이니 뭐니 난리 칠까 봐 일부러 보온 도시락에 담아 온 것이다.

다행히 죽은 아직 따뜻했다. 이보배는 김치낙지죽을 팍팍 섞어서 보란 듯이 퍼먹었다.

"자! 독 없어요! 작은오빠가 엄마가 만들어준 거랑 똑같은 맛 낸다고 하루 종일 고생해서 만든 거니까 한 입이라도 먹어봐요!"

사람의 기억은 미각, 후각, 청각, 촉각에 의해 자극받아 활성화된다. 가장 접근성 좋은 게 미각이라 이해기가 직접 김치까지 담가 죽을 쒔다.

이보배가 먹어보니 엄마 손맛 재현도가 상당했다.

"아!"

이보배는 따라 하라는 의미에서 입을 쩍 벌리고 숟가락을 들이밀었다. 이한생은 이보배와 죽을 1분 동안 노려보다 입을 슬쩍 벌렸다.

이보배는 먹기 좋도록 수저를 기울여 그의 입안에 죽을

떠먹여 줬다.

죽을 먹은 이한생의 표정이 미묘하게 변했다. 죽이 맛있지도 맛없지도 않은 기묘한 맛이라 기분이 이상한 듯했다.

이보배가 다시 죽을 떴다.

"맛이 별로죠? 엄마가 음식을 잘하는 편이 아니었거든요. 그래도 우리한텐 그리운 맛이야. 작은오빠는 음식 솜씨가 좋으니까 내일은 맛있는 걸로 가져올게요. 맛은 별로여도 낙지는 몸에 좋으니까 많이 먹어요. 낙지는 소화 잘되게 큰오빠가 칼로 다졌어요."

이한생은 생각보다 조용하게 죽을 받아먹었다. 보온 도시락은 금방 바닥을 드러냈다. 이보배는 막내 오빠가 제힘으로 음식을 씹고 삼키는 게 기뻐 눈시울을 적셨다.

예상치 못한 기억상실 때문에 많이 힘들었고 방황했다. 하지만 결국 중요한 건 막내 오빠가 살아 있다는 사실 아니겠는가.

"큰 거 바라지 않아요. 살아만 있어주면 돼요. 그냥 건강하게, 하고 싶은 거 하고 살아요. 나 돈 잘 벌거든요. 뒷받침해 줄 정도는 되니까."

이한생이 깨어났으니 가계를 압박하던 병원비 지출이 사라졌다. 앞으로도 한동안은 병원 신세를 져야겠지만 식물인간 유지비에 비하면 새 발의 피다.

뿐이랴. 이보배는 〈포션 메이커〉 B급을 소지한 생산계 헌터다. 막내 오빠가 작은오빠처럼 투자하겠다고 설치지만 않으면 충분히 감당할 자신 있었다.

"네년 같은 천것이 버는 돈이야 뻔하지. 감히 날 돈으로 회유하려 드느냐! 감히 나를! 제국 최고의 권세가 체키빙 공작가의 유일한 후계자 화르세인지를!"

감히 공작가 후계자 앞에서 돈 자랑을 한 죄로 이보배는 이름 이상한 공작가의 재산 목록을 듣는 형벌을 받았다. 저쪽 어디 산엔 다이아몬드 광산이, 저쪽 어디엔 금광이.

생소한 지명과 간혹 튀어나오는 이상한 설정을 들으며 이보배는 방긋 웃었다.

'이름이랑 설정 진짜 구려.'

김치낙지죽을 받아먹은 이후 망나니는(이보배는 막내 오빠의 새 인격을 이렇게 부르기로 했다) 이보배에 한해 약간 마음을 열었다. 마음을 열기로 했을 때 한 말이 이러하다.

"널 나의 몸종으로 인정해 주마."

마음을 열었다는 건 너무 온건한 표현 같다. 이보배는 올바른 표현으로 정정했다.

'호구 잡혔네.'

이보배는 호구 잡혔다. 그녀는 어금니를 꽉 물고 대답했다.

"감삼다."

"네년에 대한 의심을 거둔 건 아니다. 하지만 오라비를 걱정하는 마음은 진실한 듯하고 눈이 흐릿하고 멍한 것이 흑마술사에게 속아 넘어간 것 같아 수발을 허락한 게야."

'내가 너보다 성적 좋았거든!'

"날 모실 수 있게 된 걸 영광으로 알도록 해라. 본래 나 같은 공작가의 자손은 곁을 수행하는 하인들도 귀족가에서 뽑아 쓰는 법. 너처럼 근본 없고 빈곤한 생김새의 계집은 평생 내 발끝 한 번 보지 못했을 것이다. 그런 나를 모시게 되었으니 평생의 영광임을 명심하도록."

'나 한 달 월급이 세금 다 떼고도 천이거든? 댁 병원비 3할은 내가 대거든? 성과급이랑 보너스는 따로 받거든?'

"큰 명예를 선사했으니 내게 충심으로 복종해야 할 것이다! 내 명령을 듣고 날 배신하지 않으며 내가 흑마술사의 손아귀에서 벗어나도록 협조해야 할 것이야!"

자신이 흑마술사에게 붙잡혀 몸을 강탈당하고 거지 같은 몸에 영혼이 봉인되었다고 믿는 망나니가 이보배에게 처음으로 명령했다.

"가장 먼저! 이 옷을 버리고 지니산 실크 옷을 가져와라! 그것이 네게 내리는 첫 번째 임무다!"

혼자선 침대도 못 벗어나는 주제에 실크를 입겠다는 미친놈을 보았는가? 지금 이보배 앞에 있다.

"다음으로 음식이다! 흑마술사들이 환자식이라 우기니 간이 싱거운 건 인정하겠으나 반찬 수가 너무 적다! 감히 체키빙 공작가의 유일한 후계자를 가둬 놓고 이따위 음식만 가져오다니! 죽은 종류를 달리해 다섯 그릇, 곁들일 반찬은 최소 열 가지를 갖춰야 한다! 음료도 그렇다! 술이 안 되면 과일 주스를 가져와라!"

'와우.'

"날 감금한 공간도 너무 작고 허술하다! 더러운 흑마술 때문에 침대에서 움직이지 못하는 처지로 전락했으니 더욱 넓고 깨끗한 방을 제공해야 할 것 아니냐! 그런데 이 방은 좁고 가구도 싸구려에 심지어 독실도 아니야!"

망나니가 커튼 너머로 보이는 다른 침대들을 지적하며 짜증 냈다. 그렇게 1차, 2차, 3차 지랄을 마친 화르세인지가 딱 하나 괜찮다고 한 게 있었으니.

"침대는 제법 괜찮군, 크흠!"

신소재 신기술이 접합된 욕창 방지 침대니까 당연한 얘기다. 이보배가 큰맘 먹고 지른 고급 침대였다.

이보배가 기가 막혀 계속 바라보자 지랄병에 화룡점정을 찍었다.

"무례하게 눈 똑바로 뜨고 누굴 보느냐! 내 외모에 반해 흑심을 품으면 경을 칠 것이다!"

"이런 미친."

이보배는 망나니가 잊고 있는 중요한 사실을 상기시켜 줬다.

"그 몸 주인이 누구랬죠?"

"누구긴 누구야! 네년의 오라비⋯⋯. 아, 그렇군. 멍청한 천것의 불쾌한 시선을 받을 일 없다니, 그것 하나는 좋구나."

망나니는 사과하기는커녕 이보배에게 엄중히 경고했다.

"내 몸이 어디에 있는지 모른다는 네년의 말을 믿어보긴 하겠다만, 혹시라도 내 진짜 외모에 반해 흑심을 품으면 경을 칠 것이다."

"그러니까 이 세계는 공자님 살던 곳과 다른 세계라니까요."

결국 이보배는 뒷목을 잡았다. 올 때마다 다른 세계라고 앵무새처럼 반복하는데 까마귀 고기가 주식이었는지 툭하면 뇌에서 삭제했다.

"다른 세계라니까요, 다른 세계! 공자님 진짜 몸이 어디에 있고 어떻게 되었는지 우리도 모르니까 식사 잘하고 재활 치료도 거부하지 말라고 몇 번을 말해요!"

"흥! 이 해골의 상태는 내가 제일 잘 알아! 그따위 이상한 짓거리 하지 않아도 이 해골은 잘 낫고 있다!"

"그야 그렇지만."

의사를 백의의 흑마술사로 오해하는 화르세인지는 재활 치료와 검사를 완강히 거부했다. 신기한 것은, 재활 치료를 받지 않는데도 전신 근육이 빠른 속도로 재생하고 있다는 것이다.

의학에 문외한인 이보배가 보기에도 신기해 주치의에게 물어봤다. 의사도 원인을 모른다고 고개를 저었다.

균열의 날 이후 이과생들에겐 한 가지 삶의 지침이 생겼다. '어, 이게 되네? 왜 되는 거지?'라며 당황하지 말 것. '어, 이게 되네? 개이득!'의 마음가짐을 가질 것. 그러지 않으면 혈압 올라 버티지 못한다.

포션으로 잘린 팔도 순식간에 붙이는데 사람 근육 좀 빨리 낫는 게 대수겠나.

슬퍼 보이는 의사에게 이보배는 더 빠른 회복을 위해 포션을 먹여도 되겠냐 물었다. 의사가 반쯤 체념한 얼굴로 허가했다.

비싼 B급을 줬다가 망나니가 엎어버리면 너무 슬프기 때문에 이보배는 D급 포션을 먹었다. 척 봐도 물과 다른 색인 것을 과일 주스라고 속였다. 당연히 망나니는 흑마술사가 썩은 과일 주스를 준다고 쌍욕을 했다.

'어휴, 이 망나니 어쩌면 좋아.'

침대에 누운 지금도 이 지랄인데 침대에서 일어나면 버틸 수 있을까. 이보배는 혀를 차며 TV를 틀었다. 침대에 누워 망발하던 망나니가 입을 다물고 눈을 빛냈다.

병실 TV라 유료 채널 없이 공중파만 나왔다. 평일 낮에 하는 프로는 그게 그거라 이보배는 지겨운데 망나니는

TV에 집중했다. 세 살 아이에게 고글 쓴 펭귄을 보여줄 때와 반응이 비슷했다.

'설정 참.'

화르세인지 드 체키빙.

판타지 세계 어느 제국 공작가의 유일한 후계자. 잘생기고 돈 많고 권력 있고 여자가 따르며, 남자들의 시기를 한 몸에 받아 망나니란 별명을 얻은 죄 많은 남자.

어디까지나 본인 주장이고 증거는 없다.

그런 막내 오빠의 뉴 인격에 대해 이보배가 나름 고찰한 것이 있다.

일단 판타지 세계 설정.

이건 이해기가 말했던 판타지 소설의 영향을 받았다고 추측할 수 있다. 이해기는 중학생 때 판타지 소설 작가가 꿈이었다. 판타지 소설을 많이 읽었고 좋은 작품이 있으면 남매들에게 추천했다.

독서를 싫어하는 이한생은 읽기를 거부했지만 이해기가 줄거리와 설정을 얘기해 주워들은 게 많다. 본인이 집중해 듣지 않았어도 뇌엔 기록이 남았을 터다.

그런 것들이 섞이고 섞여 판타지 세계관을 창조한 건 아닐까?

공작가 설정.

이건 돈 많고 권력 있는 거 싫어하는 사람이 없으니 넘어가자.

유일한 후계자.

이건 중요하다. 아들 셋, 딸 하나 있는 집의 셋째 아들. 심지어 막내는 고대하던 딸. 딱 두 문장만 들어도 가운데에 낀 자의 설움이 느껴지지 않는가?

실제로 이한생이 그러했다. 사교성 좋은 첫째, 공부 잘하는 둘째, 딸 귀한 집안 고명딸인 막내까지.

깨물어 안 아픈 손가락 없으나 덜 아픈 손가락은 있다. 이씨 사 남매 중 이한생이 그러했다.

'막내 오빠랑 사이 진짜 별로였는데……'

아련하게 회상하기엔 꽤 살벌했다. 이보배는 막내 오빠와의 과거를 떠올리고 한숨을 내쉬었다. 이한생과 이보배는 견원지간이었다. 서로를 악랄하게 물어뜯고 진심으로 한심해했다.

이보배의 집 앞에 균열이 생기기 전까지는.

'막내 오빠……'

화르세인지 드 체키빙은 이한생이 무의식적으로 소망하고 떠올린 것들의 집합체가 아닐까?

"계집! 저건 뭐지?"

그렇게 생각하면 가슴 한구석이 짠해지면서, 망나니의 망나니짓도 봐줄 만했다.

"아아, 저건 햄버거라는 음식입니다. 맛있죠."

"흥! 입과 손에 다 묻히고 먹는 걸 보니 아주 천박하고 품위 없는 음식이로군!"

"막내 오빠가 제일 좋아하던 건데, 재활 치료 성실히 받으시면 사다 드릴게요."

이한생이 깨어나면 균열과 각성에 대해 설명하게 될 줄 알았다. 현실은 '계집, 저건 뭐냐!', '아아, 그것은 ~입니다'의 연속이다.

"나를 뭘로 보고! 난 화르세인지 드 체키빙! 체키빙 공작가의 유일한 후계자다. 치료랍시고 날 고문하려는 걸 모를 것 같으냐? 너도 날 모시게 되었으면 눈치를 키워라! 언제까지 흑마술사에게 속을 것이냐!"

"고문이 아니라 치료라니까요."

"힘들고 재미없는 일을 강제로 시키는데 어찌 고문이 아니란 말이냐! 심지어 아무 의미 없이 같은 행위를 반복시키던데. 아니면 흑마술사에겐 그 정도는 고문 축에도 못 낀다는 말이냐? 잔혹한 놈들."

'에휴.'

이보배는 속으로 한숨을 내쉬었다. 실제로 재활 치료가 힘들긴 해서 포장할 말이 생각나지 않았다. 부족한 근육을 쥐어짜는데 당연히 아프고 힘들지 않겠는가. 지켜보는 보호자도 할 수 있다면 대신 해주고 싶은 마음이 굴뚝같은데.

"에잇! 이 성가신 것!"

열심히 TV를 보던 망나니가 다시 발작했다. 환각과 환청 증세가 시작된 것이다.

망나니는 그나마 수월하게 움직이는 팔로 허공을 휘저었다. 손등과 연결된 링거가 같이 흔들렸다. 이보배는 그러다 망나니가 다칠까 싶어 만류했다.

"갑자기 움직이고 그러지 말라니까."

"감히 나를 납치하고 감금한 것도 모자라 이따위 잡술을 걸다니……. 내 몸만 되찾으면 반드시 네놈들을 찢어 죽여 돼지 사료로 줄 것이다……!"

"제발 빨리 몸 되찾고 막내 오빠 돌려주면 좋겠네요."

이한생이 정신을 차린 후 하루에 열 번은 반복하는 대화가 끝났다.

슬슬 면회 시간이 끝나갔다. 이보배가 주섬주섬 짐을 챙기자 망나니가 또 욕했다.

"또 주인을 버리고 가는구나! 충심이라곤 햄스터 꼬리만 한 것."

'막내 오빠 햄스터 좋아했지. 특히 햄스터 궁둥이.'

그래서 판타지 세계에도 햄스터가 있나 보다.

"버린다뇨."

버린다는 말에 이보배는 울컥했다. 귀여운 햄스터를 떠올려도 참을 수 없었다.

"무슨 일이 있어도 전 막내 오빠를 버리지 않아요. 내

인생에서 가장 볼품없고 무능했던 시기에도 난 오빠를 버린 적 없어요. 억지로 포기할 뻔한 건 사실이지만 운이 좋아 더 버틸 수 있게 되었죠. 난 계속 돈을 벌 거고 포기하지 않을 거예요. 절대 안 버릴 거니까 두고 봐."

이보배는 기억 잃은 막내 오빠에게 당당하게 선언하고 가방을 들었다.

"미리 말했듯이 내일 못 와요. 의사, 간호사 선생님들 말씀 잘 듣고 식사 나오는 대로 챙겨 먹고요. 제발 부탁이니 재활 치료받읍시다. 이상!"

욕이 쏟아질 게 뻔하기에 이보배는 후다닥 튀었다. 아니나 다를까. 장난감 매장에서 떼쓰는 아이도 지르지 못할 법한 초음파가 복도까지 울려 퍼졌다.

"이 무엄한 년! 감히 주인에게 명령하다니! 당장 엎드려 죄를 빌지 못할까아아악!"

저러고도 목이 쉬지 않는 건 체키빙 공작가에 내려온다는 성신의 가호 덕분일지도 모르겠다. 이보배는 민망한 마음에 걸음을 재촉했다.

견물생심이라. 햄버거 얘기를 했으니 햄버거가 먹고 싶어지는 게 인지상정이다. 이보배는 햄버거 가게에 들러 햄

버거를 샀다.

10세트 주문했더니 직원이 혼자 들고 갈 수 있겠냐 걱정했다. 이보배는 인벤토리가 있으니 괜찮다고 말했다.

문제는 햄버거가 나온 이후에 발생했다. 인벤토리 수납 공간이 부족했던 것이다. 비상시를 대비해 이것저것 넣어 둔 게 많아 햄버거 세트 10개가 들어갈 공간이 없었다. 압축시키면 들어가겠지만 짓눌린 햄버거와 감자튀김을 먹기는 싫었다.

"배달로 변경해 드릴까요?"

직원에게 사과하고 배달로 변경하려던 것도 잠시, 세트에 딸린 콜라가 페트병으로 제공된 게 이보배의 눈에 띄었다.

햄버거 가게를 나오는 이보배의 양손엔 햄버거와 감자튀김이 들려 있었다. 콜라는 인벤토리가 허용하는 만큼만 챙기고 나머지는 받지 않았다.

배달을 시켜도 되지만 맛있는 냄새 솔솔 나는 봉투를 들고 집으로 가고 있자니 기분이 좋았다.

'이런 게 가장이 누리는 권리지.'

집에는 배고픈 오빠들이 기다리고 있을 것이다. 사 온 햄버거를 보면 벌떡 일어나 반겨주겠지?

"나 왔어!"

"막내 왔, 햄버거다!"

"햄버거 사 왔어? 굿."

"막내 오빠랑 TV 보다가 광고 보니까 먹고 싶더라. 음료는 여기. 밖에 내놨었는지 안 시원해. 콜라 냉장고에 또 있지?"

"있어. 형이 물 대신 마시잖아."

"운동도 안 하면서. 저러다 당뇨 같은 거 걸리면 어떡하지?"

"괜찮을 거야. 미래에도 당뇨 걸렸단 각성자 애긴 들은 적 없다."

"흐응, 흐응, 참깨빵 위에 순 쇠고기~ 이건 우리 막내 거! 이건 둘째 거!"

이귀한은 봉투를 뒤져 이보배와 이해기에게 햄버거를 하나씩 건넸다. 그런 후 자신이 먹을 햄버거 포장을 벗겨 베어 물었다.

집에 돌아온 첫날 치킨 다리를 양손에 들고 먹던 것에 비하면 괄목할 만한 성장이었다.

'나아지고 있어.'

이한생이 깨어난 후 이귀한은 조금 의젓해졌다. 걱정하던 셋째 동생을 본 게 많은 영향을 미친 듯했다.

"내일 검사받고 결과 정상이면 셋째 보러 가도 되는 거지?"

"응, 같이 가자."

"와아, 셋째 본다."

이귀한이 활짝 웃었다. 이보배도 흐뭇하게 따라 웃었다. 이해기 혼자 훈훈한 분위기에 끼지 않고 묵묵히 햄버거를 씹어 삼켰다.

"다 먹었다!"

햄버거 두 개를 해치운 이귀한이 손을 씻기 위해 일어났다. 이보배는 깜짝 놀랐다.

"너무 적게 먹은 거 아니야? 나 10개 사면서 부족하지 않을까 걱정했는데."

"아냐, 충분해."

이보배는 그간 이귀한의 식사량을 따져보다 짚이는 것이 생겨 물었다.

"큰오빠 요즘 먹는 양 줄지 않았어?"

"모르겠는데."

본인 얘기를 하는데 이귀한은 전혀 모르겠단 얼굴로 고개를 저었다. 내내 햄버거만 씹던 이해기가 처음으로 대화에 참가했다.

"덜 먹는 거 맞아."

종목을 햄버거로 한정했을 때 귀환 전의 이귀한이 세운 최대 기록은 세트 3개였다. 돌아서면 배고픈 중학생 시절 세운 기록이었다.

귀환한 후의 이귀한이면 8세트도 너끈했을 것이다. 먹은 게 어디로 가는지 뱃살은 그대로였지만.

이보배는 이귀한의 먹성을 생각해 10세트를 사 왔다. 그런데 다시 곰곰이 생각해 보니 요즘 이귀한의 식탐이 귀환 초기만 못했다.

한 입 크기로 남은 햄버거를 먹어치운 이해기가 입가를 닦은 뒤 말했다.

　"전보다 덜 먹는 거 맞아. 한생이 보고 온 날부터 야식도 끊었고."

　"내가? 그랬어? 잘 모르겠어."

　"형의 일거수일투족을 감시하는 내 말을 믿겠어, 형이 느끼는 걸 믿겠어?"

　"당연히 널 믿지! 나 덜 먹는구나!"

　"……."

　역시 이귀한의 폭식은 정신적인 문제였다. 이보배는 마음속에서 흐르는 눈물을 닦았다.

　"먹는 양이 줄었다니 다행이다, 큰오빠. 집도 낡은데 화장실 변기 막히는 건 아닐까 걱정했다니까."

　이보배가 농담 삼아 한 말에 이귀한이 눈동자를 굴리더니 시선을 피했다.

　'밥 먹은 사람에게 하기에 소재가 더러웠나. 아니, 큰오빠 비위 좋은데. 아니면 진짜 막혔나?'

　집을 비운 사이 변기가 진짜 막혔냐고 물으려는데 이해기의 상태가 이상했다. 형의 일거수일투족을 감시한다고 당당하게 말하던 이해기가 경악했다.

　"형, 설마."

　"먹으면 싸야지. 그래, 그게 맞지. 깜빡했지 뭐야."

이귀한이 화장실을 보며 아련하게 웃었다. 척 보면 척이었다.

'변비가 심하구나.'

"젠장."

이해기가 스스로를 질책하듯 작게 뇌까렸다. 보아하니 작은오빠도 변비 징조가 있는 듯했다.

'각성자가 변비라니.'

이보배는 듣도 보도 못한 소리에 혀를 찼다. 평소의 식습관이 얼마나 안 좋고 움직임이 적으면 각성자가 변비에 걸리냐 이거다.

"물 대신 콜라를 마시니까 변비가 생기는 거야. 내일부터 하루에 물 2리터씩 꼭꼭 마셔."

"먹을 필요도, 마실 필요도 없는데 허기와 갈증이 나를 괴롭혔어. 오직 흐르는 피와 썩은 살점, 죽음을 앞둔 공포와 타락한 혼의 귀곡성만이 날 달랠 수 있었는데……."

이귀한이 눈을 감았다. 그가 배를 슬슬 문질렀다.

"이젠 밤에도 배고프지 않아."

'변비 때문에 아랫배가 더부룩하니 배가 부르겠지.'

이보배는 집에 있는 구급상자에 변비약이 있나 기억을 더듬었다. 각성한 이후 포션을 만들 수 있게 되다 보니 구급상자는 텅 빈 상태였다.

"괜찮, 이젠 괜찮은 거지, 형?"

이해기가 이마를 바닥에 박고 떨었다.

"작은오빠, 왜 그래?"

"아니, 아무것도 아니다. 잠깐만 이렇게 있을게."

"어디 아파? 병원? 포션 필요해?"

"아니야, 그런 게 아니다. 형이 나아지고 있다는 실감이 들어 잠깐 울컥했다. 정말 괜찮으니 보지 마라. 동생 앞에서 이런 모습 보여주고 싶지 않아."

보지 말라고 해도 집이 좁아 거실에서 저러고 있으면 볼 수밖에 없다. 이보배는 일부러 고개를 돌리고 이해기의 말에 따랐다.

"형, 정말 괜찮은 거지?"

"응, 괜찮은데 너 좀 오바인 듯."

이귀한이 동생들 눈치를 살피더니 방으로 슬금슬금 들어갔다. 이귀한은 익숙한 자세로 곰 인형을 껴안고 게임 방송을 시청했다.

내가 못하면 빡치지만 남이 못하면 꿀잼이라나 뭐라나.

이보배가 씻고 나오자 이해기가 캔 맥주를 들이밀었다. 싱크대에서 세수했는지 얼굴이 축축했다.

"큰오빠는?"

"방에. 자려고 노력해 보겠대."

둘은 소파에 앉아 캔 맥주를 마셨다. 심심해서 컨 TV에선 재밌는 걸 안 했다. 신라 길드 갑질이 논란인 듯했지만 사계절이 아니면 이보배의 관심 밖이었다.

'공략 성공해야 할 텐데.'

스킬 등급이 올랐고 막내 오빠도 깨어났으니 전처럼 회사에 연연할 필요는 없다. 하지만 5년간 몸 바쳐, 젊음 바쳐 일한 곳이라 그런지 성공했으면 좋겠단 생각이 들었다.

이해기는 뉴스를 보는 것 같았지만 이보배는 무심하게 채널을 바꿨다. 이게 리모컨을 쥔 가장의 특권이다.

"셋째는 오늘 어떻더냐."

'아, 말투.'

종종 튀어나오는 이해기의 기괴한 말투에 이보배는 기겁했다. 어떤 의미에선 망나니 말투가 나왔다. 기억상실은 진짜고 각성 하이는 컨셉이기 때문이다. 찐과 짭이 붙으면 찐이 승리하는 게 정의 아닌가.

"똑같지 뭐. 망나니 설정은 왜 붙인 건지 모르겠어. 차라리 진짜 조선 시대 백정 설정이면 이해라도 하겠네."

웃으라고 한 얘기에 이해기가 설핏 웃었다. 웃긴 웃는데 진짜 웃는 건 아니었다.

이해기는 이귀한이 돌아왔을 때도 그러더니 이한생의 각성에도 쉽게 적응하지 못했다. 이귀한이 이한생의 각성으로 안정을 되찾은 것과 반대였다.

불안해하면서 숨기려 든다. 이보배 눈엔 다 보이는데 계속 감추려 들었다.

면회만 해도 그렇다. 이해기는 마음의 준비가 필요하고 형을 돌볼 사람이 필요하단 핑계로 첫날 이후 면회를 미뤘다. 이한생을 피하는 게 선명하게 보였다.

"휴간데 쉬지도 못하고 고생이 많다. 원래는 널 쉬게 두고 내가 다 챙겼어야 하는 건데."

이해기가 절반 남은 캔 맥주를 흔들었다.

"작은오빠가 집안일 하면서 큰오빠 돌봐주고 있잖아. 덕분에 내가 맘 편하게 병원 가는 거지."

이보배는 캔 맥주를 야금야금 마시면서 이해기 눈치를 살폈다.

"아직도 막내 오빠 보기 불편해?"

"미안하다. 조금만…… 더 시간을 다오."

"나는 잘 모르겠네. 남매랑 형제가 그렇게 다른가? 아니면 나한텐 오빠고 오빠한텐 동생이라 그래?"

이해기는 별다른 말을 하지 않았다. 표정만 봐도 죽을 것처럼 괴로워 보이는데 여기서 무슨 말을 더 하겠나. 이보배는 고개를 설레설레 저었다.

이해기가 먼저 캔을 비우고 일어났다.

"내일 형 검사랑 나 등록 마치면 가족회의 한 번 하자."

"그렇지. 작은오빠 본격적으로 헌터 일 하고 나도 휴가 끝나면 큰오빠 돌봐줄 사람이 없어지니까. 막내 오빠 퇴원한 다음 일도 생각해야 하고. 이것저것 의논할 게 많네."

이해기는 그게 아니라는 듯이 쓴웃음을 지었다. 그가 심각한 어조로 중얼거렸다.

"미래가 너무 많이 변했어……."

이보배도 심각하게 고개를 끄덕였다. 망했으면 그냥 개털 되었다고 하면 될 것을. 투자 망했다고 밑밥 한번 거창하게 깔았다.

"안녕하세요."

최요한이 상냥한 목소리로 인사했다. 그의 뒤에 선 박마노가 묵례했다. 이보배는 그대로 문을 닫을 뻔했다.

경찰이 있어도 깜짝 놀랄 판에 관리국 헌터님이 와 계시니 놀람이 두 배, 심장 덜컹도 두 배였다. 그것도 박마노가!

"마력 차단복은 반납했어요! 택배도 되신다고 하셔서 다음 날 바로!"

"네, 알고 있습니다."

'그게 아니면 왜 오셨지? 역시 그건가?'

슬프게도 이씨 남매는 결백하지 않았다. 이해기가 지은

죄가 있었다. 각성한 지 한 달이 되어가는데 여태껏 등록을 안 한 것이다.

"오늘 등록하려고 했어요! 같이 가서 등록할 거예요!"

무슨 일이 있어도 벌금만은 막아야 했다. 벌금만은!

인류를 대표하는 S급 헌터 검성은 무수히 많은 업적을 쌓았다.

비각성자야 검성이 공략한 균열이나 최단기간 공략, 세계최강 등에 열광한다.

하지만 대한민국 국적을 지닌 각성자는 약간 다르다. 대한민국 한정으로 검성이 이룬 가장 위대한 업적은 각종 특별법 도입이었다.

이 땅에서 헌터들을 울부짖게 만드는 법 대부분이 검성 덕분에 탄생했다. A급 헌터의 벌이 수준이 아니면 감당 못할 만큼 벌금 액수가 커졌다.

변제 능력이 없으면 끌고 가 강제 노동을 시킨다는 소문이 있다. 이자가 붙는 건 물론이요, 그 이율이 콩팥 캐릭터가 지하철에서 처음으로 광고하던 시절에 필적한다나 어쩐다나.

당연히 헌터들은 반발했다. 그 반발을 무력으로 짓누르고 준법정신 투철한 헌터 업계를 만든 것이 박마노의 업적이었다.

애국 헌터 박마노 가라사대, 벌금이 비싸면 법을 지키

면 되잖아, 하시니. 법 조항 자체는 틀린 게 없었기에 헌터들이 납득했다 하더라.

그리고 여기, 누추한 이씨 남매의 집에 귀하신 박마노가 오셨다. 왜 오신 걸까. 한 번 봐준다고 했는데 다음 날 바로 등록하지 않은 이해기를 벌하러 오셨는가?

이보배는 전신의 핏기가 싹 가시는 걸 느꼈다. 그녀는 일단 공손하게 두 손을 모았다. 무릎 꿇고 싹싹 빌려는 이보배를 보고 최요한이 깜짝 놀라 일으켰다.

"저희가 미리 연락드리지 않고 불쑥 찾아와 놀라셨나 보네요. 벌금 때문에 온 것 아니에요. 오늘 검사랑 등록하신다는 얘기 듣고 지나가는 길에 들렀어요."

최요한이 말했지만 이보배는 믿지 않았다. 천하의 박마노가 오는 길에 들렀다고? 한 번이면 모를까 두 번이나 이런 핑계에 속을 리 없다. 이보배는 울고 싶어졌다.

'어떡해. 오빠들 찍혔나 봐.'

박마노가 이보배의 오빠들을 찍은 게 분명하다. 범죄 예비군이나 사고 칠 꼴통, 뭐 이런 리스트에 올려놓고 정황을 살피러 온 것이다.

"……."

이보배와 같은 생각인지 밖으로 나온 이해기가 얼굴을 굳혔다. 이해기는 박마노에게서 눈을 떼지 못했다. 최요한이 서글서글하게 웃으면서 이해기에게 손을 내밀었다.

"다시 뵙네요, 이해기 씨."

"안녕하십니까."

이해기는 최요한이 내민 손을 무시했다. 이보배가 무슨 무례냐고 등을 후려쳤다. SS급 스킬에 힘입어 그녀의 손 속엔 거침이 없었다.

"끄악!"

이해기는 눈물을 삼키면서도 손을 내밀지 않았다. 최요 한은 머쓱해하며 손을 거두었다. 뒤에서 지켜보던 박마노 의 눈썹이 꿈틀거렸다. 박마노의 인명사전 이해기 항목에 '싹수없음'이 추가된 게 틀림없다.

이해기는 박마노의 표정 변화를 보고 씁쓸한 미소를 지었다.

"길 막고 뭐 해?"

화장실 간다고 꾸물거리던 이귀한이 마지막으로 나왔 다. 박마노가 손을 들어 인사했다.

"이귀한 씨! 저 기억해요?"

보나 마나 모른다고 말할 것 같아 이보배가 필사적으로 눈짓했다. 이귀한이 막내의 눈빛에 쫄아 공손하게 말했다.

"저는 힘을 숨기지 않음."

"오, 기억하시네. 오늘이 검사일이죠? 첫 발견자의 인연 이 있으니 검사까지 지켜볼까 싶어서 왔어요."

"저는 절대 힘을 숨기지 않음."

이귀한은 그렇게 말하고 이해기의 뒤로 숨었다. 그는 고개만 내밀어 추가로 말했다.

"인연도 다한 것 같음."

"음....... 아니야, 형. 의외로 깊고 진한 인연이......."

"맞아. 이해기 씨랑은 아무 연도 없지만 이귀한 씨와 나는 균열 내 던전 보스 방에서 마주친 놀라운 사이 아닙니까."

이해기가 비틀거렸다. 누가 때리지도 않았는데 꼭 맞은 사람처럼 굴었다. 박마노는 별 싱거운 놈 다 본다는 얼굴로 이해기를 훑어보고 이귀한에게 집중했다.

"솔직히 나 아니었으면 바로 공격했습니다. 나 정도 능력 받쳐주고, 눈 좋고, 촉 산 사람이 첫 발견자라 지금까지 편히 지낸 것 아닙니까? 첫 발견자의 연을 소중히 이어가죠. 여기서 이러지 말고 탑시다. 관리국까지 태워 드릴 테니."

"저는 힘을 숨기지 않았지만! 선빵 안 한 건 고마움......."

박마노는 구구절절 옳은 말만 했다. 실제로 여러 편의를 봐줬고, 귀환한 후 가족 다음으로 많이 본 사람이기 때문인지 이귀한도 낯을 덜 가렸다.

"도로 쪽에 밴이 있습니다. 타세요."

최요한이 싱글벙글 웃으면서 남매를 인도했다. 이보배는 얼떨결에 밴이 주차된 장소까지 따라갔다.

'이대로 얻어 타면 집에 갈 땐 택시를? 큰오빠 상태가 괜찮으면 대중교통을 시도해 볼까?'

최요한이 문을 열자 이귀한이 냉큼 올라탔다. 이해기가 따라 타고 이보배가 오르려는데 주머니 속 핸드폰이 울렸다. 병원에서 온 전화였다.

병원에서 이보배에게 전화할 이유야 하나밖에 없었다. 이한생 문제였다.

"오늘 안 간다고 말했는데 난리 치나 보다. 까먹은 건 아니겠지?"

정말 뇌에 문제가 있어 기억력이 감퇴한 거라면 큰일이었다. 이보배는 조심스럽게 통화 버튼을 눌렀다. 밴에 탄 사람들이 동시에 입을 다물었다.

"네, 이보배입니다. 네? 오빠가 저를 찾는다고요?"

이보배가 예상한 그대로였다. 그녀는 안도하여 한숨을 쉬었다. 이귀한과 이해기도 의자에 편히 앉았다.

"아……. 꾀병까지 부리면서 심하게…… 물건도 던지고. 죄송합니다. 맞은 분은 안 계시죠? 성함 알려주시면 제가 직접 찾아뵙고 사과드리겠습니다. 정말 죄송합니다."

식구 중에 천지 분간 못 하는 망나니가 있으면 가장이 고생하는 법이다. 이보배는 보이지 않는 상대방에게 꾸벅꾸벅 고개를 숙였다.

통화가 끝난 후 이보배는 목덜미를 잡았다. 정수리와 어깨가 뻐근했다. 이귀한이 이보배의 어깨를 주무르며 말했다.

"막내야, 오빠가 가서 셋째 혼내줄게."

"쓰읍, 후우. 난 괜찮아. 병이 나쁜 거니까. 작은오빠."

"안 돼."

그녀가 꺼내려는 말을 알아챈 이해기가 다 듣지 않고 반대했다. 이보배는 눈살을 찌푸렸다.

"자꾸 작은오빠한테만 맡겨서 미안해. 그렇지만 내가 가봐야 할 것 같아."

"너 혼자선 안 된다. 가려면 같이 가자."

"그럼 나도 갈래!"

"안 됩니다."

이귀한이 외치자 박마노가 당당하게 가족 대화에 끼어들어 반대했다.

"저번에도 비슷한 상황에서 내가 껴들었던 거 같은데 정말 인연이 있긴 있나 봅니다. 그런 의미에서 반대표 던집니다. 이귀한 씨, 오늘 검사받읍시다. 빨리 검사받아야 동생도 편하게 보겠죠?"

박마노의 시선이 이귀한에서 이해기에게로 옮겨 갔다.

"그리고 이해기 씨. 내가 봐주는 건 한 번만이라고 말했을 텐데? 기억력 나쁜가 봐? 바쁜 사람 시간 낭비하게 하지 말고 좋게좋게 갑시다? 안 그럼 인벤토리 탈탈 털어보라고 할 건데. 그때부턴 안 봐드릴 겁니다. 이귀한 씨 동생이래도 짤 없어요."

이해기가 눈을 가늘게 떴다. 이보배는 괜한 고집을 부리는 작은오빠를 이해할 수 없어 난처했다.

"그냥 나 혼자 가면 되는데, 작은오빠."

"넌 항상 그랬지. 셋째 일이라면 물불 가리지 않고 뛰어들었다. 내가 몇 번을 말해도 그 버릇 못 고치더니 결국 한생이보다 네가 먼저……."

'내가 언제 뛰어들어?'

막내 오빠는 식물인간으로 8년 동안 병원에 잘 누워 있었다. 그녀가 막내 오빠 일로 호출받아 달려간 건 요 며칠 사이가 전부였다.

"어쨌든 혼자는 위험하다. 나랑 같이 가자."

'여태껏 나 혼자 잘 다녔는데 이제 와서?'

한 대 팍 때려주면 정신 차릴까 싶어 이보배가 주먹을 쥐었다 폈다. 이귀한은 이귀한대로 자기만 따돌린다 여겼는지 이해기에게 달라붙었다.

"뭐야, 뭐야. 나 혼자 보낼 거야? 형만 따돌리는 거야? 너희 없으니까 안 참아도 되는 거야?"

여차하면 관리국에서 생떼를 쓰겠다고 이귀한이 경고했다.

"작은오빠, 갑자기 왜 이래!"

"미안하다, 보배야. 기우인 걸 알지만 트라우마가……."

이보배는 답답해서 가슴을 쳤다.

"됐어! 나 혼자 갈 거니까 작은오빠는 큰오빠나 잘 챙겨!"

"혼자는 안 된다!"

"들었지? 혼자 아니면 괜찮단다. 가라, 최요한."

"얘기가 그렇게 되나요."

박마노가 심드렁한 얼굴로 최요한에게 이보배를 가리켜 보였다. 최요한이 상냥하게 웃었다.

"제가 이보배 씨와 함께 병원에 가겠습니다. 안전은 걱정 마세요."

"이것도 싫다면 등록 거부 의사로 간주할 수밖에 없습니다."

박마노가 최후통첩을 날렸다. 이보배는 작은오빠에게 잡힌 손을 뿌리치고 밴에서 한 걸음 물러났다. 이해기가 떨떠름한 표정으로 최요한을 응시했다.

"혹시 제가 못 미더우시다면 다른 헌터에게 부탁할까요?"

"……천벌 콤비가 못 미더울 리 있겠습니까."

"와, 제 이름을 아시더니 과장님이랑 제 별명도 아시네요?"

"어떻게 모르겠습니까. 유명한 분들을."

"이상하다. 양지 분들은 모르셔야 정상인데. 저희가 불철주야 나라를 위해 노력하는 걸 시민분들이 알아주시는 것 같아 정말 기쁘고 영광이에요."

최요한이 순수한 기쁨을 표현하며 손을 내밀었다. 이해기는 똥 씹은 표정을 짓고 내민 손을 잡아 거칠게 흔들었다.

"보배, 잘 부탁드립니다."

"과장님 모시듯 모시겠습니다."

최요한 대신 박마노가 운전대를 잡았다. 이씨 형제와 박마노를 태운 밴이 먼저 출발했다. 최요한이 이해기에게 받은 차 키를 들고 이보배에게 다가왔다. 만면에 미소가 가득했다.

"덕분에 귀찮은 일 하나 해결했네요. 정말 감사합니다."

"네?"

"저희 인연은 인연인가 봐요. 그럼 가실까요?"

최요한은 남의 차도 능숙하게 몰았다. 공무 집행을 하다 보면 다양한 차종을 몰게 되어서 운전 실력이 일취월장했다나 뭐라나. 병원에 거의 도착하자 이보배가 전화를 걸었다.

"네, 이한생 씨 보호자입니다. 거의 도착했습니다. 네? 병실이 아니라 재활 물리치료실로 오라고요?"

이제껏 이한생은 재활 치료를 거부해 제대로 치료에 임한 적이 없다. 게다가 전화를 받는 병원 관계자의 목소리는 당황한 기색이 느껴지지만 다급하진 않았다.

백문이 불여일견. 어차피 병원에 다 왔다. 이보배는 더 물어보는 대신 얼른 가보는 게 낫단 판단을 내렸다.

이보배나 최요한이나 재활 물리치료실 위치를 몰라 병원 지도를 보고 치료실이 있는 층수를 확인했다.

병원 엘리베이터는 이용자가 많았다. 다행히 로비에서 우르르 내려 엘리베이터엔 둘만 남았다.

'막내 오빠 상태 설명해 줘야겠지.'

이보배는 일단 관리국 헌터님에게 망나니의 상태를 설명할 필요성을 느꼈다. 망나니가 망나니짓 하다 관리국 헌터님 심기에 거슬리면 안 되기 때문이다.

일반적으로 사람들은 환자에게 관대하다. 하지만 망나니는 겉만 봐선 환자가 아니다. 혼자선 거동이 어렵지만 살과 근육이 붙었고 혈색도 좋았다. 겉으로만 봐선 약간 마른 체형의 청년으로 보였다.

그러니 사전에 망나니가 아파서 제정신이 아니라는 걸 반드시 알려야 했다.

"미리 말씀드릴게요. 저희 막내 오빠 상태가 썩 좋지 않아요."

"알고 있어요. 저도 깨어나실 때 같이 있었잖아요."

"그때는 바로 쓰러졌는데 지금은 3시간, 4시간은 깨어 있거든요. 그때 상태 그대로 4시간."

"아."

최요한이 안쓰러운 눈빛을 보냈다.

"고생 많으십니다."

"아뇨, 제가 뭘."

"그때도 말씀드렸지만 혹시 많이 힘드시면 술 한잔 사드릴게요. 아, 사심 없이 순수한 호의입니다."

'동정이겠지.'

사심이 하나도 없는 순수 100퍼센트 연민과 동정이다.

이보배는 각성한 범죄자 잡으러 다니면서 어지간한 막

장은 다 보았을 관리국 헌터의 동정을 사는 데 성공했다. 이게 다 오빠를 잘 둔 덕이다.

"야 이 새끼들아!"

엘리베이터가 열리고 약속한 것처럼 거친 욕설이 복도에 쩌렁쩌렁 울렸다. 이보배의 볼이 새빨갛게 달아올랐다. 그녀는 최요한을 제치고 치료실로 달려갔다. 그러나 최요한은 금방 그녀를 앞질러 먼저 문을 열고 가로막았다.

"음?"

"간악한 흑마술사 놈들! 사술을 풀어라아아아아!"

위험 요소가 없다고 판단한 최요한이 이보배에게 길을 비켜주었다. 이보배는 치료실 안을 보고 눈을 깜빡였다.

들려오는 소리가 요란해 문 열면 물건 날아올 것도 각오했다. 그런데 소리만 요란하지 치료실 내부는 평화로웠다.

"허억, 허억, 허억, 시이발."

딱 한 명, 러닝머신 위에서 쌍욕을 뱉으며 달리는 이한생만 빼고.

혼자선 거동이 어렵던 이한생이 어떻게 뛰는가에 대한 의문은 접어두자. 지금 눈앞에서 뛰고 있으니까.

환자복이 땀에 젖을 정도로 열심히 달리던 이한생이 갑자기 러닝머신에서 내려왔다. 바닥에 쓰러져 거칠게 숨을 몰아쉬더니 3분 후, 발작하듯 일어나 허공에 주먹을 휘둘렀다.

"빌어먹을! 이게 도대체 무엇이냐! 내게 어떤 마술을 건 거야!"

격렬하게 섀도복싱을 하던 이한생과 이보배의 눈이 마주쳤다. 이한생이 벌떡 일어나 삿대질했다.

"네 이년! 주인이 사악한 저주에 걸려 죽을 위기에 처했는데 놀고 있느냐!"

"도대체 이게 무슨 일이야, 막내 오빠. 진짜 환청이라도 들려? 누가 운동 안 하면 죽이겠다고 협박해?"

"아악!"

5분이나 지났을까. 여전히 어깨를 위아래로 들썩이며 거칠게 호흡하던 이한생이 사지를 퍼덕였다. 그는 이를 빠득빠득 갈았다. 식물인간 1년 차엔 보배가 열심히 관리하고 이후엔 간병인에게 추가금까지 줘가며 관리한 귀한 치아였다. 그걸 깨 갈듯이 빠득빠득 갈더니.

"훅! 훅! 후욱!"

느닷없이 제자리에서 팔 벌려 뛰기를 시작했다.

"말려야 하지 않을……. 몸이?"

최요한이 꽤 걱정스러운 눈으로 다가가다 멈췄다. 이보배가 말리려 하자 지켜보던 간호사가 그녀를 붙잡았다.

"운동 중에 말리면 발작해요."

"네?"

"처음엔 평소처럼 환청과 환각 증세를 호소했어요. 그러다가 갑자기 끔찍한 통증을 몇 차례 호소하고, 그 뒤엔 갑자기 재활 치료를 받아야겠다고 우겨서 이리로 오게 된 거예요."

"그렇지만 저건 재활 치료라기엔 너무…… 과격한데요. 지금 오빠 수준에 저렇게 과격한 운동을 해도 되나요?"

"원래라면 저렇게 뛰는 일 자체가 불가능하죠. 이한생 씨 진정되면 정밀 검사 들어갈 예정입니다."

간호사가 보호자 서명이 필요한 용지를 건넸다. 때맞춰 이한생이 100을 크게 외친 후 바닥에 쓰러졌다. 이보배는 서명보다 막내 오빠부터 챙겼다.

"무슨 일이야! 왜 이러는데!"

"무, 무슨 일이냐니. 너희가 내게 저주를 걸지 않, 후욱, 허억허억, 걸지 않았느냐! 시끄럽고 난잡한 것이 내 주위를 떠돌더니 이젠 아예 명령까지! 내 비록 오늘은 고문에 굴복했지만 내일은 절대 굴복하지 않을 것이다. 젠장! 안 하면 또 고문한다고? 반복? 바안복?"

이한생이 입에 거품을 물고 뒤로 넘어갔다. 이보배는 막내 오빠가 쓰러지는 줄 알고 상체를 받쳤다. 이한생이 믿기 힘든 힘으로 사지를 퍼덕였다.

"이 잔인한 놈들!"

그가 신고 있던 삼선 슬리퍼가 허공을 날아 이보배의 정수리로 수직 낙하했다. 최요한이 떨어지는 슬리퍼를 가볍게 낚아챘다.

"이해기 씨가 걱정할 만하네요. 막내 오빠분 행동이 주위를 배려하지 않으시는 게 꼭 성장기 대형견 같습니다."

개 같다 이 말이다.

너 개 같단 말에도 망나니는 조용했다. 그대로 쓰러져 잠든 것이다.

의료진이 이한생을 침대에 눕히고 떨어지지 않도록 고정했다. 이제 검사실로 가면 된다. 이보배는 간호사가 줬던 용지에 서명을 하려 했다.

화르세인지 드 체키빙 공자는 정밀 검사가 시급했다. 이건 기억상실보다 안 좋았다.

"잠시만요, 이보배 씨."

"네?"

"제가 눈으로 봤을 때 이한생 씨는 아주 건강하세요. 혹시 뭔가 떠오르는 게 없으신지?"

최요한이 이한생의 발에 슬리퍼를 신기는 걸 보며 이보배는 그의 말을 되짚었다.

떠오르는 거. 떠오르는 거야 많다.

화르세인지로 깨어난 이후 지속적으로 호소한 환청과 환각. 머릿속에서 직접 울리는 것 같다는 시끄럽고 반복적인 소음. 사람과 대화하거나 무언가에 집중할 땐 괜찮지만 집중이 흐트러지면 그를 괴롭히는 정신 사나운 환각.

의사가 깜짝 놀란 회복 속도와 오늘 보여준 놀라운 모습. 갑자기 벌인 기행과 누군가에게 기행을 명령받았다는 주장까지.

'설마.'

짚이는 게 있었다. 이보배는 고개를 번쩍 들었다. 최요한이 진지하게 고개를 끄덕였다.

"설마 막내 오빠가."

"네. 각성하신 것 같습니다."

"환각은 시스템 알림창, 환청은 알림음. 그러면 이야기가 맞네요. 그렇지만 이상한 게 남았어요."

감히 공작가 후계자인 그에게 명령하는 흑마술사의 사술. 명령에 따르지 않으면 행해지는 고문. 몸에 이상이 없어 꾀병 소리를 듣게 만드는 고문은 각성으로도 해명되지 않는다.

그 의문의 답, 이보배는 모르지만 최요한은 알고 있었다.

"퀘스트를 아십니까?"

퀘!

스!

트!

그것은 각성자 사이에서 도시 전설로 떠도는 시스템의 기능 중 하나이다. 시스템이 각성자에게 특정 임무를 내린 후, 각성자가 임무를 달성하면 적절한 보상을 준다.

실제로 받은 사람도 있지만 못 받는 사람이 더 많았다. 퀘스트 받는 놈만 계속 받는다는 의견이 우세했다. 특히 최근엔 퀘스트를 받았다는 말을 꺼내는 사람이 줄어들어 패치로 삭제되었다는 의견도 있었다.

"그 퀘스트를 막내 오빠가 받았다고요? 그렇지만 통증은……."

"퀘스트 중엔 실패 시 페널티를 주는 것도 있습니다. 이한생 씨의 경우엔 고통이 페널티였던 거죠."

"그럼 얘기가 딱딱 맞아요."

이보배는 어안이 벙벙해져 입을 벌렸다. 이한생의 회복이 기이할 정도로 빨랐던 건 각성 때문이었을까? 어쩌면.

'깨어난 것도 각성 덕분일지 몰라.'

각성자는 각성하는 순간 체력과 근력, 민첩 등의 신체 능력치가 건강한 20대 청년 수준으로 고정된다. 직업과 스킬에 따라 세부 능력 변화는 있지만 최저 능력치는 그 정도 수준이었다.

병약했던 사람도 건강해지는 것이다. 감기에 걸렸다면 씻은 듯이 완쾌하고 중병에 걸린 사람도 나았다는 기록이 있다.

각성해서 각성했다. 말이 이상하지만 어쨌든 그럴싸한 가정이었다.

"어떻게 하시겠어요? 이대로 이한생 씨가 깨어나길 기다리실래요? 아니면 관리국으로 가시겠어요?"

"기다릴래요. 막내 오빠가 언제 깨어날진 모르겠지만 깨어나면 물어볼 것도 많고요. 아, 막내 오빠가 각성한 게 맞다면 등록은 반드시 하겠습니다."

"별말씀을요. 관리국이 그렇게 야박하진 않습니다. 병원에서 퇴원하고 좀 진정된 후에 하셔도 괜찮습니다. 그보다."

최요한이 복도를 가리켰다. 환자용 엘리베이터 쪽에서 괴성이 들렸다.

"크아아악! 이 천벌 받을 흑마술사 놈들! 이 새끼들아!"

"이한생 씨가 금방 깨셨네요."

사람이 한숨 돌릴 틈을 주지 않는다. 이보배는 터덜터덜 걸으며 이해기에게 문자를 보냈다.

6. 오빠인가 아닌가, 그것이 문제로다

이해기는 박마노에게서 시선을 떼지 못했다. 박마노는 기분이 좋아 보였다. 모든 게 박마노가 원하는 대로 흘러 갔으니 기분이 좋을 수밖에 없다.

이귀한은 얌전히 검사받고 있고 이해기는 형의 검사가 끝나면 등록하기로 했다. 무엇보다 최요한이 이해기에게 마커를 찍었으니 웃음이 절로 나오겠지.

그리운 사람이다. 가족 다음으로 보고 싶고 미안한 사람 이었다.

하지만 이해기가 기억하는 박마노는 저리 채신머리없게 웃는 사람이 아니었다. 보는 사람의 마음을 동하게 하는 서글픈 눈빛의 소유자였다. 박마노가 입가를 미세하게 올 리고 쓸쓸한 미소를 지을 때면 이해기는 말없이 그녀에게 기대 체온을 나눴다.

다시는 기억 속 연인을 볼 수 없으리라. 이해기는 눈앞의 박마노와 자신이 알고 있는 박마노를 겹쳐 보다 깊은 한숨을 내쉬었다. 각오했지만 직접 겪어보니 더 외로웠다.

"휴우."

"웬 한숨? 이귀한 씨가 제대로 힘을 숨길 수 있을까 걱정됩니까?"

박마노가 실실 쪼개면서 이해기에게 말을 붙였다. 그러면서도 시선은 검사받고 있는 이귀한에게 꽂혀 있었다.

이해기는 인정했다. 교만 끝에 부하를 잃은 박마노는 이제 없다. 위기에서 구해주고 부하의 시신을 함께 수습해준 남자와 수상쩍은 남자 사이엔 마리아나해구보다 깊은 골이 있을 것이다.

이해기가 기억하는 모든 관계가 리셋되었다. 제로에서 시작해야 한다. 그게 더 나은 결과를 위해 회귀를 선택한 이해기의 숙명이었다.

"형은 힘을 숨기지 않았습니다."

"응, 다들 그러더라고. 이해기 씨도 등록할 때 힘 숨길 거죠? 몇 등급으로 나오게 숨길 거예요? 우리나라 헌터 등급 기준이 이상하단 말은 반칙이니까 하지 말기. D등급? 솔직히 D는 가오가 안 살잖아. C 할 거지? 그렇지? C 찍고서 여러 명이 공략해야 하는 균열 솔플할 거잖아. 그럴 거잖

아. 그리고 적당히 페이스 조절해서 주목 안 받을 속도로 B랑 A까지 찍은 다음 S 안 찍고 버틸 거잖아."

정답이었다. 회귀했냐고 물어보고 싶을 만큼 이해기의 생각을 그대로 읊었다.

"무슨 말씀이신지 모르겠습니다."

"에이, 균열 미신고에 무허가 진입도 봐줬는데 이러기? 내가 이 일 하면서 느낀 건데 힘 숨기는 거 참 의미 없더라. 돈이랑 똑같아. 목돈 한 번에 들어와야 모으기 좋지 자잘하게 푼돈으로 들어오면 못 모아. 힘도 초반에 빵, 내가 이런 강자다, 해야 실력 쌓기 좋다니까."

그렇게 말하는 박마노와 부하도 힘을 숨기고 있지 않은가. 이해기는 반박하려다가 입을 다물었다. 최요한이 힘을 숨기는 건 암암리에 박마노를 서포트하고 상대방의 방심을 유도하기 위해서라 경우가 달랐다.

"이해기 씨는 힘 말고도 숨기는 게 많아 보여. 자동차도 그렇고 강원도 균열도 그렇고. 요한이랑 내 별명은 어떻게 아셨는지?"

"짐꾼 일 하며 주워들은 게 많습니다. 헌터들은 균열 내에선 비밀을 쉽게 말하지 않습니까."

"그 노다지, 혼자만 알지 말고 국가와 가정의 안녕을 위해 공유하는 건 어떻습니까? 탈세 신고는 국번 없이 126. 정보상과 암시장 신고는 나한테."

말은 저렇게 하지만 박마노는 이미 정보상과 암시장 주인을 알고 있다. 그럼에도 묵인하는 것은 적당한 음지는 필수임을 아는 현실주의자이기 때문이다.

박마노가 진짜 궁금한 건 이해기가 정보상과 암시장에 어떻게 연을 대었나, 이것일 것이다.

박마노는 하고 싶은 말 다 하면서 농담처럼 물어보고, 이해기는 대답하지 못하는 일방적인 대화가 이어졌다.

시간이 지나 이귀한을 검사하던 직원이 검사실을 나왔다.

"박 과장님, 검사 끝났는데요."

검사를 담당한 직원이 곤란한 듯한 목소리로 박마노를 불렀다. 직원이 박마노에게 목소리를 낮춰 말했다.

"귀환하고 한 달 지난 게 맞나요? 아, 주위 마력은 정상으로 나오는데 상태창이요. 이름 빼고 다른 수치는 모두 깨져서 하나도 읽을 수가 없어요. 본인에게 상태창이 어떻냐 물어봐도 이름 빼곤 다 초기 수치라고 대답하는데요."

시스템은 완벽하지 않다. 다른 세계에서 돌아온 귀환자가 기존에 없던 능력을 얻어 돌아올 경우 시스템이 그걸 파악하고 반영하는 데 시간이 걸렸다.

각성자가 다른 세계에서 돌아온 경우도 마찬가지다. 변경 사항이 없어도 반영에 시간이 걸렸다. 그래서 귀환자의 상태창이 이상하게 일그러지거나 깨져 보이는 경우가 생긴다.

하지만 한 달이면 시스템이 업데이트를 마치기에 충분

한 기간이었다.

"기계로 마력 측정한 결과는 어떻게 나왔어?"

"그건 막 각성한 레벨1 정도로 나왔습니다."

"그럼 됐어, 보내. 검사 결과는 적당히 D등급 헌터 수치로 적어놔."

"네? 그래도 되나요? 혹시 걸리면……."

"내가 책임진다."

부서는 다르지만 박마노가 책임진다는데 문제 될 건 없었다. 직원이 좋아라 하며 검사를 마무리 지었다.

"……."

대화를 모두 엿들은 이해기는 시큰해지는 눈을 꾹꾹 눌렀다.

22년 뒤, 지금보다 레벨과 등급이 오른 각성자의 감정 스킬로도 그것의 이름은 읽을 수 없었다. 레벨이나 등급 차로 인한 스킬 저항 때문에 깨져 보이는 게 아니었다.

시스템은 물론이고 그것 자신도 자신이 무엇인지 몰랐다. 그래서 그것의 이름은 물음표가 대신했다.

이름을 알 수 없는 재앙. 그래서 사람들은 그것을 마왕이라 칭했다. 하늘에 깊고 거대한 상처가 생겼다. 더 이상 균열이라 부를 수 없게 된 거대한 구멍에서 흘러나오는 사악한 기운이 만화나 소설, 게임에 등장하는 어둠의 대마왕과 똑같았다.

지금의 그것은 자신의 이름을 안다. 이귀한이다. 두고 온 동생들이 걱정되어 이름을 잊게 된 후에도 고향에 돌아온 형이다.

"아 씨, 깜짝이야. 왜 울어요. 시스템 깨진다고 막 위험한 거 아니니까 그만 짜요. 검성도 초기에 시스템창 다 깨지고 물음표 천지였대."

"둘째야, 나 검사 끝났다! 계속 똑같은 거 물어보고 관찰 스킬 동의해 주는 거 귀찮았지만 다 참았어!"

"수고 많았습니다, 이귀한 씨. 이제 이해기 씨가 각성자 등록하는 거 구경하러 가보실까요?"

박마노가 이귀한에게 친한 척 접근했다. 이귀한은 세모 눈을 뜨고 박마노와 거리를 벌렸다. 박마노가 범죄자 압박하던 솜씨로 거리를 좁혔다.

박마노와 이해기의 핸드폰이 동시에 울린 건 그때였다.

지잉.

"막내한테 문자 왔다!"

이귀한은 문자가 만들어준 틈으로 박마노를 피해 동생에게로 피신했다. 박마노와 이해기는 비슷한 속도로 핸드폰을 들어 문자를 확인했다. 그리고 누가 먼저랄 것 없이 고개를 들어 서로의 눈치를 살폈다.

[막내 오빠 각성한 것 같아. 확실해지면 문자 또 할게.]

문자를 읽은 이해기의 안색이 새하얗게 질렸다. 최요한의 보고를 받은 박마노는 씨익 웃었다.

"이한생 씨도 각성했네. 축하합니다."

"……."

"동생이 각성했다는데 표정이 왜 그러십니까? 그나저나사 남매가 모조리 각성이라. 이거 해외 토픽감이네."

"셋째도 각성했네. 둘째야, 이거 좋은 건가?"

이해기는 눈을 감고 관자놀이를 지압했다. 오만의 대가를 치른 후부터 회귀할 때까지 사라지지 않던 두통이 다시금 그를 덮쳤다.

회귀한 순간부터 미래가 바뀔 것은 예상했다. 하지만 회귀 첫날부터 형의 귀환이란 엄청난 변수가 등장하더니 이젠 그것보다 더 큰 변수가 등장했다.

변수의 원인이 회귀한 이해기 자신인 것을 감안해도 그를 둘러싼 환경 변화가 심각했다.

뭘 어떻게 하든 지난 삶보단 나을 것이라던 회귀자의 자신감에 금이 갔다. 이렇게 급변하는 환경 속에서 더 잘할 수 있을까. 더 잘해서 이번엔 지킬 수 있을까.

이귀한의 귀환은 괜찮다. 문제는 이한생의 각성이다. 오랜 잠에서 깨어난 남동생의 눈썹이 나비의 날개처럼 펄럭일 때마다 얼마나 많은 일이 파생되고 변화할까.

이건 흉인가 복인가. 이해기는 깊은 한숨과 함께 대답했다.

"나도 모르겠어, 형. 하나도 모르겠어."

회귀자는 회귀 한 달 차에 자신이 아는 게 하나도 없다는 사실을 인정했다.

망나니의 반항과 패악이 극에 달했다. 화르세인지의 입장에서 보면 당연한 일이었다. 갑자기 낯선 몸, 낯선 장소에 갇힌 것도 참아주고 있는데 기어이 육체적 통증으로 그를 통제하려 했으니까.

사악한 흑마술사들이 자신을 방심시키다가 본색을 드러냈다. 그렇게 오해 하기 딱 좋았다.

"사악한 놈들!"

침대에 고정된 화르세인지가 거세게 날뛰었다. 그가 날뛸 때마다 침대가 덜컹거렸다. 누군가 진정하시라고 손을 뻗자 이를 드러내며 물어뜯으려 했다.

"잠시만요! 제가 진정시킬게요! 검사는 나중에 받고 병실로! 병실로 가요!"

"풀어! 당장 이걸 풀어라, 마녀야!"

"정말 고생이 많으시네요."

최요한이 혀를 내두르곤 엘리베이터 열린 문으로 침대

를 밀었다.

"날 풀어라! 저주를 풀어!"

"그거 저주 아니에요! 설명해 드릴게요! 전부 설명할게요!"

이보배는 저주가 아니라는 말을 입에 침이 마르고 혀가 닳도록 반복했다.

그나마 친분을 쌓은 이보배가 그러는 걸 보고 망나니가 입을 다물었다. 흥분은 가라앉히지 못해 씩씩거렸지만 엘리베이터에서 내려 병실에 도착할 때까지 얌전했다.

"사람 물리겠습니다."

병실에 도착하자 최요한이 능숙하게 병원 관계자를 물렸다. 이보배는 화르세인지에게서 날뛰거나 도망가지 않겠다는 약속을 받은 후 침대에 고정된 걸 풀어줬다.

이보배는 막내 오빠에게 물부터 내밀었다. 망나니는 물을 벌컥벌컥 들이마셨다. 강제로 운동하고 침대에 묶여 날뛰고 고래고래 소리 질렀으니 목이 탈 만했다.

"설명해라. 헛수작 부리면 네년의 입에 불붙인 숯을 쑤셔 박을 것이다."

"그러니까 그건 저주가 아니에요."

"일단 확실히 해보죠. 눈앞에 떠오른다는 이상한 게 이렇게 생겼습니까?"

최요한이 인터넷에서 사람들이 만들어둔 시스템창 그림을 검색해 화르세인지에게 보여줬다. 화르세인지는 그림을 보자마자 분통을 터뜨렸다.

"그래! 이거다! 역시 너희가 건 흑마술이었구나!"

"음, 이한생 씨. 이건 사술이 아니라 시스템창입니다. 각성한 사람이라면 누구나 보이는 것이죠. 저와 이보배 씨도 갖고 있습니다."

"마음속으로 알림은 나중에 확인하고 구석에 치운다고 생각하면 없어져요."

"거짓말하지 마라, 이 간악한 마녀와 흑마술사야! 내가 이걸 없어지라고 몇 번을 생각했겠느냐! 이 지긋지긋한 소리!"

"그건 그러네. 마음속으로 생각하면 치워져야 하는데."

"흠. 이한생 씨."

"어딜 감히 그런 천것의 이름으로 날 부르느냐! 이 몸이 천한 놈의 것이라 해도 나는 체키빙 공작가의 유일무이한 후계자 화르세인지니라!"

이보배는 부끄러워 죽고 싶어졌다. 최요한은 시종일관 상냥한 미소를 잃지 않았다.

"알겠습니다, 체키빙 공자님. 혹시 처음 눈을 뜨셨을 때부터 보였던 환각에 '퀘스트'라 적혀 있지 않으셨습니까?"

"맞다."

"완료 기간이 정해져 있었나요?"

"그래."

"당연히 안 하셨겠죠. 왜냐면 환각이니까."

"당연하다! 내가 왜 흑마술사의 명령을 들어야 하느냐!"

"그렇게 된 거였군요."

최요한이 짐작 가는 게 있다는 얼굴로 고개를 끄덕였다. 이보배가 얼른 질문했다.

"아시는 게 있으세요?"

"저도 퀘스트를 받아본 적 없어서 잘은 모릅니다. 그런데 퀘스트를 받을 경우 수락이나 취소를 하지 않으면 계속 떠 있다는 얘기를 들은 적 있습니다."

"처음엔 수락하겠냐는 글 뒤에 수락과 취소가 있었지만 이젠 없다."

"퀘스트를 연속으로 무시하다 보니 강제로 진행되었나 보네요."

답이 나왔다. 이유는 모르겠지만 시스템은 막내 오빠에게 퀘스트를 주었다. 하지만 시스템의 존재를 모르는 망나니는 그것을 환각이라 여겨 무시했다.

수락 기간을 놓친 퀘스트는 자동 취소되었고 시스템은 다시 퀘스트를 부여했다. 그리고 반복된 무시에 빡쳐 강제 집행해 버린 것이다.

'시스템이 빡칠 수도 있나?'

시스템에 대한 의문은 똑똑한 양반들이 풀어줄 것이다. 이보배는 의문을 뒤로하고 이한생에게 위와 같은 내용을 설명했다. 최요한도 동참했다.

처음엔 하나도 믿지 않던 망나니가 둘이 달라붙어 논리적 허점 없이 같은 말을 반복하자 점차 수긍하는 기색을 보였다.

"그럼 내일 이 짓을 또 해야 한단 말이냐? 정말 너희의 저주가 아니라고? 내가 그걸 어떻게 믿지?"

"저주가 아닙니다. 분명 퀘스트를 완료하면서 받은 보상이 있을 겁니다."

진짜 저주라면 참을 수 없는 고통을 선사하면서 강제로 조종하면 그만이다. 하지만 퀘스트엔 보상이 뒤따랐다.

망나니의 눈이 허공을 훑었다. 그가 자신에게만 보이는 퀘스트창의 보상 문구를 읽었다.

"체력과 경험치."

"네, 실제로 체력이 붙으셨을 겁니다. 체력 수치는 속으로 상태창을 부르면 눈앞에 보일 거예요. 제 생각엔 보상 중에 체력 회복도 적절히 껴 있을 것 같네요."

그러지 않고서야 갑자기 그런 운동을 해놓고 멀쩡할 리 없다. 망나니가 생각해도 맞는 말 같은지 그의 얼굴 주름이 살짝 펴졌다.

"진짜 저주가 아니냐?"

"정말 아니에요. 돌아가신 부모님한테 맹세해."

돌아가신 부모님. 이쪽 세계나 저쪽 세계나 부모님을 걸고 거짓말하면 천하의 나쁜 놈이다. 화르세인지는 마침내 저주가 아님을 납득했다.

"그렇다고 해도 내게 명령을 하다니. 있을 수 없는 일이다. 퀘스트는 어떻게 해야 안 받을 수 있지?"

이 부분에 대해선 이보배가 미리 궁리해 둔 변명이 있었다.

"공자님의 세계는 성신께서 지켜봐 주신다고 하셨죠?"

"그렇다. 그리고 체키빙 공작가는 성신의 가호를 받는 신성한 가문이다!"

"저희 세계는 시스템께서 가호하세요. 이 시스템은 괴물의 침공에서 살아남기 위한 신의 은혜거든요."

실제로 시스템을 신으로 모시는 신흥종교가 득세했으니 거짓말은 아니다. 그리고 시스템엔 기존의 종교에서 언급하는 유일신은 아니더라도 초월적 존재가 개입했다는 의견이 우세하기도 했고.

광화문 광장에선 '시스템 천국 불신 지옥' 패널을 든 사람이 확성기에 대고 소리친다. 매일 아침 시스템창을 켜놓고 기도하는 헌터도 있다.

그런 세계였다.

"시스템은 각성한 사람에게만 보여요. 각성은 아무나 하는 게 아니고 아주 소수의, 특별한 사람만 할 수 있는 거예요. 아마 우리 세계의 신께서도 공자님을 눈여겨보시고 가호를 내려주신 게 아닐까요?"

"그, 그런가?"

허구한 날 성신의 가호, 흑마법사 어쩌고 하기에 적절히 양념을 쳤더니 반응이 좋았다. 망나니의 입꼬리가 하늘 높은 줄 모르고 치솟았다.

"그래도 매일 오늘 같은 훈련을 할 수는 없다."

"퀘스트가 정확히 어떻게 나왔습니까? 그대로 읽어주세요."

"재활에 힘쓰자. 퇴원할 때까지 매일 10㎞ 달리기, 팔굽혀펴기 100회, 스쿼트 100회, 윗몸일으키기 100회를 완수한다. 첫날엔 스쿼트와 윗몸일으키기, 팔굽혀펴기를 팔 벌려 뛰기 100회로 대체. 보상은 능력치 상승이라는데 상승한 수치는."

"거기까지. 퀘스트도 일반 각성자는 받지 못하는 아주 특별하고 희귀한 것입니다. 공자님의 보상을 질투하고 시기할 사람들이 있으니 퀘스트와 보상에 대해선 말을 아끼시는 게 좋습니다."

최요한이 상냥하게 설명하고 이보배를 곁눈질했다.

"물론 이보배 씨는 예외죠. 이보배 씨는 절대 공자님을 배신하지 않을 테니까요."

이보배는 최요한이 만들어준 기회를 놓치지 않으려고 열심히 고개를 끄덕였다. 최대한 선량하고 순진한 표정을 지었다. 망나니의 눈썹이 꿈틀거리더니 피식 웃었다.

"배신하지 않아도 이년은 안 된다. 저 띨띨해 보이는 눈빛을 보아라. 아주 멍청하게 생겼구나."

'이걸 한 대 확.'

〈사랑의 매〉를 적용해 진짜 아픈 게 뭔지 보여주고 싶은 마음이 굴뚝같았다. 막내 오빠를 생각하는 마음이 시스템의 페널티보다 깊을 거란 자신이 있었다.

한 대만 딱 때려주면 속이 참 시원할 텐데 이한생이 입고 있는 환자복이 거슬렸다.

갑자기 움직였으니 근육통이 심할 것이다. 조금이라도 풀어주자는 의미에서 최요한이 샤워를 제안했다. 그동안은 물수건과 가루 샴푸로 씻었으니 첫 샤워였다. 샤워기 사용법도 모르는 화르세인지를 위해 최요한이 샤워실까지 따라 들어갔다.

"이것은 무엇이냐!"

"아아, 그것은 샤워기라는 물건입니다. 이걸 이렇게 하면 물이 나오죠."

"마도구냐?"

"아아, 이것은 과학이란 겁니다."

"과학!"

씻는 걸 도와줄 뿐만 아니라 망나니의 대화에 어울려주는 최요한에게 미안하고 고마웠다. 이보배는 병원 내 매점에 들러 간식거리와 음료수 선물 세트를 샀다.

먹을 건 샤워 후에 배고파하는 망나니에게 주고 마실 건 최요한에게 상납했다. 최요한은 곤란해하다가 일단 받았다.

"사실 이런 걸 사사로이 받으면 안 되는데 과장님은 받을 건 받자는 주의시거든요. 감사히 마시겠습니다."

씻어서 개운하고 배까지 두둑하니 망나니는 기분이 좋아 보였다. 둘에게 시스템창 확인법을 배운 화르세인지가 허공을 노려보며 이것저것 조작했다.

"소리…… 소리……."

중얼거리는 내용을 들으니 일단 알림음부터 줄이는 듯했다.

"흐음."

화르세인지가 만족스러운 듯 씨익 웃었다. 깨어난 이래 가장 밝아 보였다. 미간을 찡그리며 웃는 모습이 막내 오빠가 웃을 때와 똑같았다.

화르세인지도 저렇게 웃은 걸까, 아니면 다르게 웃는데 육신이 익숙한 방식으로 웃는 것일까.

이보배는 씁쓸해졌다. 각성해 몸은 건강해졌지만 막내 오빠의 기억은 여전히 오리무중이었다.

"근데 이자는 누구냐."

"제 이름은 최요한, 나라의 녹봉을 먹고 사는 관리입니다. 이보배 씨와는 일 관계로 알게 되었습니다."

"호오, 행정관이라도 되느냐?"

행정관이 아니라 굳이 따지면 형사에 가깝다. 판타지 식으로 말하면 치안관이나 기사 정도일까?

이보배가 이해기보다 부족한 판타지 소설 지식으로 이 것저것 직업을 떠올렸다. 이보배 생각에 최요한은 전투 요 원보단 박마노를 보좌하는 행정 요원처럼 보였다.

최요한의 외모가 부드러운 인상의 미남이라 그렇게 판단 한 게 아니다. 최요한이 박마노 옆에서 이것저것 잡일을 하 고 보조하는 모습을 보다 보니 인상이 그렇게 박힌 것이다.

망나니가 이보배와 최요한을 번갈아 봤다.

"돼지 주제에 제법이로군! 자기보다 반반한 남자를 물 다니."

망나니의 발언에 이보배는 깜짝 놀랐다.

"방금 뭐라고 했어요?"

"그런 관계가 아니냐? 하긴, 돼지에게 물리기엔 반반한 면상과 직업이 아깝긴 하구나."

"그거 말고!"

이보배는 눈이 번쩍 뜨여 외쳤다. 멱살이라도 잡을 기세 로 들이대자 망나니가 당황했다.

"내가 뭘 말했다고 괘씸하게 못생긴 상판을 들이대. ……돼지?"

"그거요!"

"하하하, 이보배 씨는 날씬하신데요."

"날씬해도 돼지는 돼지지."

망나니가 엄숙하게 이보배가 돼지임을 선언했다. 이보배

는 망나니의 멱살을 잡았다.

"괘씸한 돼지! 손을 놓아라!"

"제가 뚱뚱해요?"

"아니."

"제가 식탐 부리게 생겼어요?"

"아니."

"제 코가 돼지 코로 보여요?"

"아니."

"근데 왜 돼지죠?"

"돼지를 돼지라고 하지 뭐라고 부르느냐! 넌 우리 돼지가 틀림 없…… 우리 돼지?"

이보배를 가차 없이 돼지라 부르던 이한생이 미간을 좁혔다.

"우리…… 돼지?"

"오빠!"

이보배는 멱살 잡은 기세 그대로 막내 오빠를 끌어안았다. 망나니가 기겁했다.

"떨어져라! 이 돼지야! 떨어져! 무례하다!"

"막내 오빠야! 기억이 없어도 오빠구나!"

오빠가 오빠 새끼가 되듯 여동생은 오빠에게 돼지일 수밖에 없다. 무엇보다 이보배의 세 오빠 중 그녀를 돼지라고 부르는 사람은 막내 오빠밖에 없었다. 이귀한도 가끔 돼지라고 부르긴 했지만 공주님이나 예쁜, 꽃을 붙였지 돼지만 쓰진 않았다.

지긋지긋했던 돼지 소리가 그렇게 반가울 수 없었다.

"이 미친 돼지 새끼가! 제, 젠장! 돼지가 왜 입에 착착 붙는 것이냐!"

"망나니여도 좋아! 원래도 양아치였는걸! 아프지 말고 건강하게만 살자!"

"이걸 확!"

이한생이 이보배를 때리기 위해 손을 쳐들었다. 손은 부들부들 떨기만 하고 내려오지 않았다.

망나니의 폭력 사태에 대비하던 최요한은 얼굴을 찡그릴 뿐 손을 내리지 못하는 이한생을 보고 긴장을 풀었다.

"떨어져! 징그러우니까 떨어지라고, 이 돼지야!"

"오빠아아아!"

이보배도 징그럽다고 생각하지만 이번만은 무효로 쳤다.

자그마치 8년이다. 시체나 마찬가지였던 막내 오빠가 진실로 살아 돌아왔다는 감동을 만끽하고 싶었다.

완벽히 멀쩡하게 돌아오진 못했다. 그래도 좀 부족하면 어떤가. 망나니의 어딘가엔 양아치의 혼이 살아 있는데.

"막내 오빠야!"

이보배는 일부러 더 징그럽게 달라붙었다. 망나니가 간절하게 떨어지라고 외쳤다.

　각성자 등록은 간단하다. 스킬 시연으로 각성자임을 확인할 수 있고, 눈으로 보여주기 어려운 스킬일 땐 마력 수치를 측정하면 바로 결과가 나온다. 하다못해 인벤토리에 펜을 집어넣기만 해도 각성을 증명할 수 있다.

　각성은 대박이다. 각성하면 인생 역전이라고 눈물짓는 등록자의 분위기와 대조적으로 직원들의 얼굴엔 여유가 맴돌았다.

　그러나 그 여유는 한 인물의 등장으로 산산이 조각났다.

　"헉, 박 과장님 여긴 어쩐 일로."

　관리국 최강자의 등장에 직원들은 바짝 긴장했다. 반대로 등록자와 동행인은 흥분하고 신기해했다.

　"미친, 박마노다."

　"악! 누나 멋있어요!"

　"네네, 제가 박마노입니다. 사진 찍을 분은 지금 찍으세요."

　박마노가 1분의 포토 타임을 허락하고 공익 광고 찍을 때처럼 웃었다. 박마노 주위로 사람들이 몰려들었다.

　1분이 지나자 박마노는 칼같이 포토 타임을 끝냈다. 박마노의 능력을 아는 사람들은 얌전히 핸드폰을 거뒀다.

　"아놔, 폰 꺼내는 거 늦었어."

"젠장. 초점 잘못 잡았어."

아쉬워해도 다시 찍으려는 사람은 없었다. 박마노에게 들키는 순간 정전기란 변명하에 핸드폰이 운명할 걸 알기 때문이었다.

박마노는 뒤를 돌아 이귀한에게 으스댔다.

"봤죠? 관리국 소속은 국민에게 인기가 좋습니다."

인기가 좋다고 하지만 모두가 좋아한 건 아니다. 후배나 지인의 등록을 도와주러 온 각성자 몇이 죄지은 것도 없으면서 지레 찔려 구석으로 도망갔다. 또는 행여나 눈이 마주칠까 무서워 고개를 수그리고 들지 않았다.

"정년 보장에 물가 상승률 반영한 안정적인 월급. 망하지 않는 직장, 근무 시간 조정 가능한 탄력 근무제 실시. 퇴직 후 연금은 물론이고 국민이 보내주는 성원과 존경! 명예!"

플러스 공포.

"프리랜서 헌터. 벌이는 좋죠! 하지만 불안정합니다. 내 성미에 맞는 균열이 주기적으로 꼬박꼬박 생긴다는 보장이 없어요. 게다가 장비값, 포션값은 어떻습니까. 그것도 무시 못 하죠. 세금? 세금은 내야지. 그만큼 버는데."

박마노가 씨익 웃더니 아주 빠르게 말했다.

"생계형 탈세는 적당한 선에서 봐줄게요."

어지간한 실력자가 아니면 알아듣지 못할 속도였으나 박마노는 이귀한이 알아들었다고 믿는 눈치였다. 박마노가 호탕하게 웃었다.

그걸 보고 사람들이 수군거렸다.

"저 사람들은 누군데 박마노랑 같이 왔지?"

"박마노가 스카우트하는 거 맞지?"

"어, 번호표 뽑는다. 얼마나 축복받은 재능수저길래 박마노한테 저런 대접을 받지?"

"한 명은 안 뽑는다. 이미 각성했나 봐."

"그러게, 스카우트도 저 사람한테만 하는 거네. 번호표 뽑은 사람은 그냥 우연히 같이 들어왔나 봐."

보는 눈이 애매하게 많았다. 이해기는 뒷목이 당겨 목덜미를 주물렀다. 미래에 생존한 사람들이 모두 쟁쟁했던 터라 박마노가 걸어 다니는 광고판인 걸 잊었다.

'따로 와야 했는데.'

지금쯤 각 길드로 박마노가 헌터 하나를 스카우트한다는 정보가 쫙 퍼졌을 것이다. 이귀한에 대한 정보는 박마노가 적당히 차단해 줄 테니 괜찮다.

'문제는 나군.'

박마노와 함께 각성자 등록을 하러 온 신입.

소문이 퍼지는 걸 막으려면 적당히 힘을 숨기면 된다. 애초에 이해기는 힘을 드러낼 생각도 없었다.

이해기는 덤덤한 표정으로 번호표를 뽑아 대기석에 앉았다. 이귀한이 동생 옆에 앉으려 움직이자 박마노도 따라왔다.

이해기 주위에서 차례를 기다리던 미등록 각성자가 참
치 피하는 정어리처럼 우르르 도망갔다.

박마노는 의자에 앉은 뒤로도 입을 멈추지 않았다.

"돈도 중요하지만 돈은 먹고 집 사고 사치 조금 할 정도
로 벌면 되지 않습니까? 마! 우리가 돈이 없지 가오가 없
냐! 우리는 가오가 있습니다! 가오! 이 난세에 국가를 위해
힘을 써야 하지 않겠습니까!"

이해기가 기억하기로, 저 가오 발언에 낚여 관리국에 입
사한 각성자가 많았다. S급 헌터가 자진해 A급 월급만 받
으면서 열심히 뛰어다니니 지켜보던 젊은 피가 들끓긴 했
을 것이다.

이귀한은 박마노가 그간 편의를 많이 봐준 것을 알아서
인지 잘 참았다. 이해기가 등록을 마칠 때까진 너끈히 참
을 수 있을 것 같았다.

박마노에 한해서.

박마노는 이귀한이 얼마나 위험한지 모른다. 힘을 숨긴
것을 알고 윤리와 상식이 남들과 다른 것도 감 잡은 것 같
다. 하지만 이귀한은 박마노의 상상보다 훨씬 더 위험하다.

이귀한은 스스로를 '아직 사람'이라 말하고 다닌다. 이
말은 '거의 사람이 아니'라는 의미기도 하다.

인간보다 재앙에 가깝다. 경계에 선 이귀한을 붙드는 건
가족의 존재다. 이귀한에게 가족 외의 사람은 짜증 나고

귀찮게 바글거리는 구더기와 비슷했다. 싹 치워 버리면 깨끗해졌다고 히죽히죽 웃을 거라 이 말이다.

그런 이귀한이 관리국에서 범죄자를 때려잡는다? 가능은 하겠지만 제어하려면 가족 중 누군가가 항상 곁에 있어야 했다.

"마노 씨, 형이 곤란해하는데 그만하시죠."

"마노 씨?"

박마노가 눈을 부라렸다. 똑같은 '박마노 씨'여도 어조에 따라 느낌이 다르다. 이해기는 지난 기억에 힘입어 박마노를 지나치게 편히, 그리고 조금 끈적하게 불렀음을 인정하고 공손히 눈을 깔았다.

"박마노 과장님, 그만해 주십시오. 형은 안정이 필요합니다."

"내가 지금 당장 일하자는 게 아닌데. 쉴 만큼 쉰 다음 일하자는 거죠."

"그럼 쉬고 난 후에 제안해 주십시오."

"미리미리 언급 좀 해두겠다는데 뭐 이리 까칠해."

이해기가 박마노와 실랑이하고 있자니 그의 순서가 되었다.

"다녀와서 마저 이야기하죠. 형, 얌전히 기다려. 기다릴 수 있지?"

"네, C급 수고."

이해기는 도발에 걸려들지 않고 평정을 유지했다. 그는 형에게 잘 참아달란 말을 10번쯤 한 후 검사장으로 들어갔다.

등록을 마치고 나온 초보 헌터들이 동료이자 경쟁자가 될 이해기를 눈여겨보며 지나갔다.

"C급이래. 박번개가 말했으니까 진짜겠지? 더러운 재능 수저."

"첫 각성 예상 등급이 C급이면 대박인데 스카우트 대상이 아니라니. 저쪽 저 사람이 더 쩌나 봐."

"각성자 등급 좀 이상하지 않냐? C급도 대단한 건데 C급이라 구리게 느껴진다니까. 포션도 그렇고 각성자도 그렇고 등급 이름 좀 바꼈으면 좋겠어."

"한우 등급처럼 시작을 3등급으로 하게? 그럼 C급이 1등급이고 A급이 투뿔이네. 퍽이나 있어 보이겠다."

각성 등급이 C급이면 어느 길드에서든 관심을 보일 만한 고급 뉴비다. 사람들의 이목을 끌지 않으려면 D급이나 E급 선이 무난하다.

혜성과 같이 등장한 신입 A급 헌터 경험은 과거가 된 미래에 겪은 것으로 충분했다.

목숨 건 도전과 그에 따른 보상. 당연하게 누렸던 관심과 그보다 더 당연하게 누린 성공 가도. 검성에 비견되는 부와 명성.

성공의 빛에 눈멀어 알아채지 못한 바닥의 그림자. 뼈를 깎는 것보다 아팠던 상실과 스스로의 신념, 정의를 배신하고 완성한 복수.

스킬 시연실로 걸어가는 이해기의 머릿속에서 22년 동안의 일들이 스쳐 지나갔다. 과거가 되어버린 미래를 회상하면 결국 마지막에 떠오르는 건 하나다.

붉고 검게 물든 하늘과 지구 어디서나 보이던 거대한 구멍. 멸망해 가던 세계. 세계를 부숴 강제로 침입해 온 불길한 마왕.

이해기는 고개를 저었다. 마왕은 대기실에서 코코아를 마시고 있다. 세계는 멸망하지 않을 것이다. 그러니 그 전의 일만 바꾸면 된다.

'역시 안전이 제일이다. 시선을 끌어선 안 돼.'

이해기는 형의 귀환으로 백지화된 계획의 서두를 떠올렸다. 독식하고, 예방하고, 처단하는 그 모든 것을.

'숨긴다!'

"힘내라, C급!"

이글이글 타오르던 이해기의 눈동자가 박마노의 응원에 기세가 꺾였다. 이해기는 검사실로 터덜터덜 들어갔다. 축 늘어진 어깨가 몹시 지치고 피곤해 보였다.

이해기는 30분 만에 등록을 마쳤다. 다행히 이귀한은 아무 사고도 치지 않고 얌전히 동생을 기다렸다.

"조용히 대화할 곳 아십니까?"

박마노는 군말 없이 적당한 장소로 안내했다.

"뭡니까?"

박마노가 용건을 물었다. 이해기는 박마노에게 보란 듯 각성자 등록증을 보여주었다. 박마노는 등록증에 나온 등급을 보자마자 배를 잡고 웃었다.

"푸하하하하하하하하하! 추, 축하합니다, B급."

"둘째 정도 힘이면 B급인 거야?"

"아니야, 형."

진정한 힘을 아직도 숨기고 있다는 형제의 대화에 박마노가 웃다가 쓰러졌다. 웃겨 죽으려는 박마노 때문에 이해기의 얼굴이 삶은 문어처럼 벌게졌다.

"진정하시죠, 박마노 과장님."

"왜, 왜, 힘숨찐할 것처럼 굴더니 어설픈 힘숨찐을……. 크, 푸하하! 할 거면 제대로 해야지 그게 뭡니까! 아이고, 배야."

"B급은 되어야 헌터님과 대화할 자격이 되지 않겠습니까? 박마노 과장님."

"왜요."

"거래를 하고 싶습니다."

절대 가오 때문이 아니다. 박마노와 거래할 목적으로 B급 딴 거다. 절대 가오 얘기 듣고 자존심 상해서 그런 게 아니었다.

형은 돌아오고 동생은 깨어난 것도 모자라 각성까지 했다. 이해기가 알고 있는 미래가 점점 더 멀어졌다.

인류를 멸망으로 몰고 갈 마왕 강림은 없을 것이라 내심 안심했다. A급 헌터로 활약하지 않는다면 암중 세력의 견제도 피할 수 있으니 위험 요소도 없을 것이라 여겼다.

성급한 단정이었다.

너무 힘들어서, 너무 벅차서, 너무 피곤해서, 너무 쉬고 싶어서, 다시 본 동생은 눈물 나도록 반갑고, 예상하지 못한 동생은 마주 보지 못할 만큼 미안해서. 돌아온 형을 돌본다는 핑계로 안일하게 굴었다.

"제가 알고 있는 노다지 공유하자 하셨죠? 거래합시다."

힘을 숨겨야 한다면 거대한 흐름에 휩쓸리지 않게 지켜 줄 벽이 필요했다. 그리고 박마노는 현시점 대한민국에서 가장 안정적인 벽이다. 가장 튼튼하고 가장 거대하진 않지만 유명하고 투명했다.

박마노는 회귀한 이해기가 어떤 상황에서도 믿을 수 있다고 추린 몇 안 되는 동료 후보였다.

"싫은데."

박마노가 히죽 웃었다.

"내가 거래하고 싶은 사람은 이해기 씨가 아니라 이귀한 씨라서요."

자꾸 형을 걸고넘어지는 박마노의 모습에 이해기는 울

컥했다.

"형은 안 됩니다. 아직 그럴 상태가 아닙니다."

"그럴 상태 될 때까지 기다린다니까? 누가 지금 당장 일하래?"

박마노가 세상 억울하단 듯 눈을 빠르게 깜빡였다. 이귀한은 묵묵히 박마노가 뽑아준 카프리문을 쪽쪽 빨아마셨다.

"솔직히 형 상태 안 좋다는 사람이 균열에 같이 들어가냐? 이보배 씨는 그런 말 할 수 있지만 이해기 씨는 아니지!"

박마노는 이귀한과 이해기 둘을 동시에 가리켰다.

"여기 수상한 두 남자가 있다! 둘 다 무지 수상하고 둘 다 힘을 숨긴다! 그런데 이쪽이 더 세다!"

박마노가 이귀한의 손을 번쩍 들어 보였다.

"그럼 당연히 이쪽이랑 거래하는 게 이치에 맞지! 수상하다 못해 불길한 기운이 흘러넘치지만 가족을 사랑하는 것 같으니 문제없다!"

말도 안 되는 논리에 이해기가 반박하려 하자 박마노가 이귀한에게 질문했다.

"이귀한 씨. 가족을 사랑합니까?"

"응!"

"가족이 행복했으면 좋겠죠?"

"응!"

"제가 예시를 들 테니 행복에 대해 상상해 보세요. 하나, 이보배 씨가 호텔 스위트룸에서 야경을 즐기며 룸서비스를 시켜 먹는다. 둘, 이보배 씨가 남들 다 죽었는데 이귀한 씨 힘 덕분에 살아남아서 폐허를 떠돈다."

"호텔!"

"아니 무슨 예시가 그렇습니까."

"그럼 다른 예시. 하나, 이보배 씨가 백화점 명품관에 들어가 여기부터 저기까지 다 주세요, 한다. 둘, 이보배 씨가 세상에서 제일 세지만 양도 불가능인 아티팩트를 받는다."

"백화점 명품관!"

"그러니까 예시가 이상하잖습니까. 그리고 보배 얘기는 왜 꺼내는 겁니까."

"어지간해선 막내가 제일 귀여우니까."

"그야 그렇지만."

박마노는 당당하게 팔짱을 끼고 이귀한을 응시했다.

"사실 전 이귀한 씨 같은 사람 질색입니다. 제일 싫습니다. 힘숨찐이라는 건 인류 문명에 하등 도움이 되지 않아요. 대역죄라도 지어서 숨어 사는 거 아니면 인정 못 해. 이귀한 씨의 눈을 보고 있으면 내면의 소리가 들려와요. 나는 강하고 세상 돌아가는 이치도 대충 알고 있지만 지극히 개인적인 이유로 일 안 할 거야! 이렇게 외치고 있습니다. 나는 위험한 재앙이니 건드리지 마라, 딱 이러고 경고하고 있어요."

이해기는 깜짝 놀랐다. 박마노는 그의 예상보다 더 날카롭게 이귀한의 상태를 분석한 상태였다. 기억 속 박마노에 비해 사람이 너무 가벼워 보여 예상하지 못한 일이었다.

"그걸 알면 어째서."

"하지만! 가족을 위해 참고 있습니다. 참을 수 있습니다. 이귀한 씨는 가족들이 현대 문명과 사회 기반에서 행복하길 원하기 때문에 사고를 치지 않을 겁니다. 인류를 위협하는 재앙이 닥치면 맞서 싸울 겁니다. 왜냐? 가족이 행복하길 바라니까."

이귀한이 인류에게 닥친 재앙 그 자체였지만 말이다.

"딱히 관리국에 들어오라는 건 아닙니다. 그냥 헌터로 일하면서 균열을 닫아도 인류에겐 도움이 됩니다. 고생한 동생들 호강시켜 줄 거면 프리가 낫긴 해요. 가오가 죽는 대신 돈이 살죠. 동생들 호강시켜 주고 싶죠?"

카프리문을 다 마신 이귀한이 진지하게 고개를 끄덕였다.

"저는 힘을 숨기지 않았지만 제 마음은 잘 아심."

"좋아! 얼마나 쉴 겁니까?"

박마노는 활짝 웃고 이귀한은 열 손가락을 활짝 펼쳤다. 이해기는 이마를 짚었다. 박마노의 성격을 고려했을 때 앞으로 벌어질 일이 자동으로 그려졌다.

"열흘?"

"아니."

"십 주?"

"아니."

"열 달입니까? 흠, 힐링하기에 충분한 시간이네."

"아닌데."

이귀한이 뻐기듯 열 손가락을 힘주어 펼쳤다. 박마노는 굳은살 하나 없는 어린아이처럼 고운 손을 보다 혹시나 싶은 마음에 입을 열었다.

"설마 10년?"

"응!"

박마노의 이마에 주름이 잡혔다. 놀랍게도 박마노는 참았다. 한 번 인내했다.

박마노는 눈을 가늘게 뜨고 다시 물었다.

"꼭 10년이어야 하는 이유라도 있습니까? 세계마다 시간의 흐름이 다르니 이세계에서 10년 고생해 여기서도 10년 쉬어야 한다거나, 아니면 10년 동안 풀리지 않을 봉인이 있다거나, 10년만 수행하면 힘을 다스릴 수 있겠다거나."

왜 하필 10년인가. 이건 이해기도 궁금했던 부분이다. 이귀한이 어떠한 근심 고민 없는 밝은 얼굴로 활짝 웃었다.

"그냥 어감이 좋아서 10년인데."

"양심 이세계에 팔아먹고 온 새끼!"

철에 이어 양심까지 이세계에 유기하고 온 의혹이 제기된 이귀한. 그런 이귀한을 참교육(물리)해 뜯어고치려는 박마노.

세기의 대결은 미리 대비하고 있던 이해기에 의해 막혔다. 이해기는 형이 참을 수 있도록 둘 사이에 끼어들었다. 이해기에게 막힌 박마노가 고래고래 소리 질렀다.

"네놈이 그러고도 인간이냐!"

"저는 인간입니다! 오늘 노력해서 똥도 쌈!"

"진짜야? 형 정말 축하해! 그리고 박마노 과장님, 형은 쉬어야 합니다! 원하는 만큼 쉬게 두어야 해요."

이귀한이 싼 똥이 진짜 똥인지 아닌지 미스터리지만 어쨌든 용변을 봤다는 건 반가운 소식이다. 이해기는 형에게 아낌없는 칭찬과 격려의 말을 날렸다.

형을 챙긴 이해기가 본론을 말했다.

"그러니까 스카우트든 거래든, 저와 합시다."

박마노가 안색을 굳혔다가 이내 어이없다는 듯 고개를 저었다.

"내가 뭘 믿고?"

박마노가 거리를 벌리더니 이해기를 위아래로 훑어봤다. 사진 자료보다 약간 더 건장해진 걸 제외하면 외견상 큰 변화는 없었다. 지극히 선량하고 성실한 시민이다.

다만 최근의 행보가 박마노의 마음에 걸렸다.

"둘 다 수상하다고 말했지만 더 수상한 건 이해기 씨입니다. 이귀한 씨는 본래 각성자였고 실종되었다가 귀환한 사연이라도 있지. 이해기 씨는 아무것도 없어요. 멀쩡히 짐꾼으로 일 잘하고 성실하고 평범하게 살다가 형이 귀환하자마자 갑자기 사람이 달라졌죠. 이건 그럴 수 있다 칩시다."

박마노가 고개를 끄덕였다. 각성과 실종되었던 가족의 귀환은 사람이 바뀔 수 있는 요인이다.

"현재 사계절이 공략 중인 균열에서 던전을 처음으로 발견한 사람이 이해기 씨라면서요? 공략을 강행하려는 신라 길드에게 항의해 결국 후퇴하게 만든 것도 이해기 씨라는 증언이 있습니다. 이건 이해기 씨가 짐꾼 경력이 길고 신라가 갑질했으니 그렇다 치자 이거야."

"둘째가 갑질과 싸웠구나!"

"갑질도 아니야. 개진상질이었어."

"문제는 그 이후 행보죠. 아라크네와 거래를 트질 않나 전혀 연관 없는 무기 공방에 찾아가 투자하질 않나. 압권은 형과 함께한 미신고 균열 나들이가 되겠네. 이귀한 씨처럼 수상함을 커버할 힘도 아직 없는데 내가 뭘 믿고 거래합니까? 목적이 뭐야? 정체는 뭐고?"

세계 평화, 인류 수호, 가족의 안녕. 형이 돌아와 앞의 두 개는 자동으로 목적에서 삭제되는 비극을 겪은 회귀자다.

"대답해 드릴 수 있는 건, 제가 당신의 적이 아니라는 것뿐입니다."

이해기는 박마노를 신뢰하지만 그와 별개로 회귀 사실을 밝힐 생각은 없었다. 지금 상태에서 말했다간 형 대신 참교육(물리)당한다. 그가 맞는 걸 본 이귀한이 폭주하면 더 큰일이다.

이해기의 비장한 대답에 박마노가 몸서리쳤다.

"아니, 내가 공무원인데 적이 아닌 게 당연하지 뭘 비장하게 말해. 목적이 혁명이냐? 현 정부 엎는 게 목적이셔?"

인류 멸망을 보고 온 자와 균열의 날을 잘 이겨내고 행복한 일상을 영위하는 사람의 시선 차이는 컸다. 박마노의 반응에 이해기가 당황했다.

"그게 아니고!"

"아, 됐어. 됐습니다. 각성 하이 증상 있다더니 진짠가 보네. 진정되면 그때 얘기합시다. 나는 바빠서 이만. 이귀한 씨는 힘숨찐 그만두고 싶으면 언제든 연락 줘요!"

박마노가 서둘러 몸을 일으켰다. 나가는 박마노를 붙잡기 위해 이해기가 일어섰다.

틱, 묵직한 힘이 그를 눌러 자리에 앉혔다. 동생을 붙잡은 이귀한이 천천히 고개를 저었다.

"추하다, 둘째야."

사람은 추한 걸 알면서 감당해야 할 때가 있다. 지금이 바로 그때였다.

이해기는 이귀한을 뿌리치고 박마노의 뒤를 쫓았다. 성질 급한 박마노가 저만치 멀어지고 있었다. 능력까지 써서 가버리면 못 잡기 때문에 이해기는 비장의 수를 썼다.

"마노야! 멈춰!"

박마노. 알아보고 내뱉는 직함이나 별명은 괜찮다. 박 과장, 박 헌터, 박지랄, 박번개, 다 괜찮지만 이번엔 봐주지 않을 것이다. 이해기가 내보인 애매한 어조와 몇 번의 반말이 충분한 밑불이 되었기 때문이다.

3초 뒤, 반말에 빠친 박마노가 초속 23m로 달려왔다. 헥토파스칼 킥을 날리지 않은 건 인내의 방증이었을 것이다.

"거래합시다!"

"이 시민님 보시게?"

"박 과장님! 제 얘기 좀 들어주세요! 누나! 마노 누나!"

세계를 넘어올 정도로 사랑하는 동생이 비굴하게 손을 비비고 굽실거리고 있다. 이귀한은 화가 나지 않았다. 동생에 대한 사랑이 줄어들었다는 게 아니다. 그는 이해기가 쾌락 살인마가 되어도 동생 편을 들어줄 용의가 있지만.

"아니, 언제부터 봤다고 친한 척이야!"

"누나! 좋은 거래가 있습니다! 제발!"

자고이래로 형제의 연애엔 끼는 게 아니다.

망나니 안에 양아치가 살아 있다!

이보배는 이 기쁜 소식을 오빠들에게 빨리 공유하고 싶

었다. 다행히 검사와 등록이 빨리 끝났는지 두 오빠가 관리국에서 병원으로 출발했다는 연락이 왔다.

이보배는 오랜만에 행복한 고민에 빠졌다. 이 기쁜 소식을 핸드폰으로 빨리 전할 것이냐, 아니면 조금 늦더라도 직접 얼굴을 보고 전할 것이냐.

'늦어봐야 몇십 분 차이인걸. 전화 말고 직접 말해야지.'

망나니는 이보배가 안은 게 더럽다고 다시 씻었다. 그러더니 TV를 보다 잠들었다. 안 하던 운동을 하고 샤워도 두 번이나 했으니 잠이 쏟아질 만했다.

이보배는 막내 오빠가 편히 잘 수 있도록 TV를 껐다. 최요한이 이보배에게 받았던 음료수를 하나 따 건넸다. 이보배는 고맙게 받아 마셨다.

"남매간에 정이 돈독해서 보기 좋네요. 저는 외동이라 늘 형제가 갖고 싶었거든요."

"원래 이렇게 찐한 남매는 아니었어요. 그냥 있잖아요. 세상이 뒤집히니까 그나마 믿을 게 혈육밖에 없더라. 이런 거죠."

이보배는 다 마신 음료병을 재활용 통에 넣었다. 통이 비어 있어 떨어질 때 큰 소리가 났지만 이한생은 깨지 않았다.

"특히 막내 오빠랑은 원수 사이였어요. 아까도 돼지라고 부르는 거 들으셨죠? 저는 아예 '야'나 '오빠 새끼'라고 불렀거든요."

'야'에서 막내 오빠로 승급하는 방법은 간단하다. 부모를 죽인 괴물에게서 동생을 감싸면 된다.

그 동생이 평소엔 세상에서 제일 잘난 듯 살다가 괴물을 앞에 두고 얼어붙어 도망 못 가는 멍청이면 더욱 완벽하다.

평소에 사이가 안 좋았다는 과거까지 붙이면 거의 클리셰였다.

"이한생 씨의 난폭한 모습에 익숙하시다 싶더니."

"사춘기가 심하게 왔었거든요."

이보배는 막내 오빠가 미친 줄 알았다. 부족한 것 없는 가정적인 집안에서 왜 저런 양아치가 나왔나 항상 의문이었다.

이제는 이유를 안다. 부모의 관심과 사랑은 타인의 애정이나 물질로 대체할 수 없다. 이한생은 자신이 덜 아픈 손가락인 걸 알고 항의한 것이다. 내가 여기 있다고.

이보배는 그런 것도 모르고 이한생을 한심하게 여겼다. 오빠 셋은 너무 많으니 하나 없어져도 괜찮다고 말하고 다녔다.

'이런 동생 뭐가 예쁘다고……'

만약에 기적이 일어나 막내 오빠가 건강하게 깨어나면 꼭 묻고 싶었다. 왜 나를 감쌌냐고. 그리 원수 보듯 했는데도 그래도 동생이라 감쌀 용기가 솟았냐고.

기적은 기적인데 불완전한 기적이라 양아치 대신 망나니가 일어나 버렸다. 그래도 이보배는 만족했다.

양아치는 망나니 안에서 살아 숨 쉬고 있었다. 이대로 기억이 돌아오지 않더라도 괜찮다. 사라진 기억은 되돌리지 못해도 추억은 앞으로 쌓으면 되니까.

[우리 병원 도착했어. 엘리베이터 탔다.]

이해기가 보낸 문자에 이보배는 병실을 나왔다. 최요한
도 그녀를 뒤따랐다.

"한생, 한생, 우리 셋째."

엘리베이터가 열리자 이귀한이 덩실덩실 어깨춤을 추면
서 걸어 나왔다. 이해기와 박마노도 뒤이어 나왔다.

"한생이 본다, 한생이. 이제 당당하게 볼 수 있지롱."

"작은오빠! 큰오빠!"

이보배도 한달음에 오빠들에게 달려갔다. 그녀는 잔뜩
들떠 이해기를 붙잡았다.

"작은오빠! 막내 오빠가 나더러 뭐라고 했는지 알아? 돼
지라고 했어!"

균열의 날 이전에 이보배는 돼지 소리를 들으면 쪼르르
오빠들에게 달려가 일러바쳤다. 그럼 그녀를 예뻐하는 두
오빠가 최소한 공주는 붙여주라며 이한생을 구박하거나
험담에 끼워줬다. 하지만 오늘은 그때와 의미가 다르다.

"돼지라고 했어! 돼지가 입에 착착 붙는대! 아무튼 나는
돼지래!"

이보배는 두 오빠의 손을 잡고 마구 흔들었다. 이 행복

과 기쁨을 공유할 가족이기에 당연한 일이었다. 이귀한은 힘차게 마주 흔들었는데 이해기의 반응이 어째 조용했다.

"막내 오빠 몸은 우릴 기억하고 있어! 몸과 입이 솔직하게 반응해!"

이해기는 어딘지 기운이 없었다. 몸은 여기 있지만 넋은 천지 어딘가를 헤매고 있는 것처럼 보였다.

'작은오빠가 왜 저러지?'

넋은 빼놨어도 동생의 말은 들어준다. 부드러운 미소를 짓고 자신의 말을 경청해 주는 작은오빠를 보고서야 이보배는 아차 싶어 입을 다물었다. 신나서 떠든 제 주둥이를 마구 때려주고 싶었다.

'작은오빠 각성자 등급도 안 물어보고, 직업이랑 스킬도 안 물어보고! 작은오빠 축하해 주기 전에 신나서 막내 오빠 얘기만 늘어놓고! 큰오빠 일은 몽땅 작은오빠한테 맡기고!'

이해기가 각성하기 위해 어떤 노력을 했었나! 날이 가면 갈수록 갑질이 심해진다는 짐꾼 일을 계속하고 틈틈이 체력 단련과 몬스터 공부도 잊지 않았다.

6년 만에 꿈에 그리던 각성을 하게 되었는데 가족들이 축하는커녕 다른 일로 들떠 있으니 얼마나 서운할까?

이보배가 지은 죄가 한둘이 아니었다. 이보배는 이해기를 잡은 손에 힘을 넣었다.

"작은오빠부터 축하해 줘야 하는데 나 좋은 말만 해서

미안해. 오빠한텐 늘 고맙고 감사하고 오빠가 각성한 건 내 큰 기쁨이고.”

이보배는 조곤조곤 이해기의 소중함과 곁에 있어줘서 고맙다는 인사를 전했다.

그런 그녀를 큰오빠가 툭툭 쳤다. 이귀한이 소리 없이 입 모양으로 단어를 전했다.

사업.

이귀한은 청춘사업을 의미했다. 그러나 이보배는 진짜 사업으로 받아들였다. 이보배는 천천히 작은오빠의 등을 토닥였다.

‘저번에 밑밥을 깔더라니.’

예상은 했지만 결과가 안 좋은가 보다. 원금의 몇 퍼센트를 회수할 수 있을까?

6년 만에 가족이 모두 모였는데 까짓 1억, 없어도 괜찮았다. 1억을 다시 모으려면 힘들겠지만 그래도 모을 수 있다.

하지만 가족은 1억이 뭐냐. 10억, 100억, 1,000억이 있어도 다시 모으기 힘들다.

‘힘내, 작은오빠!’

이보배는 힘내라는 의미에서 이해기의 등을 힘차게 두들겼다.

“따흐윽!”

〈사랑의 매〉를 off 하지 않는 바람에 동생의 크고 깊은 사랑이 이해기의 골수까지 스며들었다. 이해기는 아프다고 말은 못 하고 벽에 등을 문댔다. 이보배는 아차 싶어 〈사랑의 매〉를 off로 돌려두었다.

그 모습을 박마노가 눈여겨보았다.

"그럼 임무 완수했으니 가보겠습니다."

최요한이 상냥하게 인사했다. 손엔 이보배가 바친 음료 세트가 들려 있었다. 박마노도 꾸벅 묵례한 후 이해기에겐 악수를 청했다.

"나 출동할 일 없게 삽시다?"

"법을 지키는 바른 헌터가 되겠습니다."

둘은 사업 파트너처럼 정중하게 악수를 나눴다. 엘리베이터 문이 닫히고 관리국 헌터들이 떠났다. 셋은 이한생의 병실로 이동했다.

세 명이 우르르 들어갔지만 이한생은 곤히 잠들어 깨지 않았다. 이보배는 막내 오빠를 깨울까 고민했지만 이귀한이 고개를 저었다. 마력 차단복을 입지 않고 만난 것만으로도 기쁜 듯했다.

"셋째구나. 진짜 셋째야. 막내더러 돼지라는 걸 보니 한생이야."

실종된 동안 가장 아픈 손가락이었을 셋째에게서 이귀한은 눈을 떼지 못했다. 혹시 깨울까 봐 손도 대지 않고 의자에 앉아 지켜봤다. 얼마나 열심히 지켜보는지 눈 한

번 깜빡이지 않았다.

"보배야."

이해기의 눈짓에 이보배는 병실을 나왔다. 남매는 자판기 근처로 가 커피를 한 잔씩 뽑았다.

"형은 검사 결과 아무 이상 없다고 나왔다."

"다행이다."

"그리고 나도 제대로 등록했다."

이보배는 이해기가 보여준 헌터 등록증을 보고 깜짝 놀랐다. 등급엔 당당히 B가 적혀 있었다. 직업은 검사로 꽤 흔한 직종이었지만 등급이 B급이니 문제 될 게 없었다. 각성했는데 B급이면 솔직히 각성 하이가 올 만했다.

"지, 진짜 B급이야?"

"음. C급을 노렸는데 정신 수양이 부족했던 탓에⋯⋯."

"대단하다! 진짜 대단해, 작은오빠! 활동은 어떻게 할 거야? 길드 가입할 거지? 시작 등급이 B급이면 우리 길드 스카우트도 노릴 수 있어!"

사계절 길드에서 길드원을 모집하는 방법은 두 가지다. 공채와 스카우트. 굳이 길드에 가입하지 않더라도 B급이면 프리랜서 헌터로 활약할 방법이 무궁무진했다.

"아, 정말, 정말 감사합니다. 우리 가족 이제 행복할 날만 남았구나. 진짜 시스템 님 감사합니다."

"겨우 B급으로 우는 거 아니다."

"으흐흐."

사람이란 게 참, 등급과 수치에 약한 생물이다. 각성 하이로 인해 눈에 뵈는 게 없어진 작은오빠에서 세상에서 제일 멋진 작은오빠가 되었다.

이보배는 벅찬 가슴을 진정시키지 못하고 찬란한 미래를 상상했다.

"장비 맞춰야지. B급인데 평범한 장비로 맞추면 구색이 안 맞아. 나 신용 좋아서 마통이랑 대출 한도 높거든. 일단 최대로 당겨서 장비 맞추고, 포션은 내가 감당할 수 있으니까 포션값은 안 들겠다."

이보배의 머릿속 행복 회로에 불이 들어왔다. 이제 신나게 행복 회로를 돌릴 일만 남았다.

"그리고 막내 오빠 각성했잖아. 시스템한테 퀘스트도 받았다. 오늘 운동하는 거 보니까 정신적인 문제만 아니면 금방 퇴원할 수 있을 거야. 그러면 병원비가 줄잖아. 그만큼 모을 수 있거든."

행복 회로가 돌다 못해 탄내를 풍기기 시작했다.

"나 스킬 등급 올랐으니까 승진 못 하더라도 기본급은 오를 거야. 그럼 대출 한도도 높아지고, 일단 작은오빠 장비 맞추고 집을 구한 다음에…… 아냐, 집부터 구하고 장비를 맞춰야 하나?"

"그래그래. 진정해라, 보배야. 오빠 어디 도망 안 가."

"미안. 갑자기 좋은 일이 쏟아지니까 내가 정신이 없어서."

"자세한 건 가족회의 때 이야기하자."

'의논할 게 많네.'

헌터 등록을 마쳤으니 이해기도 본격적으로 활동할 것이다. 그렇게 되면 가족끼리 의논할 것이 많았다.

이보배는 이귀한에게 줄 콜라를 뽑기 위해 자판기에 돈을 넣었다. 콜라가 떨어지는 것과 동시에 병실에서 인간의 한계를 의심하는 비명이 울려 퍼졌다.

"시바아아아알!"

비명이어도 남매는 혈육의 목소리인 걸 본능적으로 깨달았다. 이한생이 부는 힘찬 기상나팔 소리에 남매는 누가 먼저랄 것 없이 병실로 달렸다. 손에 들린 콜라가 마구 흔들렸다.

"시발, 시발 시바아알! 저거 뭐야!"

"막내 오빠, 무슨 일이야!"

"시발, 돼지야!"

망나니는 이보배를 보자마자 문 쪽으로 달려와 그녀 뒤에 숨었다. 그가 덜덜 떨리는 손으로 병실 안쪽을 가리켰다.

"저게 너희가 믿는 악마더냐? 악마에도 정도가 있다. 너희는 정녕 세상을 멸망시키려는 것이냐? 개인의 부귀영화가 아닌 세계의 멸망과 타락을 바라다니! 어떻게 저런 걸 믿느냐! 저게 힘을 줄 것 같으냐? 힘을 받았다고 웃지 마

라. 그건 힘이 아니라 타락이다. 파멸뿐이야!"

흑마술사에게 납치 감금되고 몸까지 뺏긴 상태에서도 갑질하던 화르세인지가 진실로 두려워했다. 이보배를 붙잡은 손이 부들부들 떨렸다.

"습격은 아니다."

이보배보다 열 발 앞서 병실에 도착한 이해기가 말했다. 습격이 없다면 망나니가 가리킬 사람은 한 명밖에 없다. 이귀한이다.

비명 지르고 도망간 동생 대신 침대를 차지한 이귀한이 손을 흔들었다. 이해기가 형에게 물었다.

"형, 뭔가 했어?"

"아무것도 안 했는데."

"존재 자체가 해악이다! 사악한 악마야!"

이한생은 두려움에 떨었지만 남매는 놀라지 않았다. 도리어 기뻐하고 활짝 웃었다.

"보배는 돼지라 그러고 형한텐 악마라는 거 보니까 한생이 맞나 보다."

"응. 난 악마 새끼, 막내는 돼지. 애칭은 기억하나 봐."

이보배는 돼지에 이은 악마 새끼에 깊은 감동을 받아 막내 오빠를 끌어안았다. 망나니는 온몸을 비틀어 빠져나왔다.

"막내 오빠!"

"미친 돼지야! 너희 같은 천것 눈엔 보이지 않겠지만 고

귀한 내 혼은 저것의 정체를 꿰뚫어 볼 수 있다. 생존 본
능이란 것이 있다면 느껴지지 않느냐? 저것의 안에서 새
어 나오는 지독한 악의 기운…… 이 없네?"

화르세인지가 당황해 이귀한을 쳐다보더니 눈을 비비고
또 비볐다.

"설마 한생이 옆에 누워 있었어?"

"침대가 좋아 보여서."

이귀한이 욕창 방지용 슬라임 침대를 꾸욱꾸욱 눌렀다. 쿠
션감이 끝내줬다. 이귀한의 대답을 들은 이해기가 질겁했다.

"자다 일어났는데 형이 옆에 누워 있으면 당연히 욕이
나오지. 형이 잘못했네."

"그런가?"

"형 자고 있는 침대에 내가 몰래 가서 옆에 눕는다고 생
각해 봐. 자는 것도 아니야. 지긋이 형을 바라보는 거야."

"예전에 그랬으면 죽였지."

"그런 거야."

"내가 잘못했네. 미안하다, 셋째야."

이귀한은 특유의 순진한 표정으로 사과하더니 머쓱한
듯 웃었다.

타인의 지적으로 잘못한 걸 깨닫고 진심으로 사과한다.
이귀한의 성장한 모습을 보고 이보배는 흐뭇하게 웃었다.

화르세인지는 아직도 믿기지 않는지 떨떠름하게 되물었다.

"내가 잘못 봤다고?"

"제가 말했죠? 큰오빠랑 작은오빠예요."

"분명 악마를 보았는데……."

"자다가 낯선 사람을 봐서 놀란 게 아닐까요?"

이한생 입장에선 큰형이지만 화르세인지 입장에선 괴한이다. 그것도 납치된 상태에서 마주친 괴한. 제아무리 대범한 사람일지라도 깜짝 놀라거나 겁먹지 않고는 못 배겼을 것이다.

"내가 잘못 보았다니! 괘씸하구나! 저 악마가 힘을 숨기는 게 분명해. 사악한 악마야, 네 근원으로 돌아가랏!"

망나니가 이보배를 방패 삼아 병실로 접근하며 얼른 집으로 돌아가라는 귀가 명령을 내렸다. 이귀한이 명령을 무시하고 침대에서 격렬하게 데굴거리자 화르세인지는 분한 듯 발을 굴렀다.

"흑마술사의 소굴에서 유일한 안식처를 빼앗다니 참으로 악독하도다……!"

"괜찮아요. 우리 곧 집에 갈 거니까."

"떠나는 게 문제가 아니다! 내가 잠들 신성한 잠자리가 오염되고 있는 게 안 보이느냐?"

"무슨 말을 그렇게 해요. 큰오빠가 오늘 공자님 본다고 아침에 얼마나 열심히 씻었는데."

"똥도 쌈!"

이귀한이 경쾌하게 외쳤다. 경계하던 악마가 갑자기 큰 소리를 내자 화르세인지가 화들짝 놀랐다. 놀라기만 하면 좋았을 텐데 이보배 손에 들린 캔 콜라를 뺏어 던졌다.

던지는 힘이 좋았는지 캔 콜라는 직선에 가까운 궤도로 날아갔다. 이해기가 중간에 콜라를 잡아채지 않았더라면 이귀한 머리에 직격했을 것이다.

"이 인간이!"

이보배는 반사적으로 망나니의 등짝을 후려쳤다.

균열의 날 직후는 사회가 무너지고 먹고사는 것도 버겁던 시기였다. 그런 세상에서 식물인간이 된 이한생을 살리기 위해 스무 살의 이귀한이 한 고생을 말하면 눈물만 줄줄 흐른다. 이보배의 6년 고생은 비교할 게 못 될 정도였다.

감히 그런 큰오빠에게 콜라를 던지다니!

"감히 나를 때리다니!"

"감히는 내가 할 말이야!"

철썩! 철썩! 〈사랑의 매〉 스킬은 off 상태다. 때리면 때릴수록 자신의 손만 아파 오는 기분이 듦에도 이보배는 손을 멈추지 않았다.

"어떻게 큰오빠한테 물건을 던져! 처음이야 혼란스러우니까 봐줬지만 이제는 다른 세상인 거 인정할 때도 됐잖아! 흑마술사 아니라고 몇 번을 말해! 막내 오빠도 아프지만 큰오빠도 많이 아프단 말이야! 나한텐 그래도 돼! 그렇지만 오빠들한텐 그러면 안 돼!"

"이 돼지가 무례를 용서했더니 끝없이 기어오르는구나!
네년의 손을 자르고 소금을 뿌려야 정신 차리겠느냐!"

그간 망나니는 이보배를 향해 여러 차례 손을 올렸지만
올라간 손이 내려온 적은 없었다. 무의식중에 제동이 걸리
는 듯했다.

하지만 이번엔 이보배가 먼저 선빵을 쳤기 때문일까.

소리만 요란하지 하나도 안 아픈 등짝 스매싱이라도 맞
는 망나니는 기분이 나쁘다. 망나니의 주먹에 힘이 실리고
고지를 찍은 주먹이 빠르게 내려왔다.

'이번엔 진짜 맞는다!'

이보배는 눈을 질끈 감았다.

"……?"

한참을 기다려도 각오한 충격이 오지 않았다. 이보배는
슬그머니 눈꺼풀을 열었다.

안색이 하얗게 질린 망나니가 식은땀을 비 오듯 쏟고 있
었다. 인간이 느낄 수 있는 극한의 공포를 경험해 풀린 동
공이 이보배를 보자 또렷해졌다.

"아, 아, 아."

"막내 오빠, 왜 그래. 무슨 일이야."

"악마 맞잖아, 시바아아아아아알."

길게 늘인 시발로 제 설움을 표현한 화르세인지가 다시

이보배의 뒤로 숨었다. 설 기운도 없는지 몸을 기대는데 꽤 무거웠다. 오한이 들린 것처럼 전신을 떨어 이보배의 몸도 같이 떨렸다.

"기억 없는 애한테 너무 심한 거 아니야?"

"기억이 있든 없든 약한 동생은 패면 안 돼."

"형이 방금 한 건?"

"안 팼잖아."

"눈으로 팼잖아."

"그럼 가장은 패면 안 된다고 바꿀게."

"그러네. 가장은 패면 안 되네."

악마로 지목당한 이귀한은 이해기와 해도 되는 가정 폭력에 대한 개똥 논리를 주고받았다.

"둘이 한가하게 말장난할 때야? 지금 막내 오빠가 이상하잖아. 큰오빠 나와. 막내 오빠 눕혀야겠어."

이귀한은 아쉬워하며 슬라임 침대에서 내려왔다. 이보배는 갓 태어나 방치된 병아리보다 서글픈 상태인 이한생을 부축해 침대로 이끌었다.

이보배는 망나니를 침대에 눕히고 담요를 덮었다. 다행히 슬라임 침대의 안락함이 그에게 정서적 안정을 선사했는지 떨림이 멈췄다.

"당장, 당장 저 악마를 데리고 꺼져라!"

"아휴, 악마 아니라니까."

"나 콜라."

이귀한이 손을 내밀자 이해기가 콜라를 건넸다. 이귀한이 능숙하게 캔을 땄다.

이보배가 달릴 때 1차 쉐킷, 이한생이 던지면서 2차 쉐킷, 이해기가 슬쩍 흔들어서 3차 쉐킷을 마친 콜라가 전기밥솥 증기보다 격렬하게 사방으로 터졌다.

"히잉, 내 콜라."

콜라를 뒤집어쓴 이귀한이 투정 부렸다. 처음 듣는 소리에 놀란 이한생이 발작하며 담요 속으로 숨었다.

깔끔했던 병실을 순식간에 끈적이는 콜라 지옥으로 만들었으니 악마는 악마다. 이보배는 한숨을 쉬며 물티슈를 퍽퍽 뽑았다.

망나니는 한사코 이귀한을 사람으로 인정하려 들지 않았다.

"지금은 사람 흉내를 내고 있지만 분명 본색을 드러낼 것이다!"

"마음이 사람이니까 사람이다!"

"형 말대로 마음이 제일 중요한 거지. 사람과 사람, 마음과 마음. 간절히 바라면 우주가 이뤄주는데 형이 사람이길 원하니까 사람이다."

오랜만에 오빠들이 덤 앤 더머 짓 하는 걸 봐서 기쁜 한편 목덜미가 뻐근했다.

"자자, 병원 식당에 가서 같이 저녁이나 먹자. 막내 오빠도 병원 밥은 지겹지?"

"악마와는 겸상을 할 수 없느니!"

"으음."

망나니의 완강한 모습을 본 이보배는 고민에 빠졌다. 평소의 그녀라면 결국엔 막내 오빠 편을 들었을 것이다. 마음의 빚이 있으니까. 이보배의 가장 아픈 손가락 아닌가.

하지만 오늘은 날이 다르다. 무려 작은오빠가 헌터 등록을 마쳤고 큰오빠는 아무 이상 없다는 게 확정된 기쁜 날이다.

각성은 대박이다. 식구 중에 각성자가 생기면 등록할 때 온 가족이 따라가 오붓하게 외식하고 축하하는 게 사회 풍조가 되었다. 이보배도 그럴 생각이었고.

가뜩이나 아침에 이해기의 말에 반대하고 이한생을 선택했는데 마지막까지 그러기엔 너무 미안했다. 누가 뭐래도 오늘은 이해기가 주인공인 날이었다.

"정말 오해라니까. 큰오빠는 평범한 사람이야."

이보배는 이귀한에게 다가가 볼을 찔렀다. 이귀한은 속까지 잘 보라는 듯 입을 쩌억 벌렸다.

"히익! 악마가 날 잡아먹는다! 저리 꺼져라, 이 악마야!"

역효과였다. 화르세인지는 병실에 딸린 화장실로 들어가 문을 잠갔다. 이보배는 문을 두드렸다.

쾅콰광! 쾅쾅쾅!

"같이 저녁 먹지 않을래?"

"꺼져!"

"알겠어. 내일 또 올게."

협상은 여기까지다. 이보배는 오늘의 주인공인 이해기를 선택했다. 문 가까이에 있던 인기척이 멀어지자 망나니가 문을 조금 열었다. 망나니가 문틈으로 말했다.

"돌아간다던 돼지우리에 악마도 사는 것이냐?"

"큰오빠가 그거 전세 마련하느라 얼마나 힘들었는데 돼지우리래!"

이보배가 눈을 부릅뜨자 화르세인지가 냉큼 문을 닫았다. 하지만 뒤끝이 길었다.

"악마가 널 해칠 것이다!"

"큰오빠는 나 안 때려!"

이러고 있다간 자신이 이한생을 때릴 것 같아 이보배는 성큼성큼 걸었다. 두 오빠는 군말 없이 따라왔다.

"우리끼리 맛있는 거 먹자. 오늘은 작은오빠가 주인공이니까 작은오빠가 골라. 뭐 먹고 싶어?"

"음, 글쎄다. 형 돌아오고 나서 계속 맛있는 것만 먹어서 생각나는 게 없는데."

이귀한이 돌아온 후 엥겔 지수가 하늘로 치솟아 옥황상제 궁둥이를 찔렀다. 이해기는 딱히 당기는 게 없는 듯했다.

"형은 뭐가 먹고 싶어?"

"에이. 작은오빠 먹고 싶은 거 고르랬더니 큰오빠한테 물어보면 안 되지. 큰오빠는 대답 금지."

이귀한이 두 손으로 입을 가렸다. 이해기는 피식 웃고 차에 시동을 걸었다.

"그럼 식당 가긴 그렇고, 짬뽕 배달시켜서 고량주나 한잔 걸치자."

"겨우 짬뽕으로 되겠어? 술 마시고 싶으면 대리 기사나 택시 타면 되잖아."

"가족회의도 해야 하니까 집이 좋겠어. 난 짬뽕, 안주용 짬뽕은 따로 시키자. 형은?"

"탕슉."

"난 간짜장."

메뉴가 결정되었다. 이보배는 집에 도착할 예상 시간에 맞춰 음식을 주문했다.

집까지 가는 길은 막히지 않았다.

이해기가 좁은 골목길에 주차하는 동안 먼저 내린 이보배는 옷을 갈아입고 음식 받을 준비를 마쳤다. 이귀한은 깍두기라 논하지 않는다.

배달 온 음식을 밥상 위에 올려 포장을 뜯고 고량주 병을 땄다. 이보배는 향긋한 고량주 냄새를 음미해 준 후 작은오빠의 잔을 채웠다. 그녀의 잔은 이해기가 채웠다.

"큰오빠도 마셔도 되나? 검사 결과 이상 없댔으니까 괜찮겠지?"

"난 콜라."

이귀한이 탄산 일편단심을 밝힌 후 본인 컵을 채웠다. 이귀한은 넘치는 탄산을 홀짝인 후 의미심장하게 중얼거렸다.

"콜라를 위해서라도 뿌셔뿌셔는 안 돼."

이보배는 가볍게 웃었다. 귀환자들에게 한 설문 조사 〈가장 그리웠던 음식〉에서 콜라가 상위권이었던 게 기억나서다.

1위는 당연하지만 집밥이었다. 엄마가 끓여준 김치찌개나 된장찌개가 압도적인 표로 1위를 차지했다.

'내일은 김치찌개 끓여야지.'

이귀한과 이해기가 꺼리겠지만 맛없어도 그리운 음식이 먹고 싶을 때가 있지 않은가? 이해기는 손끝이 야무지고 손재주가 있어 음식을 잘한다.

오빠들이 안 좋아하는 이보배의 손맛은 엄마를 닮았다. 네 맛도 내 맛도 아닌 엄마의 김치찌개를 완벽하게 재현할 자신이 있었다.

'저번엔 맛있게 만들겠답시고 건드렸다가 맛이 더 이상해졌지. 이번엔 그냥 김치랑 고기만 넣고 끓이자.'

이보배의 야심 찬 포부는 이해기가 따라준 술잔 속 고

량주처럼 넘칠 듯 찰랑거렸다.

잔이 모두 차자 이보배는 이해기를 보고 손뼉을 쳤다.

"오늘의 주인공 이해기 헌터님이 한 말씀 하시겠습니다!"

"회귀 전에도 헌터 등록 마친 날 짬뽕에 고량주를 걸쳤다."

첫 문장에서 이야기가 길어질 거란 예감이 들었다. 이귀한도 마찬가지였나 보다. 이귀한이 짧고 굵게 외쳤다.

"둘째야, 면 분다!"

"그땐 잔 기울일 사람이 보배밖에 없었는데 지금은 형이 왔고, 한생이도 곧 돌아오겠지. 내가 아는 미래가 쓸모없어져서 너무 두렵지만, 그래도 다들 돌아와서 기쁘고 행복하다. 앞으로 우리 가족에게 계속 좋은 일만 생기면 좋겠다."

"위하여!"

이보배는 잔을 꺾었다. 고량주는 맛은 별로지만 향은 기가 막혔다. 안주로 시킨 짬뽕 국물을 떠먹으니 더 끝내줬다.

주거니 받거니, 작은오빠와 빈 잔을 재깍재깍 채워주며 짬뽕을 탐했더니 이보배가 시킨 짜장은 이귀한이 다 먹었다.

얼추 식사가 끝나자 가족회의를 할 만한 분위기가 조성되었다. 이보배는 생각해 둔 주제를 꺼냈다.

"월요일이면 나 휴가 끝나. 다시 출근해. 칼퇴할 건데 긴급 터지면 저번처럼 집에 못 올 수도 있어. 일단 그거랑."

이보배가 손가락으로 밥상을 툭툭 쳤다. 생각할 게 많았다.

"막내 오빠가 각성해서 그런지 회복이 빨라. 기억에 문제가 있긴 하지만 폭력성도 초반보다 좋아졌으니까 조만간 퇴원할 수 있을 거 같아. 그럼 지금 집은 너무 좁아. 옛날 집은 무리더라도 각자 방 하나씩은 있으면 좋겠어. 이렇게 두 개."

가장이 말하니 다들 주의 깊게 들었다. 이보배는 언급한 둘 중 더 급한 쪽 얘길 꺼냈다.

"집은 어떻게든 꾸겨 자면 되니까 뒤로 미룰게. 급한 건 큰오빠 일이지. 큰오빠, 집에 돌봄 도우미가 오는 거 어떻게 생각해? 괜찮겠어?"

도우미 구인과 페이 같은 문제는 뒤로하고, 가장 중요한 건 이귀한의 반응이었다. 낯선 사람을 꺼리는 이귀한이 도우미를 받아들일까?

'막내 오빠 깨어나고 나서 좀 나아진 것 같던데.'

이보배는 은근히 기대했지만 이귀한이 단호하게 거절했다.

"나는 참기 싫당."

"옛날에도 집에 도우미분들 오셨잖아."

"그건 그거, 지금은 지금. 다른 사람 싫어. 혼자 집 볼래. 집 볼 수 있어."

"사정 잘 설명해 드리면 큰오빠 귀찮게 안 할 거야. 오빠를 도와만 주는 거야."

"그래도 싫어, 싫어, 싫어."

이귀한이 귀를 막고 고개를 도리도리 저었다. 이보배는

귀에서 손을 떼려고 했지만 힘이 얼마나 센지 꿈쩍도 하지
않았다.

'힘만 세 가지고!'

"큰오빠는 괜찮지만 내가 안심이 안 되어서 그래. 나 걱
정되어서 일 못 하면 어떡해?"

"하지 마."

"그럼 돈은 누가 벌어? 큰오빠 먹을 맛있는 음식은 무
슨 돈으로 사?"

"나 안 먹어도 돼. 사실은 공기 없어도 산다?"

안 먹어도 된다는 게 대단한 자랑이라도 되는 양, 이귀
한이 어깨를 으쓱였다.

이보배는 〈사랑의 매〉 스킬을 on으로 돌렸다.

"딴 사람은 몰라도 큰오빠가 그런 말 하면 안 되지!"

힘차게 등짝을 후려치자 이귀한이 흰자를 드러내며 까
무러쳤다.

"끄아악! 아프다!"

하루아침에 부모 잃고 집 잃은 남매가 갈 곳은 대피소
밖에 없었다. 비슷한 처지로 몸뚱이만 건진 사람이 대피소
에 한가득이었다.

모든 게 부족했다. 물, 식량, 약품, 의복, 전기, 정보. 넘치는
건 공포와 불안, 절망뿐이고 그 외엔 나머진 전부 부족했다.

정부가 비축한 보급품은 충분했다. 그러나 그게 필요한

사람 손에 들어가려면 시간과 인력이 필요했다.

그래서 이보배는 자기 몫의 비상식을 먹지 않고 숨겼다. 생필품과 교환할 수도 있고, 오빠들에게 주기 위해서였다.

그 사실을 들키고 눈물이 찔끔 나도록 혼났다.

이귀한은 이보배가 꿍쳐둔 비상식을 그가 보는 자리에서 다 먹게 했다.

이보배는 퍽퍽하고 맛없는 비상식을 귀한 생수를 축내가며 그 자리에서 다 먹었다. 눈물 젖은 재난용 비스킷의 맛은 평생 잊지 못할 것이다.

그때 그녀가 한 변명이 '난 안 먹어도 돼'였다.

이보배는 인벤토리에 쟁여둔 재난용 비스킷을 꺼내 이귀한의 입에 쑤셔 박았다.

"읍! 우읍!"

"내가 왜 돈 버는데! 오빠 먹여 살리려고 버는 건데! 한 번만 더 그딴 소리 해봐. 칠리 새우를 새우 알레르기 생길 때까지 먹일 거야!"

퍼석퍼석하고 단단한 비스킷 때문에 이귀한이 콜라를 향해 기어가다 쓰러졌다.

이해기는 조난자 놀이 하는 형 손에 콜라를 쥐여 줬다. 산소 없이도 살면서 동생을 위해 목 막히는 척하는 마음이 멋있지 않은가?

"도우미는 너무 위험해서 안 돼. 형은 내가 책임질게."

"역시 그런가……. 큰오빠는 각성했으니까 비각성자가 도우미면 감당하기 힘들겠지?"

그렇다고 각성자를 도우미로 쓸 수도 없는 노릇이다. 어딘가의 재벌가면 모를까.

"진짜 괜찮아? 균열 들어가고 싶을 텐데."

각성 직후는 각성자들이 가장 들떠 있을 때다. 오죽하면 각성 하이라는 말이 나왔겠는가. 그만큼 갑자기 생긴 힘에 취해 조증 증세를 보여서 그렇다.

가장 날뛰고 싶을 때에, 이해기는 형이 귀환하는 바람에 집에만 있었다. 잠시 강원도로 바람 쐬고 오고, 짐꾼 일로 균열에 들어갔다 오긴 했지만 답답할 것이다.

"보배야, 우물우물, 거짓말이양. 우물우물, 둘째는, 쩝쩝, 날 부려먹으려는 거다. 크하!"

입에 꽉 찬 비스킷을 간신히 씹어 삼키고 콜라를 원샷한 이귀한이 두둠칫두둠칫 어깨춤을 췄다. 이보배는 비스킷을 다시 쑤셔 박았다. 쟁여둔 비스킷은 충분했다.

"작은오빠에게 너무 부담 주는 것 같아서……. 그리고 작은오빠의 미래를 생각해도 지금이 제일 중요하잖아. 젊을 때 빨리 레벨 업하고 실적도 쌓아야지."

"그건 괜찮아. 박마노 과장님께 일을 받기로 했다. 나라에서 의뢰한 균열을 공략할 거야."

'언제 또 그런 얘기를 했대?'

둘이 사업 파트너처럼 악수하는 데엔 이런 배경이 있었나 보다. 정부 의뢰를 받는다니 기쁜 한편 이해기의 말이 앞뒤가 안 맞는단 생각이 들었다.

"균열 공략 갈 거면 결국 도우미가 필요한데."

"형도 같이 갈 거다."

"미쳤어, 미쳤어!"

이해기가 때리지 말라는 듯 손을 내밀었다. 이보배는 일단 들어보기로 했다.

"그렇게 위험한 균열은 아니야. 나 B급이다. 형을 지킬 실력은 충분해. 형도 의욕이 있어. 그렇지, 형?"

"집 보느니 따라갈래. 버스 운전 좋아요."

'가지 않았으면 좋겠는데.'

이귀한이 좋아하는 모습에 이보배는 입을 꾹 다물었다.

마음 같아선 큰오빠는 균열 근처엔 얼씬거리지 않았으면 한다.

하지만 외출을 꺼리고 타인을 무서워하는 이귀한이 직접 버스를 타겠다고 할 정도로 의욕을 보이는데 반대할 순 없었다.

"진짜 안전한 거야?"

"정말 안전해. 형을 데리고 백화점 가는 게 백배는 더 위험할걸."

"만약에 또 균열에 휩쓸려 실종되면 어떡해? 그럼 나는."

"돌아올게."

이귀한이 자신만만하게 대답했다. 걱정하지 말라는 의기양양한 미소는 6년 전에 지겹게 보던 것이었다.

어둡고 먼지 냄새나는 대피소에서 우리 이제 어떡하냐고 엉엉 울던 이보배를 달래던 큰오빠가 거기 있었다.

"알겠어……."

이보배는 마지못해 허락했다. 마냥 반대하면 큰오빠의 권위가 손상된다. 오랜만에 본 이귀한의 믿음직한 모습을 훼손하고 싶지 않았다.

"그래서 가끔 집을 비우게 되겠지만 나가기 전에 미리 말할 테니까 걱정하진 마."

"알겠어. 그럼 막내 오빠가 문제구나. 빨리 기억이 돌아와 주면 좋겠는데."

"그래, 한생이. 내가 가족회의에서 꺼내려던 주제가 한생이 문제였다."

"퇴원할 때까지 기억이 돌아오지 않으면 도우미를 써야지. 이건 정말 어쩔 수 없어. 큰오빠는 버스가 뭔지라도 알잖아. 막내 오빠는 TV가 뭔지도 몰랐다니까? 이건 큰오빠가 양보해야 해."

이귀한이 도우미를 반대하는 의도는 안다. 낯선 사람이 집이란 좁은 공간에 있고 그들과 부대끼는 게 싫다는 거겠지. 하지만 이한생은 정말로 밀착해 돌봐줄, 하다못해 감시할 사람이 필요했다.

이보배가 이건 양보할 수 없단 의지를 담아 말하자 이해기가 고개를 저었다.

이귀한이 아니라 이해기가 고개 젓는 영문을 몰라 이보배가 고개를 갸웃거렸다.

"도우미가 아니라 한생이 자체에 대한 문제다."

"막내 오빠가 왜? 각성한 것 때문에?"

"보배야, 넌 한생이가 정말 네가 알던 한생이라고 생각하니?"

이보배의 손이 조용히 위로 올라갔다. 이해기가 팔을 교차해 엑스 자를 만들고 외쳤다.

"폭력 반대! 결사반대!"

"근데 왜 맞을 소릴 해?"

"솔직히 세상이 이 꼴 났는데 다른 사람 영혼이 빙의했을 가능성도 염두에 둬야 한다. 지금 확실히 해두지 않으면 네가 상처받을 거야."

이해기가 교차한 팔을 풀고 진지하게 말했다.

"일단 나와 형은 한생이 몸에 있는 것이 한생이 혼이든 아니든 동생으로 받아들이기로 했다."

"몸과 마음 둘 다 충족하려면 나도 찔려. 나도 엉망진창이 되어서 이전 상태로 돌아갈 수 없는걸. 타락해 버렸는걸!"

"아냐, 형! 형은 인간이라니까! 사람이야! 오늘 똥도 쌌잖아! 내일도 싸자! 할 수 있어!"

이보배가 없는 사이 이귀한과 이해기는 의견을 나눈 듯했다. 둘은 화르세인지 드 체키빙의 영혼이 빙의한 것이라도 망나니를 동생으로 인정하기로 했음을 밝혔다. 이귀한의 자조와 이해기의 과장된 위로는 사족이었다.

"쓸데없는 걱정이야. 막내 오빠가 나더러 돼지라 그러고 큰오빠한텐 악마라고 한 거 들었잖아. 체키빙 뭐시기는 막내 오빠가 맞아."

"몸에 남은 기억이 반응한 것일 수도 있지. 너도 알다시피 혼백이란 게 있다. 혼은 우리가 소위 말하는 영혼이고 백은 육신에 남는."

"왜 그런 말을 해? 왜 그런 판타지 소설에나 나올 법한 의심을 해야 해? 오빠들은 막내 오빠가 깨어난 게 기쁘지 않아?"

이보배가 발끈해 외쳤다. 이해기가 그녀를 안쓰럽다는 듯 바라보았다. 이보배는 입술을 깨물었다. 예민하게 반응했다는 건 알고 있었다.

"보배야. 내가 아는 미래에서 한생이는 깨어나지 못했다. 사인은 패혈증이었어."

"듣고 싶지 않아!"

"들어라. 넌 들어야 해."

정말 나쁜 방법이지만 이보배는 듣기 싫어 작은오빠를 때리려고 했다. 아프기만 하고 피해는 주지 않는다는 핑계를 댔다. 사랑이 커서 아픈 거니까 괜찮다고 핑계를 대려고 했다.

핑계 가득한 주먹을 이해기가 피하고 손목을 잡아 막았다.

〈사랑의 매〉엔 치명적인 약점이 있다. 맞는 사람이 막거나 피하면 소용없다는 점이다.

막을 수 있고 피할 수 있어도 맞아줘야 한다는 의미에서 진정 〈사랑의 매〉였다.

"회귀의 여파로 한생이가 깨어났을 수도 있어. 그건 안다. 하지만 그건 가장 좋은 가능성이야. 사람은 늘 최선과 최악을 동시에 생각해야 한다."

이한생이 이보배의 손목을 놓고 그녀를 직시했다.

"보배 너는 현명한 아이다. 그런데 한생이만 엮이면 물불 가리지 않고 너 좋을 대로만 생각하고 움직였지. 늘 그랬어. 늘 그랬다."

이해기의 목소리가 흔들렸다.

"내가 각성해 잘나가는 헌터가 된 뒤에도 넌 회사 다닐 때랑 똑같았다. 한생이 고치겠답시고 포션 연구에 매진했지. 그렇게 살다가 남긴 것 하나 없이 죽었다. 아니, 남긴 거야 많았지. 네가 개발한 포션이 수두룩했으니까. 네가 실패작이라 말한 그 포션들! 친구도 애인도 없이 그게 전부였어."

"그게 뭐 어때서!"

"한생이한테 연연하지 마라. 나랑 큰형에게도 마찬가지야. 한생이가 그렇게 된 건 네 탓이 아니다. 형이 실종되었던 것도 네가 한생이를 포기하지 못해서가 아니야. 내가 갑질 버티며 짐꾼 일 한 것도 네가 한생이 대신 죽지 않아서가 아니야."

이해기는 지겹지도 않은지 또 이상한 설정 이야기를 늘어놓았다.

이쯤 되면 이보배도 알았다.

마냥 거짓이나 농담, 연기로 치부하기엔 이해기의 눈에 담긴 감정이 너무 아팠다.

"우리가 그렇게 우애 좋은 남매는 아니었지. 부모님 빼고 누군가 식물인간 되면 무조건 생명 유지 장치 떼버린다던, 그런 사이였잖아. 네가 한생일 포기 못 해서, 네가 고집 부리는 바람에 형이 고생한 게 아니야. 형도 한생이를 살리고 싶어서 노력한 거다. 나도 마찬가지야. 내가 교만하고 어리석어 너보다 일찍 한생이를 포기했지만, 널 잃고 괘씸하게 한생이 탓을 했지만 회귀하니 네 마음을 알겠다. 죄를 짓고 잃어보니 알겠어. 넌 계속 자책하고 있던 거야."

이해기가 그대로 이보배를 끌어안았다.

"네 탓이 아니야."

이보배는 작은오빠를 마주 안지 못했다. 목이 메고 눈물이 치솟았지만 울지 못했다. 그런 이보배를 쓰다듬듯 포근하고 물기 어린 위로가 이어졌다.

"네 탓이 아니다. 전부 네 잘못 같겠지만 그게 아니야."

"하지만 오빠, 막내 오빠가 나 때문에."

"네 탓이 아니야. 어쩔 수 없었어."

"그렇지만, 그렇지만. 내가 멍청하게."

"우리도 무서웠어."

"내가 멍청하게 얼타서, 그래서 막내 오빠가. 막내 오빠가 엄마 아빠 봤는데, 봐버렸는데. 내 눈은 가려주면서 자기는 봐버렸는데! 그 양아치가! 엄마 아빠 제일 좋아하면서!"

"칭찬해 줘야지! 잘했다고, 대견하다고!"

이보배의 볼을 타고 눈물이 흘러내렸다. 울 자격 없다고 생각해 꾹 참았지만 흐르는 눈물을 주워 담을 수 없었다.

이해기를 마주 안지 못하고 주먹만 쥔 손을 따뜻하고 부드러운 것이 감쌌다. 이귀한이 다가와 꽉 손을 포갠 것이다.

"내가 실종된 건 네 탓이 아니야."

"그치만, 그렇지만 내가 고집 부려서, 그래서 큰오빠가 힘들게 일했는데."

균열의 날이 있기 전의 이보배는 불치병에 걸리거나 식물인간이 되면 존엄사할 거라 주장했다.

이 부분에 있어선 이씨 사 남매의 의견이 동일했다. 부족한 것 없이 풍요롭게 살아온 남매에게 죽을 때까지 겪어야 할 미지의 고통은 견디기 어려운 고행이었으니까.

그렇게 암묵적 합의가 되어 있었는데 이보배가 어겼다. 자신을 감싸고 쓰러진 막내 오빠를 포기하지 못하고 살려 달라 엉엉 울었다. 목숨만 붙여 놓았지 살아도 산 것이 아닐 텐데 돈과 의약품, 인력을 낭비하는 사치를 부리며 살려두었다.

막냇동생의 고집을 위해 이귀한은 쉬지 않고 일하다 실종되었다. 큰오빠를 잡아먹은 뒤에도 이보배는 고집을 꺾지 않았다. 이번엔 자기 자신을 갉아먹으면서 작은오빠까지 끌어들였다.

"셋째가 너한테만 오빠냐? 나한테도 소중한 동생이거든?"

이보배는 내내 죄인으로 살았다. 그런 주제에 염치까지 없어 열심히 사는 척, 고생하는 척했다. 모두 자신의 과욕인 걸 알면서도 외면했다.

"하지만, 하지마안."

이보배는 결국 자신을 괴롭히던 가장 큰 고민을 털어놓았다.

"막내 오빠 기억 잃은 게 엄마 아빠 봐버려서면 어떡해, 으헝헝."

부모님의 시체는 참혹했다고 한다. 이보배는 현장에 있었지만 이한생이 눈을 가려줘서 보지 않았다. 땀이 가득 밴 축축한 손이 이보배가 가장 선명하게 기억하는 이한생과의 추억이었다.

"멍청이가 자기라도 도망가지. 들어와서 봐버리고, 나 감싸고. 엉엉."

이보배는 있는 힘껏 이귀한의 손을 잡았다.

"큰오빠도 멍청이가. 병원비 엄청 나오는데 내가 고집 부린다고 개고생을 하다가. 으헝헝."

"내 동생 내가 살리겠다는데! 능력 있어서 살린 건데?"

"작은, 작은오빠도오. 흐윽, 혼자 살면 편한데 나 때문에……"

"내가 후회하는 건 하나다. 오십 줄 가까워서야 동생 안는 게 부끄럽지 않아졌다는 거다. 정말 웃긴 게 뭔지 알겠니? 그때 가선 안아줄 동생이 없더라."

이해기가 이보배의 머리를 감싸 토닥였다. 이귀한이 남는 손으로 그런 이해기의 머리를 쓰다듬었다.

이보배는 오빠들에게 고맙고 미안해 한참을 울었다.

이한생이 깨어난 이후 내내 이보배를 괴롭혔던 생각을 털어놓았다. 그러고 나니 감춰온 속내가 술술 튀어나왔다.

"훌쩍, 화내서 미안. 만약에 빙의면 막내 오빠 죽었다는 얘기라 무서워서 그랬어."

"네가 소설을 덜 봐서 그래. 빙의도 종류가 여럿이다. 영혼이 합체하는 경우가 있고, 유령처럼 몸 주변을 떠도는 경우도 있어. 네 걱정대로 한생이는 죽고 그 몸에 화르세인지가 들어간 것도 빙의지만."

이해기가 쓴웃음을 짓더니 이귀한과 시선을 교환했다. 형제끼리는 이미 의견 교환이 끝난 것이다.

"그리고 아까 말했듯이 우린 어느 쪽이든 화르세인지를 동생으로 인정하기로 했다. 왜냐면."

"내가 따질 처지가 못 돼. 걘 몸이라도 셋째지. 나는 몸과 혼을 절반씩 친다 해도 한 1퍼센트 남았나?"

"이런 이유란다."

너무 가슴 아픈 이유였다. 이보배는 이귀한을 멍하니 응시했다.

이해기의 주장은 그렇다 치고 이귀한의 말이 모두 사실이라면 큰오빠에게 도대체 무슨 일이 있었던 걸까?

이보배와 눈이 마주친 이귀한이 시무룩하게 고개를 숙였다.

"셋째 말대로 악마 새끼 비슷한 게 되긴 했는데……. 1퍼센트만 오빠라고 하면 싫어?"

"아냐. 그럴 리가 없잖아."

이보배는 서둘러 아니라고 말했다.

"뭐가 됐든 돌아와 줘서 고마워. 살아 있어줘서 감사해."

"다행이다, 다행이야. 나도 너희가 살아 있어줘서 행복해."

"형 덕분에 인생 계획을 버렸지만 형이 돌아와서 기뻐."

조금 부끄럽지만 남매는 서로를 얼싸안고 웃었다. 조금 늦은 감이 있지만 이보배는 진심으로 두 오빠의 귀환을 반겼다.

"내가 안 믿어서 답답했겠네."

"그건 아니란다. 나라도 네가 회귀했다고 하면 안 믿었을 테니까. 네가 모르는 편이 더 안전할 거란 생각이 들기도 했고."

"네가 안 믿는 거 같아서 과장하고 구라친 것도 좀 있어."

"정말 미안."

"괜찮다니까. 솔직히 곧바로 믿었으면 그건 그것대로 오빠로서 마음이 착잡하단다."

"작은오빠 말투 이상해질 때마다 속으로 욕했는데 앞으로 안 그럴게."

"많이 이상하니?"

"아냐아냐. 동년배에 어울리는 말투야."

"크흠."

쉰을 목전에 두었으나 20대로 회귀한 이해기가 마음과 몸의 괴리에 괴로워했다.

한참 울었더니 목이 마르다. 이보배는 술과 야식을 추가했다.

셋은 밤새 주거니 받거니를 반복했다. 오가는 술잔 속에 두터워지는 남매의 우애. 그렇게 놀다 정신을 차리니 새벽이었다.

"하암."

이보배는 턱이 빠져라 하품했다. 안주로 짬뽕을 먹었지

만 해장으로도 얼큰한 국물이 당겼다. 라면 5개입 한 봉을 꺼내는데 이귀한이 다가와 스프 뜯는 걸 도왔다. 이해기는 아직 꿈나라였다.

"큰오빠도 더 자지."

"나 안 자."

먹을 필요 없고, 마실 필요 없고, 쌀 필요 없고 호흡할 필요도 없다는 큰오빠는 잠잘 필요도 없나 보다.

"안 먹어도 되는데 먹잖아. 자는 것도 그러면 안 돼?"

"그렇게 잠들었다가 깼는데 너희가 없으면? 이게 꿈이면?"

이귀한이 음산하게 웃었다. 그의 주위에서 아지랑이가 피어오르는 헛것, 아니지. 알 수 없는 힘에 의해 이귀한의 주위가 일그러져 보였다.

"너희가 너무 보고 싶어서 내가 만든 환각이라면?"

"깨워줄게."

이보배는 손으로 때리는 시늉을 했다. 얼마나 깊이 잠들든 〈사랑의 매〉 한 방이면 확실하게 깨울 수 있을 것이다.

이귀한이 언제 음산하게 웃었냐는 듯 활짝 웃었다. 진심으로 기뻐하는 표정이었다.

"맞아, 잠이 확 깰 거야. 그거 진짜 아파."

"난 잘 모르겠어."

이보배는 시험 삼아 자신의 팔뚝을 찰싹찰싹 때렸다. 본인에겐 효과가 없는지 그냥 평범하게 아팠다.

맑은 국물이 먹고 싶다는 이귀한의 의견에 따라 계란은 풀지 않았다. 이보배는 라면 냄비와 그릇을 놓기 위해 거실에 퍼져 있는 이해기를 가볍게 찼다.

술에 취해 곤히 자던 이해기가 벼락이라도 맞은 사람처럼 벌떡 일어났다.

"끄아아악!"

"미안, 스킬 꺼두는 거 까먹었어."

방심하고 있을 때 받은 사랑은 더 짜릿했다. 이해기가 혀를 내둘렀다.

"정신이 번쩍 드네."

"난 발 말고 손으로 쳐서 깨워줘."

국물과 면이 동시에 먹고 싶어서 면을 조금 집어 숟가락에 올린 뒤 국물을 떴다. 후후 불어 입으로 가져가는 순간 핸드폰이 울렸다.

병원에서 온 전화였다.

"……."

만일 이보배의 인생이 누군가가 쓴 소설이라면 작위적이라 욕할 연출이었다.

얼마나 능력과 성의가 부족하면 같은 연출을 몇 번씩 재탕할까? 그딴 식으로 글 쓰지 말라고 욕을 바가지로 퍼부었을 것이다.

안타깝게도 이보배에겐 이것이 현실이다. 이보배는 핸

드폰으로 손을 뻗었다.

과연 이번엔 무슨 용무일까? 이보배는 떨리는 마음으로 통화 버튼을 눌렀다.

─이한생 씨가 탈출했습니다!

제발 꿈이길 바라는 마음에 볼을 꼬집었다. 볼이 아릿한 게 꿈은 아니었다.

평범하게 아파서 더 슬펐다.

2권에서 계속…